Piège dans les Everglades

Au risque de se souvenir

LENA DIAZ

Piège dans les Everglades

Traduction française de
B. DUFY

Collection : BLACK ROSE

Titre original :
MISSING IN THE GLADES

© 2015, Lena Diaz.
© 2017, HarperCollins France pour la traduction française.

Ce livre est publié avec l'autorisation de HARLEQUIN BOOKS S.À.

Tous droits réservés, y compris le droit de reproduction de tout ou partie de l'ouvrage, sous quelque forme que ce soit.
Toute représentation ou reproduction, par quelque procédé que ce soit, constituerait une contrefaçon sanctionnée par les articles 425 et suivants du Code pénal.

Si vous achetez ce livre privé de tout ou partie de sa couverture, nous vous signalons qu'il est en vente irrégulière. Il est considéré comme « invendu » et l'éditeur comme l'auteur n'ont reçu aucun paiement pour ce livre « détérioré ».

Cette œuvre est une œuvre de fiction. Les noms propres, les personnages, les lieux, les intrigues, sont soit le fruit de l'imagination de l'auteur, soit utilisés dans le cadre d'une œuvre de fiction. Toute ressemblance avec des personnes réelles, vivantes ou décédées, des entreprises, des événements ou des lieux, serait une pure coïncidence.

Le visuel de couverture est reproduit avec l'autorisation de :

Paysage : © ARCANGEL/LISA BONOWICZ

Réalisation graphique : E. COURTECUISSE (HARPERCOLLINS France)

Tous droits réservés.

HARPERCOLLINS FRANCE
83-85, boulevard Vincent-Auriol, 75646 PARIS CEDEX 13
Service Lectrices — Tél. : 01 45 82 47 47

www.harlequin.fr

ISBN 978-2-2803-6799-8 — ISSN 1950-2753

1

Jake dirigea son pistolet et sa torche électrique vers le grillage qui marquait la frontière entre la civilisation et le monde sauvage des Everglades.

Son gros Dodge Charger noir était garé sur le bas-côté du tronçon de la nationale 75 que les habitants de la Floride appelaient affectueusement « l'allée des Alligators ». Et pour cause : les marécages qui bordaient cet axe ouest-est reliant Naples à Hialeah en étaient infestés.

Il promena le pinceau de sa lampe sur le fossé. Les yeux des alligators réfléchissaient-ils la lumière ? Jake l'espérait, car ce serait peut-être le seul moyen dont il disposerait pour voir une ou plusieurs de ces charmantes bêtes s'approcher subrepticement de lui, en quête d'un repas tardif.

Pour la énième fois, il se demanda s'il avait toute sa raison, pour explorer ainsi de nuit un endroit aussi dangereux… Mais quand une panthère noire avait traversé la route juste devant lui et qu'il s'était déporté pour l'éviter, quelque chose de brillant, de l'autre côté du grillage, était brièvement apparu dans le faisceau de ses phares.

Quelque chose qui pouvait bien être la voiture conduite par Calvin Gillette au moment de sa disparition, trois jours plus tôt.

Si Gillette avait perdu le contrôle de son véhicule, une première barrière — électrique, celle-là — aurait théoriquement dû empêcher sa voiture de passer sous le grillage et de terminer sa course dans les bois. Et le choc contre l'un des câbles aurait forcément déclenché des lumières strobos-copiques et l'envoi d'une alerte au ministère des Transports de Floride.

Ce système n'était cependant pas infaillible : quelques mois plus tôt, un monospace avait percuté un poteau, décollé et survolé les câbles avant de passer sous le grillage et d'atterrir dans un canal. Si c'était arrivé une fois, cela pouvait se reproduire, et les quelques indices que Jake possédait sur la disparition de Calvin Gillette pointaient tous vers cette partie des Everglades.

Quelques minutes plus tard, son obstination fut récom-pensée : il repéra des traces de pneus dans l'herbe mouillée. Il franchit le fossé d'un bond et, en exerçant une pression sur le grillage, il en trouva les mailles distendues, comme si un véhicule l'avait heurté et enfoncé à cet endroit-là.

Un frisson d'excitation le parcourut. Il enjamba le câble et se glissa de l'autre côté.

Content d'avoir mis des bottes avant de partir, car le sol était détrempé, Jake se dirigea vers un bouquet de pins et de palmiers nains. Plutôt que de s'aventurer plus avant dans le noir, il s'arrêta, s'appuya à un arbre et utilisa sa torche pour rechercher ce qu'il avait cru voir se refléter dans ses phares.

Et soudain, sa lampe tomba sur une surface métallique, derrière des buissons. Il s'agissait d'un objet assez brillant et volumineux pour être un véhicule. Jake préféra attendre d'en être certain pour donner l'alerte, mais cela signifiait qu'il devait entrer dans le marécage...

C'était dans des moments comme celui-ci qu'il s'interro-geait sur la poursuite de son essai de reconversion. Il avait suspendu ses activités de policier et pris un congé sans solde pour tâter du métier de détective privé — raison de sa présence actuelle dans cette partie reculée, et encore inconnue de lui, de son État natal.

Pistolet au poing, Jake franchit la lisière des arbres et, pour la toute première fois de sa vie, pénétra dans les Everglades.

Piège dans les Everglades 9

Ce qui le frappa d'abord, ce fut la différence de température. Il faisait soudain beaucoup plus frais — un heureux changement par rapport à la moiteur qui régnait au niveau de la route.

Ensuite, au lieu du terrain lourd sur lequel il s'attendait à marcher, il trouva sous ses semelles un sol sec et souple, assez semblable à celui des bois qui s'étendaient derrière la maison de Saint-Augustine où il avait grandi, tout près de l'océan Atlantique. Mais là-bas, il y avait le bruit des vagues, les cris des mouettes... Ici, la nuit résonnait du coassement des grenouilles et d'une sorte de sifflement qui pouvait être attribué à des insectes, mais aussi à des prédateurs mécontents de voir quelqu'un violer leur territoire.

Sur le qui-vive au cas où une panthère, un alligator ou un autre occupant de cette partie sauvage du comté de Collier déciderait de l'attaquer, Jake continua d'avancer vers les buissons qui l'intéressaient. Arrivé à leur hauteur, il les contourna... Et découvrit ce à quoi il s'attendait tout en le redoutant : une voiture accidentée. À en juger par le toit cabossé, le capot froissé et le pare-chocs avant enfoncé, elle avait fait un vol plané à grande vitesse avant qu'un arbre arrête sa course.

La peinture de la carrosserie était éraflée, mais la couleur, la marque et le modèle du véhicule restaient reconnaissables : il s'agissait d'une Ford Taurus bordeaux. Et un coup d'œil à la plaque d'immatriculation confirma à Jake que c'était bien celle de Gillette. Le jour de sa disparition avait été marqué par de nombreuses averses, ce qui expliquait la boue séchée sur les pneus à demi enterrés de la voiture : le sol devait ressembler à du ciment humide quand elle avait atterri là.

Certain de trouver un corps affaissé sur le volant, Jake s'approcha de la portière avant gauche. Mais lorsqu'il dirigea le faisceau de sa torche vers l'intérieur, il ne vit ni Gillette ni qui que ce soit d'autre. L'habitacle était vide. Les airbags maintenant dégonflés devaient avoir sauvé la vie au conducteur,

Piège dans les Everglades

mais même si ce dernier avait laissé des empreintes de pas aux alentours, elles avaient été effacées par la pluie et l'eau du marécage. En effet, quelques jours de chaleur avaient suffi à ramener son niveau à sa hauteur normale.

Alors où était le conducteur ? Était-il parti chercher de l'aide ? Avait-il perdu son chemin ?

Jake remit son pistolet dans le holster accroché à sa ceinture pour avoir les mains libres. Ne disposant plus des gants en latex fournis aux policiers, il sortit un pan de sa chemise et s'en couvrit les doigts avant d'ouvrir la portière et de retirer les clés du contact. Il referma ensuite la portière et alla inspecter le coffre, mais sans rien y trouver qu'un pneu crevé et des canettes de bière vides.

Le moment était venu de faire venir les forces de l'ordre locales. Jake prit son portable dans sa poche tout en regardant par la vitre côté conducteur dans l'espoir qu'une carte routière, ou tout autre indice, lui révélerait la destination originelle de Gillette.

Bang !

La vitre vola en éclats… Jake se jeta aussitôt à terre.

Bang !

Une deuxième balle percuta la portière. Jake poussa un juron étouffé, rampa jusqu'à la roue avant gauche et s'accroupit derrière. Il dégaina ensuite son pistolet et le braqua sur le bouquet de chênes entouré de broussailles d'où il avait vu jaillir l'éclair précédant la seconde détonation.

La voûte des arbres ne laissait passer qu'une partie des rayons de la lune, mais Jake n'essaya pas de ramasser sa torche, tombée sur le sol : il voulait forcer le tireur à se montrer, mais pas en lui offrant une cible bien visible.

— Police ! cria-t-il. Sortez de derrière ces arbres, mains en l'air, et il ne vous sera fait aucun mal !

Pas de réaction.

Une demi-minute s'écoula. Son adversaire ayant appa-

Piège dans les Everglades

remment besoin d'une motivation supplémentaire, Jake leva le canon de son arme et pressa la détente.

— Je viserai plus bas, la prochaine fois, et il me reste seize balles !

Toujours rien. Les grenouilles et les insectes eux-mêmes s'étaient tus.

— Au lieu de menacer de m'abattre, vous devriez me remercier ! finit par dire une voix.

Une voix de femme, dont l'accent mélodieux du Sud surprit Jake. Serait-il tombé sur une miss locale ? Ou une héritière égarée ? Il n'avait aucun mal à imaginer la propriétaire de cette voix veloutée assise en robe longue sous la véranda d'une maison de planteur, un verre de citronnade à la main…

Quand ladite propriétaire émergea des broussailles, Jake ouvrit donc de grands yeux : cette femme était aussi différente d'une « belle du Sud » qu'il était possible de l'être !

Le bas d'un corsage rose vif disparaissait sous tout un assortiment de voiles, ou de foulards, roses eux aussi, qui formaient une sorte de jupe mi-longue. Le seul élément de sa tenue d'une autre couleur était une paire de rangers vert foncé. Elle devait avoir dans les vingt-cinq ans et mesurait trente bons centimètres de moins que Jake.

Les boucles blondes qui tombaient en cascade jusqu'à ses hanches brillaient comme de l'or au clair de lune. Un petit coup de vent en souleva soudain une mèche et la plaqua contre son fusil, qu'elle tenait pointé vers le ciel.

Jake remit son portable dans sa poche, attrapa sa torche et la dirigea vers la jeune femme. Elle était si jolie que, si elle n'avait pas tenté de le tuer, il n'aurait pu s'empêcher de lui sourire.

Mais comme elle lui avait bel et bien tiré dessus, et par deux fois, il fallait se rendre à l'évidence : jolie ou pas, elle constituait une menace — du moins tant qu'elle tiendrait ce fusil.

— Posez votre arme ! lui ordonna-t-il.

— Mauvaise idée ! Cet endroit grouille d'animaux dangereux.

— Posez votre arme, tout de suite !

Un soupir appuyé, puis elle laissa tomber son fusil par terre.

— Donnez un coup de pied dedans pour l'éloigner de vous ! déclara Jake.

— Vous plaisantez ? Vous savez combien coûte un fusil comme celui-ci ?

Il ne se donna même pas la peine de répondre. Son interlocutrice le foudroya du regard mais, comprenant finalement qu'elle n'avait pas le choix, elle obéit. L'arme glissa sur le sol et s'arrêta contre l'une des roues de la Ford Taurus. Jake sauta alors sur ses pieds et franchit rapidement la distance qui le séparait de l'inconnue.

— Qui êtes-vous ? lui lança-t-il. Pourquoi avez-vous tenté de me tuer ?

— Vous pourriez arrêter de me braquer votre torche dans la figure ? grommela-t-elle.

Jake écarta la lampe juste assez pour ne plus l'éblouir. Elle pencha alors la tête sur le côté et le dévisagea. Elle avait des yeux verts très semblables à ceux de la panthère qu'il avait aperçue dans le faisceau de ses phares, un quart d'heure plus tôt.

Sa tenue lui rappelait les gitanes qui disaient la bonne aventure dans les fêtes foraines — le rose vif en moins. N'importe quelle femme aurait été ridicule, dans ces vêtements extravagants, mais bizarrement, sur celle-ci, ils étaient extrêmement seyants. Si Jake l'avait rencontrée dans un bar, il l'aurait invitée à dîner le soir même en espérant partager avec elle le petit déjeuner du lendemain.

— Qui êtes-vous ? répéta-t-il en baissant son pistolet.

Désarmé, ce petit bout de femme ne représentait pas une menace pour un homme de son gabarit.

— Quelqu'un d'ici, répondit-elle. Ce qui n'est visiblement pas votre cas.

Piège dans les Everglades   13

— Votre accent me dit que vous n'êtes pas de la région, vous non plus… Et qu'est-ce qui vous fait penser que je ne le suis pas, moi ?

La jeune femme poussa un grognement méprisant.

— Vous êtes tellement ignorant des dangers de cette région que vous pourriez porter autour du cou une pancarte « Citadin » ! observa-t-elle.

Les formes dessinées par son corsage et sa jupe étaient aussi séduisantes que son délicieux accent… Jake brûlait d'enlacer sa taille fine et de la serrer contre lui, juste pour voir comment leurs corps s'ajustaient.

Il secoua la tête pour en chasser cette idée stupide. Ce n'était pas le moment de se laisser distraire de son enquête. La présence de cette femme près du véhicule de Gillette ne pouvait pas être une coïncidence. Elle devait savoir quelque chose sur ce qui s'était passé. Peut-être même occupait-elle le siège du passager au moment de l'accident.

Cette dernière pensée rendit Jake nerveux. Il scruta les alentours. Et si Gillette observait la scène, caché derrière un arbre ?

— Vous étiez dans la voiture, quand elle a quitté la route ? demanda-t-il. Vous connaissez celui qui la conduisait ?

La jeune femme le considéra froidement.

— Vous avez crié « Police ! », tout à l'heure… Si vous voulez que je vous réponde, montrez-moi votre insigne !

— Je m'appelle Jake Young. Je n'ai pas d'insigne à vous montrer, parce que je ne suis pas…

Avant que Jake ait le temps de réagir, elle s'élança et lui fit un croche-pied qui le déséquilibra. Il tomba à la renverse et comprit à quel point il l'avait sous-estimée lorsque, rapide comme l'éclair, elle se jeta sur lui et posa la pointe d'un couteau sur sa gorge.

La dernière fois que quelqu'un avait eu le dessus sur lui, c'était… Non, en fait, ce n'était jamais arrivé. Aussi, quand la lame lui piqua la peau, son amusement céda la place à une violente colère.

Il projeta le couteau sur le sol d'un revers de main, puis il roula sur lui-même et immobilisa la femme sous lui. Mais en sentant ce corps aux courbes douces pressé contre le sien, en respirant le parfum fleuri qui s'en dégageait, il eut conscience d'avoir commis une grave erreur tactique.

Et ce sentiment s'intensifia quand une boucle soyeuse, poussée par le vent, lui caressa le visage. Il était pris dans un piège sensuel, et par sa propre faute !

Ressaisis-toi ! se dit-il. *Cette femme a essayé de te tuer. Ce n'est pas une petite amie potentielle...*

Après lui avoir emprisonné les poignets dans une de ses mains, Jake la força à tendre les bras derrière elle. Il se souleva ensuite légèrement et grommela :

— Reprenons les présentations ! Je m'appelle Jake Young, et je suis l'un des deux associés de l'agence de détectives Lassiter et Young, basée à Naples. Si vous m'aviez permis de finir ma phrase, à l'instant, vous sauriez que si je n'ai pas d'insigne à vous montrer, c'est parce que je l'ai laissé au commissariat de Saint-Augustine, après m'être mis en disponibilité pour tenter une reconversion dans le privé. Je n'ai aucun pouvoir de police dans les Everglades, mais vous serez tout de même arrêtée pour tentative de meurtre quand j'aurai appelé les bureaux du shérif du comté de Collier.

Un sourire amusé vint danser sur les lèvres pulpeuses de la jeune femme.

— Vous croyez ça ? susurra-t-elle.

— Je ne le « crois » pas : je le sais, répliqua Jake. À vous de vous présenter maintenant !

En guise de réponse, elle se mit à se tortiller pour essayer de se libérer. Problème : l'érotisme pourtant involontaire de ces mouvements déclencha une érection chez Jake. Dans l'espoir que sa captive ne s'en apercevrait pas, il changea de position et lui redemanda :

Piège dans les Everglades   15

— Qui êtes-vous ?

— Je vous le dirai si vous me lâchez.

— Pour que vous puissiez recommencer à me tirer dessus, ou à me faire tomber, ou à tenter de m'égorger ?

— Vous vous trompez complètement ! Ce n'est pas sur vous que je tirais ! Et si je vous ai fait tomber et mis un couteau sous la gorge, c'est uniquement parce que vous avez crié « Police ! », et qu'en apprenant que vous n'aviez pas d'insigne, j'ai cru que vous m'aviez menti.

— Menti ?

— Oui ! Mettez-vous à ma place... Je suis seule, vulnérable, face à un inconnu qui prétend être un policier alors qu'il n'en est pas un... Il est normal que j'utilise tous les moyens à ma disposition pour me défendre, non ?

— Vous, une faible femme ? Laissez-moi rire ! Donnez-moi votre nom, à présent !

— Bon, d'accord... Je m'appelle Faye Star.

Jake fronça les sourcils et considéra attentivement son interlocutrice avant de lui demander :

— Madame ou mademoiselle ?

— Mademoiselle.

— Alors, mademoiselle Star, je vous repose la question : pourquoi avez-vous tenté de me tuer ?

— Si j'avais voulu vous tuer, vous seriez mort à l'heure qu'il est. Ce n'est pas vous que je visais.

— Ah non ? Alors qu'une de vos balles a percuté la vitre de la Ford Taurus, et l'autre, la portière, là où je me trouvais la seconde d'avant ?

— Je vous ai touché ?

— N... Non.

— Et vous pensez que c'est parce que je tire mal ? Détrompez-vous : j'atteins toujours ce que je vise.

— C'était donc la Ford que vous visiez ? ironisa Jake.

— Non, espèce d'idiot ! Le serpent !

— Quel serpent ?

Faye tourna la tête vers la voiture. Jake suivit son regard et aperçut, sous la portière du conducteur, le serpent le plus gros et le plus long qu'il ait jamais vu. Sa tête était réduite en bouillie, et son corps énorme, coupé en deux. Il poussa un cri étouffé ; il n'en croyait pas ses yeux.

— C'est un boa constricteur, expliqua-t-elle. Cette espèce n'est pas originaire d'ici, mais il n'est pas rare d'en rencontrer quelques spécimens dans les Everglades.

— Comment sont-ils arrivés là ?

— Les gens y abandonnent leur animal familier « inoffensif » le jour où il est devenu trop gros et a mangé leur chien... Celui-ci était enroulé autour d'une branche, au-dessus de la voiture, et il en est descendu pendant que vous regardiez par la vitre.

Un frisson de peur rétrospective secoua les épaules de Jake.

— Je vous ai sauvé la vie, poursuivit Faye, et je suis donc en droit de vous demander des excuses, mais je vous en dispense à condition que vous me lâchiez.

Un peu penaud, Jake obéit. Il se redressa, tendit la main à la jeune femme pour l'aider à se relever, mais il se méfiait encore assez d'elle pour refermer tout de suite après les doigts sur son poignet.

— Vous auriez pu me dire de m'écarter avant de tirer ! observa-t-il.

— Je vous répète que j'atteins toujours...

— Ce que vous visez ? Désolé, mais il peut arriver aux meilleurs tireurs de rater leur cible.

Les yeux verts de Faye lancèrent des éclairs.

— Je vais vous lâcher, reprit Jake, mais je vous préviens : si vous courez ramasser votre couteau, les choses tourneront mal pour vous !

Faye jeta un coup d'œil audit couteau, dont la lame, épaisse et large, mesurait une quinzaine de centimètres de long.

D'où l'avait-elle sorti ? Jake préférait ne pas le savoir.

— Je le récupérerai plus tard, déclara-t-elle.

Piège dans les Everglades   17

— N'y comptez pas !

Quand Jake libéra son poignet, elle secoua la tête pour ramener sa longue chevelure en arrière avant de croiser les bras et de demander :

— Qu'est-ce que vous faites ici, monsieur Young ?

— J'enquête sur la disparition du propriétaire de cette Ford Taurus. Et c'est moi qui pose les questions ! Qu'est-ce que vous faites, *vous*, ici ? Comme vous n'avez visiblement ni plaie ni bosse, vous ne deviez pas être dans la voiture au moment de l'accident. Mais je n'ai vu aucun véhicule garé sur le bas-côté de la nationale…

— J'habite dans le coin.

— Vous vous êtes construit une cabane dans les arbres ?

Cette pique valut à Jake un regard noir. Faye leva ensuite une main au-dessus de son épaule, agita les doigts, et il vit briller sous la lune la demi-douzaine de bagues qu'elle portait.

— Je vis à quelques kilomètres d'ici, dans cette direction.

— Il vous arrive souvent de vous promener dans les Everglades à 10 heures du soir ?

— Comme je n'arrivais pas à dormir, j'ai décidé d'aller prendre l'air.

— Ben voyons…, susurra Jake.

Son pistolet lui avait échappé des mains quand il était tombé. Il le ramassa, le rengaina et ressortit son portable de sa poche.

— Qui comptez-vous appeler ? questionna Faye d'une voix inquiète.

— Les bureaux du shérif du comté de Collier… Ça vous pose un problème ?

— Oui, si vous voulez me faire arrêter. Je vous ai dit que ce n'était pas vous que je visais !

— Je suis peut-être idiot, mais je vous crois — sur ce point tout du moins. Si j'appelle la police, c'est pour lui apprendre que j'ai trouvé la voiture de Calvin Gillette. Il faut qu'elle envoie ici des techniciens pour relever les indices, et des hommes pour rechercher le conducteur.

Un instant, Jake crut voir le regard de Faye s'assombrir, mais de manière si fugace qu'il ne put identifier la nature de cette réaction. Était-ce de la colère ? De la peur ? Ou autre chose encore ?

— Vous connaissez celui qui conduisait cette voiture ? demanda-t-il pour la deuxième fois.

Mais sa question demeura à nouveau sans réponse, car un grondement sourd retentit alors dans son dos. Il pivota sur ses talons, fit passer Faye derrière lui et dégaina son pistolet.

La panthère noire de tout à l'heure était-elle toujours dans les parages ? Ou ce grognement avait-il été poussé par un être humain et, plus précisément, par un Calvin Gillette caché derrière un arbre et décidé à empêcher Jake d'appeler la police ?

Une minute entière s'écoula ensuite dans un silence total. Plus de grondement, ni de grognement. Aucun bruissement de feuilles qui aurait indiqué la présence d'un homme ou d'un animal.

Jake baissa son arme et se tourna vers Faye.

Elle avait disparu.

Son couteau et son fusil aussi.

Jake jura sourdement et crispa ses doigts sur son pistolet. La seule personne susceptible de savoir ce qui était arrivé à Gillette lui avait faussé compagnie.

C'était probablement elle qui avait poussé ce grognement, pour détourner son attention. Elle devait être à la fois ventriloque et diseuse de bonne aventure…

Mais le même bruit se fit alors entendre, plus proche, et lourd de menace.

Plus de doute, cette fois : c'était une panthère. Celle de tout à l'heure ou une autre, peu importait !

Jake courut à la voiture, ouvrit prestement la portière du conducteur et bondit à l'intérieur.

2

Après avoir informé la police locale de sa découverte du véhicule de Gillette, Jake apprit qu'aucun homme n'était actuellement disponible et qu'il devait rester sur place pour monter la garde.

Il attendit donc les renforts assis dans la Ford Taurus, les yeux rivés sur les bois au cas où la panthère réapparaîtrait.

Mais elle ne se manifesta pas de toute la nuit. Et la police non plus. Si Jake avait su qu'elle tarderait autant à venir, il serait rentré se coucher !

Dans l'intervalle, il n'avait pu résister à la tentation de fouiller la voiture, en utilisant de nouveau un pan de sa chemise comme gant, mais il n'avait rien trouvé. Il avait aussi appelé son client pour le mettre au courant des progrès de son enquête.

Le soleil était levé depuis trois bonnes heures quand la police du comté arriva enfin, accompagnée d'une équipe de techniciens de scène de crime.

Et pour ne rien arranger, Jake se vit alors refuser par Scott Holder, le shérif adjoint chargé de l'enquête officielle, le droit de se joindre à la battue organisée dans les bois à la recherche de Gillette. Il en fut donc réduit à regarder les techniciens procéder à la collecte d'indices, et le fait qu'ils bâclent leur travail le fit d'autant plus enrager.

— Quelque chose vous tracasse, monsieur Young ? vint lui demander Scott Holder au bout d'un moment.

— Je trouve que ces hommes ont l'air terriblement pressés d'en avoir terminé.

— Vous n'êtes pas d'ici, n'est-ce pas ?

Encore !

Jake fut tenté de s'assurer qu'il ne portait pas autour du cou la pancarte « Citadin » dont Faye Star avait parlé…

— Non, je suis originaire de Saint-Augustine. Je me suis installé dans la région il y a deux mois… Pourquoi ?

— Si vous connaissiez cet endroit, vous sauriez interpréter les signes.

— Quels signes ?

— Eh bien, si vous aviez pensé à observer les branches que la voiture a cassées sur son passage, par exemple, vous auriez constaté qu'elles commencent à brunir. Ça signifie que l'accident date d'un certain temps — du jour même où le conducteur a disparu, probablement.

— Je comprends, mais quel rapport avec la façon quelque peu… expéditive dont je vois les techniciens travailler ? déclara Jake.

Holder le gratifia d'un sourire indulgent, comme s'il s'adressait à un enfant de deux ans.

— Les pluies récentes ont fait disparaître tous les indices extérieurs qui auraient pu nous aider à savoir dans quelle direction le conducteur est parti. Inutile donc de passer des heures à scruter la boue… Quant à l'intérieur du véhicule, il sera inspecté dans nos locaux. Je n'y ai cependant rien vu d'utile pour l'enquête. L'endroit où se trouve Gillette est aussi mystérieux maintenant que le jour où son ami a signalé sa disparition.

Jake persistait à penser que les techniciens auraient dû se montrer plus méticuleux, mais il n'insista pas. Il ne pouvait pas se permettre de s'aliéner la police locale. Dexter Lassiter, son associé, lui en voudrait si, dans le cadre de sa première grosse affaire, il gâchait définitivement leurs chances de coopération avec les forces de l'ordre.

Piège dans les Everglades   21

— On a recherché Gillette dès le premier jour, reprit Holder. Sans résultat. Et jamais je n'aurais imaginé qu'il puisse atterrir ici sans déclencher le système d'alarme... Qu'est-ce qui vous a conduit dans ces bois ?

— Une forte motivation.

Le shérif adjoint leva un sourcil interrogateur, et Jake expliqua :

— J'ai besoin de payer le loyer de mon appartement *et* celui du siège de mon entreprise. L'homme qui m'a engagé pour retrouver Gillette est mon premier gros client. J'ai donc remué ciel et terre pour tenter de comprendre ce qui s'était passé.

— Mais encore ?

— J'ai interrogé des dizaines de personnes à Naples, près de chez Gillette, et j'ai fini par savoir qu'il avait emprunté l'allée des Alligators le matin de sa disparition. J'ai recherché des gens qui passent quotidiennement par là pour se rendre à leur travail, et je leur ai demandé s'ils avaient vu une Ford Taurus bordeaux ce jour-là. J'ai eu quelques réponses positives, qui m'ont permis de me concentrer sur un tronçon de la nationale 75, long de huit kilomètres seulement.

Holder rougit.

— On aurait fait la même chose si on avait plus de personnel et moins de travail, grommela-t-il. Et jamais je n'aurais pensé qu'une voiture puisse franchir le grillage sans déclencher l'alarme...

C'était la deuxième fois qu'il formulait cette remarque. Jake ne jugea cependant pas utile de lui rappeler que cette « anomalie » s'était déjà produite. Il comprenait Holder : les années qu'il avait passées lui-même dans la police lui avaient tout appris sur les restrictions budgétaires, les effectifs insuffisants et la priorité donnée à certaines affaires au détriment de certaines autres.

— Je crois que vous ne m'avez pas donné le nom de votre client..., poursuivit le shérif adjoint.

— En effet, répondit Jake.

Et il ne comptait pas le faire. Quinn Fugate, le client en question, avait exigé que son anonymat soit respecté. Il ne voulait pas risquer qu'une fuite apprenne à Gillette que le FBI le recherchait activement. Cela l'aurait effrayé, et peut-être amené à quitter le pays.

Visiblement vexé, Holder serra les lèvres mais n'insista pas.

Les techniciens déclarèrent alors leur travail terminé, et le conducteur d'une dépanneuse garée sur le bas-côté de la nationale entreprit de hisser la Ford Taurus à l'aide d'un câble.

Jake accompagna Holder sur la route, d'où ils observèrent cette délicate opération. Moins d'une demi-heure plus tard, les hommes qui avaient fouillé les bois vinrent parler à leur chef. Jake crut qu'ils avaient trouvé quelque chose d'intéressant, ou qu'ils réclamaient du matériel, mais Holder, après leur avoir donné à chacun une tape amicale sur l'épaule, les laissa remonter dans leurs voitures.

— Vous abandonnez les recherches ? lui demanda Jake.

— Oui. La battue ne nous a pas permis de repérer la moindre piste. On effectuera quelques survols de la zone en hélicoptère, et un avis sera publié dans la presse, mais tout ce qui pouvait être fait sur place l'a été.

Terriblement frustré, Jake serra les poings. Calvin Gillette était un marginal qui vivait de petits travaux réalisés au noir — et de menus larcins, à en croire une rumeur qui venait s'ajouter aux renseignements fournis par Quinn Fugate. Sa disparition n'en devait pas moins être traitée avec le même sérieux que celle d'une personne riche et influente.

— Je ne comprends pas…, insista Jake. Gillette est forcément dans les parages… Il ne peut pas s'être évaporé !

— Si je pensais qu'il est toujours en vie, ou que j'avais une chance de retrouver son corps, je consacrerais autant de temps et de moyens qu'il le faut aux recherches. Mais je ne le pense pas, et mes hommes non plus.

Jake s'efforça de dominer sa colère. Cette région recelait de

Piège dans les Everglades   23

nombreux dangers, et il ne la connaissait pas. Son interlocuteur avait donc peut-être raison — même si Jake persistait à penser qu'il aurait été possible de procéder autrement.

— Qu'est-il arrivé à Gillette, à votre avis ? demanda-t-il.

— Ce qui arrive au bout d'un certain temps à toute personne qui se perd dans ces marécages : il aura été victime d'un alligator, d'un serpent ou d'un autre animal sauvage. Et ses restes ne seront sans doute jamais retrouvés. Un DC-9 s'est écrasé dans les Everglades, à l'ouest de Miami, il y a plusieurs années. Au bout de très peu de temps, toute trace en avait disparu. Pour survivre dans cette région, il faut en respecter les règles.

Ces derniers mots furent prononcés sur un ton dur, et avec un regard appuyé. Leur double sens était clair : si Jake voulait que son entreprise survive, il ne devait pas marcher sur les plates-bandes de la police locale.

Il hocha la tête pour indiquer à Holder qu'il avait compris le message.

La dépanneuse venait de partir, les laissant seuls sur le bas-côté, près de leurs véhicules respectifs, et le bouchon créé par l'opération était en train de se résorber.

— Vous avez une idée de la raison pour laquelle Gillette roulait sur l'allée des Alligators en direction de l'est ? demanda Jake.

— Non, aucune. De retour à Naples, mes hommes vont analyser les indices, procéder à une nouvelle fouille de l'appartement de Gillette et interroger d'autres personnes. J'en enverrai aussi quelques-uns dans les aires de repos de la nationale 75, à la recherche d'éventuels témoins. S'ils obtiennent un résultat, je vous appellerai.

— Merci. Et Faye Star, la jeune femme dont je vous ai parlé, vous comptez la convoquer ? J'ai eu l'impression qu'elle savait, ou avait vu, quelque chose.

— Faye Star ? Connais pas… Elle vous a donné son adresse ?

Piège dans les Everglades

— Non, elle n'était pas très coopérative... Elle a juste pointé la main vers le sud-ouest et dit qu'elle vivait « à quelques kilomètres d'ici, dans cette direction ». Sans voiture, elle ne pouvait pas venir de bien loin, et certainement pas de Naples... Il y a des villes dans les parages ?

— Pas vraiment, alors cette jeune femme habite peut-être à Mystic Glades.

Jake sortit son portable de sa poche, activa une carte de la région et tapa ce nom. Sans résultat.

— C'est bien « Mystic Glades » que vous avez dit ? déclara-t-il.

— Oui, mais vous ne trouverez cet endroit sur aucune carte. Son nom n'a rien d'officiel, et ce n'est même pas une vraie ville — juste un ensemble d'habitations et de commerces créé à partir des bâtiments qui abritaient les ouvriers au moment de la construction de l'allée des Alligators, il y a des dizaines d'années.

— Ça se trouve à quelle distance d'ici ?

— Une quinzaine de kilomètres, à peu près au niveau de la borne 84 de la nationale.

— Une quinzaine de kilomètres ? Je vois mal Mlle Star faire tout ce chemin à pied, de nuit et dans un environnement aussi hostile !

Holder haussa les épaules.

— Il n'y a aucun autre endroit habité dans les environs, du moins à ma connaissance... Cette femme était sans doute venue en quad, et elle l'avait garé suffisamment loin d'ici pour que vous n'ayez pas entendu le bruit du moteur au moment où elle est repartie.

— C'est possible, mais je suis surpris de n'avoir rien vu qui ressemble à une agglomération alors que je sillonne cette nationale depuis hier matin.

— Mystic Glades se trouve à l'écart de la route, au milieu d'un des îlots boisés situés dans la zone de marécage où

Piège dans les Everglades   25

poussent les premiers cyprès. Il y a un chemin qui relie l'allée des Alligators à Mystic Glades, paraît-il.

L'air soudain pressé de partir, le shérif adjoint sortit ses clés de sa poche, mais Jake insista :

— Comment ça « paraît-il » ? Vous n'êtes jamais allé là-bas ?

— Non, je n'en ai pas eu l'occasion… Je vous tiens au courant, pour Gillette, d'accord ?

Sur ces mots, Holder monta dans sa voiture avant que Jake ait pu lui poser d'autres questions. Comme si l'idée de se rendre à Mystic Glades lui faisait peur…

Le policier démarra en trombe et effectua un demi-tour pour reprendre la direction de Naples, laissant Jake seul, comme il l'était la veille au soir, avant et après sa rencontre avec la mystérieuse femme qui avait dit se nommer Faye Star.

Jake secoua la tête, à la fois déconcerté et irrité par l'attitude de Holder. Inutile de partir à la recherche de Gillette dans la zone déjà fouillée par les policiers, mais il avait maintenant la possibilité de reparler à Faye Star. Elle savait quelque chose sur l'accident de la Ford Taurus, il en était sûr, et elle pourrait peut-être le mener à Gillette — à supposer que celui-ci soit toujours en vie. Jake l'espérait. Pour l'intéressé, d'abord, et pour lui-même ensuite, car faute de le retrouver, il verrait ses honoraires réduits de moitié.

Quelques minutes plus tard, il roulait vers la borne 84 en quête d'un chemin menant à une ville qui n'en était pas vraiment une.

Il n'y avait pas beaucoup de circulation, mais Jake se força à rester vigilant, car l'allée des Alligators était connue pour être une voie à haut risque.

Les pins qui la bordaient sur des kilomètres dissimulaient en effet la beauté des marécages, des canaux et des îlots boisés situés au-delà. Ils créaient un paysage monotone qui avait tendance à rendre certains automobilistes distraits, voire somnolents.

D'autres conducteurs trompaient leur ennui en conduisant pied au plancher, et c'était eux les plus dangereux pour Jake, que ses recherches obligeaient à réduire considérablement sa vitesse : ils risquaient de le percuter par l'arrière parce qu'ils s'étaient rendu compte trop tard de la présence d'un véhicule aussi lent sur leur trajectoire. Aussi Jake se rangeait-il sur le bas-côté chaque fois qu'il voyait un bolide apparaître dans son rétroviseur.

Au bout d'une demi-heure, et après avoir largement dépassé la borne 84 sans avoir repéré la moindre intersection, il fit demi-tour.

Ce ne fut qu'au deuxième passage, et en roulant presque au pas, qu'il aperçut l'entrée d'une route non goudronnée. Elle était si bien cachée que jamais il ne l'aurait trouvée s'il n'avait connu à l'avance son existence et son emplacement approximatif.

Il s'y engagea, et elle le mena à un canal situé en contrebas de la nationale, puis, après un virage serré, droit vers le grillage conçu pour empêcher les animaux sauvages de sortir des marais.

Ce grillage s'ouvrit devant lui — il devait être équipé d'un système de détection capable de différencier une automobile d'un gros animal.

Les quelques kilomètres suivants firent passer Jake à travers des chênaies et des pinèdes, sur un tronçon de route surélevé entouré de prairies inondées, puis sur un îlot boisé bordé de marécages.

Mystic Glades demeurait cependant introuvable, et le GPS du Dodge Charger se comportait bizarrement : il indiquait que le véhicule roulait vers le sud et, l'instant d'après, vers le nord. Jake voulut consulter une carte sur son portable, mais aucune barre n'apparut sur l'écran.

Pas de réseau… Il poussa un juron et remit l'appareil dans sa poche.

Alors qu'il commençait à envisager de regagner la nationale,

Piège dans les Everglades

une forme noire traversa la route devant lui. Une panthère, comme la veille… Et, comme la veille, Jake donna un coup de volant pour l'éviter.

L'animal disparut ensuite dans les bois. Considérées comme une espèce en voie de disparition, les panthères n'étaient donc pas si rares dans les Everglades… À moins que celle-ci et celle aperçue la veille ne soit qu'un seul et même animal. Un animal qui suivait Jake à la trace.

Jake leva les yeux au ciel : comment une idée aussi saugrenue avait-elle pu lui venir ? Puis il décida de poursuivre ses recherches pendant quatre ou cinq minutes encore.

Une centaine de mètres plus loin, un virage se présenta et, juste après l'avoir franchi, Jake enfonça la pédale de frein. Plantée dans l'herbe de l'accotement, une pancarte en forme d'alligator portait en lettres à demi effacées l'inscription « Mystic Glades ». Et un peu plus loin, mais à peine visible à travers les arbres, se trouvait un ensemble de bâtiments en bois.

Même sans la pancarte, Jake aurait su qu'il était arrivé à destination, car un petit bout de femme qu'il connaissait déjà se tenait au milieu de la route. Elle portait le même genre de vêtements que la veille, mais le mauve avait aujourd'hui remplacé le rose.

En revanche, exactement comme la veille, elle braquait un fusil sur Jake.

3

Faye avait conscience d'avoir commis une grave erreur en pointant son fusil sur la calandre du Dodge Charger. Les rayons du soleil qui filtraient à travers les arbres, derrière elle, se reflétaient sur le pare-brise et l'empêchaient de voir le conducteur, mais c'était inutile : elle avait aperçu ce véhicule sur le bas-côté de la nationale, la veille au soir, quand elle avait garé le quad de Buddy à la lisière des arbres. Et elle savait à qui il appartenait : à Jake Young, ce policier incroyablement sexy mais potentiellement dangereux qui jouait au détective privé.

Elle ne devrait donc pas être en train de le menacer avec une arme à feu, mais quand son Dodge Charger lui était apparu au détour du virage, elle avait paniqué : après avoir lancé son sac à dos mauve derrière l'arbre le plus proche, elle avait levé son fusil. Il ne lui restait plus qu'à se débrouiller pour écourter au maximum cette deuxième rencontre avec Jake, et à espérer que ce serait la dernière.

Le moteur fut coupé, et la portière du conducteur s'ouvrit.

— Si j'ai un conseil à vous donner, c'est de redémarrer et de faire demi-tour ! déclara-t-elle. C'est une propriété privée, ici !

— La ville tout entière vous appartient ? répliqua Jake.

Le pouls de Faye s'accéléra quand il mit pied à terre. Ses cheveux noirs et ondulés, ses larges épaules, ses hanches minces et ses longues jambes formaient un ensemble des plus attirants...

Piège dans les Everglades

Ce n'était pourtant pas le moment de nourrir des pensées érotiques… Tant qu'elle ne saurait pas pourquoi cet homme cherchait Calvin, il serait dangereux de nouer aucune forme de lien avec lui.

Quel dommage !

Faye toussota pour se donner une contenance. L'avait-elle fixé en silence si longtemps qu'il avait perçu son trouble ? Il fallait espérer que non !

— La ville ne m'appartient pas, finit-elle par répondre, mais ses habitants forment une grande famille. Je parle donc au nom de tous en vous disant que vous n'y êtes pas le bienvenu.

— Je veux juste vous poser quelques questions au sujet de Calvin Gillette.

— Je ne connais pas cette personne.

Décidément, Jake Young était encore plus séduisant aujourd'hui, à la lumière du jour, que la veille au soir. Faye regrettait vraiment de devoir le chasser… Elle essaya de trouver un moyen de le convaincre de partir. En tirant dans le radiateur du Dodge Charger ? Non, ça ne servirait qu'à le rendre inutilisable et à fournir à Jake une excuse pour entrer dans la ville.

Sans compter qu'elle n'aurait pas le cœur d'endommager une aussi belle voiture ! D'un noir rutilant, avec un moteur qui ronronnait comme un chat bien nourri, c'était exactement le genre de véhicule qu'elle aurait choisi si elle avait pu se l'offrir.

— Bizarrement, je ne vous crois pas, dit Jake en s'avançant vers elle.

— Peu m'importe.

Les graviers du chemin crissèrent sous les semelles des bottes qu'il avait tout de même eu le bon sens de mettre pour s'aventurer dans les Everglades. Faye pointa son fusil sur lui et lança :

— Arrêtez-vous !

Il ignora cet ordre, comme s'il la jugeait incapable de tirer sur un homme désarmé.

En était-elle réellement incapable ? Normalement, oui. Mais dans une situation désespérée…

Elle épaula et visa la poitrine de Jake. Il continua d'avancer jusqu'à être à environ trois mètres d'elle. Là, il s'immobilisa et déclara calmement :

— Si vous baissiez votre arme, avant que l'un de nous deux se retrouve à l'hôpital ?

— Non, et je vais commencer à compter… Si vous n'avez pas rebroussé chemin et regagné votre voiture quand j'arriverai à cinq…

Jake fondit sur elle.

La surprise la figea sur place, si bien qu'il l'avait déjà presque atteinte lorsqu'elle changea légèrement sa ligne de visée et appuya sur la détente dans l'espoir de faire assez peur à Jake pour qu'il déguerpisse.

Bang !

Le coup partit et passa à quelques centimètres de son oreille gauche, comme prévu. Mais au lieu de s'arrêter, il se jeta sur elle et lui arracha le fusil des mains. Il le lança ensuite sur le bas-côté et posa sur Faye des yeux étincelants de fureur.

— Donnez-moi une raison qui m'empêcherait d'appeler la police et de vous faire arrêter pour m'avoir tiré dessus ! Une deuxième fois !

À cause de leur différence de taille, elle dut renverser la tête en arrière pour pouvoir croiser son regard.

— Le fait que votre portable ne captera sans doute aucun réseau ? susurra-t-elle.

Les mâchoires de Jake se crispèrent.

— D'accord, d'accord, inutile de s'énerver ! enchaîna Faye sur un ton apaisant. Mais je ne vous ai pas plus « tiré dessus » à l'instant qu'hier soir : je vous ai manqué volontairement.

Cette explication n'eut pas l'air de le calmer. Il avait décidément la tête dure, et aucun sens de l'humour !

Piège dans les Everglades

— Pour avoir aussi mauvais caractère, vous devez être Bélier ! observa Faye.

— Non, je suis Sagittaire. Et peu importe mon signe astrologique : si je vous en veux, c'est parce que vous avez pris le risque de *ne pas* me manquer !

Sagittaire ? La surprise évita en partie à Faye de se sentir insultée par les doutes de Jake à propos de son adresse au tir. Elle leva automatiquement la main vers la chaîne suspendue à son cou, sous son corsage, mais interrompit son geste à mi-course.

— Vous avez raison, dit-elle dans une nouvelle tentative pour l'apaiser. Votre signe astrologique n'a rien à voir avec la situation présente.

Après l'avoir privée de son fusil, Jake n'avait pas reculé, et ils étaient si près l'un de l'autre qu'elle percevait l'agréable chaleur dégagée par ce corps viril.

À l'attirance que cet homme lui inspirait se mêlait cependant de la crainte, car il émanait aussi de toute sa personne une formidable colère.

Une colère malheureusement dirigée contre elle.

Face à n'importe qui d'autre, Faye aurait sorti le couteau caché dans l'une des poches intérieures de sa jupe. Mais d'une part, Jake ne lui semblait pas être du genre à se laisser surprendre deux fois par le même stratagème et, d'autre part, faute de lui fausser compagnie dans les plus brefs délais, elle risquait d'avoir de graves ennuis.

Comme s'il avait deviné ses intentions, Jake la saisit par les épaules. Elle réussit à lui échapper en s'accroupissant — leur différence de taille jouant alors en sa faveur —, puis elle se mit à courir comme si une armée d'alligators affamés était à ses trousses.

Jake lâcha une bordée de jurons et se lança à sa poursuite.

Le martèlement de ses bottes sur le sol dur, derrière elle, ne tarda pas à lui indiquer que la distance entre eux se réduisait. Ses longues jambes lui conféraient un certain avantage,

Piège dans les Everglades

même si elle en avait un autre sur lui : la conviction que sa survie était en jeu lui donnait des ailes.

Parvenue à la hauteur du Dodge Charger, elle contourna la portière du conducteur, restée ouverte, et s'engouffra à l'intérieur : avec Jake sur ses talons, mieux valait se réfugier dans le premier abri qui se présentait. Elle se dépêcha ensuite d'appuyer sur le taquet de verrouillage centralisé... Il était temps : à peine s'était-elle ainsi enfermée que Jake arriva. Après avoir vainement tenté d'ouvrir la portière, il se pencha vers la vitre et cria :

— Ouvrez-moi !

Faye secoua négativement la tête.

— Ouvrez tout de suite cette voiture ! reprit-il d'une voix vibrante de colère.

Croyait-il vraiment qu'en ayant l'air de vouloir l'étrangler il allait lui donner envie de supprimer la seule barrière qui les séparait ?

C'était le problème, avec les Sagittaire : ils étaient trop impatients pour prendre le temps d'analyser une situation avant de passer à l'action. Leur impétuosité pouvait cependant faire d'eux des amants exceptionnels, surtout s'ils avaient pour partenaire une Balance — comme Faye.

Tablant sur cette compatibilité entre leurs signes astrologiques pour la tirer d'affaire, elle lui adressa son plus beau sourire...

Et n'obtint en retour qu'un regard plus noir encore que les précédents.

— Ouvrez cette portière, mademoiselle Star !

— Je le ferai quand vous vous serez calmé, déclara-t-elle.

Un sourire — contrit, celui-là — ponctua ces mots, mais comme il n'était pas dans sa nature de se sentir coupable, elle n'était pas sûre du résultat.

Jake resta un long moment à l'observer, l'air de réfléchir aux différentes tortures qu'il lui infligerait avant de la tuer. Il

Piège dans les Everglades

enfonça ensuite la main dans la poche de son jean et, après l'en avoir ressortie, il brandit quelque chose sous le nez de Faye.

Des clés de voiture.

Faye jura intérieurement. Elle n'avait jamais eu l'intention de partir avec la voiture, sinon elle se serait aperçue que les clés n'étaient pas sur le contact… Les mains crispées sur le volant, elle se força à réfléchir.

Si Jake Young avait été au courant de ses liens avec Calvin, il aurait utilisé pour l'interpeller son véritable patronyme, et non celui de « Star ». Ce n'était donc sans doute pas lui l'homme dont Calvin lui avait parlé au téléphone.

Mais si Jake n'avait rien à voir avec leur passé commun, à Calvin et à elle, pour qui travaillait-il ? Calvin se serait-il attiré des ennuis à Naples ? Était-ce la raison pour laquelle quelqu'un le recherchait, cette fois ?

Dans l'affirmative, c'était un moindre mal, et cela pouvait signifier que Jake ne constituait pas une menace pour elle… Sauf qu'il voulait retrouver Calvin, et qu'elle ne comptait pas l'y aider.

Pour ne rien arranger, elle avait tiré plusieurs coups de fusil dans sa direction, et cette tête de mule s'obstinait à croire qu'elle aurait pu l'atteindre !

Le soleil faisait briller les clés que Jake secouait derrière la vitre comme un gardien de prison sur le point d'emmener un prisonnier effectuer une dernière promenade avant son exécution. Et un sourire sardonique se dessina sur ses lèvres quand, cessant d'agiter les clés, il montra du doigt un petit boîtier noir suspendu au trousseau — le système d'ouverture à distance des portières.

Le cœur de Faye s'arrêta de battre.

Jake posa son pouce sur le bouton de la télécommande…

Faye posa le sien sur le taquet de verrouillage centralisé.

Ils restèrent ainsi à s'observer, tels des duellistes à l'aube, pistolet au poing et index sur la détente dans un moment où le temps était comme suspendu.

Et puis, *clic !* Le taquet remonta.

Clic ! Faye le rabaissa juste à temps pour empêcher Jake d'ouvrir la portière.

Clic !

Clic !

Clic, clic ! Clic, clic !

Jake plissa les yeux tandis que Faye guettait le mouvement de son pouce sur la télécommande afin de réagir immédiatement.

Encore un clic, mais ce fut le dernier : Jake avait réussi à presser le bouton *et* à tirer sur la poignée de la portière avant que Faye ait pu contre-attaquer.

Game over.

Elle se précipita sur la portière opposée. Son genou gauche heurta le levier de changement de vitesse, provoquant une douleur fulgurante qui descendit le long de sa jambe. Elle tomba à plat ventre sur le siège du passager, attrapa à tâtons la poignée et parvint à ouvrir la portière.

— Oh non, vous ne m'échapperez pas ! s'exclama Jake.

Une main agrippa le haut de sa jupe, et elle entendit un bruit de tissu déchiré. Jake avait dû se pencher par l'autre portière…

Un violent coup de reins permit à Faye de se dégager. Elle plongea dans l'ouverture, se releva prestement et prit ses jambes à son cou.

Elle pataugeait déjà dans le marécage quand elle entendit Jake pousser un cri de rage dans son dos. Mais ce ne fut qu'après avoir atteint la fraîcheur du sous-bois que le souffle de l'air sur ses cuisses lui fit baisser les yeux…

Sa jupe n'était pas juste déchirée : Jake la lui avait arrachée !

Jake contempla l'assortiment de cotonnades mauves qu'il tenait à la main. En essayant de retenir Faye, il avait fendu sa jupe en deux. Une fois passée la colère de s'être fait de

Piège dans les Everglades   35

nouveau fausser compagnie, il aurait dû avoir mauvaise conscience, pourtant il n'avait songé qu'à s'adosser à sa voiture pour profiter du spectacle de la fuyarde lui échappant en petite culotte.

Maintenant qu'elle avait disparu, cependant, son irritation revint. Comment la situation avait-elle pu déraper à ce point ? Il alla ramasser le fusil de Faye, le déchargea et posa les cartouches sur le plancher arrière du Dodge Charger. Il se dirigea ensuite avec l'arme et la jupe vers la lisière des bois où Faye était allée trouver refuge.

Là, il prit un malin plaisir à enfoncer le canon du fusil dans la boue : Faye mettrait des heures à nettoyer son arme pour la rendre de nouveau utilisable. Et il s'apprêtait à enrouler la jupe autour de la crosse quand un objet lourd heurta le canon du fusil. Intrigué, Jake tâta le tissu, et ses doigts rencontrèrent une poche intérieure, d'où il sortit le couteau que Faye lui avait posé sur la gorge la veille au soir.

Le reflet du soleil sur la lame ressemblait à un clin d'œil moqueur… Jake reprit sa fouille et découvrit d'autres poches secrètes, mais celles-ci étaient vides. Il attacha alors la jupe à la crosse du fusil, puis il regagna sa voiture, posa le couteau près des cartouches et démarra.

Alors qu'il venait de dépasser la pancarte en forme d'alligator, quelque chose de mauve apparut sur sa gauche, à demi caché derrière un arbre. Jake s'arrêta et mit pied à terre — pistolet au poing au cas où Faye serait allée chercher un autre fusil et se tiendrait en embuscade de ce côté-ci de la route.

Ce n'était heureusement pas elle, mais un sac à dos qui avait attiré le regard de Jake. Comme il était de la même couleur que la tenue de Faye, cependant, il devait lui appartenir…

Jake s'accroupit et en inventoria le contenu. Bouteilles d'eau, barres énergétiques, serviette, trousse de premiers secours… Exactement le genre de choses que quelqu'un emporterait pour partir à la recherche d'une personne qui se serait perdue dans la nature sauvage après un accident de voiture.

Faye dut marcher pendant de longues minutes avant de trouver un sol dur et sec sous ses pieds. Elle s'assit alors sur une bûche relativement propre et attendit.

Ne portant pas de montre, elle n'aurait su dire avec précision combien de temps s'était écoulé quand elle se leva. Environ une heure, à en juger par le déplacement des ombres, et donc sans doute assez longtemps pour que Jake ait renoncé à la poursuivre et soit reparti pour Naples.

Il aurait mieux valu rester là encore un peu, pour plus de sûreté, mais Faye ne pouvait pas se le permettre : elle devait reprendre ses recherches le plus vite possible, pour profiter au maximum de la lumière du jour. Sa dernière expédition nocturne s'était révélée beaucoup trop dangereuse, et à plus d'un point de vue... Pas question, donc, de recommencer !

Le portable de Calvin était tombé en panne de batterie la veille, pendant qu'il lui parlait. Il était alors complètement perdu et n'avait même pas pu lui fournir de point de repère pour l'aider à le localiser.

Après l'accident, il s'était enfoncé dans les bois au lieu de retourner sur la nationale. C'était parce qu'il avait peur d'avoir été suivi et ne voulait pas risquer d'être vu, lui avait-il dit. Faye le comprenait, mais elle aurait préféré qu'il attende près de la voiture. Elle l'aurait alors retrouvé le premier jour, ce qui lui aurait évité de repartir à sa recherche... Et de tomber sur Jake Young.

Calvin avait heureusement emporté des provisions — précaution qu'elle conseillait à toute personne qui s'aventurait dans les Everglades. Il pouvait donc y survivre pendant quelque temps. À condition de ne pas marcher sur un alligator, bien sûr, ou de ne pas être mordu par un serpent... Elle lui avait parlé de ses propres expériences dans cet environnement

Piège dans les Everglades

hostile, et ils y avaient fait quelques promenades ensemble, autrefois, mais il n'en avait jamais affronté seul les multiples dangers.

Le soleil était maintenant haut dans le ciel. Il devait être à peu près midi, et Faye pouvait d'autant moins se permettre d'attendre plus longtemps qu'elle n'avait plus ni fusil ni couteau. En pénétrant ainsi dans les marais sans aucune arme pour se défendre en cas de besoin, elle avait enfreint les règles de sécurité les plus élémentaires.

Après avoir scruté les alentours à la recherche d'éventuels prédateurs, Faye reprit le chemin de Mystic Glades. Elle vit de loin que le Dodge Charger n'était plus sur la route, ce qui la rassura. Mais en découvrant sa jupe enroulée autour de la crosse de son fusil, et le canon dudit fusil planté dans la boue, elle poussa un cri de colère.

Si Jake avait été là, elle aurait lancé son couteau de façon à ce que la lame s'enfonce juste devant ses pieds, pour avoir le plaisir de le faire sursauter !

Une seconde… Son couteau… Il était dans l'une des poches intérieures de sa jupe… Elle la détacha, et sa légèreté lui arracha un nouveau cri de colère : cela signifiait que Jake avait trouvé et pris le couteau.

C'était un crime de plus à inscrire sur la liste déjà longue de ses griefs contre lui. Et le fait qu'il soit Sagittaire n'y changeait rien.

Faye noua autour de sa taille les lambeaux d'une jupe désormais bonne à jeter, mais qui, dans l'immédiat, avait au moins le mérite de couvrir le bas de son corps. Il lui fallut ensuite tirer à trois reprises sur le fusil pour parvenir à l'extirper de la boue. Il en sortit dans un grand bruit de succion, et au prix d'un effort qui faillit la faire tomber à la renverse… Et raviva sa colère.

Un grondement de moteur retentit soudain. Jake serait-il déjà de retour ? Faye alla se cacher derrière un arbre. Le véhicule franchit le dernier virage, et elle poussa un soupir de soulagement. Ce n'était pas le Dodge Charger de Jake, mais le break de Freddie. La vieille dame devait avoir quelques caisses d'alcool de contrebande dans son coffre, et elles y resteraient jusqu'à l'ouverture de son bar, le Callahan's Watering Hole, en fin d'après-midi.

Quatre autres automobiles passèrent ensuite sur la route, les unes en direction de Mystic Glades, les autres dans le sens opposé, ce qui représentait une circulation importante pour cette route.

La plupart des gens de la région utilisaient en effet des voitures amphibies comme moyen de transport, et ils coupaient par les marais pour aller faire du troc ou du commerce avec des personnes qui vivaient comme eux en marge de la société. Il était cependant parfois nécessaire d'emprunter l'allée des Alligators — pour se procurer certaines marchandises, par exemple, ou poster du courrier.

Et il y avait même des gens qui exerçaient un métier traditionnel : certains habitants de Mystic Glades travaillaient à Naples, au bord du golfe du Mexique. D'autres étaient employés par le ministère des Transports pour assurer l'entretien des routes et des clôtures de protection contre le vagabondage des animaux sauvages. D'autres encore travaillaient dans les aires de repos de la nationale 75.

Faye n'entrait dans aucune de ces catégories. Elle habitait au-dessus de la boutique qu'elle gérait : The Moon and Star, et les commandes reçues grâce à son catalogue lui permettaient même de gagner assez d'argent pour avoir une employée à temps partiel.

C'était cette dernière, prénommée Amy, qui tenait la boutique en ce moment. Faye n'avait pas du tout envie d'avoir à expliquer l'état pitoyable de sa jupe, mais elle n'avait pas le choix…

N'ayant aucune raison d'emporter ses clés ce matin, elle ne pouvait pas rentrer par la porte de derrière. Pour éviter d'être vue, elle allait devoir se glisser d'arbre en arbre jusqu'à la boutique. Là, elle se précipiterait à l'intérieur, inventerait une histoire pour rassurer Amy, puis monterait dans son appartement pour se doucher et se changer. Elle repartirait ensuite à la recherche de Calvin, mais d'abord il lui fallait récupérer le sac à dos dont l'apparition de Jake Young sur la route l'avait obligée à se débarrasser.

Après avoir vérifié que la voie était libre, Faye courut vers l'endroit où elle l'avait lancé. Mais il n'y était pas. Ce qu'elle vit, en revanche, c'étaient des empreintes de bottes boueuses.

Jake avait trouvé et pris le sac à dos !

Son estomac se noua. Jake avait-il compris la signification de ce qu'elle avait mis dans ce sac ?

Sans doute… Il avait beau ne rien connaître aux Everglades, c'était tout sauf un imbécile… La présence de Faye près du lieu de l'accident, la veille au soir, associée au contenu d'un sac à dos dont la couleur révélait l'identité de sa propriétaire, lui avait sûrement ouvert les yeux. Il devait maintenant savoir qu'elle lui avait menti et tentait elle aussi de localiser Calvin.

Faye se força à respirer lentement. Il n'y avait pas de raison de s'affoler… Pas encore… Il fallait faire le point.

Tout ce dont elle était sûre, c'était qu'un détective privé recherchait Calvin. Mais il s'agissait seulement de lui. Et si quelqu'un de Tuscaloosa, en Alabama, avait engagé Jake, cette personne lui aurait demandé de la retrouver, elle aussi. Or il n'avait essayé ni de s'emparer d'elle ni de la *tuer*. Il ignorait donc ce qui la liait à Calvin, et son client n'était pas l'un des complices de Genovese.

Jusqu'ici, l'analyse de la situation donnait un résultat plutôt rassurant, estima Faye. Le client de Jake devait être de Naples. Au pire, et à moins que Calvin, depuis son installation dans la région, ne se soit mis à dos des gens dangereux dont il ne lui avait pas parlé, il avait « oublié » de rembourser une dette. Peut-être Jake avait-il été chargé par un établissement financier de délivrer à Calvin une citation à comparaître…

Ce qui, à bien y réfléchir, aurait malgré tout de graves

conséquences, car Calvin reparaîtrait alors sur la scène publique et permettrait ainsi à leurs ennemis, à Faye et à lui, de les localiser.

Elle n'avait donc pas le choix…

Elle considéra, le cœur lourd, l'arcade qui surplombait l'entrée de Mystic Glades.

Cette ville était le seul endroit où elle se soit jamais sentie chez elle. Mais depuis sa rencontre avec Jake Young, elle n'y était plus en sécurité. Y rester mettrait même en danger les gens qu'elle aimait.

Il lui fallait donc partir. Se chercher un nouveau refuge.

4

Jake se cala tout au fond du siège inconfortable qu'il occupait dans le bureau du Moon and Star depuis un bon moment. Il écoutait Freddie, sa nouvelle amie, lui raconter d'une voix rendue un peu pâteuse par l'alcool des histoires sur une certaine jeune femme blonde.

Après une deuxième rencontre avec elle qui avait failli lui coûter une oreille, il n'avait eu aucun scrupule à mentir aux amies de Faye. Freddie et Amy, la petite vendeuse restée dans la boutique pour recevoir les clients, croyaient donc que Faye et lui étaient sortis ensemble, autrefois, et qu'il était venu lui rendre une visite surprise.

Et comme il avait garé sa voiture derrière le bâtiment, elle s'apercevrait de sa présence trop tard pour l'éviter.

Freddie — diminutif de Fredericka, sans doute — lécha une goutte de whisky égarée sur ses lèvres d'un rouge criard et approcha la bouteille de Jake pour le resservir. Il se hâta de poser une main sur son verre encore à moitié plein : il n'en avait bu que quelques minuscules gorgées, pour accompagner Freddie et l'encourager à parler. Il n'était pas dans ses habitudes de consommer des alcools forts — surtout si tôt dans la journée. Il avait en outre besoin de garder l'esprit clair, en prévision de l'affrontement qui allait inévitablement l'opposer à Faye.

— Merci, dit-il, mais j'en ai encore largement assez.

Freddie secoua vigoureusement sa chevelure orange striée de gris en signe de protestation.

Piège dans les Everglades

— Les bonnes choses, on n'en a jamais trop ! s'exclama-t-elle.

Puis elle remplit son verre et le vida d'un trait.

— Je gardais cette bouteille pour une grande occasion, enchaîna-t-elle, et faire la connaissance de l'ancien fiancé de Faye en est une !

Une pointe de culpabilité commença de tarauder Jake. Il ne voulait pas aller trop loin dans ses inventions, et causer ainsi à Freddie une cruelle déception lorsque le moment serait venu de lui révéler la vérité. Depuis treize mois que Faye lui louait cette boutique et l'appartement au-dessus, il n'y avait apparemment eu aucun homme dans sa vie, ce qui semblait rendre Freddie particulièrement désireuse de la voir « renouer » avec Jake.

— Non, Freddie, je n'ai pas dit que Faye et moi étions fiancés… J'ai juste dit que nous étions proches, à l'époque du lycée.

Pour la douzième fois au moins depuis qu'elle avait commencé à boire, Freddie pouffa comme une collégienne. Jake n'était pas sûr de jamais pouvoir s'habituer à entendre ce rire presque enfantin sortir de la bouche d'une femme aussi imposante : elle paraissait capable de gagner une partie de bras de fer contre n'importe quel homme — lui y compris.

— Je sais ce que ça signifie, « proches » ! déclara-t-elle. J'ai eu quelques amis « proches » dans ma jeunesse… Un certain Johnny Green, en particulier…

Une expression nostalgique apparut dans ses yeux d'un bleu délavé, et elle entreprit de décrire, de la façon la plus crue, ce qui faisait dudit Johnny et d'elle des amis *particulièrement* proches.

Au cours de ses dix années de carrière dans la police, Jake s'était trouvé dans toutes sortes de situations incongrues. Il se croyait immunisé, et pourtant il se sentit rougir en écoutant une femme qui aurait pu être sa grand-mère lui raconter ses ébats amoureux jusque dans les moindres détails. Il allait la supplier d'arrêter quand la clochette de la porte d'entrée retentit.

Sauvé par le gong !

Le bruit confus de deux voix de femme indiqua ensuite à Jake qu'Amy et Faye étaient en train de discuter. La première était censée dire à la seconde que Freddie l'attendait dans son bureau.

La conscience de Jake se remit alors à le tourmenter. Amy ne devait pas avoir plus de dix-huit ans, il n'avait eu aucun mal à lui faire avaler ses mensonges, et voilà qu'à cause de lui, elle mentait à son tour…

— Pourquoi es-tu là, Freddie ? cria soudain Faye. Il y a un problème au bar ?

— Non, je suis juste venue te proposer une dégustation de mon nouveau whisky, répondit l'interpellée. Mais j'ai commencé sans toi !

— J'espère que je ne t'ai pas trop fait attendre… Même si je n'ai pas l'intention de me joindre à toi pour cette dégustation.

Le bruit lourd des rangers de Faye résonna sur le plancher du couloir qui reliait la boutique au bureau.

— J'ai eu une matinée épouvantable ! continua-t-elle. J'ai déchiré ma jupe, perdu mon couteau, et je vais devoir passer des heures à nettoyer mon fusil ! Je me suis accrochée avec un de ces crétins de citadins qui croient tout savoir, et il m'a fallu un temps fou pour me débarrasser…

Les mots moururent sur ses lèvres, et elle s'immobilisa sur le seuil de la pièce. Sa jupe était maintenue sur ses hanches par les extrémités nouées d'un des voiles qui la composaient, mais si bas qu'un rectangle de peau apparaissait sous son corsage. Elle tenait son fusil dans la main droite, le canon dirigé vers le plafond.

Si elle ne l'avait pas immédiatement braqué sur Jake, ce devait être parce que la surprise l'avait tétanisée, ou parce qu'elle craignait que la boue enfoncée dans le canon ne le fasse exploser. Si elle s'était aperçue que l'arme avait été déchargée, elle avait pu la recharger, et Jake jugea préférable de ne prendre aucun risque avec une femme qui avait la gâchette aussi facile. Il se leva, attrapa le fusil et alla le poser contre le mur d'en face. Faye cligna des yeux, l'air de sortir d'un rêve éveillé, et demanda à son amie sur un ton de reproche :

— Qu'est-ce qu'il fait là ?

— La question ne serait pas plutôt : « Qu'est-ce que ce crétin de citadin fait là ? », ironisa Jake.

Faye rougit. Freddie se tourna vers elle et dit d'un air enjoué :

— Comme jamais je n'offrirais un verre de mon meilleur whisky à un crétin de citadin, je ne vois pas du tout de qui tu parles !

Jake lui sourit. Il n'avait eu aucun mal à gagner sa confiance. Celle de Faye serait beaucoup plus difficile à conquérir.

— J'étais en train de dire à Freddie que nous étions de vieux amis, tous les deux, lui déclara-t-il.

— Vraiment ?

— Oui, je lui ai raconté quelques anecdotes du temps où nous fréquentions le lycée de Mobile.

Une soudaine inquiétude se peignit sur le visage de Faye. Elle ne pouvait pas savoir qu'il tenait de Freddie le nom de la ville où elle avait grandi.

— J'ai aussi parlé à Freddie de notre projet de nous inscrire ensemble à l'université de Floride, et du fait que ce projet n'avait finalement pas abouti.

— Mais j'étais déjà au courant, intervint Freddie, puisque tu n'as pas fait tes études supérieures à l'université de Floride, Faye, mais à celle d'Alabama où tu t'es liée d'amitié avec Amber…

Faye était maintenant toute pâle mais Freddie ne s'en rendit pas compte. Elle se tourna vers Jake et reprit :

— Faye et Amber Callahan, ma nièce, venaient passer toutes leurs vacances d'été à Mystic Glades.

Ravi d'avoir obtenu autant d'informations sans avoir à

Piège dans les Everglades

poser la moindre question, Jake leva son verre et le vida d'un trait. Ses yeux se remplirent aussitôt de larmes, et il réprima à grand-peine une quinte de toux qui lui aurait fait perdre toute dignité.

Cette eau-de-vie était sacrément forte ! Et elle n'avait de toute évidence rien à voir avec le whisky de grande marque dont la bouteille portait l'étiquette ! Elle provenait sûrement d'une distillerie clandestine, et Jake ne pouvait qu'espérer qu'elle ne le rendrait pas malade.

En attendant, l'inquiétude de Faye avait cédé la place à une violente colère : à en juger par le regard assassin qu'elle fixait sur lui, il allait devoir s'expliquer…

— Faye ! cria alors Amy. Sammie est là, et il a un problème : CeeCee le serre fort, et il n'a apparemment pas sa bouteille d'alcool sur lui !

L'interpellée pivota sur ses talons et remonta en courant le couloir qui menait à la boutique.

Cette diversion tombait à pic pour Jake, mais la petite vendeuse avait l'air paniquée. Alors, même s'il n'avait pas compris un mot de ce qu'elle disait — qui était CeeCee, et que venait faire une bouteille d'alcool là-dedans ? —, il s'élança derrière Faye.

La porte sur la rue était ouverte mais, après l'avoir franchie, Faye la lui claqua au nez. Il la rouvrit juste à temps pour la voir sortir de sous son corsage une chaîne en argent. Trois petits sachets de couleurs différentes y étaient suspendus. Elle détacha le rouge et s'accroupit devant un homme qui avait un énorme serpent enroulé autour du cou et de la poitrine.

Le sang de Jake ne fit qu'un tour : il dégaina son pistolet et s'agenouilla à côté de Faye. Un groupe de gens entourait l'homme sur le point d'étouffer, et il leur cria :

— Que l'un de vous trouve la tête du serpent, pour que je puisse le tuer sans risquer de blesser Sammie !

— Non ! protesta ce dernier. Je vous interdis de tirer sur CeeCee !

46   *Piège dans les Everglades*

Tous les regards s'étaient tournés vers Jake, et il aurait menacé d'abattre un enfant qu'ils auraient exprimé à peine moins d'indignation.

Faye ouvrit le sachet rouge et versa la poudre de même couleur qu'il contenait dans le creux de sa main en disant :

— La tête de CeeCee se trouve contre la gorge de Sammie, Bubba ! Attrape-la et tiens-la !

Deux hommes d'une cinquantaine d'années esquissèrent en même temps un geste pour lui obéir.

— Non, pas toi ! déclara-t-elle à l'un d'eux. L'autre Bubba !

L'intéressé était visiblement plus vigoureux que son homonyme. Il attrapa la tête du reptile et l'éloigna de Sammie.

— Vite…, chuchota celui-ci.

Faye se pencha vers le serpent, mais Jake la saisit par la taille pour la retenir.

— Stop ! déclara-t-il. C'est trop dangereux !

— Mais non ! Je sais ce que je fais, et il faut intervenir avant que CeeCee serre trop fort, sinon Sammie aura un infarctus !

Jake hésita, mais comme tout le monde le fixait comme s'il était le diable en personne, il finit par se résoudre à libérer Faye.

Après avoir étalé la poudre rouge sur la gueule du reptile, celle-ci ordonna :

— Écartez-vous tous ! Maintenant, Bubba, lâche CeeCee !

Le serpent commença à se tordre dans tous les sens, et Jake, cette fois, n'écouta que lui-même : il souleva Faye dans ses bras pour l'éloigner du danger. Elle leva vers lui un visage où, à l'étonnement, se mêlait une autre émotion, mais laquelle ?

— Rattrapez-le ! cria Sammie. Il faut que je le débarrasse de ce produit, sinon il va se faire mal !

Quand Jake s'arrêta et se retourna, l'attroupement s'était dispersé. Tout le monde était en train de courir vers un bouquet d'arbres situé entre deux bâtiments — y compris

Piège dans les Everglades

l'homme qui était prisonnier des anneaux d'un boa constricteur l'instant d'avant.

— Sammie a vite repris du poil de la bête ! s'exclama Faye en riant.

— Ce genre de chose arrive souvent, par ici ?

— Assez souvent pour que j'aie en permanence sur moi un sachet de répulsif à serpents. J'ai dit à Sammie d'avoir toujours une petite bouteille d'alcool à 90° dans sa poche, au cas où CeeCee le prendrait pour de la nourriture. Ça marche presque aussi bien que mon répulsif, mais Sammie a tendance à oublier ce conseil.

Jake regagna la boutique en marmonnant :

— Si Sammie ne veut pas risquer d'être tué un jour par son boa, il doit s'en séparer.

— Non, CeeCee est la seule chose qui le fait se lever le matin depuis la mort de sa femme. Il mérite pleinement le nom d'animal de compagnie.

Alors qu'ils approchaient de l'escalier qui menait à l'étage, Jake sentit Faye se raidir.

— Vous pouvez me poser, maintenant : je ne cours plus aucun danger, dit-elle. Je n'avais même pas besoin de votre aide, d'ailleurs !

— Surtout ne me remerciez pas…, grommela-t-il.

Puis, sans la lâcher, il s'engagea dans l'escalier.

— Non, qu'est-ce que vous faites ? s'écria Faye. Posez-moi !

— Pas question ! Il faut qu'on parle, tous les deux. Sans fusil, ni couteau, ni serpent mangeur d'hommes aux alentours : juste vous, moi et la vérité.

5

Pendant que Jake gravissait les marches, Faye feignit de se résigner, mais dès qu'il arriva en haut et la posa pour ouvrir l'appartement, elle se précipita à l'intérieur et se retourna aussitôt pour refermer et verrouiller la porte.

Avant qu'elle en ait le temps, cependant, Jake inséra son pied dans l'ouverture, et il avait une force physique tellement supérieure à la sienne qu'elle ne pouvait espérer le battre à la régulière. Bien qu'à contrecœur, elle recula donc et le laissa entrer.

Sa jupe avait glissé le long de ses hanches. Elle la remonta et rattacha le voile qui la maintenait plus ou moins en place. Elle remarqua alors que Jake regardait avec intérêt la bande de peau restée nue entre le haut de sa jupe et le bas de son corsage, et ses joues s'empourprèrent.

D'un autre homme, elle n'aurait pas accepté une telle insistance. Mais même si l'enquête de Jake et ses conséquences possibles l'inquiétaient, comment ignorer le trouble délicieux qui l'envahissait chaque fois qu'elle posait les yeux sur lui ? Et sentait son regard sur elle ?

Un puissant courant de sensualité passait entre eux, c'était évident, mais pourquoi fallait-il qu'elle éprouve ce genre d'attirance pour un homme dont la seule présence menaçait son univers tout entier ?

Faye recula afin de mettre un peu de distance entre eux — et de pouvoir croiser son regard sans risquer d'attraper un torticolis.

Piège dans les Everglades

— Comment avez-vous su où j'habitais ? déclara-t-elle. Et comment vous êtes-vous débrouillé pour mettre mes amies dans votre poche en l'espace de quelques heures seulement ?

— Mystic Glades n'est pas très grand. J'ai longé la rue principale, et quand j'ai vu une boutique baptisée The Moon and Star, j'ai compris que vous en étiez la propriétaire ou la gérante. Je me suis arrêté devant, et Freddie est alors sortie du bar d'en face. Je crois qu'en me demandant pourquoi j'étais là, elle pensait vous protéger.

— Et c'est à ce moment-là que vous avez commencé à lui mentir ? Que vous lui avez dit… quoi d'ailleurs ? Que j'étais votre petite amie ?

— Quelque chose dans ce goût-là. L'idée de m'aider à vous faire une surprise a séduit Freddie et Amy. Il ne faut pas leur en vouloir.

— Ne vous inquiétez pas : c'est à vous que j'en veux, pas à elles ! Partez, maintenant ! Vous êtes en train de commettre une violation de domicile.

Au lieu d'obéir, Jake referma la porte d'un coup de talon, puis il s'avança jusqu'au milieu du petit séjour-cuisine et jeta un coup d'œil dans la chambre d'amis, sur sa droite. Elle ne contenait que les lits jumeaux et la commode laissés là par Freddie.

— C'est donc ici que vous vivez ? observa Jake.

— Oui, mais je ne vois pas en quoi ça vous regarde !

Jake ignora cette remarque. Il se dirigea vers la porte située sur la gauche du séjour — celle de la chambre de Faye — et la franchit. Elle le suivit et, après avoir considéré avec un sourire la couette rose pâle du lit, il s'intéressa aux statuettes posées sur la commode.

Quand il souleva celle du centaure tenant une balance, Faye, qui s'était jusque-là efforcée de rester calme, fondit sur lui et la lui arracha des mains.

Comment avait-elle pu le trouver attirant ? Ce n'était plus du tout le cas, car elle détestait les gens mal élevés et lui en voulait d'avoir, en plus du reste, pénétré sans sa permission dans cette pièce.

— Sortez ! lui ordonna-t-elle en remettant la statuette à sa place.

Le sourire de Jake s'évanouit, remplacé par une expression glaciale qui fit courir un frisson d'angoisse le long du dos de Faye.

Ses précédents sourires étaient-ils juste destinés à l'amadouer ? Sans doute. Il devait se servir de son physique agréable pour manipuler les gens, et plus spécialement les femmes. Cela expliquerait pourquoi Freddie, de nature plutôt ombrageuse, s'était laissé duper aussi facilement. Quand Faye l'avait trouvée en train de boire un verre avec lui comme s'ils étaient de vieux amis, elle n'en avait pas cru ses yeux.

— Et si je ne vous obéis pas, que ferez-vous ? demanda-t-il. Vous appellerez la police ? Je sais que mon smartphone capte, ici : je m'en suis servi pour me connecter à Internet dans votre bureau, tout à l'heure.

Il sortit l'appareil de sa poche et le tendit à Faye avant de reprendre :

— Allez-y, je vous en prie ! Quand la police sera là, je lui dirai de rechercher votre nom dans ses fichiers… Combien de temps lui faudra-t-il pour s'apercevoir que « Faye Star » n'existe pas, à votre avis ? Et combien de temps pour avoir envie de savoir pourquoi ?

— Vous racontez n'importe quoi !

— Vraiment ? Je ne trouve pourtant votre nom dans aucune base de données officielle. Je n'ai encore essayé que la Floride, je le reconnais… Je peux me reconnecter à Internet et voir si j'ai plus de succès avec l'Alabama, mais franchement, j'en doute.

Faye serra les poings si fort que ses ongles s'enfoncèrent dans ses paumes.

— Qu'est-ce que vous attendez de moi ?

— La vérité.

Piège dans les Everglades

Jake s'approcha d'elle, l'acculant contre la commode. Elle glissa alors discrètement sa main droite dans son dos et entrouvrit le tiroir du haut, qui contenait un couteau.

— Quelle vérité ? déclara-t-elle pour gagner du temps. Vous recherchez le conducteur de la voiture accidentée, n'est-ce pas ? Eh bien, je ne le connais pas, voilà la vérité !

— Je ne vous crois pas.

— Je m'en moque ! répliqua-t-elle tout en continuant de tâtonner du bout des doigts dans le tiroir.

— Que se passe-t-il, Faye ? Vous n'arrivez pas à trouver votre couteau ?

Une gifle ne lui aurait pas causé un tel mélange d'humiliation et d'indignation.

— Vous avez fouillé mon appartement en mon absence ? s'exclama-t-elle.

— Oui, parce que je tiens à la vie. L'expérience m'a appris à ne pas vous sous-estimer.

— Freddie vous a laissé monter ici ?

— Il m'a suffi pour l'en convaincre de lui dire que j'avais besoin d'aller aux toilettes, répondit Jake.

Ils se faisaient face comme deux boxeurs sur un ring, chacun attendant que l'autre prenne l'initiative. Mais Faye savait que, sans arme ni possibilité de s'échapper rapidement, elle était en position de faiblesse. À supposer qu'elle parvienne à renverser Jake, la pièce était si petite qu'il lui faudrait ensuite l'enjamber pour sortir. Il n'aurait alors qu'à l'attraper par une cheville, et elle tomberait à son tour avant d'avoir atteint la porte.

Indécise, elle se mordit la lèvre inférieure. Jake la toisait et, au bout d'un moment, sa colère parut se calmer.

— Ecoutez, j'ai compris que vous fuyiez quelque chose ou quelqu'un, mais je ne suis pas ici pour découvrir vos secrets ou fouiller dans votre passé. Mon seul objectif, c'est de retrouver Calvin Gillette, et je pense que vous pouvez m'y aider. Si vous le faites, je vous promets de ne dire à personne où vous êtes… Aidez-moi, Faye, je vous en prie !

Sa voix chaude, la douceur avec laquelle il écarta une mèche de cheveux de son visage, puis posa la main sur son épaule, la troublèrent profondément. Elle était soudain tentée de lui faire confiance, de lui parler de ses propres problèmes. Elle avait besoin de retrouver Calvin, elle aussi…

Était-il possible que Jake ne représente pas une menace ? Dans ce cas, elle ne serait pas obligée de quitter Mystic Glades, de se séparer de ses amis…

— Qui vous a engagé ? demanda-t-elle. Et pourquoi votre client recherche-t-il… Gillette ?

— Je ne peux pas vous le dire.

— Il lui veut du mal ?

— Mon travail ne consiste pas à courir après des gens pour les livrer ensuite à quelqu'un qui leur fera du mal ! La réponse à cette question insultante est donc un non clair et net !

Le visage de Jake s'était de nouveau assombri. Son indignation semblait sincère, alors peut-être son client était-il un ami de Calvin, qui le recherchait pour une raison parfaitement innocente ? Peut-être Calvin s'était-il affolé pour rien ?

— Qu'est-ce qui vous fait croire que je connais ce Gillette ? déclara Faye sur un ton faussement dégagé. Et que je peux vous aider à le retrouver ?

Jake laissa retomber sa main. Il avait l'air déçu et, bizarrement, cela donna mauvaise conscience à Faye.

— J'ai découvert votre sac à dos. Faute d'avoir trouvé Gillette la nuit dernière, vous repartiez à sa recherche quand nous nous sommes croisés ce matin, n'est-ce pas ?

— Vous avez découvert *un* sac à dos… Pourquoi m'appartiendrait-il forcément ?

Voyant une lueur de colère réapparaître dans les yeux noirs de Jake, elle se hâta d'enchaîner :

— D'accord, d'accord… C'est à moi qu'il appartient.

À quoi bon nier l'évidence, en effet ? Quand Jake avait

Piège dans les Everglades

fouillé son appartement à la recherche d'éventuelles armes, il avait sûrement remarqué les sacs à dos rangés sur l'une des étagères de sa penderie, tous du même modèle mais dans des couleurs différentes, pour s'assortir à ses tenues. Et qu'un des placards de sa cuisine était rempli de bouteilles d'eau et de barres énergétiques de la même marque que celles contenues dans le sac à dos mauve...

Au cas improbable où il aurait encore eu des doutes sur l'identité de sa propriétaire, ces découvertes les auraient dissipées.

Il fallait maintenant inventer une histoire pour expliquer l'intérêt qu'elle portait au conducteur de la Ford Taurus.

— Ce sac à dos est donc bien à moi, reprit-elle, mais pour le reste, vous vous trompez. Si j'ai entrepris ces recherches, c'est parce que je suis tombée sur ce véhicule accidenté en me promenant, il y a quelques jours. Je me suis dit que l'automobiliste était sûrement blessé, et qu'il devait s'être perdu dans les marais... J'essaie de le retrouver, pour lui porter secours, mais je n'ai pas besoin pour ça de le connaître.

— Vous espérez vraiment me faire avaler ça ?

— C'est la vérité !

— Donc, le sort d'un parfait inconnu vous inquiétait tellement que vous avez passé ces derniers jours à le rechercher... Mais vous n'étiez pas assez inquiète pour prévenir la police ou demander à quelqu'un d'ici de vous prêter main-forte... Désolé, je ne vous crois pas.

— Tant pis ! Si vous me disiez, maintenant, qui vous a engagé et pourquoi ?

Jake resta un moment silencieux, comme s'il hésitait à répondre, puis il se décida.

— Mon client s'appelle Quinn Fugate. C'est le demi-frère de Calvin Gillette — même mère, pères différents. Il n'a découvert que récemment leur lien de parenté, et il tente depuis d'entrer en contact avec lui. Il l'a localisé à Naples grâce à un autre détective privé, mais un ami de Gillette a signalé sa disparition avant que Fugate ait eu le temps de sauter dans un avion pour aller le voir.

— La police n'a pas enquêté sur cette disparition ?

— Si, mais elle a très vite renoncé à retrouver Gillette, et c'est pour ça que Fugate a eu recours à mes services, pour ça que je dois retrouver Gillette — vivant, si possible. Mon seul but, c'est de l'aider.

Faye regarda Jake droit dans les yeux pour essayer de savoir s'il disait la vérité. Il semblait sincère, et son histoire était plausible. C'était la première fois qu'elle entendait le nom de Quinn Fugate, ce qui la soulageait d'un grand poids, et Calvin avait peut-être un demi-frère dont elle ignorait l'existence.

Dans l'immédiat, elle ne pouvait évidemment pas lui poser la question, et il n'était d'ailleurs pas exclu, compte tenu de son parcours, que lui-même n'en sache rien. Et dans ce cas, après avoir été seul pendant si longtemps, il serait sûrement ravi de se découvrir une famille prête à l'accueillir en son sein.

Mais Jake disait-il la vérité ? Faye n'arrivait pas à trancher. S'il mentait, s'il voulait juste l'utiliser pour retrouver Calvin, elle pouvait tenter de lui fausser de nouveau compagnie, et poursuivre seule ses recherches… Mais cela n'empêcherait pas Jake de continuer de son côté. Il appellerait même peut-être d'autres personnes en renfort, auquel cas il aurait de grandes chances de localiser Calvin avant elle.

Alors la meilleure solution ne consistait-elle pas à collaborer avec lui ? Elle saurait ainsi à tout moment où il était et ce qu'il faisait…

Il fallait surveiller de près ses ennemis plutôt que ses amis, comme disait le proverbe.

— Faye ? finit par déclarer Jake.

— Excusez-moi, je réfléchissais… Vous voulez que je vous aide à retrouver le conducteur de la Ford Taurus, c'est ça ?

Visiblement déçu qu'elle refuse toujours d'admettre connaître Calvin, il hocha affirmativement la tête.

— Et si le sort de cet *inconnu* vous inquiète autant,

Piège dans les Everglades

pourquoi ne pas unir nos forces ? suggéra-t-il ensuite. On pourrait commencer par aller interroger ensemble les gens d'ici, leur demander s'ils ont vu Gillette… Et quelqu'un nous fournira peut-être une information qui réduira notre zone de recherche. Quand j'aurai retrouvé Gillette, je lui parlerai de son demi-frère. Ce sera alors à lui de décider s'il veut ou non le rencontrer. Mon rôle à moi s'arrêtera là.

— Vous ne direz à personne de l'extérieur que j'habite ici ?

— Je vous le promets si vous me promettez, vous, de ne plus me tirer dessus ! déclara Jake, la main sur le cœur.

Faye posa une main sur la sienne et ferma les yeux.

— Euh… Qu'est-ce que vous faites ? demanda-t-il.

— Chut ! J'essaie de pénétrer dans votre esprit, de savoir quel genre d'homme vous êtes vraiment.

— Mais…

— Chut !

En se penchant vers lui, Faye sentit sa chaleur se répandre en elle. Percevoir la vraie nature des autres lui avait toujours été facile. Était-ce un don, une sorte de sixième sens, ou juste une capacité d'empathie supérieure à celle de la plupart des gens ? Elle l'ignorait, mais il lui suffisait généralement de toucher quelqu'un pour entrer en résonance avec son monde intérieur.

Au bout d'un moment, une sensation de calme l'envahit. Elle sourit et déclara en rouvrant les yeux :

— Vous émettez de bonnes vibrations, Jake Young ! Je peux donc vous faire confiance et accepter de vous aider à retrouver Calvin.

— Vous appelez cet homme par son prénom, maintenant ?

— Oui. Je ne compte pas vous révéler tous mes secrets, mais je le connais, je l'avoue. Et je ne veux pas qu'il lui arrive malheur. On va le rechercher ensemble, d'accord ?

Faye tendit la main et, après une brève hésitation, son interlocuteur la lui serra. Au contact de leurs paumes, une onde de volupté la parcourut, et ce fut à regret qu'elle lâcha la main de Jake.

— J'ai besoin de me doucher et de me changer, annonça-t-elle. Je pense qu'on devrait ensuite prendre le temps de réfléchir. J'ai tourné en rond dans les marais pendant des journées entières sans rien trouver... Mieux vaut, je crois, utiliser le reste de la journée à élaborer un plan que de partir de nouveau à l'aventure — et de rentrer bredouilles au bout de quelques heures.

— Entendu, mais si on ne reprend les recherches que demain, je vais devoir passer la nuit à Mystic Glades.

— Vous pouvez vous installer dans ma chambre d'amis. Et s'il vous faut des vêtements de rechange, je demanderai à...

— Merci, mais c'est inutile : je garde toujours un sac de voyage dans le coffre de ma voiture. Il y a dedans tout ce dont j'ai besoin.

Jake posa son sac par terre, referma le coffre et s'y adossa. Sa conscience le tourmentait, et pourtant il avait fait ce qu'il était venu faire : son travail.

Par miracle, il avait rallié Faye à sa cause, mais au lieu de se réjouir de ce succès inattendu, il le ressentait comme une trahison.

Comment Faye avait-elle pu, rien qu'en le touchant, changer complètement d'avis sur lui ? Ce bref contact n'aurait pas dû lui suffire pour accorder sa confiance à un parfait inconnu ! Ce petit bout de femme était d'une naïveté incroyable ! Elle avait besoin de quelqu'un pour la protéger de la dureté du monde extérieur.

La protéger d'hommes comme lui.

Jake poussa un soupir. Alors qu'il s'était installé à Naples pour repartir de zéro, il s'apprêtait à faire de nouveau du mal à quelqu'un... Il regrettait rétrospectivement d'avoir accepté cette affaire, mais maintenant il était trop tard : le contrat

Piège dans les Everglades

était signé, l'acompte versé par son client, encaissé. Et même si le coup qu'il porterait à Faye lui déplaisait profondément, il le fallait… Il aurait juste voulu que cette tâche revienne à quelqu'un d'autre.

Un second soupir, puis Jake souleva son sac de voyage, regagna l'appartement et alla écouter à la porte de la chambre de Faye. La douche coulait toujours, et la jeune femme chantait un air inconnu de lui. Il s'attendait presque à ce qu'elle ne soit plus là à son retour…

Et cela n'aurait-il pas été préférable ?

Assez ! Il avait une enquête à mener, et aucun scrupule à avoir !

Alors, comme l'excuse d'un besoin pressant ne lui avait permis d'effectuer qu'une fouille rapide de l'appartement, tout à l'heure, il entreprit d'accomplir des recherches plus minutieuses : il inspecta chaque tiroir et chaque placard, regarda sous les coussins du petit canapé et du fauteuil du séjour…

L'ordre n'était pas la qualité première de l'occupante des lieux : ses affaires semblaient être restées à l'endroit où elles avaient atterri quand elle n'en avait plus eu besoin.

La cuisine, en revanche, était impeccable, et une odeur de citron frais régnait dans la petite salle de bains attenante à la chambre d'amis.

Jake ne découvrit d'arme cachée nulle part, mais il y en avait peut-être d'autres dans la chambre de Faye, que sa fouille précédente ne lui avait pas permis de trouver. Il devrait donc faire attention jusqu'à ce que l'occasion d'une inspection plus poussée de cette pièce se présente.

Après avoir de nouveau écouté à la porte de la chambre pour s'assurer que Faye était toujours sous la douche, Jake alla s'asseoir sur le canapé, sortit son portable de sa poche et composa le numéro de son client.

— Agent spécial Fugate…

— Jake Young à l'appareil.

— Ne quittez pas…

58 *Piège dans les Everglades*

Outre des parasites qui lui rappelèrent la mauvaise qualité des communications via portable dans ce coin perdu des Everglades, Jake perçut dans l'écouteur des sonneries de téléphone, un brouhaha de conversations… Puis une porte se ferma, et les bruits disparurent.

— Désolé, dit le policier. Il y a de la friture sur la ligne, et la pièce voisine était trop bruyante pour que je vous entende. Alors, vous avez retrouvé Gillette ?

— Pas encore, répondit Jake, mais j'ai une piste : je suis convaincu qu'il se rendait dans une ville du nom de Mystic Glades quand il a eu cet accident.

— Mystic Glades ? Connais pas ! Où est-ce ?

L'eau s'arrêta de couler, dans la salle de bains, et Jake baissa la voix.

— C'est à une douzaine de kilomètres au sud de la borne 84 de l'allée des Alligators, ce tronçon de la nationale 75 qui traverse la pointe de la Floride, du golfe du Mexique à l'océan Atlantique.

La porte de la chambre s'ouvrit, et Faye apparut, vêtue d'un peignoir rose qui aurait été parfaitement ordinaire s'il n'avait pas laissé voir ses jambes jusqu'en haut des cuisses. La seule pensée de ce qu'elle portait — ou pas — dessous mit tous les sens de Jake en émoi.

Le regard soupçonneux qu'elle lui lança en le voyant au téléphone le ramena cependant très vite à la réalité.

— Il faut que je raccroche, maman ! déclara-t-il. À une autre fois !

6

Jake dut presser le pas, le lendemain matin, pour ne pas perdre Faye de vue. Elle avait peut-être accepté de collaborer avec lui pour retrouver Calvin Gillette, mais il n'était manifestement pas dans ses intentions de le laisser prendre la direction des opérations.

Il ne comptait pas s'en plaindre si cela lui permettait de l'admirer tout à loisir tandis qu'elle descendait l'escalier, vêtue d'un jean très moulant et d'un T-shirt vert tilleul qui mettait en valeur sa poitrine généreuse.

Cette journée promettait d'être pour lui à la fois un plaisir et une torture.

Ils avaient étudié la veille une carte rudimentaire de la région, et délimité les endroits que Faye avait déjà explorés. Jake lui avait montré comment quadriller un territoire sur un plan, et elle avait admis — visiblement à contrecœur — l'utilité de cette méthode.

Avant de se mettre en route, cependant, ils allaient interroger les habitants de la ville pour voir si l'un d'eux avait aperçu Gillette. Jusqu'à présent, Faye n'avait parlé de lui à aucun de ses concitoyens, mais elle savait que le temps pressait. Si quelqu'un pouvait leur permettre de réduire la zone de recherche, ils auraient plus de chances de retrouver Gillette vivant.

Jake la suivit dans le couloir qui menait à la boutique, mais lorsqu'elle arriva à la hauteur du bureau, elle se tourna vers lui, le poussa à l'intérieur et ferma la porte.

— Qu'y a-t-il ? demanda Jake, craignant qu'elle n'ait changé d'avis à propos de leur collaboration.

— Il faut qu'on se mette d'accord.

— À quel sujet ?

— Vous avez dit hier à Freddie et à Amy que nous étions amis. Elles s'imaginent sûrement que nous avons été bien plus que ça, et que vous êtes venu à Mystic Glades dans le but de renouer avec moi. Comme vous avez logé dans mon appartement — et toute la ville est au courant, vous pouvez me croire ! —, les gens pensent que nous avons passé la nuit ensemble. Et c'est tant mieux : si nous les entretenons dans cette illusion, ils seront mieux disposés envers vous.

— Vous... Vous voulez qu'on joue les amants ?

— Oui. Et comme nous sommes visiblement attirés l'un par l'autre, ce ne sera pas un rôle très difficile à tenir de manière convaincante.

Faye s'approcha de Jake et posa une main sur sa poitrine. Sentant son pouls s'emballer, il recula de deux pas, l'obligeant ainsi à baisser son bras. Mais elle franchit de nouveau la distance qui les séparait, fit courir ses doigts le long de son torse, puis les glissa dans la ceinture de son jean.

La bouche sèche, il recula encore, mais le mur ne tarda pas à l'arrêter. Faye sourit et se pencha en avant, pressant ses seins contre lui.

— Il y a un problème, Jake ?

— Euh... Oui, bredouilla-t-il. On se connaît à peine, tous les deux, et je ne pense pas que faire semblant d'être amants soit une très bonne idée.

Ses mots sonnaient faux à ses propres oreilles, et il ne rêvait que d'une chose en réalité : refermer les bras sur Faye et l'embrasser fougueusement. Il essaya de ne pas loucher sur son décolleté... Et échoua lamentablement.

Les choses s'aggravèrent encore quand elle lui posa une main sur la nuque et se mit à jouer avec ses cheveux.

— Si, c'est une bonne idée, insista-t-elle. Mais nous

Piège dans les Everglades

devons nous inventer un passé commun. Quelque chose de simple, pour ne pas risquer de nous trahir.

Cette fois, Jake était d'autant plus d'accord qu'il avait déjà raconté à Freddie l'histoire — fausse — de la façon dont Faye et lui s'étaient connus.

— Quand Freddie m'a appris que vous aviez fréquenté le lycée de Mobile, j'ai prétendu y être allé, moi aussi. Il faudra donc continuer à dire que c'est là que nous nous sommes rencontrés.

— Hum… Où avez-vous fait vos études secondaires, en réalité ?

— À Nease, répondit Jake. C'est au nord du comté de Saint Johns, tout près de Saint-Augustine.

Les doigts de Faye dessinaient maintenant sur sa nuque des petits cercles qui incendiaient ses sens.

— Quel âge avez-vous ? demanda-t-elle.

— Pourquoi ?

— Parce que, sans vous offenser, vous avez visiblement au moins cinq ans de plus que moi… Alors, à moins de penser que vous avez redoublé plusieurs classes — et vous n'avez pas l'air trop idiot —, les gens auront du mal à croire que nous sommes d'anciens camarades de lycée. Mieux vaut donc prétendre que nous nous sommes connus à l'université : il n'y a pas d'âge pour suivre des études supérieures. J'ai terminé les miennes il y a seulement quelques années… Et vous ? À moins que vous n'en ayez pas fait ?

— Si, mais vous avez raison au sujet de la différence d'âge. Je n'y ai pas pensé quand j'ai dit à Freddie que nous étions élèves au lycée de Mobile en même temps.

Faye écarta cette remarque d'un geste désinvolte de la main — mais pas de celle qui traçait des cercles sur la nuque de Jake, malheureusement. Si elle n'arrêtait pas vite, il allait devenir fou.

— Ne vous inquiétez pas pour Freddie, déclara-t-elle. Elle

doit n'avoir qu'un vague souvenir de votre conversation : elle était déjà bien éméchée, quand je suis arrivée.

En désespoir de cause, Jake prit sa main et l'emprisonna dans la sienne.

— D'accord... Nous nous sommes connus à l'université. J'étais un étudiant de troisième année qui ne s'était pas tout de suite inscrit à la fac après son bac, et vous, vous étiez en première année. Et c'est bien de l'université d'Alabama, à Tuscaloosa, qu'on parle, n'est-ce pas ?

— Vous avez l'air d'en savoir beaucoup sur moi..., observa Faye, les sourcils froncés.

— Non, je sais uniquement ce que j'ai pu amener Freddie à me dire. Qu'avez-vous étudié à l'université ?

— La biologie animale et végétale, et l'écologie.

— Ça ne me surprend pas.

— Pourquoi ?

— Parce que je vous ai vue en pleine nature, et que vous y étiez de toute évidence dans votre élément.

— Et vous, quelles études avez-vous faites ? Je pencherais pour l'éducation physique... Je vous vois très bien en coach dans une salle de sport, ou en entraîneur d'une équipe de football professionnel.

Ce fut au tour de Jake de froncer les sourcils.

— Et pourquoi ça ?

— Regardez-vous ! Vous mesurez combien ? Dans les un mètre quatre-vingt-dix ? Et vous êtes très athlétique... Je suis sûre que vous avez été quarterback !

— Non, pour la bonne et simple raison que je n'ai jamais joué au football. Et j'ai fait des études de droit. Maintenant, si vous voulez bien...

Jake posa ses mains sur les épaules de Faye dans l'intention de la repousser, mais elle l'en empêcha en lui entourant le cou de ses deux bras.

— Vous me plaisez et je vous plais, déclara-t-elle. Pourquoi refusez-vous de le reconnaître ?

Piège dans les Everglades 63

— On… On va travailler ensemble. Il ne faut pas tout mélanger.

— Pour rendre notre liaison crédible, on doit s'embrasser de temps en temps, non ? Sinon, je ne pourrai pas vous aider.

— Ça ferait partie de notre… relation professionnelle ?

— Oui, si vous voulez. Mais il faut s'entraîner, alors qu'attendez-vous pour m'embrasser ?

Le peu de capacité de résistance qui restait à Jake s'envola. Il se pencha et s'empara des lèvres de Faye, qui ne se contenta pas de s'offrir à son baiser et entreprit aussitôt de nouer et de dénouer leurs langues dans un ballet d'un érotisme étourdissant.

Les sensations qui fusaient en lui ne tardèrent pas à priver Jake de toute lucidité. Il passa un bras sous les jolies fesses rondes de Faye et la souleva jusqu'à ce que leurs bassins soient à la même hauteur. Elle poussa un gémissement rauque, leva les jambes et les lui enroula autour de la taille.

L'intimité de ce contact exacerba son désir. Il se retourna, adossa Faye au mur et plongea les doigts dans ses cheveux avant de joindre de nouveau leurs lèvres mais, au bout d'un moment, sa fièvre atteignit une intensité que de simples baisers ne pouvaient satisfaire.

Un lit… Il devait trouver un lit…

À défaut, une table ferait l'affaire parce que, s'il ne prenait pas Faye là, tout de suite, il allait mourir.

Alors il la porta jusqu'au bureau, la posa dessus, jambes écartées, et saisit le bas de son T-shirt pour le lui enlever. Mais elle ne le laissa pas faire : elle était trop occupée à tenter de lui détacher sa ceinture.

Il la regarda tâtonner et, pendant ces quelques instants où leurs corps ne se touchaient plus, le brouillard de la passion se dissipa, et son cerveau se remit à fonctionner.

Qu'était-il en train de faire ? Faye avait confiance en lui, alors qu'il ne cessait de lui mentir… Il n'avait pas le droit de profiter de cette confiance pour assouvir ses pulsions, pas le droit de franchir cette ligne-là. Quand elle apprendrait la vérité, elle le détesterait, et elle aurait raison... Il devait mettre un terme à cette folie.

Jake commença par emprisonner les mains de Faye dans les siennes. Elle leva vers lui un regard interrogateur, et il déclara d'une voix étranglée :

— Il ne faut pas aller plus loin. Vous méritez mieux qu'un coup rapide sur un coin de table... Sans compter qu'Amy pourrait nous surprendre.

Faye cligna plusieurs fois des yeux, comme pour s'obliger à reprendre contact avec la réalité. Elle dégagea ses mains, mais au lieu de repousser Jake, elle dit en souriant :

— C'était... chaud bouillant, hein ?

Jake éclata de rire.

— J'adore votre naturel ! s'exclama-t-il en lui enroulant autour de l'oreille une mèche égarée sur sa joue.

L'image de sa magnifique chevelure étalée sur un oreiller, après l'amour, faillit lui faire de nouveau perdre pied.

— Merci d'avoir arrêté, dit Faye, parce que, sans ça, j'aurais continué, et vous avez raison : ce bureau n'est pas très confortable. On devra mieux choisir l'endroit, la prochaine fois.

Un clin d'œil espiègle, puis elle écarta Jake, sauta à terre et annonça :

— Je vais demander à Amy jusqu'à quelle heure elle peut s'occuper de la boutique.

La seconde d'après, Jake était seul dans la pièce, mais il lui fallut plusieurs minutes pour pouvoir respirer et marcher normalement. Ensemble, Faye et lui étaient comme une torche et de l'essence : prêts à s'enflammer au moindre contact. Il devait donc désormais s'interdire de la toucher.

Ce qui signifiait que les prochaines heures lui feraient vivre un véritable enfer.

Une fois sa libido sous contrôle — du moins l'espérait-il —, Jake quitta le bureau pour se rendre dans la boutique. Faye était en train de discuter avec Amy à l'autre bout du

Piège dans les Everglades

local — trop loin pour qu'il entende une conversation qui ne l'intéressait d'ailleurs pas spécialement —, et il en profita pour observer les lieux.

C'était une vaste pièce rectangulaire, au sol recouvert d'une épaisse moquette bleu roi. Cette couleur, qui se retrouvait sur les murs, mettait en valeur par contraste l'encadrement d'un blanc éclatant des grandes baies vitrées situées de part et d'autre de la porte d'entrée.

Un long comptoir occupait presque tout le côté droit de la boutique. Il n'y avait pas de caisse enregistreuse, mais comme Amy se tenait derrière ce comptoir, ce devait être là que les clients payaient leurs achats.

Ladite Amy adressa à Jake un signe amical de la main. Il le lui rendit, puis alla attendre près de l'une des baies vitrées, mais même après avoir regardé sur les petites tables d'exposition disséminées dans la pièce et sur les étagères fixées aux murs, il n'aurait su dire ce que ce magasin vendait exactement.

Il y avait dans un angle deux présentoirs circulaires, remplis du genre de jupes mi-longues et de hauts ajustés que Faye affectionnait. Mais en dehors de ça et d'une vitrine de bijoux de fabrication manifestement artisanale, les objets visibles étaient pour l'essentiel des bocaux et bouteilles en verre à bouchon argenté ou doré, des petites pierres polies et des sachets en velours fermés par un cordon doré.

La conversation entre les deux femmes se prolongeant, Jake se pencha sur la vitrine à bijoux, puis il souleva un petit sachet de velours rouge et l'ouvrit.

Alors qu'il s'attendait à voir la poudre utilisée la veille par Faye pour neutraliser le boa, il découvrit une fiole remplie d'un liquide couleur d'ambre. Il ôta le bouchon, se pencha vers le goulot, et un agréable parfum fleuri lui monta aux narines.

— Faites attention avec ça…, murmura soudain Faye, tout près de lui.

Surpris, car il ne l'avait ni vue ni entendue s'approcher, il demanda :

— Pourquoi dois-je faire attention ? C'est un produit dangereux ?

— Ça l'est pour les hommes qui n'ont pas spécialement envie d'attirer d'autres hommes ! répondit-elle en riant.

Jake reboucha la fiole et la remit dans le sachet.

— C'est un philtre d'amour ? ironisa-t-il.

— Non, c'est une substance qui agit selon le même principe que les phéromones chez les animaux... Je vous fais un prix d'ami, si ça vous intéresse.

— Je crois vous avoir prouvé que ce n'était pas le cas !

Après avoir reposé le sachet sur la table, Jake allait s'éloigner quand Faye en prit un autre — doré, celui-là — et le lui tendit.

— Tenez, cadeau de la maison !

— Qu'est-ce qu'il y a dedans ?

— Un produit qui a les mêmes effets que l'autre, mais sur les femmes : il les attire irrésistiblement. Et j'y ai ajouté un aphrodisiaque... Ça pourra vous servir le jour où vous aurez envie de pimenter un peu les choses.

— Merci, mais je n'ai besoin d'aucune aide dans ce domaine !

Faye ne s'avoua pas vaincue pour autant. Elle remplaça le sachet doré par un bleu, qu'elle glissa d'autorité dans la poche de Jake en disant :

— Gardez-le sur vous jusqu'à ce soir. Vous me remercierez alors.

Ses yeux verts brillaient de malice et, pour chasser les pensées érotiques qu'elle lui avait mises dans la tête, Jake observa :

— C'est ça que vous vendez ici, des potions magiques et des poudres de perlimpinpin ?

— Aux yeux des Béotiens, mes préparations semblent

peut-être relever du charlatanisme, mais leur composition est fondée sur des faits scientifiques.

Elle sortit de sous son T-shirt les trois petits sachets fixés à la chaîne suspendue à son cou.

— Le rouge, comme vous le savez, contient un répulsif à serpents extrêmement efficace… Dans le doré, il y a un mélange d'antibiotique et de coagulant du sang. Si vous avez une entaille profonde et êtes dans l'impossibilité de vous rendre tout de suite à l'hôpital, cette poudre peut vous sauver la vie.

Sur ces mots, elle remit les sachets sous son T-shirt.

— Et le violet ? demanda Jake. Que contient-il ?

— Peu importe, et l'heure tourne… Venez ! On va essayer de savoir si quelqu'un d'ici a vu Calvin… Et rappelez-vous que les gens nous prennent pour un couple ! Il ne faut pas les détromper !

En marchant à côté de Faye sur le trottoir en planches de la rue principale, Jake se dit que Mystic Glades aurait pu servir de décor à un western — exception faite des chênes et des palmiers qui poussaient entre les bâtiments. Mais toutes les constructions étaient en bois, comme à l'époque du Far West, et les magasins portaient des noms pittoresques.

— Où sont les gens ? déclara Jake.

Ils n'avaient en effet croisé personne depuis qu'ils avaient quitté la boutique de Faye, et aucun client n'y était entré pendant qu'ils y étaient.

— Au travail, pour la plupart, répondit-elle. À Naples ou ailleurs. Les possibilités de gagner sa vie en restant ici ne sont pas légion. Les quelques commerces de la ville ne connaissent de réelle affluence que le week-end.

— Où m'emmenez-vous, alors ?

— Là où se réunissent la plupart des personnes présentes

dans la ville à cette heure de la journée… Voilà, on y est !
On n'a plus qu'à traverser.

Jake suivit Faye de l'autre côté de la rue, et là, elle disparut
à l'intérieur d'un bâtiment dont les immenses doubles portes
étaient surmontées d'une enseigne où s'étalaient en lettres
dorées les mots :

« Swamp Buggy Outfitters. »

C'était un magasin, mais de quoi ?

Une partie au moins de la réponse à cette question lui fut
apportée dès qu'il eut franchi le seuil, sous la forme d'un
buggy géant perché sur un monticule de pierres, à quelques
mètres de l'entrée.

Ses énormes roues faisaient presque la taille de Jake, et
son châssis consistait en tout un assortiment de tubes en
acier supportant une plate-forme métallique. Le moteur se
trouvait dessous, entre les roues avant. Des marches en fer
permettaient aux passagers d'accéder aux bancs installés
sur la plate-forme, juste derrière la place du conducteur.
Une bâche vert foncé était fixée à des arceaux de sécurité,
au-dessus des sièges. Et une peinture de camouflage dans
des tons vert et marron recouvrait entièrement ce monstre.
Jake n'avait jamais rien vu de pareil…

— Il est à vous pour trente-six mille cinq cents dollars !
dit soudain une voix, sur sa gauche.

Il se tourna dans cette direction et se trouva face à un
colosse chauve, doté d'une barbe brun-roux d'au moins
trente centimètres de long et d'une grosse moustache en
guidon de vélo.

— Alors, vous êtes acheteur ? reprit-il.

— Non ! Je ne sais même pas à quoi cet engin peut servir !

— Faye ne m'a pas menti : vous n'êtes pas d'ici ! s'écria
l'homme en riant. Ce que vous voyez là est le seul type de
véhicule qui permet de se déplacer dans les zones les plus
marécageuses des Everglades sans risquer de marcher sur

Piège dans les Everglades 69

un alligator. Il faut utiliser un canoë ou un kayak là où il y a trop d'eau, bien sûr, et j'en vends, si ça vous intéresse...

— Euh... Non, pas vraiment.

— Les hydroglisseurs conviennent également, mais je n'en ai qu'un, et il est à moi. Je possède un quad, aussi, mais les gens d'ici me l'empruntent si souvent qu'il appartient plus ou moins à la communauté.

Le regard de Jake se posa sur les embarcations accrochées au mur du fond. D'autres étaient suspendues au plafond. Le magasin n'était pas immense, mais il regorgeait en plus de matériel de camping et de pêche.

— Vous ne vendez pas d'armes ? observa Jake.

— Non. Trop de concurrence.

— Comment ça ?

— Il y a une armurerie juste au bout de la rue.

— Ah ! je l'ignorais... Je m'appelle Jake Young, au fait. Je suis un... ami de Faye.

Jake venait de repérer cette dernière. Elle était en train de parler à un groupe d'hommes assis sur des chaises pliantes, près d'une tente. Aucun d'eux ne devait avoir moins de soixante ans, et certains semblaient même nettement plus âgés.

En se présentant, Jake avait tendu la main à son interlocuteur — qui la lui serra avec une telle force qu'il réprima à grand-peine une grimace de douleur.

— Moi, c'est Buddy Johnson. Et d'après ce qu'on m'a dit, vous êtes un peu plus que des amis, Faye et vous !

Ces mots s'accompagnèrent d'un clin d'œil et d'une tape dans le dos qui fit tousser Jake et le propulsa près d'un mètre en avant. Buddy partit d'un rire tonitruant, puis il expliqua :

— Faye m'a envoyé vous chercher. Venez !

De nouvelles présentations suivirent. Jake n'avait jamais vu autant de Bubba et de Joe réunis en un seul endroit. Si son chemin croisait de nouveau l'un de ces hommes, il était sûr de se tromper de prénom.

Se rappelant soudain les instructions de Faye, Jake lui

passa ensuite un bras autour des épaules. Elle lui enlaça la taille, ce qui leur valut des sourires et des regards attendris, puis elle déclara en désignant deux des hommes :

— Joe et Bubba ont peut-être vu la personne que nous recherchons, chéri... Bubba, tu peux répéter à mon ami ce que tu m'as dit ?

Faye avait appelé Jake « chéri » avec un naturel confondant, et ce talent de comédienne venait s'ajouter aux nombreuses raisons qu'il avait de la juger dangereuse.

Le Bubba qu'elle avait interpellé se gratta longuement le menton avant de répondre :

— Il y a deux jours, j'étais près de Croc Landing quand j'ai aperçu un homme, au milieu des chênes et des palmiers nains. Corpulence moyenne, dans les un mètre soixante-quinze, cheveux châtains coupés court... Je me souviens de lui parce qu'il avait un sac à dos mais pas de fusil. Je me suis dit que c'était un de ces idiots de touristes sans cervelle ni sens de l'orientation. J'allais lui demander s'il avait besoin d'aide pour retrouver son chemin quand il s'est aperçu de ma présence et s'est caché derrière un arbre. J'en ai conclu qu'il voulait qu'on le laisse tranquille.

— Où est Croc Landing ? questionna Jake.

— À une dizaine de kilomètres au sud-ouest d'ici, indiqua Faye. Et toi, Joe, tu as vu cet homme hier, c'est ça ?

— Oui. Ses vêtements correspondent à ce que Bubba a décrit avant l'arrivée de ton Jake : un jean et un T-shirt bleu marine. C'était à environ quatre kilomètres au sud de Croc Landing, au cœur des marais. J'ai pensé la même chose que Bubba : que ce type s'était perdu. Mais il s'est enfui dès qu'il m'a vu, comme si je lui faisais peur.

Pendant que Joe parlait, Faye avait posé sa main libre sur l'épaule de Jake et la caressait lentement.

— C'est forcément Calvin, observa-t-elle. Si un touriste avait disparu, au cours d'une excursion en hydroglisseur par

Piège dans les Everglades

exemple, les médias en auraient parlé, or aucune nouvelle de ce genre n'a été rapportée.

Pour ne pas devenir fou, Jake recouvrit la main de Faye avec la sienne et l'immobilisa. Si elle n'arrêtait pas de l'exciter, il ne répondait plus de rien.

Visiblement consciente de l'avoir mis à la torture, elle lui adressa un sourire malicieux.

— L'homme avait l'air blessé ? demanda-t-il.

Joe et Bubba secouèrent négativement la tête.

— Son sac à dos contient des provisions, déclara Faye. Il est manifestement perdu, mais il se méfie des inconnus au point de refuser leur aide. Et il doit avoir une boussole. Ça expliquerait pourquoi il s'enfonce toujours plus au sud au lieu d'aller vers le nord, vers la nationale.

Tous les hommes opinèrent du chef, comme si ces propos étaient parfaitement logiques. Jake, lui, en avait retenu deux choses étranges. Pour commencer, Faye avait dit que Gillette *avait* des provisions, et non qu'il en eût *sans doute*… Comment pouvait-elle être aussi affirmative ? Il y avait ensuite cette histoire de points cardinaux…

— Pourquoi le fait d'avoir une boussole constituerait un handicap pour Calvin plutôt qu'un avantage ? déclara-t-il.

— Les boussoles ont tendance à se dérégler par ici, expliqua Faye, comme beaucoup d'appareils électroniques — systèmes GPS, portables… Il y a dans cette partie des Everglades quelque chose qui les empêche de fonctionner normalement. Pour s'orienter, mieux vaut se servir de points de repère, comme le soleil le jour, et les étoiles la nuit.

— Je me demande vraiment ce qui peut amener quelqu'un à s'installer dans cet endroit perdu ! observa Jake.

L'expression jusque-là bienveillante des hommes se durcit, et Faye lui lança un regard courroucé.

— Viens ! s'écria-t-elle en l'attrapant par la main. Allons-nous-en avant que Buddy décide de t'utiliser comme cible pour s'entraîner au tir à l'arc !

Ils s'apprêtaient à franchir le seuil du magasin quand ce dernier les rejoignit.

— Une seconde, Faye ! J'imagine que tu comptes aller à Croc Landing, et au-delà s'il le faut, pour essayer de retrouver ce Calvin ?

— Oui. On se mettra en route dès que je serai repassée chez moi pour prendre le matériel nécessaire.

— Ce ne sera pas la peine. Attends-moi là !

Quelques minutes plus tard, Buddy était de retour avec deux sacs à dos vert foncé. Il en tendit un à Faye et lança l'autre à Jake, qui tituba au moment de l'attraper.

— Ça pèse une tonne ! s'exclama-t-il.

— Oui, j'ai peut-être mis dedans par inadvertance les trucs les plus lourds..., indiqua Buddy d'un air faussement innocent. Quoi qu'il en soit, ces sacs contiennent à eux deux tout ce dont vous aurez besoin. Il y a même une tente, au cas où vous auriez à passer la nuit dehors.

— Je vais vous la régler, annonça Jake.

— Non, ça vient d'un nouveau fournisseur, et si vous l'utilisez, vous me direz si c'est de la bonne qualité. Ça me servira de test.

— Merci, Buddy, tu es un amour ! déclara Faye.

— Tu veux une arme ?

— Non, j'ai ce qu'il me faut.

Après avoir glissé les bras dans les bretelles de son sac et bouclé la sangle ventrale, elle se haussa sur la pointe des pieds pour embrasser Buddy sur la joue.

Le colosse rougit.

— Sois prudente, ma belle !

— Je le suis toujours.

Jake leva les yeux au ciel, puis il hissa sur son dos un sac qui devait peser dans les trente kilos, et l'attacha comme il avait vu la Faye faire avec le sien. Elle adressa un petit signe d'adieu à Buddy, saisit de nouveau Jake par la main et s'engagea dans la rue.

Piège dans les Everglades 73

— On va prendre ma voiture, dit-il. Si Gillette était à près de quinze kilomètres d'ici hier, il peut être beaucoup plus loin encore aujourd'hui.

— Il est impossible d'atteindre Croc Landing en voiture, rétorqua-t-elle, c'est une zone trop marécageuse.

— Alors on va devoir faire tout ce chemin à pied ? demanda Jake d'un ton incrédule.

— Vous vous plaignez toujours autant ? dit Faye, un sourire ironique aux lèvres.

Vexé, Jake se tut. Un pick-up — le premier véhicule qu'il voyait depuis son arrivée à Mystic Glades — surgit au bout de la rue, et il poussa Faye sur le trottoir. Ils continuèrent leur chemin et passèrent devant plusieurs magasins, dont l'armurerie mentionnée par Buddy.

Le bâtiment suivant était une église, et la rue s'arrêtait là, pourtant Faye ne ralentit pas : elle se dirigea vers les arbres situés au-delà et, une cinquantaine de mètres plus loin, le marais apparut.

Elle s'immobilisa et se tourna vers Jake.

— Posez votre sac par terre !

Son ordre le surprit, mais il lui obéit sans discuter. Elle était sur *son* terrain, et il devait donc y avoir une raison valable à sa demande. De plus, ce sac était si lourd que Jake était tout disposé à s'en débarrasser ne serait-ce que pendant quelques instants.

Cela fait, elle s'agenouilla et l'ouvrit. Ce que Jake vit alors lui arracha un cri de stupeur et de colère mêlées : des pierres. De grosses pierres, comme celles qui avaient servi à édifier le monticule sur lequel l'énorme buggy était perché. Faye les sortit une à une. Il y en avait dix en tout !

Après avoir réinstallé sur son dos un sac dont le poids avait été réduit de moitié, Jake demanda :

— Comment avez-vous deviné ?

— Quand Buddy vous l'a lancé, ce sac m'a semblé anormalement lourd. Je pense qu'il a voulu vous punir d'avoir dénigré la région et votre remarque était en effet déplacée. Vous retiendrez la leçon ?

— Oui.

— Bien ! Alors, on y va maintenant ! Croc Landing est situé dans l'une des parties les plus sauvages du marais. Il nous faudra une bonne partie de la journée pour l'atteindre, et si on ne trouve pas Calvin avant la nuit, on campera dans un endroit sûr — c'est-à-dire sur les hauteurs.

Jake considéra la nappe d'eau qui s'étendait devant eux. Était-elle profonde ? Y avait-il des alligators cachés dans la vase, prêts à se jeter sur toute jambe qui passerait à proximité de leurs redoutables mâchoires ?

— Et si on empruntait le buggy de votre ami ? suggéra-t-il. On irait plus vite, et ce serait moins dangereux.

— Ce véhicule coûte plus du double de ce que ma boutique me rapporte en deux ans ! Je ne vais donc certainement pas demander à Buddy de me le prêter, j'aurais trop peur de l'abîmer… De plus, sa taille m'obligerait à emprunter tout un réseau de canaux que je connais mal.

— Tant pis, soupira Jake. Mais comment allons-nous rejoindre Croc Landing ? À pied ?

Au lieu de répondre, Faye avança d'un pas et s'accroupit près d'un tas de feuilles. Après s'être battue avec ce qui ressemblait à un anneau en plastique, elle écarta les feuilles, et Jake s'aperçut alors qu'il s'agissait en fait d'une bâche de camouflage.

Et ce qu'il y avait dessous lui fit pousser un gémissement.

— Vous avez de la chance ! lui lança Faye avec un sourire malicieux. Je vais vous apprendre à faire du canoë dans un lieu enchanteur !

7

Le canoë glissait silencieusement au milieu des feuilles de nénuphars, leurs fleurs embaumant un peu plus l'air à chaque coup de pagaie de Jake. Les racines noueuses des cyprès émergeaient du marécage sous la canopée, haut dans le ciel.

Faye adorait cet environnement, avec ses odeurs riches, le chœur permanent des oiseaux et des grenouilles, le vagissement épisodique d'un alligator. Il lui arrivait de passer des week-ends entiers dans les marais, avec son canoë pour toute compagnie, à savourer la beauté de cette nature sauvage.

Aujourd'hui, elle n'était pas seule, mais elle s'apercevait que, bizarrement, la présence de Jake lui rendait cette excursion dans les Everglades plus agréable encore que d'habitude.

Ce devait être parce qu'elle prenait du plaisir à les lui faire découvrir, et que c'était l'élève idéal : quand elle lui montrait telle plante ou tel oiseau, lui donnait son nom, son habitat et son rôle dans l'écosystème, Jake l'écoutait attentivement, puis il posait des questions et, mieux il comprenait ce milieu si particulier, plus il semblait l'apprécier.

C'était surprenant de la part d'un homme qui devait avoir passé la majeure partie de son existence dans une ville. En outre, Jake avait fourni à Faye d'autres motifs d'étonnement — comme son aisance à manier la pagaie.

Elle plaisantait, quelques heures plus tôt, en parlant de lui apprendre à faire du canoë : elle pensait qu'il en avait déjà eu l'occasion… Mais il lui avait avoué, un peu mortifié, n'avoir encore jamais mis les pieds dans ce type d'embarcation.

Logiquement, Faye avait alors décidé de pagayer pendant un certain temps au moins, pour lui montrer la technique, mais cette idée l'avait horrifié : il ne comptait pas rester assis les bras croisés pendant qu'une femme se fatiguait à ramer, s'était-il récrié.

Elle trouvait cette galanterie un peu démodée, mais assez charmante. Il y avait cependant une autre raison à sa décision de ne pas le contrarier : elle s'amusait à l'avance du nombre de fois où le canoë se retrouverait embourbé, ou immobilisé par un tronc submergé, avant que Jake lui demande de l'aide.

À sa grande surprise, ce n'était pas arrivé une seule fois. Il avait suivi ses instructions à la lettre, et quelques minutes lui avaient suffi pour prendre le tour de main.

Faye aurait aimé être face à lui, pour pouvoir admirer la façon dont les muscles de ses bras se gonflaient à chaque coup de pagaie, mais son rôle de navigatrice l'obligeait à lui tourner le dos, sinon elle n'aurait pas su quand lui dire de changer de direction, de ralentir ou d'accélérer.

Croc Landing le déçut : il s'attendait à ce que des dizaines d'alligators soient en train de s'y prélasser au soleil, avoua-t-il à Faye.

— Je croyais que ces animaux vous faisaient peur ? observa-t-elle.

— Disons plutôt que je m'en méfie. Mais dans le canoë, on ne risque rien, et j'aurais bien aimé en voir au moins quelques-uns sur la rive.

— Eh bien moi, je suis contente qu'il n'y en ait pas en ce moment, parce qu'on va débarquer ici.

— Ah ! déclara Jake avec un regard craintif en direction de l'eau. Mais puisque cette plage s'appelle Croc Landing, pourquoi parlez-vous d'alligators, et non de crocodiles ?

— Parce que les quelques crocodiles qui vivent dans les Everglades préfèrent les eaux salées. Mais « Croc Landing » est plus accrocheur qu'« Alligator Landing » sur un dépliant touristique.

Piège dans les Everglades 77

— Je n'en ai vu aucun à Mystic Glades… Buddy emmène des touristes dans son hydroglisseur ?

— Je ne vous conseille pas de lui poser la question : il se mettrait en colère ! Ce sont les organisateurs professionnels d'excursions en hydroglisseur, plus au sud, qui emmènent parfois des gens jusqu'ici. Les habitants de Mystic Glades considèrent les touristes et, de façon générale, toutes les personnes de l'extérieur, comme des envahisseurs.

— Buddy et ses amis m'ont pourtant bien accueilli. Votre petite employée et Freddie aussi…

— Oui, mais c'est parce qu'ils vous prennent pour mon compagnon.

Faye tendit le bras vers la droite pour montrer à Jake l'endroit de la rive où elle voulait accoster.

— Vous n'êtes pas originaire de Mystic Glades, dit-il en manœuvrant le canoë dans cette direction, et ses habitants vous considèrent quand même comme une des leurs… C'est à cause de votre longue amitié avec Amber Callahan, j'imagine ?

— Oui, murmura Faye.

Son visage s'était brusquement assombri, mais Jake ne pouvait pas s'en apercevoir, si bien qu'il poursuivit son interrogatoire.

— Je ne l'ai pas encore vue… Elle aide sa tante à tenir le bar ?

— On a perdu le contact il y a quelque temps, Amber et moi : un jour, brusquement, elle n'a plus répondu à mes lettres. Quand j'ai… décidé de déménager, je suis venue à Mystic Glades dans l'espoir de renouer avec elle. Mais là, j'ai appris qu'elle s'était perdue dans les marais et y était morte. C'est pour ça que mes lettres étaient restées sans réponse.

— Désolé… Je ne voulais pas réveiller de douloureux souvenirs.

— Ce n'est pas grave. Vous ne pouviez pas savoir.

L'eau était maintenant si peu profonde que Jake dut s'arrêter de pagayer. Le canoë s'immobilisa sur le sable, et Faye en descendit — mais après s'être assurée qu'aucun reptile n'était tapi dans les parages. Jake la suivit et, ensemble, ils tirèrent l'embarcation jusqu'au sommet d'une butte, à cinq ou six mètres de la rive. Ils la placèrent sous un chêne, puis la recouvrirent avec la bâche.

Ensuite, au fur et à mesure qu'ils s'en éloignaient, Faye montra à Jake des points de repère — un arbre au tronc tordu, un groupe de rochers… — qu'ils utiliseraient pour la retrouver sur le chemin du retour. Ce serait plus sûr, souligna-t-elle, que de se fier au GPS du portable de Jake, aussi sophistiqué soit-il.

Deux heures plus tard, leur exploration minutieuse des alentours n'ayant rien donné, Faye décida d'abandonner les recherches.

— Calvin n'est pas dans les parages, sinon on l'aurait vu… On va s'installer ici pour la nuit, et aller demain là où Joe pense l'avoir aperçu.

— Pourquoi seulement demain ? Ce n'est qu'à quelques kilomètres !

— Oui, mais c'est un coin difficile d'accès, et il est déjà tard.

Le temps qu'ils trouvent un endroit pour camper, le soleil commençait en effet à se coucher. Faye était cependant satisfaite : ils allaient pouvoir passer la nuit dans un lieu relativement sûr, et repartir le lendemain à la recherche de Calvin. Sans doute fatigué par ses longues journées d'errance, ce dernier devait marcher de plus en plus lentement. Ils l'auraient rattrapé le lendemain soir au plus tard.

Conseillé par Faye, Jake apprit aussi vite à monter une tente qu'à pagayer. Elle l'aida ensuite à tendre des filets entre les arbres les plus proches, pour empêcher les petits animaux terrestres d'approcher. Des clochettes fixées à ces filets les préviendraient si quelque chose se prenait dedans ou si un gros animal tentait de les franchir.

Piège dans les Everglades   79

— Ça suffirait à stopper un alligator ? questionna Jake sur un ton inquiet.

— Non, mais on est loin de l'eau, répondit Faye. On ne risque pas grand-chose.

Il n'eut pas l'air de la croire et, sans doute pour se rassurer, tapota le holster suspendu à sa ceinture.

— J'espère ne pas avoir à me servir de mon arme.

— Ni moi des miennes.

Faye souleva les jambes de son jean. Elle avait un couteau fixé au mollet droit, et un pistolet au mollet gauche.

— Je me suis demandé où vous cachiez votre arsenal, quand vous avez refusé l'offre de Buddy de vous fournir une arme ! observa Jake avec un sourire en coin.

Puis il leva les yeux vers les branches des arbres et enchaîna d'une voix de nouveau soucieuse :

— Et les serpents ?

— J'ai pris un sachet de répulsif neuf ce matin dans ma boutique.

— Même si ça marche en cas d'urgence, je préférerais ne pas me trouver aussi près d'un serpent que Sammie hier !

— Ne vous inquiétez pas ! déclara Faye en riant. Si un serpent vous attaque, je vous aiderai à vous défendre !

— Et si c'est vous qui êtes attaquée ?

— Je devrai compter sur vous pour me sauver.

— Je ne laisserai rien ni personne vous faire du mal, dit gravement Jake.

Touchée, Faye posa une main sur son bras, mais il se recula vivement.

— Excusez-moi, mais il faut que j'aille soulager un besoin naturel… Je n'en ai pas pour longtemps.

Ce fut avec un profond sentiment de déception que Faye le regarda s'éloigner. Ayant acquis la veille la certitude que c'était quelqu'un de bien, elle avait décidé de ne plus résister à la force qui les poussait l'un vers l'autre. Mais à la moindre de ses avances, il se dérobait… Elle avait presque dû le violer, ce matin, pour qu'il l'embrasse ! Une fois qu'il se lâchait, cependant, quel tempérament !

Ce souvenir la fit soupirer, mais il n'était pas question de s'avouer vaincue : elle repartirait à l'attaque !

Jake avait franchi une centaine de mètres quand il arriva dans une petite clairière, un peu en hauteur. Il s'arrêta et alluma son portable. Deux barres seulement… Pourvu que ce soit suffisant !

Une inspection des buissons et des arbres environnants ne lui fit découvrir ni serpent ni alligator. Malgré tout, un prédateur affamé pourrait très bien s'approcher sans qu'il le voie…

Pour plus de sûreté, il dégaina son pistolet et le posa près de lui une fois assis sur un tronc d'arbre mort. Puis il composa le numéro de son associé, qui décrocha heureusement dès la première sonnerie.

— Lassiter…

— Dexter ? Jake à l'appareil.

— Enfin ! Je commençais à envisager de signaler *ta* disparition ! Je n'ai plus aucune nouvelle de toi depuis ta découverte de la voiture de Gillette.

— Oui, désolé… J'ai eu des journées chargées.

Jake fit un résumé rapide de ce qui s'était passé depuis son dernier coup de téléphone, puis il conclut :

— Faye pense qu'on aura retrouvé Gillette demain soir au plus tard. Mais comme je veux économiser la batterie de mon portable, je te charge de transmettre cette information à Quinn Fugate.

— Pas de problème. Faye est armée ?

— Comme toujours ! Elle a un pistolet attaché à une jambe, et un couteau, à l'autre.

— On devrait appeler le shérif adjoint Holder. Il te faut des renforts.

Piège dans les Everglades

— Non. Fugate a été catégorique : cette enquête doit être menée le plus discrètement possible. Et si c'est Holder qui met le premier la main sur Gillette...

— Oui, je sais : on perdra beaucoup d'argent. Je me demande quand même si, à agir seul, tu ne prends pas un trop gros risque.

— Faye a bon cœur. Elle aime les animaux, les plantes, et je l'ai vue hier sauver un homme qu'un boa constricteur menaçait d'étouffer. Elle n'est pas dangereuse.

— Tu oublies Genovese...

La main de Jake se crispa sur le téléphone.

— À ce propos, que savons-nous vraiment de cette affaire, en dehors de ce que Fugate nous en a dit ? demanda-t-il.

— Faye t'a embobiné ? s'exclama Dexter en riant. Tu es tombé sous son charme ?

— N'importe quoi ! Je suis juste... surpris : elle est très différente du portrait qui nous en a été fait. J'aimerais que tu vérifies s'il n'y a rien de bizarre dans le rapport d'enquête.

Un bruissement se fit entendre derrière Jake et il se retourna d'un bloc.

Était-ce son imagination, ou bien distinguait-il réellement une forme noire, dans l'obscurité naissante ? Il attrapa son pistolet et se leva.

— Faye ? murmura-t-il. C'est vous ?

— Que se passe-t-il ? demanda Dexter.

Jake tendit l'oreille, mais le silence régnait de nouveau dans la clairière, et l'ombre avait disparu — à supposer qu'elle ait jamais été là.

— Jake, ça va ? insista Dexter.

— Oui. J'ai cru voir quelque chose, c'est tout... Je peux compter sur toi pour éplucher le rapport d'enquête ?

— D'accord. Ce sera une perte de temps, à mon avis, mais comme c'est toi qui prends tous les risques, le moins que je puisse faire, c'est demander à Fugate de m'envoyer par mail une copie de ce rapport.

Piège dans les Everglades

— Parfait ! J'essaierai de te téléphoner demain, mais je ne sais pas si j'aurai du réseau la prochaine fois que je pourrai de nouveau m'isoler… Inutile, donc, de t'affoler si je tarde à te rappeler.

Après avoir raccroché, Jake reprit le chemin du campement. La pensée de l'ombre qu'il avait vue — ou cru voir — ne le quittait pas et lui donnait la chair de poule. Il s'immobilisa plusieurs fois pour écouter et scruter les alentours… Rien. Cette ombre avait dû n'exister que dans son imagination.

Arrivé au campement, il enjamba le filet et trouva Faye agenouillée devant un petit feu de camp. Elle était occupée à tourner le contenu d'une gamelle posée sur un trépied en fonte. Ses beaux cheveux bonds étaient réunis en une tresse qui lui descendait jusqu'en bas du dos.

— Vous vous êtes absenté longtemps ! remarqua-t-elle. Je commençais à m'inquiéter.

— J'ai fait une petite promenade, histoire d'explorer un peu les environs, répondit Jake en s'asseyant à son côté.

Elle haussa les sourcils.

— Vous avez trouvé ce que vous cherchiez ?

— Je ne cherchais rien en particulier, mais à un moment j'ai eu l'impression d'être observé, et j'ai cru entendre un buisson bouger, comme si un gros animal le frôlait en passant… Il y a des ours, par ici ?

Faye esquissa un sourire narquois et, sans cesser de remuer le repas qui cuisait sur le feu, dit d'un ton léger :

— Quelques ours noirs vivent dans les Everglades, mais ils sont trop craintifs pour s'approcher des gens. Il y a aussi des renards, des ratons laveurs, et même des lynx — mais ces derniers sont très peu nombreux.

— Un lynx ferait sonner les clochettes attachées aux filets qu'on a tendus ?

— Non, il nous sauterait dessus depuis un arbre.

Incapable de se maîtriser, Jake jeta un regard craintif aux branches environnantes.

Piège dans les Everglades

— Comment un grand gaillard comme vous peut-il être aussi peureux ? s'exclama Faye en riant.

— J'avoue n'avoir aucune envie de servir de repas à un animal sauvage... J'ai du mal à imaginer pire façon de mourir !

— Apportez-moi les assiettes et les cuillères, s'il vous plaît ! Je les ai sorties et posées près de mon sac, avec deux bouteilles d'eau.

Jake obéit et lui tendit les assiettes, l'une après l'autre. Elle les remplit, puis ils s'assirent pour dîner.

Après avoir avalé une bouchée de ce qui s'était révélé être un mélange de petits morceaux de viande, de pommes de terre et de carottes, Jake s'écria :

— Ce ragoût est le meilleur que j'aie jamais mangé ! C'est quelle marque ?

— Vous croyez qu'il provient d'une boîte de conserve ?

— Ce n'est pas le cas ?

— Non.

La cuillère que Jake s'apprêtait à porter à sa bouche resta dans son assiette.

— Auriez-vous attrapé, dépouillé et fait cuire un lapin, pendant mon absence ?

— J'en aurais presque eu le temps, mais non : ce ragoût a été confectionné par la femme de Buddy.

— Comment le savez-vous ?

— Buddy m'en donne souvent quand je vais camper. J'ai même demandé la recette à sa femme... Vous n'avez donc rien à craindre : c'est de la viande de bœuf de première qualité, et les légumes viennent de leur potager.

Rassuré, Jake vida rapidement une première assiette, puis une deuxième. Faye lui montra comment nettoyer la vaisselle sans eau et mettre ensuite dans des sachets hermétiques tout ce qui — même propre — avait touché ou contenu de la nourriture. Certains animaux avaient un odorat si développé qu'ils auraient pu sinon la sentir, expliqua-t-elle.

Après avoir allumé une petite lanterne à piles, Faye éteignit le feu. Jake aurait voulu l'entretenir pour éloigner les bêtes, mais le risque d'incendie était apparemment plus élevé que celui d'une attaque d'animal sauvage.

Quelques minutes plus tard, une fois tout leur matériel rangé, il ne leur resta plus qu'à se coucher.

La tente semblait tout juste assez grande pour loger une personne, et Jake doutait de pouvoir dormir aussi près de Faye. Et s'il y arrivait, il craignait de se rapprocher encore plus d'elle dans son sommeil, et de faire alors quelque chose qu'il regretterait.

Il aurait bien sûr adoré finir ce qu'ils avaient commencé le matin même, mais ses mensonges ne lui en donnaient pas le droit.

— On devrait monter la garde chacun à notre tour jusqu'à demain matin, déclara-t-il, au cas où un animal viendrait nous rendre visite.

— Les filets et les clochettes sont là pour nous éviter de passer la moitié de la nuit debout, et la tente ferme bien… Ne vous inquiétez pas ! Si nécessaire, je vous protégerai.

— Non, c'est à moi de vous protéger…, marmonna Jake.

Mais il n'insista pas. Faye souleva la lanterne, le prit par la main et l'entraîna vers la tente.

Malgré le système d'aération, la chaleur qui régnait à l'intérieur rendait les sacs de couchage superflus. Jake s'allongea sur le sien mais ne se déshabilla pas, par égard pour sa compagne, et aussi pour qu'il y ait au moins une épaisseur de tissu entre eux si jamais leurs corps se touchaient pendant la nuit.

Faye, elle, ne s'embarrassa pas de ce genre de considération : elle posa ses rangers, son couteau et son pistolet au pied de son sac de couchage, retira son jean… Et se retrouva avec pour seuls vêtements son T-shirt vert tilleul et un string en dentelle de la même couleur.

Mus par une volonté indépendante de la sienne, les yeux de Jake se fixèrent sur le petit triangle de tissu opaque cousu

Piège dans les Everglades

85

sous la dentelle du string. Ses sens s'embrasèrent aussitôt, mais quand, dans l'espoir de les apaiser, il leva la tête, ce fut pour croiser le regard de Faye et voir y briller la lueur d'un désir égal au sien.

Il lui aurait suffi de tendre la main pour l'attirer contre lui... Et elle ne l'aurait pas repoussé, bien au contraire...

Il faut résister à la tentation ! se dit-il. *Elle ne sait pas que tu travailles pour un agent fédéral. Tous ces mensonges, entre vous, t'interdisent de faire l'amour avec elle, et d'autant plus que la révélation de la vérité sonnera le glas de vos relations.*

Alors Jake se tourna de l'autre côté et se serra le plus possible contre la toile de tente.

— Bonne nuit, déclara-t-il d'une voix rauque.

Un profond soupir, puis Faye murmura : « Bonne nuit », avant d'éteindre la lanterne, plongeant ainsi la tente dans l'obscurité.

Faye se mit sur le dos et fixa sans le voir le toit de la tente. Bien qu'elle mesure seulement deux mètres de long et à peine plus d'un mètre de large, Jake était jusqu'ici parvenu à empêcher son grand corps de la toucher... Elle serra les dents pour contenir un cri de frustration. Jake la désirait, elle le savait. Et c'était réciproque, alors où était le problème ?

Dormait-il ? Non, il ne respirait pas avec la lenteur et la régularité d'une personne endormie... Elle avait même l'impression qu'il s'efforçait de contrôler son souffle, pour calmer un cœur que leur proximité faisait battre beaucoup trop vite.

Cette retenue était pourtant sans doute une bonne chose, se dit Faye. Jake ignorait que son passé était une bombe à retardement... Et tout ce qu'elle savait de lui, c'est qu'il avait momentanément quitté la police pour s'essayer au métier de détective privé.

Il n'aurait donc pas été raisonnable de s'engager dans une liaison avec lui.

D'un autre côté, la raison ne jouait aucun rôle dans l'alchimie qui se créait parfois instantanément entre un homme et une femme…

C'est cette alchimie qui existait entre Jake et elle, et rien d'autre, en cet instant précis, ne comptait pour Faye. S'ils retrouvaient Calvin le lendemain, la situation changerait peut-être du tout au tout, mais là, pour la première fois depuis treize mois, elle avait envie de passer la nuit dans les bras d'un homme, d'oublier ses peurs et ses soucis pour ne plus penser qu'au moment présent. Elle en avait envie, elle en avait *besoin*. Et, grâce à la boîte de préservatifs que Buddy avait mise dans son sac à dos, c'était possible.

Faye se redressa, défit sa natte, secoua la tête et laissa sa chevelure flotter librement dans son dos et autour de son visage. Jake avait plongé les doigts dedans ce matin, quand il l'avait embrassée. Il aimait ses cheveux, et elle allait en profiter sans états d'âme.

Elle retira ensuite son string, son T-shirt et son collier. Mais quand son soutien-gorge eut rejoint la pile de ses autres vêtements, la laissant dans le plus simple appareil, elle songea aux préservatifs et se demanda s'ils n'étaient pas restés dehors, dans son sac à dos.

Non, se rappela-t-elle soudain avec soulagement : pendant l'absence de Jake, prenant ses désirs pour des réalités, elle en avait glissé trois dans la poche de son jean. Lequel jean était maintenant au pied de son sac de couchage. Elle se leva pour aller les chercher…

— Faye ? Il y a un problème ? demanda Jake.

— Non, il n'y en a plus — du moins plus pour longtemps.

— Que se passe-t-il ? Vous avez entendu du bruit, dehors ?

La lanterne s'alluma. Faye se retourna et vit Jake se figer.

Piège dans les Everglades

Elle était nue, et les petites pochettes argentées qu'elle tenait à la main étaient facilement reconnaissables…

Que fallait-il dire, dans une situation pareille ?

Elle s'éclaircit la voix et sourit avant de murmurer :

— Surprise, surprise !

8

Faye attendit sans bouger que Jake réagisse. Il l'examina de haut en bas, en s'attardant sur ses seins, mais il resta immobile et silencieux. Elle se demanda même s'il respirait…

— Dites quelque chose ! finit-elle par déclarer.

— Je… Je ne peux pas.

— Alors *faites* quelque chose ! Je commence à me sentir un peu bête.

— Vous… Vous êtes magnifique.

— Merci, mais pour ne plus me sentir du tout bête, j'aurais besoin de ne pas être la seule, ici, à ne porter aucun vêtement… Vous voulez bien enlever les vôtres ? Ça vous permettra de vous équiper.

— De m'équiper ?

Faye brandit l'une des pochettes argentées.

Un frisson parcourut Jake, mais il ne bougea pas. Pour quelque obscure raison, il avait soudain l'air affreusement malheureux.

— Jake ?

— Vous ne me connaissez pas…, chuchota-t-il.

— Je sais sur vous tout ce que j'ai besoin de savoir : vous êtes fort, intelligent, protecteur même quand ce n'est pas nécessaire, et vous êtes assez gentil pour avoir écouté sans bâiller mon cours d'écologie, pendant le trajet.

— Ça n'avait rien d'ennuyeux !

— Tant mieux, mais là, maintenant, j'ai envie de vous… Ne m'obligez pas à vous supplier !

Piège dans les Everglades

Un instant d'hésitation, puis Jake se décida enfin à agir : il se pencha en avant, saisit Faye par la taille et l'assit à califourchon sur ses genoux.

— Vous êtes la femme la plus belle que j'aie jamais vue, dit-il en plongeant les mains dans ses cheveux.

— Et vous, vous êtes l'homme le plus charmeur que j'aie jamais rencontré !

Faye se plaqua contre lui et lui passa les bras autour du cou. Il prit ses lèvres, et leur baiser du matin était presque timide, comparé à celui qu'ils échangèrent alors. Des gémissements de plaisir ne tardèrent pas à s'échapper de la gorge de Faye. Elle aurait pu embrasser cet homme pendant des heures sans se lasser !

Mais elle attendait encore beaucoup plus de lui, bien sûr... Et, au bout d'un moment, ayant atteint un tel niveau d'excitation qu'elle allait devenir folle s'ils en restaient là, elle s'écarta de Jake juste assez pour murmurer :

— Déshabille-toi...

Il l'allongea doucement sur le sac de couchage et entreprit de lui obéir, mais trop lentement à son goût, si bien qu'elle se redressa et lui enleva elle-même son jean. Cela le fit rire, mais ce rire se transforma en une sorte de râle quand elle glissa une main à l'intérieur de son boxer et se mit à caresser son sexe en érection.

Après l'avoir tirée vers lui, il joignit de nouveau leurs lèvres et, lorsqu'ils les désunirent, ils avaient tous les deux la poitrine haletante. Jake enleva alors son T-shirt, puis il s'attaqua aux fermetures Velcro d'un gilet pare-balles dont Faye n'avait à aucun moment soupçonné la présence.

— Pourquoi portes-tu ça ? demanda-t-elle, surprise.

— Par habitude. Je le mets toujours quand je mène une enquête.

Une fois débarrassé du gilet et du reste de ses vêtements, Jake reprit Faye dans ses bras et couvrit de baisers et de caresses son visage, son cou, ses seins, son ventre... Alors que, palpitante de désir, elle allait le supplier de mettre fin à cette délicieuse torture, il se coucha sur elle, apparemment prêt à unir leurs corps…

— Attends ! s'écria-t-elle.

— Ne… Ne me dis pas que tu as changé d'avis !

— Quoi ? Bien sûr que non !

Faye attrapa l'une des pochettes argentées, sortit le préservatif et en équipa Jake. Mais au lieu de lui donner satisfaction, il se remit à l'embrasser et à la caresser. Elle trouva dans l'attente une jouissance inattendue, mais finalement, n'y tenant plus, elle referma une main sur son pénis en déclarant :

— Maintenant, ou je te tue !

Il resta un moment à la regarder, l'air amusé, puis il la pénétra d'un puissant coup de reins.

Une merveilleuse sensation de plénitude envahit Faye, grandit encore quand il commença de bouger en elle… Ses poussées s'accélèrent, et elle les accompagna, en se cambrant pour qu'il s'enfonce plus profondément en elle.

Par paliers successifs, en amant aussi fougueux qu'attentionné, Jake l'amena à un degré de plaisir qu'elle n'avait encore jamais connu.

Et au moment où elle pensait ne pas pouvoir aller plus haut, un fabuleux orgasme lui prouva le contraire. Elle poussa un cri d'extase et sentit juste après un spasme secouer Jake de la tête aux pieds. Il s'abandonna ensuite contre elle, et ils restèrent ainsi, sans bouger ni parler, jusqu'à ce que leur respiration ait retrouvé un rythme normal.

— Jamais je n'avais ressenti quelque chose d'aussi fort, murmura Faye.

— Moi non plus.

Jake roula sur le côté, mais il attira Faye dans ses bras tout de suite après. Elle se blottit contre lui, émerveillée par ce qu'ils venaient de vivre ensemble.

Il était Sagittaire, et elle, Balance… Était-ce le destin qui les avait réunis ? Elle leva machinalement la main vers

Piège dans les Everglades

le sachet violet suspendu à son cou… Avant de se rappeler qu'elle avait enlevé son collier.

Les doigts de Jake se mirent à lui caresser le ventre avec douceur, voire avec quelque chose qui ressemblait à de la tendresse. Et, pour la première fois de sa vie, elle se sentit… aimée.

Aimée ? Elle tressaillit. Non, c'était ridicule ! Personne ne pouvait éprouver de l'amour pour quelqu'un qui lui était presque inconnu…

— Qu'y a-t-il ? demanda Jake.

— Je… J'étais en train de penser que nous nous connaissions à peine.

— Oui, je sais, et tu as raison : je n'aurais pas dû…

— Bien sûr que si ! Ce n'est pas de regrets que je parlais !

— De quoi alors ?

— Je me disais que j'avais envie d'en savoir plus sur l'homme qui vient de m'emmener au septième ciel.

Cette expression fit rire Jake. Son souffle tiède caressa le cou de Faye, et un frisson délicieux la parcourut.

— Que veux-tu savoir ? déclara-t-il.

— D'où tu es originaire, si tu as de la famille, si tu as… une petite amie, répondit-elle.

Jake se redressa sur un coude et plongea dans ses yeux un regard grave.

— Si j'étais en couple, je n'aurais pas fait l'amour avec toi… Pour le reste, j'ai grandi dans le nord de la Floride, à Saint-Augustine, et je n'ai plus aucune famille. Mes parents ne sont plus de ce monde depuis longtemps, et j'avais une sœur, mais elle est morte, elle aussi.

Le ton de Jake était trop neutre pour ne pas être suspect. Il essayait de cacher sa douleur, mais elle se voyait à son front plissé, à l'ombre qui ternissait l'éclat de ses prunelles…

Faye lui entoura le visage de ses mains et le rapprocha d'elle de façon à pouvoir le couvrir de petits baisers.

— Je suis désolée, pour ta sœur…, murmura-t-elle. Que s'est-il passé ?

Jake s'allongea sur le dos, et il resta ensuite si longtemps silencieux qu'elle crut lui avoir posé une question trop personnelle. Non seulement il ne lui répondrait pas, mais il devait la trouver indiscrète, et elle allait s'excuser quand il tendit le bras pour la serrer contre lui et dit d'une voix contractée par l'émotion :

— Ma sœur a épousé mon meilleur ami. Deux ans plus tard, elle a été tuée lors du cambriolage de leur maison.

— Oh ! mon Dieu… C'est affreux ! Et son mari ?

— Rafe ? Il a été blessé, mais il s'en est tiré. Contrairement à Shelby.

— Tu as l'air d'en vouloir à ton beau-frère…

— Non, plus maintenant. La haine et le ressentiment que j'ai laissés grandir en moi dans un premier temps m'ont fait prendre de mauvaises décisions. Si mauvaises qu'elles ont failli nous coûter la vie à tous les deux… C'est une personne extraordinaire — Darby, la nouvelle femme de Rafe — qui nous a réconciliés. Mais le pardon qu'il m'a accordé, je me le refuse à moi-même, et j'avais besoin de repartir de zéro.

— D'où ton changement de métier.

— Oui. Quand un de mes vieux camarades d'université m'a proposé de créer une agence de détectives privés avec lui, j'ai sauté sur l'occasion : je me suis mis en disponibilité, pour voir si ça valait la peine de renoncer pour de bon à ma carrière dans la police… Voilà, tu connais mon histoire… Raconte-moi la tienne, maintenant ! Tu as une grande famille ?

Faye se raidit. Jake posa une main sous son menton et l'amena doucement à tourner la tête vers lui.

— Ce n'est pas le détective privé qui te pose cette question, mais l'homme avec qui tu viens de faire l'amour, un homme qui a vraiment envie de mieux te connaître. Si évoquer ta famille t'ennuie, parle-moi d'un autre aspect de ta vie, mais ne te renferme pas, je t'en prie ! Ne me repousse pas !

Piège dans les Everglades

Bien qu'elle doute de la capacité de Jake à s'abstraire complètement de son travail, Faye ne se sentait pas le droit de se taire alors qu'il lui avait confié des choses très intimes. Elle prit cependant le temps de choisir, parmi les éléments de son existence, ceux dont la révélation ne risquait pas de la mettre en danger.

— Je n'ai jamais eu de vraie famille. Mes parents sont morts quand j'étais toute petite — je ne me souviens même pas d'eux. Les services sociaux m'ont prise en charge et placée dans une famille d'accueil. La première habitait Mobile, mais il y en a eu d'autres ensuite, ailleurs.

— Tu n'as pas été adoptée ?

— Non, répondit Faye. J'ai toujours été un peu… rebelle, un peu bizarre, aussi, comparée à la plupart des gens. Je ne correspondais pas du tout à l'image de la petite fille modèle que les postulants à l'adoption recherchaient.

— Ça a dû être dur pour toi ! observa Jake en lui effleurant le front d'un baiser.

— Oui, mais à l'adolescence, dans ma dernière famille d'accueil, j'ai fait la connaissance de… D'une autre fille, qui avait à peu près mon âge. On aimait toutes les deux les animaux et les plantes. On voulait défendre l'environnement et sensibiliser les gens aux problèmes écologiques… On a vite été très proches, comme des sœurs.

— Comment s'appelle-t-elle ?

— Peu importe.

— D'accord… Et qu'est-elle devenue ?

— Après la fac, on a travaillé ensemble comme paysagistes indépendantes. J'utilisais mes connaissances en botanique pour dessiner des jardins, et ses études d'architecture lui permettaient de s'occuper des aménagements.

— Vous vous voyez toujours ?

— Oui, de temps en temps, mais pas aussi souvent que je le souhaiterais.

Faye s'arrêta là. Au bout de quelques instants, Jake eut

l'air de comprendre qu'elle ne comptait pas en dire plus, et il n'insista pas, ce dont elle lui fut reconnaissante. Il traça à la place un sillon de baisers le long de son cou avant de remonter jusqu'à ses lèvres et de l'embrasser avec une ardeur qui raviva la fièvre de ses sens...

Et ceux de Jake aussi, car elle ne tarda pas à s'apercevoir qu'il avait une nouvelle érection. Elle rompit alors leur étreinte et s'écria :

— Déjà ? C'est incroyable !

— Oui, mais avec toi, tout est possible.

— Tu te rappelles le sachet de velours bleu que j'ai mis dans ta poche, ce matin ? dit Faye. Eh bien, c'est le moment de l'ouvrir !

Elle se passa ensuite la langue sur les lèvres avec une lenteur provocante...

Jake se rua sur son jean.

À son réveil, Jake hésita à bouger, et même à ouvrir les yeux. Il n'avait pas envie d'affronter les conséquences de sa faiblesse.

Car même si faire l'amour avec Faye avait été une expérience fabuleuse — surtout après l'ouverture de ce petit sachet bleu —, c'était aussi une énorme bêtise : il n'aurait jamais dû succomber à la tentation alors que Faye ignorait la véritable raison de sa présence dans les Everglades. Quand ils auraient retrouvé Gillette, elle le détesterait, et ce serait mérité !

Peut-être le fait de savoir qu'il ne pourrait plus jamais la tenir dans ses bras était-il d'ailleurs la vraie raison de sa réticence à se lever.

La lumière qui passait à travers ses paupières closes lui disait qu'il faisait jour. La reprise des recherches était donc possible, mais l'idée de s'écarter de Faye lui était odieuse. Il tendit la main pour caresser sa chevelure soyeuse, voulut ensuite glisser une dernière fois ses doigts dedans... Et

Piège dans les Everglades

s'aperçut qu'il ne le pouvait pas. Il sentit alors un souffle chaud sur son visage, puis une langue râpeuse lui lécha le cou.

Effaré, Jake ouvrit les paupières, et son regard croisa celui de deux yeux vert émeraude, comme ceux de Faye...

Mais ceux-là appartenaient à une panthère noire.

Jake repoussa vivement l'animal et sauta sur ses pieds. La porte de la tente était grande ouverte, mais il eut à peine le temps de la franchir avant que la panthère bondisse sur son dos et le fasse tomber à plat ventre. Il se retourna, bras levé pour frapper l'animal, mais son poing tapa dans le vide : la panthère n'était plus là. Il se redressa, et son cœur s'arrêta de battre : sortant d'un bouquet d'arbres, Faye se dirigeait vers lui, et la panthère fonçait droit sur elle.

— Faye, attention ! hurla Jake.

Puis il s'arma d'une branche ramassée par terre et se lança à la poursuite de l'animal.

Faye s'immobilisa, les yeux écarquillés.

Mon Dieu ! Il n'allait pas l'atteindre à temps pour la sauver !

— Faye !

Le félin sauta sur elle, la renversa, et elle disparut sous une boule de fourrure noire. Enfin arrivé à leur hauteur, Jake brandit sa branche comme une batte de base-ball...

— Ne lui fais pas de mal ! cria Faye en roulant sur elle-même pour protéger l'animal.

La stupeur le figea sur place. Faye s'agenouilla, puis passa les bras autour du cou de la panthère et le fusilla du regard.

— Elle est inoffensive, déclara-t-elle. Laisse-la tranquille !

Jake baissa lentement son bras.

— Inoffensive ? répéta-t-il, incrédule. C'est un animal sauvage qui vient de m'attaquer dans la tente !

— Elle a juste dû se pelotonner contre toi et te lécher la figure. Elle n'a pas pu t'attaquer, en tout cas !

— Pourquoi ?

— Parce qu'elle n'a pas de dents. Et pas de griffes, non

plus, sauf aux pattes de derrière. Et je ne vois sur toi aucune marque de griffure qui justifierait ton agressivité envers elle !

Faye reporta son attention sur la panthère et se mit à la caresser, comme si c'était un gros chat, en murmurant :

— C'est fini, Sampson... Tout va bien. N'aie pas peur...

Nu comme il l'était, avec une branche à la main, pendant que Faye cajolait une panthère édentée, Jake aurait dû se sentir ridicule... Mais toute pensée rationnelle en lui était occultée par la terreur qu'il avait éprouvée en croyant Faye sur le point d'être déchiquetée.

Son unique préoccupation avait alors été d'arriver à temps pour lui éviter d'être blessée, ou pire... Au prix même de sa propre vie.

Rétrospectivement, il se rendait compte qu'au lieu de ramasser cette branche, il aurait dû prendre les quelques secondes nécessaires pour aller récupérer son pistolet dans la tente. Mais il n'y avait pas pensé. Poussé par un sentiment d'urgence absolue, il s'était élancé vers la panthère, prêt à se faire dévorer si cela pouvait donner le temps à Faye d'aller chercher une arme pour se défendre.

— Jake, ça va ? demanda-t-elle soudain en écartant la panthère et en se levant.

Elle l'examina de la tête aux pieds, l'air de chercher à savoir s'il était blessé, avant de reprendre :

— Il y a un problème ?

Furieux, Jake s'approcha d'elle et la saisit par les épaules.

— Oui, il y a un problème ! J'ai cru que tu étais en danger de mort, que j'arriverais trop tard pour te sauver... La prochaine fois qu'un de tes animaux familiers rôdera dans les parages, préviens-moi !

Après avoir jeté un coup d'œil hostile à la panthère qui, couchée sur le flanc, léchait tranquillement son pelage, Jake pivota sur ses talons et se dirigea à grands pas vers la tente.

La colère de Jake avait laissé Faye sans voix. Elle le regarda partir, les muscles puissants de son corps jouant sous sa peau mate, puis disparaître à l'intérieur de la tente.

Elle n'avait pas pensé à lui parler de Sampson, c'était vrai. Cet animal la suivait souvent, quand elle allait se promener, mais il ne s'éloignait généralement pas beaucoup de Mystic Glades, pour ne pas risquer de manquer un repas. Amy ou elle lui donnaient en effet à manger tous les jours — de la viande hachée servie dans une écuelle, derrière la boutique. Et il avait tendance à se méfier des inconnus : son passé d'animal de cirque maltraité l'avait traumatisé.

Sa présence aussi loin de ses bases et son comportement amical envers Jake étaient donc totalement inattendus.

Tout aussi surprenant était l'affolement de ce dernier à l'idée qu'elle avait peut-être couru un grave danger... Elle ne put réprimer un sourire. Son instinct ne l'avait pas trompée : Jake était quelqu'un de bien.

Dans un élan d'optimisme sans doute dû au souvenir merveilleux de la nuit précédente, Faye se dit que tout allait s'arranger : quand ils auraient retrouvé Calvin, ils lui parleraient de son demi-frère, puis ils regagneraient Mystic Glades tous ensemble.

9

Jake avait du mal à se remettre de la frayeur qu'il avait ressentie en voyant la panthère foncer droit sur Faye. Il resta silencieux pendant tout leur petit déjeuner, composé de bœuf séché, de barres aux céréales et d'eau. Faye ne cessait de lui lancer des coups d'œil interrogateurs, mais il était encore trop secoué pour avoir envie de parler.

Il n'avait jamais eu aussi peur de sa vie, et c'était mauvais signe : il ne pouvait plus nier s'être attaché à Faye, ce qui risquait de lui faire perdre le recul nécessaire pour décider lucidement de ses priorités.

Une fois la tente démontée et rangée dans le sac à dos de Jake, ils reprirent leurs recherches en direction du sud, en explorant minutieusement chaque parcelle de terrain avant de passer à une autre.

Environ deux heures plus tard, ils découvrirent enfin un indice : des traces de pas. Selon Faye, dotée dans ce domaine d'une expérience bien supérieure à celle de Jake, elles dataient de la veille. Et il était peu probable qu'une autre personne que Gillette se soit trouvée justement ce jour-là dans un endroit aussi reculé.

Ils suivirent les traces à travers bois d'abord, puis en arpentant de larges bandes de terrain marécageux recouvert d'herbes hautes. Craignant à chaque pas de marcher sur un alligator, Jake gardait la main sur la crosse de son pistolet. Sa compagne, elle, ne semblait pas inquiète ; sans doute

Piège dans les Everglades   99

parce que, contrairement à lui, elle connaissait les signes annonciateurs d'un danger.

Alors qu'ils atteignaient un îlot boisé, Jake posa la main sur l'épaule de Faye. Il en avait assez du silence tendu qui régnait entre eux. Il fallait y mettre fin.

Elle se tourna vers lui, l'air interrogateur, et au lieu de s'excuser comme il en avait eu l'intention, Jake lui entoura le visage de ses mains et l'embrassa.

D'abord doux et léger, son baiser devint vite passionné. Il lui suffisait décidément de toucher Faye pour perdre tout contrôle sur sa libido… Et alors qu'elle aurait pu lui en vouloir de bouder depuis des heures, elle répondit à sa caresse avec la même ardeur que la veille au soir.

Quand il se rendit compte qu'il était prêt à la coucher sur le sol boueux et à lui faire l'amour là, maintenant, il s'obligea à s'écarter d'elle et à reculer d'un pas.

— Il y a une raison à ce brusque changement d'humeur ? déclara-t-elle. Je ne m'en plains pas, remarque…

— Je n'aurais pas dû m'emporter, ce matin. Je suis désolé ! C'est juste qu'en voyant…

— Inutile de t'excuser. Une grande peur est souvent suivie d'une réaction de colère. Tu m'as crue en danger, parce que je ne t'avais pas parlé de Sampson… J'aurais dû le faire, et la façon dont tu as volé à mon secours me touche beaucoup. Il y a longtemps que je ne m'étais pas sentie aussi importante aux yeux de quelqu'un.

Cet aveu augmenta les remords de Jake. Il fallait changer de sujet…

— Comment t'es-tu retrouvée avec une panthère domestique ? demanda-t-il.

Avant de répondre, Faye le prit par la main, et ils se remirent en marche.

— Il y a un refuge pour panthères, pas très loin d'ici. Je suis allée le visiter, et j'y ai appris l'histoire de Sampson. Cette panthère est un ancien animal de cirque, qui a été maltraité pendant des années. Comme elle ne pouvait pas se défendre contre ses congénères, les gens du refuge devaient l'isoler. J'ai trouvé ça triste, et je suis souvent retournée la voir, ensuite… J'ai fini par m'attacher à elle — et elle à moi, il faut croire, car un jour, en regagnant mon appartement, je l'ai découverte allongée dans mon canapé.

— Tu as dû avoir peur !

— Oui. J'ai poussé un cri, ce qui l'a effrayée, et elle est aussitôt ressortie par la fenêtre. J'ai compris trop tard qu'il s'agissait de Sampson. Elle s'était échappée du refuge et recherchait juste un peu de compagnie.

— Mais elle est revenue ?

— Pas tout de suite. Je me suis dit qu'elle devait avoir faim, et comme elle ne peut pas chasser pour se nourrir, je suis allée acheter un hachoir électrique et de la viande crue. Je lui ai préparé l'équivalent d'un repas dans une écuelle, que j'ai posée par terre, derrière la boutique. Et le lendemain, j'ai vu Sampson dévorer le contenu de cette écuelle. Depuis, elle vient manger là tous les jours ou presque.

— Tu n'as jamais songé à appeler le refuge pour que quelqu'un vienne la récupérer ?

— Non. Elle était seule là-bas ; moi, j'étais seule ici… On était faites pour s'entendre.

— Je pense l'avoir aperçue, le premier soir. Elle a traversé la nationale juste devant moi, et c'est en cherchant à l'éviter que j'ai vu la voiture de Gillette.

— Un vrai coup de chance !

— À moins que Sampson n'ait été l'instrument du destin ? plaisanta Jake.

Faye lui lança un coup d'œil dubitatif, comme si elle se demandait s'il évoquait le destin à propos de sa découverte du véhicule ou de sa rencontre avec elle. Et comme il ne croyait de toute façon qu'au hasard, il se tut. Elle s'immobilisa alors et pointa l'index vers la droite.

— Le sol du sous-bois est trop sec pour garder des traces

Piège dans les Everglades

de pas, mais tu vois ces feuilles de palmier arrachées ? C'est le signe que Calvin devait courir quand il est passé par ici.

— Sampson le poursuivait peut-être.

— Qui sait ? dit Faye en riant.

Vingt minutes plus tard, la piste des feuilles arrachées et des branches cassées s'arrêta net : ils étaient arrivés à l'extrémité de l'îlot boisé, au bord d'une nappe d'eau qui s'étendait à perte de vue.

— Calvin n'a pas pu aller plus loin sans canoë, observa Faye.

— Parce que ce marécage est profond ?

— Non, parce qu'il grouille de serpents et d'alligators. Et il n'y a aucun signe indiquant qu'il aurait rebroussé chemin.

Faye s'était retournée. Jake alla se placer devant elle, dégaina son pistolet et le braqua vers le haut des pins les plus proches.

— On a compris que vous étiez là, Gillette, caché dans un arbre ! Si vous n'en êtes pas descendu dans vingt secondes, je commence à tirer !

— Inutile de le menacer avec une arme, déclara Faye en posant une main sur son bras. Il n'est pas dangereux.

C'était faux, Jake le savait, mais la pression insistante de cette main le persuada de baisser son pistolet. Il n'alla cependant pas jusqu'à le remettre dans son holster : sa bonté avait des limites !

— Tout va bien, Calvin ! cria alors Faye. Tu peux te montrer : Jake est un ami. Tu ne risques rien.

Malgré le soleil, maintenant haut dans le ciel, qui lui faisait plisser les yeux, Jake finit par apercevoir Gillette. Vêtu d'un jean et d'un T-shirt bleu marine, il était perché sur une branche, à environ quatre mètres du sol. Jake dissimula son arme derrière son dos, pour que Gillette croie qu'il l'avait rengainée.

— D'accord, j'arrive ! annonça ce dernier.

L'escalade apparemment n'était pas son fort, à moins qu'il

ne soit moins à l'aise pour descendre que pour monter. Faye dut le guider tout au long de sa progression, lui indiquant au fur et à mesure les endroits où poser ses pieds.

Le temps d'atteindre la branche la plus basse, il tremblait au point de provoquer une pluie d'aiguilles de pin, et il ne semblait pas du tout prêt à sauter pour franchir le mètre cinquante qui le séparait encore du sol.

Faye sollicita du regard l'aide de Jake. C'était inespéré. Il soupira, comme agacé par une situation qui, en fait, l'arrangeait, puis il rangea son pistolet, leva les bras et tira de toutes ses forces sur les jambes de Gillette. Il accompagna ensuite sa chute de façon à le faire atterrir au pied de l'arbre, face contre terre.

À l'exclamation de surprise poussée par Faye succéda un cri d'indignation quand Jake ramena les poignets de Gillette dans son dos et le menotta avant de le saisir par les épaules pour le relever.

— Tu m'avais dit que cet homme était un ami ! lança Gillette à Faye.

— C'en est un... Il est détective privé, et je pense qu'il y a une erreur, il va te détacher...

— Je suis désolé, Faye, déclara Jake. Vraiment désolé...

Il glissa la clé des menottes dans la poche avant de son jean et palpa Gillette à la recherche d'armes éventuelles, mais l'homme n'en avait pas sur lui. Il l'obligea ensuite à s'asseoir par terre et posa un pied sur la chaîne, entre les menottes, pour l'empêcher de se remettre debout.

Le moment était venu de faire la chose qu'il appréhendait le plus depuis la veille... Il ressortit son pistolet et le braqua sur Faye en disant :

— Jette ton pistolet et ton couteau le plus loin possible !

— Pourquoi ? Que vas-tu faire ?

Elle avait pâli, et sa voix exprimait une peur qui atteignit Jake en plein cœur. Il s'attendait à une légitime colère, pas à ce qu'elle le soupçonne de lui vouloir physiquement du mal.

Piège dans les Everglades

— Ne me regarde pas comme ça ! s'écria-t-il. Je dois juste m'assurer que tu ne m'agresseras pas !

— Je ne comprends pas… Je croyais que tu allais m'aider à retrouver Calvin, que tu avais pour seul but de lui parler de son demi-frère…

— Je n'ai pas de demi-frère ! intervint Gillette.

— Si, tu en as un, s'exclama Faye, et c'est lui qui a engagé Jake. Il a appris récemment votre lien de parenté et cherche depuis à entrer en contact avec toi… N'est-ce pas, Jake ?

— Non, c'est une histoire inventée pour te convaincre de me conduire à Gillette. Ton pistolet, Faye… Et ton couteau… Jette-les le plus loin possible.

Cette fois, Faye obéit, mais elle avait encore pâli, et ce fut sur un ton dur, sans même regarder Jake, qu'elle marmonna :

— Et moi qui te prenais pour quelqu'un de bien… Je me suis complètement trompée ! Tu vas nous tuer tous les deux, j'imagine ? Tu as choisi le bon endroit : personne ne retrouvera nos corps.

Gillette se releva brusquement pour essayer de déséquilibrer Jake, mais celui-ci le repoussa, le plaqua au sol et posa un pied dans le creux de son dos pour l'immobiliser.

— Ça suffit ! s'exclama-t-il. Je ne suis pas un tueur, mais bel et bien un détective privé ! Cette partie au moins de ce que je t'ai dit est vraie, Faye. Un agent fédéral m'a chargé de vous retrouver tous les deux : vous êtes attendus à Tuscaloosa pour y être jugés.

— Jugés ? répéta Faye, les sourcils froncés. Mais pour quel crime ?

— Ce n'est pas la justice que nous avons fuie ! renchérit Gillette.

— Peut-être, mais des poursuites ont été engagées contre vous en votre absence, indiqua Jake. Vous êtes recherchés pour meurtre.

— Meurtre ? s'écrièrent Faye et Gillette à l'unisson, et sur le même ton stupéfait.

Soit c'étaient d'excellents comédiens, soit leur surprise n'était pas feinte. Un doute s'insinua dans l'esprit de Jake, mais il le chassa. Les gens qui n'avaient rien à se reprocher ne prenaient pas la fuite ; ils ne se cachaient pas non plus sous une fausse identité.

— Calvin Gillette, Faith Decker, je vous arrête, comme la loi m'y autorise en tant que simple citoyen ! déclara Jake.

Faye avait tressailli en l'entendant utiliser son vrai nom. Il devait maintenant lui passer les menottes, à elle aussi, et il en avait apporté une deuxième paire dans ce but, mais il ne put se résoudre à lui infliger cette humiliation.

Il ne se voyait cependant pas ramener seul à Naples deux personnes, dont une qui serait libre de ses mouvements. Avec un peu de chance, son portable capterait… Il le sortit de sa poche pour appeler le shérif adjoint Holder.

— Non, Jake, attends ! dit Faye d'une voix pressante. Écoute-moi, je t'en prie ! C'est une erreur : on n'a tué personne, Calvin et moi, je te le jure !

— Vu le nombre de fois où tu m'as menti, j'ai du mal à te croire sur parole.

— D'accord… Mais tu m'as menti, toi aussi. Et à ce propos, ce qui s'est passé entre nous la nuit dernière faisait partie de ta stratégie secrète ?

— Arrête ! Il n'y a aucun rapport entre les deux, tu le sais très bien !

— Non, je ne suis plus sûre de rien.

Faye détourna la tête, mais Jake eut le temps de voir des larmes briller dans ses yeux, et il se reprocha une fois de plus d'avoir cédé à la tentation, la veille au soir.

Le cœur lourd, il alluma son portable.

Pas de réseau, naturellement…

— On peut savoir qui essaie de nous piéger ? demanda Faye.

Elle avait l'air si malheureuse que Jake faillit aller la rejoindre pour la prendre dans ses bras.

Piège dans les Everglades   105

— Personne n'essaie de vous piéger, répondit-il. Je travaille pour l'agent spécial Quinn Fugate. Il suit votre affaire depuis l'antenne du FBI de Birmingham, en Alabama, mais c'est à Tuscaloosa que le meurtre a été commis, la victime étant Vincent Genovese.

— Genovese ? s'exclama Faye. C'était notre employeur... On ne l'a pas tué !

— Tais-toi ! s'écria Gillette.

Elle l'ignora.

— Tu te souviens de l'amie dont je t'ai parlé, Jake ? Celle qui était comme une sœur pour moi ? Eh bien, je n'ai pas été complètement honnête, car c'est de Calvin qu'il s'agit en réalité. Mais le reste est vrai : on a travaillé ensemble comme paysagistes indépendants. Et notre dernière commande a été la rénovation du jardin d'une grande propriété — celle de Vincent Genovese.

— Tais-toi ! répéta Gillette. Tu es train de lui fournir des armes contre nous !

Jake accentua la pression de son pied sur le dos de son prisonnier pour l'inviter au silence.

— Raconte-moi ce qui s'est passé, dit-il à Faye.

— On avait entendu dire que Genovese était un gangster, mais c'étaient de simples rumeurs, et on sortait à peine de la fac, on avait des prêts étudiants à rembourser... Il s'agissait de refaire le jardin de Genovese, ce qui représentait juste quelques mois de travail, mais payés comptant et de façon parfaitement légale.

— Vous avez donc accepté la commande ?

— Oui, et il n'y a eu aucun problème, au début. Mais quand on est tout le temps dehors, on finit par remarquer la fréquence de certaines visites. Des visages deviennent familiers, on surprend des conversations, on voit des choses qu'on n'est pas censé voir...

— Bon sang, Faye, tais-toi ! cria Gillette.

Elle s'approcha de Jake. Il la jaugea d'un air méfiant, en

serrant plus fort la crosse de son pistolet. Il ne fallait pas la laisser arriver assez près de lui pour qu'elle puisse tenter de le désarmer ou de le déséquilibrer. Pas question de la sous-estimer, cette fois ! Mais serait-il capable d'appuyer sur la détente, si les circonstances l'exigeaient ? Il ne le savait pas.

— Genovese nous faisait parfois venir dans son bureau, qui donnait sur le devant de la maison, poursuivit Faye. Il voulait voir nos plans d'aménagement, s'informer sur l'avancement des travaux... Et il en profitait pour nous régler les heures effectuées depuis notre dernier entretien avec lui. Il nous payait en liquide, avec de l'argent pris directement dans son coffre-fort. Ça nous gênait un peu, mais...

— Faye ! hurla Gillette.

— Si vous l'interrompez encore une fois, je vous bâillonne ! lui dit Jake. Continue, Faye !

Elle s'immobilisa et jeta un coup d'œil à son ami avant de déclarer :

— Ce que je veux te faire comprendre, Jake, c'est qu'on connaissait Genovese, qu'il nous traitait bien et qu'on n'avait aucune raison de le tuer. On était dans le jardin, Calvin et moi, quand il a été assassiné — dans son bureau, par balle. Et quelqu'un a été témoin de la scène.

— Ah bon ? Quinn Fugate ne m'en a pas parlé...

— Parce que cette personne ne s'est pas confiée à la police.

— Et qui est ce mystérieux témoin ? questionna Jake bien qu'il soit sûr de connaître déjà la réponse.

Faye inspira profondément.

— Moi, dit-elle.

10

Faye avait été témoin du meurtre de Genovese !

Jake était sous le choc, et les pensées se bousculaient dans sa tête. L'une d'elles finit cependant par émerger clairement : il avait besoin d'en savoir plus, car s'il y avait une chose dont il était sûr — enfin, *presque* sûr —, c'est que Faye ne mentait pas cette fois.

Mais alors, pourquoi se cachait-elle sous un pseudonyme ? Pourquoi Gillette et elle avaient-ils pris la fuite ? De qui, ou de quoi, avaient-ils peur ?

Après avoir assis Gillette contre un arbre, Jake emmena Faye à quelques mètres de là. Ils se débarrassèrent de leurs sacs à dos et s'assirent dans l'herbe, l'un en face de l'autre. Jake posa son pistolet par terre, mais assez près de lui pour pouvoir le saisir rapidement en cas de besoin, puis il ordonna :

— Raconte-moi tout depuis le début !

— Ce ne sera pas long… Je venais de finir de planter des fleurs près du bureau de Genovese. J'ai ramassé mes outils, et quand je me suis relevée pour aller les ranger, je me suis trouvée face à la fenêtre. J'ai alors vu Genovese en train de se disputer avec un autre homme, qui tenait un pistolet à la main. Je me suis figée. J'étais comme paralysée… Et puis l'homme a tiré. J'ai dû crier, ou sursauter… Quoi qu'il en soit, le meurtrier s'est retourné et a levé son arme. Je me suis baissée, et la vitre, au-dessus de moi, a volé en éclats.

— Il a essayé de te tuer ?

— Oui. J'ai laissé tomber mes outils, et je me suis enfuie.

— Et vous, Gillette, où étiez-vous à ce moment-là ? demanda Jake.

— Dehors, moi aussi, mais de l'autre côté de la maison. J'ai entendu les coups de feu, puis une domestique qui hurlait... Je me suis précipité à l'intérieur. Plusieurs membres du personnel entouraient Genovese. L'un d'eux avait déjà appelé la police.

— Quelqu'un d'autre avait vu l'assassin ?

Faye et Gillette secouèrent négativement la tête.

— D'accord..., enchaîna Jake. Que s'est-il passé ensuite ? La police est venue ? Vous avez fait une déposition ?

— Oui, répondit Faye, mais je n'ai pas dit que j'avais été témoin du meurtre.

— Pourquoi ?

— J'avais trop peur. J'en savais assez, après avoir travaillé là, pour comprendre que, si je parlais, je risquais de connaître le même sort que Genovese.

— Vous aviez déjà vu son assassin, ton ami et toi ?

— Oui, plusieurs fois, et on pense que c'est un gangster, lui aussi. Ce qui est sûr, en tout cas, c'est qu'il est dangereux. Il venait toujours accompagné de deux autres hommes — ses gardes du corps, sans doute. Mais ce jour-là, il était seul. Il avait dû arriver en toute discrétion, parce que sa voiture n'était pas là. Je crois qu'il avait prémédité son crime, mais il ne s'attendait évidemment pas à ce que quelqu'un en soit témoin... Je devais absolument quitter Tuscaloosa le plus vite possible, et ne plus y revenir, sinon il me retrouverait... On a donc fait nos valises, Calvin et moi, dès que la police en a eu fini avec nous.

La voix ferme de Faye et les hochements de tête vigoureux de Gillette pendant son récit avaient achevé de convaincre Jake qu'elle disait la vérité, mais il y avait quelque chose qui lui échappait...

— Si tu avais tout raconté à la police, elle t'aurait protégée ! observa-t-il.

Piège dans les Everglades

— Comme elle l'a protégée pendant son dernier séjour en famille d'accueil ? s'écria Gillette.

Le cœur de Jake s'arrêta de battre. Il ne voyait que trop bien le genre de sévices que Faye, adolescente, avait pu subir…

— Rassure-toi : ce n'est pas aussi terrible que tu as l'air de le penser, déclara-t-elle. Mais les familles d'accueil ne sont pas toutes aussi… accueillantes qu'elles le devraient. C'était le cas de celle où nous nous sommes connus, Calvin et moi et, s'il ne m'est rien arrivé de plus grave que des tentatives d'abus sexuels, c'est uniquement grâce à lui : il m'a toujours défendue.

— Vous avez prévenu les autorités ?

— Oui, mais elles ne nous ont pas crus. Heureusement, on était là l'un pour l'autre, on se soutenait… Je ne sais pas ce que je serais devenue sans lui.

Jake prit la main de Faye, mais elle se dégagea vivement.

— Je ne cherche pas à t'inspirer de la pitié en te racontant ça, précisa-t-elle, mais à te faire comprendre notre méfiance envers la police. Après la mort de Genovese et la tentative de meurtre dont j'avais été victime, on n'avait pas d'autre solution que de disparaître. Je me suis installée à Mystic Glades ; Calvin, lui, a beaucoup bougé avant de se fixer à Naples. Tout allait bien jusqu'à la semaine dernière, quand il a vu un des sbires de l'assassin. Paniqué, il m'a téléphoné, et il venait me rejoindre quand il a eu cet accident.

— Vous connaissez le nom du meurtrier de Genovese ?

— Oui. Il s'appelle Kevin Rossi.

Ce nom ne disait rien à Jake, mais son expérience de policier se limitait à la Floride, et les faits concernaient la pègre d'Alabama.

— D'accord, d'accord…, marmonna-t-il. Le problème, si tout ça est vrai, c'est que vous n'avez aucune preuve de ce que vous avancez.

Puis il considéra attentivement les deux amis. Son instinct

lui disait qu'il y avait une partie de l'histoire dont ni Faye ni Gillette ne voulaient parler.

— Tu utilisais ton vrai nom ou ton pseudonyme, quand tu venais passer l'été ici ? demanda-t-il à Faye.

— Je n'utilise pas de pseudonyme ! protesta-t-elle. « Faye » est le diminutif de « Faith », et « Star », mon deuxième prénom. Tous mes amis m'appellent Faye, mais je figure évidemment sur les documents officiels sous le nom de Faith Decker.

Ce fut elle, ensuite, qui prit la main de Jake.

— Je t'ai dit la vérité, je te le jure ! ajouta-t-elle. On n'a rien à se reprocher, Calvin et moi.

— D'après une rumeur qui court à Naples, ton ami a commis quelques vols là-bas…

— C'est peut-être vrai, malheureusement. Calvin n'est pas parfait, je le sais, mais ce n'est pas un meurtrier !

Faye serra fort la main de Jake dans la sienne et poursuivit :

— Si tu nous emmènes à Naples, tu signes notre arrêt de mort, parce que Rossi retrouvera alors notre trace. Je me suis construit une nouvelle existence à Mystic Glades, et Calvin peut venir s'y installer, lui aussi, ou bien aller refaire sa vie ailleurs… Pour que nous soyons de nouveau en sécurité, il suffit que tu rentres seul à Naples et prétendes ne jamais nous avoir rencontrés. On n'aura alors plus rien à craindre de Rossi.

Le léger tremblement de sa voix, à la fin de son plaidoyer, donna de nouveau à Jake envie de la prendre dans ses bras. Mais il ne le pouvait pas. Pas encore. Les choses n'étaient pas aussi simples qu'elle le croyait naïvement.

— Et tes amis de Mystic Glades, tu y as pensé ? dit-il. Que risque-t-il de leur arriver, à ton avis, si de dangereux criminels te recherchent et finissent par te localiser ?

Faye pinça les lèvres et retira sa main. Jake se tourna alors vers Gillette.

— Si vous aviez l'intention de rejoindre votre amie quand vous avez eu cet accident, pourquoi n'avez-vous pas demandé

Piège dans les Everglades

aux deux hommes que vous avez vus ensuite de vous conduire à elle ? Pourquoi, au lieu de ça, vous êtes-vous caché ?

— Je ne savais pas qui c'était. Ce pouvait être des tueurs envoyés par Rossi.

— Admettons… Mais qu'avez-vous fait pour attirer l'attention sur vous, à Naples ? À moins que vous ne soyez rentré à Tuscaloosa, et que ce soit là-bas que vous ayez été repéré ? Venir chercher refuge auprès de Faye était une mauvaise idée, en tout cas… Elle n'est plus en sécurité, mais pas à cause de moi : à cause de *vous* !

Rouge de colère, Gillette sauta sur ses pieds. Jake se leva aussitôt, et Faye suivit le mouvement.

— Inutile de vous disputer, tous les deux ! s'écria-t-elle. Ça ne nous avancera à rien !

— En effet, convint Jake. La seule façon de régler le problème, c'est de nous rendre tous les trois à Naples et d'aller parler au shérif adjoint Holder. J'expliquerai ensuite la situation à l'agent spécial Fugate, et il enverra des marshals assurer votre protection. Si tu acceptes de témoigner contre l'homme que tu as vu tirer sur Genovese, Faye, et si cet homme appartient bien à la pègre, tu pourras intégrer le programme de protection des témoins du FBI. Tu auras une nouvelle identité, une nouvelle existence… Tu ne courras plus aucun danger.

— Non, c'est impossible.

— Pourquoi ?

Faye jeta un coup d'œil à Gillette, qui détourna le regard.

— Est-ce que j'ai eu tort de te croire ? s'exclama Jake en saisissant Faye par les épaules. Tu m'as tellement menti que je ne sais plus quoi penser… Il y a cependant une chose dont je suis sûr : votre méfiance envers les autorités n'est pas la seule raison de votre refus de collaborer avec la police. Qu'est-ce que vous me cachez, tous les deux ?

— Je suis vraiment désolée…, murmura-t-elle avant de se dégager.

112   *Piège dans les Everglades*

Quelque chose, dans sa voix, alerta Jake. Il se retourna… Trop tard : Gillette fonçait sur lui, tête baissée, tel un taureau de combat. Il le percuta assez violemment pour lui faire perdre l'équilibre, puis ils tombèrent ensemble. Jake tendit la main vers son arme… Sans pouvoir l'attraper : elle était trop loin. Il tenta ensuite de maîtriser Gillette, mais celui-ci réussit à se dégager en roulant sur lui-même, puis il se remit prestement debout.

Un sifflement aigu retentit alors. Jake regarda derrière lui. C'était Faye qui avait émis ce bruit. Il posa ses deux mains par terre et parvint à s'agenouiller, mais quelque chose de lourd s'abattit sur lui et le plaqua de nouveau au sol. Un pelage doux et tiède lui effleura le visage… Sampson avait bondi d'un des arbres voisins et le retenait prisonnier entre ses pattes.

— Lâche-moi ! lui ordonna-t-il.

Un deuxième sifflement… La panthère lécha le cou de Jake, comme pour s'excuser, avant de s'écarter de lui et de s'éloigner.

Jake sauta sur ses pieds… Et se retrouva face au canon de son pistolet. Faye avait dû aller le ramasser pendant que Sampson l'immobilisait, et elle le braquait maintenant sur lui.

— Je suis vraiment désolée…, répéta-t-elle. Donne-moi la clé des menottes.

Il la lui lança. Elle la rattrapa de la main gauche et attendit que Gillette s'approche d'elle à reculons pour le détacher.

— Qu'allez-vous faire ? lui demanda Jake.

— Partir, répondit-elle.

Une fois libéré, Gillette se frotta les poignets et déclara avec un regard venimeux en direction de Jake :

— Passe-moi le pistolet, Faye ! Je veux m'assurer qu'il ne nous suivra pas.

— Certainement pas ! Tu nous as déjà causé suffisamment d'ennuis comme ça, Calvin !

Les mâchoires de Gillette se crispèrent, mais il n'insista pas.

Piège dans les Everglades

— Tu as dans ton sac à dos de quoi tenir pendant deux jours, dit Faye à Jake. Tu dois te souvenir du chemin qui nous a amenés ici... Reprends-le dans l'autre sens, en gardant toujours le soleil sur ta droite. Je te laisse le canoë. Ne te déplace pas la nuit, c'est trop dangereux, mais comme tu avanceras beaucoup plus vite qu'à aller, tu devrais être à Mystic Glades d'ici ce soir.

— Et vous, où serez-vous ?

— On va essayer de trouver un autre endroit pour se cacher.

— Vous cacher ne résoudra rien ! Ne fais pas ça, je t'en prie !

— Désolée, Jake, mais il y a des choses que tu ne comprends pas.

— Explique-les-moi, alors ! Laisse-moi t'aider !

— Je ne le peux pas. Ferme les yeux, maintenant !

— Il n'en est pas question !

— Je m'occupe de ça, intervint Gillette.

Il ramassa une grosse branche et s'approcha de Jake en la brandissant.

— Si tu le touches, Calvin, je t'abats ! s'écria Faye.

Son ami lui lança un regard noir, mais il lâcha la branche.

— Ferme les yeux, Jake ! répéta Faye. S'il te plaît...

Cette fois, il obéit, et elle reprit :

— Compte jusqu'à vingt avant de les rouvrir.

— C'est ridicule ! On n'est pas à l'école primaire, en train de jouer à cache-cache !

Jake rouvrit les yeux.

Faye et Gillette avaient disparu.

11

Jake était assis sur le même tronc d'arbre mort que la veille, quand il avait appelé son associé. Il avait réussi à ne pas se perdre, jusque-là, mais il n'était pas sûr d'arriver à retrouver le canoë — à supposer que Faye le lui ait vraiment laissé. Et même si c'était le cas, il devrait ensuite regagner Mystic Glades à la rame, et sans personne pour le guider dans les marécages.

Comme la veille, il appela Dexter et, après lui avoir raconté sa mésaventure, il conclut :

— Comment ai-je pu cesser de surveiller ne serait-ce qu'une seconde un bandit comme Gillette ? Je ne suis qu'un imbécile !

— En effet.

— Merci !

— De rien ! Bien, récapitulons... Nos deux amis se sont de nouveau enfuis, après avoir accusé du meurtre de Vincent Genovese un certain Kevin Rossi, dont personne n'a jamais entendu parler... On vient de perdre un bon paquet de fric, si bien que je vais être obligé d'en réinjecter dans notre entreprise pour la maintenir à flot... Et tu ne sais pas si tu retrouveras un jour la civilisation... J'ai oublié quelque chose ?

— Juste le fait que tu vas peut-être devoir payer mon loyer pendant quelques mois... Sinon, tu as bien résumé la situation.

— Toutes mes félicitations, Jake ! Tu as fait fort, sur ce coup-là !

— L'agence a été créée grâce à ton argent, c'est vrai, mais

tu connaissais les risques quand tu as décidé de t'associer avec moi.

— Autrement dit, tu ne me plains pas.

— Comment veux-tu que j'éprouve de la pitié pour un millionnaire ?

— Je suis milliardaire.

— Et vantard avec ça.

Dexter éclata de rire.

— C'est plutôt moi qui suis à plaindre, reprit Jake, parce que tous ces arbres se ressemblent. Faye m'a conseillé de toujours garder le soleil sur ma droite, mais comme il est midi, il est à la verticale et ne peut donc pas me servir de repère.

— Tu veux que je déclenche une opération de secours ?

— Tu plaisantes ?

— Non, pourquoi ?

— Parce que, dans le cas de Gillette, Holder a abandonné les recherches au bout de quelques heures seulement, alors qu'il avait un point de départ fiable : le lieu de l'accident... Si tu lui demandes d'organiser une battue couvrant un rayon de vingt-cinq kilomètres autour de Mystic Glades, il te rira au nez. Sans compter qu'en dehors de ses habitants personne ne semble savoir où cette ville se trouve exactement.

— Ça a l'air d'être un endroit génial !

— Si tu savais !

Jake ramassa une pierre et la lança en direction d'une tache sombre, près d'un arbre. Rien ne bougea, et il se détendit un peu. Ce n'était peut-être pas un alligator tapi dans les fourrés, comme il l'avait craint... Mais c'en était peut-être quand même un, qui attendait le moment où il s'approcherait de lui pour l'attaquer...

Cette nature sauvage lui donnait la chair de poule. Il voyait des prédateurs partout !

— Non, sérieusement, Jake, j'ai bien envie d'appeler Holder ! déclara Dexter. Seul, tu risques de ne jamais retrouver ton chemin.

Si la personne qui l'avait mis dans cette situation n'avait pas été Faye, Jake aurait accepté la suggestion de son ami. Mais dire à la police qu'elle l'avait abandonné au milieu de nulle part aggraverait les choses pour elle. Il ne voulait pas que de nouvelles charges viennent s'ajouter au crime qui lui était déjà reproché.

C'était Gillette le vrai responsable. Il avait une mauvaise influence sur elle. Il l'avait protégée autrefois, et elle se sentait maintenant obligée de lui rendre la pareille, mais c'était lui la cause de ce qu'ils fuyaient réellement, Jake en avait la certitude.

— N'appelle pas tout de suite la police, dit-il. J'ai déjà fait une partie du chemin, et je vais continuer. Si j'ai l'impression de m'être complètement perdu, je te préviendrai, mais j'ai de l'eau, de la nourriture et une tente si jamais je dois passer la nuit dehors. Et Faye ne m'a pas pris mon pistolet. Elle tenait visiblement à ce que je regagne Mystic Glades indemne.

— Je te trouve bien indulgent vis-à-vis d'une femme qui t'a laissé en rade dans un environnement inconnu de toi, et particulièrement hostile ! Tes provisions ne dureront pas éternellement, et la batterie de ton portable non plus…

— J'ai un chargeur solaire, sinon elle serait déjà morte. Il y a de toute façon très peu d'endroits où ça capte, par ici. Là où je suis en ce moment, la réception n'est pas trop mauvaise, alors dis-moi ce que tu as découvert depuis notre dernière conversation téléphonique.

Un cliquetis, dans l'écouteur… Dexter pianotait sur le clavier de son ordinateur.

— Pour commencer, j'ai décidé de me renseigner sur Quinn Fugate, annonça-t-il, parce que tu avais l'air de te méfier de lui. Mais c'est bien un agent fédéral proche de la retraite, et ses états de service sont aussi bons que ce qu'il nous a dit. Le seul dossier qu'il n'ait pas pu boucler, c'est le meurtre de Vincent Genovese. Il a déclaré avoir fait appel à nous à titre personnel parce que sa hiérarchie refusait

Piège dans les Everglades   117

de consacrer plus d'argent et de moyens à cette affaire, et ça semble vrai. Il veut partir à la retraite avec un bilan de carrière absolument impeccable.

— D'accord, mais il y a quelque chose que je ne comprends pas... L'élucidation d'un simple meurtre n'est pas du ressort du FBI, alors pourquoi s'est-il occupé de celui-ci, au départ ?

— Bonne question ! Je me la suis posée, moi aussi, et j'ai un peu creusé... Genovese était le parrain de la mafia, à Tuscaloosa et dans un rayon de quatre-vingt-dix kilomètres autour de cette ville, si bien qu'il était déjà dans le collimateur du FBI.

— Depuis combien de temps ?

— Les fédéraux tentaient d'infiltrer la garde rapprochée de Genovese depuis deux ans, quand il est mort.

— Ils y sont parvenus ?

— Je l'ignore. Tout ce que je sais, c'est qu'ils n'ont obtenu aucune information exploitable sur Genovese. Sa disparition les a donc beaucoup contrariés : après avoir mis en œuvre des ressources humaines et financières considérables dans l'espoir de démanteler son organisation, ils se retrouvaient le bec dans l'eau. Ils ont alors très vite décidé de laisser complètement tomber cette affaire.

— Et ils l'ont confiée à la police locale...

— Exactement, et elle ne s'y est pas beaucoup intéressée, elle non plus. Genovese n'avait aucune famille, tous ses biens sont allés à une œuvre de bienfaisance... Personne n'a l'air prêt à se donner du mal pour arrêter son meurtrier.

— Sauf Quinn Fugate.

— Oui. S'il y arrive, les responsables du FBI ne reprendront pas leur campagne contre la pègre de Tuscaloosa et des environs, mais Fugate pourra partir à la retraite sans éprouver aucun goût d'inachevé. C'est important pour lui, visiblement.

Jake se massa le front pour tenter de chasser un début de migraine avant de demander :

Piège dans les Everglades

— Qu'as-tu appris de plus sur Faye et Gillette ?

— Pas grand-chose. Ils ont bien passé plusieurs années dans la même famille d'accueil, j'en ai eu la confirmation. Et j'ai convaincu une secrétaire de l'université d'Alabama de me fournir les coordonnées d'une des anciennes camarades de chambre de Faye.

— « Convaincue » comment ?

— Il faudra que j'aille dîner à Tuscaloosa une fois notre enquête terminée.

— J'espère que cette secrétaire en vaut la peine ! observa Jake en riant.

— Elle avait l'air ravissante, au téléphone.

— Elle l'est sûrement... Tu as pu interroger la camarade de chambre ?

— Oui. Elle m'a dit que Faye avait deux très bons amis, à l'université : Amber Callahan et Calvin Gillette. Elle était spécialement proche de ce dernier. Il avait le chic pour s'attirer des ennuis, mais elle était toujours là pour le sortir d'affaire — et même parfois de prison, où des actes de petite délinquance l'ont envoyé à plusieurs reprises. Une vraie mère poule, d'une loyauté indéfectible envers lui !

Songeant à leur merveilleuse nuit d'amour sous la tente et à la façon dont, le lendemain, Faye s'était retournée contre lui pour protéger Gillette, Jake donna un coup de pied dans une branche tombée près du tronc, puis il déclara sur un ton désabusé :

— Ça, je le savais déjà !

— Il s'est passé entre vous quelque chose dont tu ne m'as pas parlé ?

— Rien que j'aie envie de te raconter.

— Bon, enchaînons alors... Tu veux que je demande à Holder d'émettre un avis de recherche concernant nos deux fugitifs ?

Jake se leva et tourna sur lui-même pour s'assurer qu'aucun

Piège dans les Everglades 119

animal sauvage n'était en train de s'approcher subrepticement de lui.

— Un avis de recherche ne servirait à rien, répondit-il
en se rasseyant. Je ne crois pas que Faye ait une voiture,
et Gillette n'en a plus. Ils doivent donc se déplacer à pied,
et je doute que Faye choisisse la nationale comme voie de
communication. Elle va plutôt utiliser sa bonne connaissance
des Everglades pour en sortir par le sud, en empruntant des
chemins de traverse.

— On ne fait rien, alors ?

— Si. Tâche d'obtenir des informations sur ce Kevin Rossi.

— Le meurtrier fantôme ? Ce sera une perte de temps,
si tu veux mon avis, mais bon, d'accord… Quoi d'autre ?

— Laisse-moi réfléchir…

Après avoir frotté pensivement la barbe de deux jours que
lui valait l'absence de rasoir — Buddy Johnson n'en avait
pas mis dans son sac à dos —, Jake n'avait toujours pas de
brillante stratégie à proposer à son ami. Il décida donc de
se reposer sur des choses simples : sa longue expérience de
policier et le caractère de Faye — à supposer qu'il arrive à
regagner le monde civilisé et qu'il la retrouve ensuite.

Quand Dexter l'eut écouté exposer son plan, il remarqua
avec une pointe de déception dans la voix :

— C'est tout ?

— Tu as une meilleure idée ?

— Non, mais je m'attendais à mieux de la part d'un
homme d'action comme toi.

— Va te faire voir !

Dexter éclata de rire, puis il raccrocha.

Jake remit son téléphone dans sa poche, se leva et regarda
autour de lui pour essayer de s'orienter.

Sa formation de policier lui avait appris à observer les
gens. Il était capable de se souvenir de choses comme la
couleur de cheveux, la taille, le poids approximatif et la
tenue d'une personne même s'il ne l'avait qu'entraperçue.

Un coup d'œil lui suffisait pour dire le nombre respectif d'hommes et de femmes, de Blancs et de Noirs, que comptait un rassemblement. Mais distinguer un arbre d'un autre pour savoir entre lesquels il était passé la veille pour regagner le campement faisait appel à une expertise qu'il ne possédait apparemment pas.

Le soleil étant encore haut dans le ciel, il lui restait plusieurs heures de lumière mais, s'il se trompait trop souvent de chemin, il devrait passer une deuxième nuit sous la tente.

Jake prit la direction qui lui semblait être la bonne… Et se retrouva deux heures plus tard au même endroit. Il avait entendu dire que les gens perdus tournaient souvent en rond… C'était ce qu'il venait de faire !

Quelques gorgées d'eau, puis Jake s'engagea dans ce qu'il espérait être la bonne direction, cette fois…

— Ne va pas par là, sauf si tu veux te rendre à pied à Key West ! dit une voix dans son dos.

Il dégaina son pistolet et se retourna d'un bloc. Faye se tenait à quelques mètres de lui. Un mélange de tristesse et de regret se lisait sur ses traits délicats quand elle le fixa droit dans les yeux et leva les mains en l'air.

Faye était contente d'avoir pu se laver et troquer sa tenue de la veille contre des vêtements propres — une jupe et un haut bleu foncé. Elle n'était pas ravie, en revanche, de devoir frapper à la porte pour sortir de sa chambre : Jake avait calé le dossier d'une chaise sous la poignée. Elle le comprenait pourtant, d'une certaine façon : elle lui avait déjà faussé compagnie trois fois, et il ne voulait pas risquer qu'elle recommence pendant qu'il se douchait dans la deuxième salle de bains.

Furieux qu'elle ait laissé Calvin partir, il ne lui avait pratiquement pas adressé la parole durant le trajet de retour à Mystic Glades.

Piège dans les Everglades   121

Il n'avait apparemment pas encore décidé ce qu'il allait faire d'elle.

Le policier en lui voulait appeler le shérif adjoint Holder et l'agent spécial Fugate pour qu'elle soit arrêtée.

Mais l'homme à qui elle s'était donnée la veille au soir répugnait visiblement — même s'il ne l'avait pas dit — à la livrer à la police.

Le fait qu'elle l'ait rejoint avait semblé le surprendre. La raison en était pourtant simple : jamais elle n'aurait abandonné dans les marais quelqu'un qui les connaissait mal. C'était vrai de façon générale, mais tout spécialement en ce qui concernait Jake. Il avait réussi à ouvrir dans ses défenses une brèche si large qu'elle était prête à prendre le risque de mettre sa vie en danger. Pour lui, elle avait au moins provisoirement renoncé à aller se réfugier dans un endroit sûr, comme Calvin en ce moment.

Faye lissa sa jupe, ramena ses cheveux dans son dos et frappa à la porte. Un bruit de pas, dans la pièce voisine, le raclement des pieds de la chaise sur le plancher du séjour, puis la porte s'ouvrit. Jake s'encadra dans l'embrasure, et ils restèrent un moment à se jauger, comme les adversaires qu'ils étaient devenus.

— Tu as faim ? finit-il par demander d'une voix un peu hésitante.

Cette question suffit à faire gargouiller l'estomac de Faye.

— Tu as ta réponse ! souligna-t-elle.

L'ombre d'un sourire se dessina sur les lèvres de Jake. Sans être le témoignage d'une franche bienveillance, c'était un heureux changement par rapport à son attitude hostile des heures précédentes. Il s'effaça ensuite et se dirigea vers la cuisine. Faye lui emboîta le pas. Une salade composée et des sandwichs attendaient sur la table. Il avait même mis le couvert !

— L'absence complète de viande dans ton réfrigérateur m'amène à penser que tu es pratiquement végétarienne, observa-t-il. Tout ce que j'ai trouvé pour faire des sandwichs, c'est du fromage, mais c'est mieux que des barres aux céréales.

— Oui, ça a l'air délicieux… Merci !

Faye eut la surprise de voir Jake lui proposer une chaise avant de s'asseoir lui aussi. Il restait galant, quelles que soient les circonstances !

Ayant sauté le déjeuner et le dîner dans leur hâte de regagner Mystic Glades avant la tombée de la nuit, ils étaient tous les deux affamés. Ils mangèrent donc rapidement — et en silence, ce qui convenait parfaitement à Faye : elle n'avait ni envie de parler de tout et de rien, ni d'être bombardée de questions pendant ce repas.

Dès qu'elle eut avalé sa dernière bouchée et posé sa fourchette, Jake l'imita, comme s'il avait volontairement adopté le même rythme qu'elle.

À deux, la vaisselle fut vite — trop vite — faite, et ils allèrent ensuite s'installer sur le canapé.

— Vas-y, interroge-moi ! déclara Faye en se tournant vers Jake.

— D'accord… Quelle est la vraie raison de ton retour ? Qu'est-ce que ça cache ?

— Rien. Je n'ai jamais eu l'intention de te laisser te débrouiller tout seul pour retrouver ton chemin. Une fois Calvin en sécurité, je suis partie à ta recherche.

— Pourquoi ?

Jake n'avait donc pas compris qu'elle tenait à lui ?

Comme il n'était pas question de le lui avouer, Faye répondit :

— Je ne voulais pas qu'il t'arrive quelque chose. J'aurais aidé de la même façon n'importe qui d'autre.

— Mais là, cette aide entraînait de graves conséquences pour toi, alors c'est vraiment la seule raison de ton retour ?

— Bien sûr ! Quelle autre raison aurais-je pu avoir ?

Le visage de Jake s'assombrit. Était-ce parce qu'il espérait une réponse différente ? Et si oui, laquelle ?

— Où est Gillette ? demanda-t-il sans transition.

Piège dans les Everglades

— Dans un endroit sûr.

— C'est un fugitif, et se cacher n'est pas une solution ! Il doit assumer ses actes.

— Nous sommes tous les deux des fugitifs, d'après toi… Nous n'avons pourtant rien fait de mal.

— Ecoute, Faye, j'ai retrouvé Gillette une fois, je le retrouverai une deuxième fois… Mais si tu me conduis à lui, ça améliorera ta situation : je dirai au FBI que tu as coopéré, et la justice en tiendra compte.

— Tu me crois vraiment capable de te livrer Calvin ? Tu n'as pas encore compris que je ne suis pas du genre à trahir un ami pour servir mes propres intérêts ?

Jake soupira.

— Après quatre années d'études supérieures, tu avais un bel avenir devant toi, et tu y as renoncé pour aller t'enterrer à Mystic Glades… Ta défiance à l'égard des autorités n'est pas la seule raison de cette fuite : il y a autre chose, j'en suis convaincu… Qu'avez-vous fait, Gillette et toi, pour refuser de parler à la police si vous pensez vraiment avoir un tueur à vos trousses ?

Faye garda le silence, mais Jake insista :

— Je peux t'aider ! Il faut juste que tu te confies à moi !

— Et que je te dise où est Calvin, te permettant ainsi de l'arrêter pour un crime qu'il n'a pas commis ? Non ! Nous ne sommes peut-être pas vraiment frère et sœur, lui et moi, mais nos liens sont aussi forts que si nous l'étions. Jamais je n'échangerais ma sécurité contre la sienne ! Et je m'étonne que tu ne le comprennes pas, toi qui as connu la douleur de perdre une sœur.

Jake tressaillit, comme si Faye l'avait frappé, et elle regretta aussitôt d'avoir été si dure. Mais il était trop tard… Maintenant, elle devait le convaincre de partir, pour pouvoir s'en aller à son tour. Son sang-froid n'était qu'une façade : elle était terrifiée, en réalité. Son passé l'avait rattrapée, et il lui fallait de nouveau fuir.

Piège dans les Everglades

Si elle autorisait Jake à l'aider, il agirait au mieux de ses intérêts, elle n'en doutait pas. Mais cela le mettrait en danger. Et bien qu'elle n'ait tué personne, elle n'était pas complètement innocente. S'il apprenait ce qu'elle avait fait, il aurait un dilemme à trancher, et elle craignait fort qu'il ne choisisse de dévoiler son secret au lieu de le taire.

Un long silence suivit, pendant lequel Jake ne quitta pas Faye du regard. Il espérait peut-être qu'elle changerait d'avis, mais sa décision était prise, et de façon irrévocable : il n'était pas question de lui livrer une information potentiellement dangereuse pour lui.

Pour finir, il se leva et quitta l'appartement sans rien ajouter.

Faye fronça les sourcils. Cela voulait-il dire que Jake lui rendait sa liberté ? Elle alla se poster à la fenêtre et, quelques instants plus tard, le Dodge Charger de Jake s'engagea dans la rue principale, venant de l'arrière de la boutique. Il passa devant, s'éloigna et ne tarda pas à disparaître dans la nuit.

Accablée, Faye se laissa tomber sur le sol. Jake était parti, et c'était ce qu'elle avait souhaité, mais elle éprouvait maintenant une terrible souffrance. L'homme qui s'était introduit dans sa vie et dans son cœur l'avait quittée pour toujours…

Ses yeux se remplirent de larmes et, pour la première fois depuis très longtemps, elle renonça à être forte, à refouler ses frustrations, ses peines, ses regrets… Le front posé sur ses genoux repliés, elle se mit à sangloter.

Au bout d'un long moment, Faye se redressa et prit une profonde inspiration, puis une deuxième, une troisième… Il lui en fallut encore plusieurs pour retrouver une respiration régulière. Elle se rendit alors dans la salle de bains et se passa de l'eau froide sur le visage en se reprochant d'avoir perdu tout ce temps à s'apitoyer sur son sort. Elle devait quitter Mystic Glades le plus vite possible, avant qu'il ne soit trop tard.

Une violente dispute l'avait opposée à Calvin, après

Piège dans les Everglades

l'abandon de Jake dans les marais. Une dispute qu'ils avaient déjà eue à plusieurs reprises au cours des mois précédents. La réponse de Faye à la question récurrente de Calvin avait été la même que les autres fois : c'était non. Il était entré dans une colère noire, mais il n'avait pas le pouvoir de la faire changer d'avis.

Elle l'avait emmené chez un ami, Eddie, qui habitait près de la nationale et avait accepté de le conduire à Naples. Là, Calvin irait chercher quelques affaires dans son appartement, puis il irait en bus dans l'endroit de son choix pour y repartir de zéro.

Dans trois ou quatre mois, quand ils se seraient tous les deux fixés quelque part et que la colère de Calvin se serait calmée, ils reprendraient contact par courrier électronique. Des excuses seraient échangées, et tout rentrerait dans l'ordre. Comme d'habitude : leurs relations avaient toujours connu — et connaîtraient sans doute toujours — des hauts et des bas.

Faye soupira et commença de remplir un de ses sacs à dos. Eddie avait refusé d'être payé, mais il n'était pas riche, et elle aurait voulu lui rembourser son essence. Ni Calvin ni elle n'ayant alors d'argent liquide sur eux, elle ne l'avait pas pu. Elle allait donc retourner chez lui pour régler sa dette, puis prendre la direction du sud, et peut-être même pousser jusqu'aux Keys. Ces îles devaient être magnifiques en cette saison, et elle y trouverait probablement une place de serveuse : le tourisme générait beaucoup d'emplois, là-bas.

Ses chères Everglades lui manqueraient, mais vivre toute l'année au bord de la mer n'était tout de même pas désagréable !

Faute de pouvoir être certaine que Jake ne changerait pas d'avis et ne reviendrait pas — peut-être même accompagné de la police —, Faye dut renoncer à dire adieu à ses amis. Il fallait informer Amy de son départ, bien sûr, et lui confier la double tâche de s'occuper de la boutique et de nourrir Sampson, mais elle n'avait pas le temps de prévenir les autres.

La perspective de quitter Mystic Glades et ses amis lui fit monter les larmes aux yeux à nouveau. Mais elle n'avait pas le choix. Et le temps pressait.

Elle mit un couteau dans l'étui cousu dans les plis de sa jupe. Celui dont Jake l'avait obligée à se débarrasser était resté, ainsi que le pistolet, dans les marais. Elle regrettait maintenant de ne pas les avoir récupérés. Avec un peu de chance, cependant, il ne lui arriverait pas le genre d'ennuis dont seule une arme à feu permettait de se sortir.

Sa situation financière n'était pas très brillante, mais grâce à la générosité des Callahan — sa « famille adoptive » —, elle pouvait tenir pendant plusieurs mois. Elle espérait avoir trouvé entre-temps un emploi intéressant, mais payé au noir et ne nécessitant pas la production d'un numéro de sécurité sociale.

Elle parcourut une dernière fois son appartement des yeux, puis elle se dirigea vers la porte.

Connaissant Faye, Jake était certain qu'elle s'enfuirait peu de temps après son départ. Il avait cependant pris un risque en tablant sur le fait qu'elle ne regarderait pas par la fenêtre au moment où, après avoir fait demi-tour, il regagnerait Mystic Glades.

Dès qu'il fut revenu dans la rue principale, il tourna à gauche et se gara à l'arrière d'une librairie. Il mit pied à terre et se dirigea vers la boutique de Faye en rasant les murs.

Alors qu'il venait de se poster derrière un gros chêne, à la hauteur de The Moon and Star, la porte de service s'ouvrit. Faye et sa petite employée sortirent et restèrent un moment à discuter avant de s'embrasser. Faye était équipée d'un sac à dos et, à en juger par les larmes qui coulaient sur les joues d'Amy, elle partait pour de bon.

Piège dans les Everglades

En se dirigeant ensuite vers la lisière des arbres, elle passa à moins de trois mètres de Jake. Elle se retourna une fois pour adresser un signe d'adieu à Amy, puis sa mince silhouette se fondit dans la nuit.

12

Faye marchait si vite que Jake avait du mal à ne pas se laisser distancer. Dans des conditions normales, il aurait soutenu le rythme sans problème, mais là, il se déplaçait en territoire inconnu, de nuit, avec le risque constant de s'enliser dans un marécage et l'obligation de ne pas se faire repérer.

Tout cela le ralentissait beaucoup plus qu'il ne l'avait imaginé. Et si jamais il n'entendait plus Faye, il devrait aussitôt se mettre à courir pour la rattraper, sinon elle lui échapperait.

Heureusement, la lune brillait dans un ciel sans nuages. Mais si cela n'avait pas été le cas, Jake n'aurait pas laissé Faye s'enfoncer dans les bois : il aurait élaboré un autre plan, parce qu'un minimum de lumière lui était nécessaire pour voir où il mettait les pieds et ne pas se cogner aux branches basses.

Il la suivit ainsi pendant plus de deux heures. Elle ne s'était que rarement arrêtée pour reprendre son souffle, et à des moments où il était déjà hors d'haleine. Il s'estimait en excellente forme physique, mais elle avait une endurance de coureuse de fond alors qu'il n'avait, lui, rien d'un marathonien.

Une ou deux fois, il avait cru l'avoir perdue, et un début de panique l'avait envahi. Mais comme elle ne se savait manifestement pas suivie, elle ne se préoccupait ni d'avancer silencieusement, ni d'éviter de laisser derrière elle des traces de son passage.

En tendant l'oreille et en recherchant des branches cassées et des empreintes de pas comme il l'avait vue faire pendant

Piège dans les Everglades

les deux jours précédents, Jake avait donc pu à chaque fois retrouver sa trace.

Au début de la troisième heure, un grand silence s'abattit brusquement sur les bois. Inquiet, Jake accéléra l'allure jusqu'à ce que Faye soit à portée de vue, puis il s'accroupit derrière des buissons.

Elle se tenait à une dizaine de mètres de lui, devant une maison minuscule mais bien entretenue. Un semblant de jardin l'entourait, et un appentis ouvert servait de garage à une vieille Honda Civic. Elle scruta les alentours, comme pour s'assurer qu'elle était seule, puis elle frappa à la porte.

— Eddie ? C'est moi, Faye ! Je peux entrer ?

Une minute entière s'écoula sans que personne se manifeste. De la lumière brillait pourtant derrière les persiennes de l'unique fenêtre qui perçait la façade... Faye frappa de nouveau, attendit encore un peu, puis tourna la poignée et poussa le battant.

— Eddie ? répéta-t-elle avant de franchir le seuil et de refermer la porte derrière elle.

Qui diable était cet Eddie ? Serait-ce chez lui que Gillette était allé se cacher ?

Jake alluma son portable pour appeler Dexter et lui donner les dernières nouvelles...

Pas de réseau, naturellement !

Un cri retentit soudain à l'intérieur de la maison. Jake sauta par-dessus les buissons et courut vers le bâtiment, pistolet au poing. La porte s'ouvrit à la volée juste au moment où il l'atteignait, et Faye se rua dehors. Elle percuta Jake avec une telle violence qu'ils faillirent perdre tous les deux l'équilibre.

— Que se passe-t-il ? demanda Jake en lui enlaçant la taille pour la stabiliser. Tu es blessée ?

Elle cligna plusieurs fois des yeux, la surprise de le voir l'emportant manifestement sur la peur qu'elle venait d'avoir.

— Que... Qu'est-ce que tu fais là ? bredouilla-t-elle.

— Pourquoi as-tu crié ?

— Je... Oh ! mon Dieu, Eddie... Il a été assassiné !

Sans la lâcher, Jake la poussa derrière lui, puis il la prit par le poignet et la tira vers la porte.

— Non, je n'y retourne pas ! protesta-t-elle.

— Désolé, mais il n'est pas question que je te laisse seule ici. Je ne tiens pas à ce qu'il t'arrive quelque chose, alors on reste ensemble... Viens !

Faye capitula. Une fois à l'intérieur, Jake alla immédiatement regarder derrière le canapé et le fauteuil du séjour, les seuls endroits de la pièce et de la kitchenette attenante où quelqu'un aurait pu se cacher.

Personne... Il referma la porte et la verrouilla avant de forcer Faye à s'asseoir par terre, sous la fenêtre.

— Je t'interdis de bouger ! déclara-t-il. Promets-moi de rester là jusqu'à ce que je revienne et, pour une fois, ne me mens pas !

Ces mots la firent sursauter, comme prévu : c'était pour l'arracher à l'état de choc dans lequel elle était en train de sombrer que Jake l'avait ainsi rudoyée.

— Je ne bougerai pas, promis..., grommela-t-elle.

Tiendrait-elle parole ? Jake ne pouvait que l'espérer... Levant de nouveau son pistolet, il se rendit dans le couloir. Il y avait une salle de bains, sur sa gauche... Vide.

Une porte entrebâillée, en face, ouvrait sur la seule autre pièce de la maison. Jake l'ouvrit d'un coup de pied et se précipita à l'intérieur, en balayant l'espace avec le canon de son arme.

Ignorant dans un premier temps l'horrible spectacle qui s'offrit alors à ses yeux, il inspecta le placard et le dessous du lit avant de rengainer son pistolet.

L'homme allongé sur le lit avait la gorge tranchée. Jake posa un doigt sur l'un de ses poignets, non pour prendre son pouls — inutile d'espérer en trouver un —, mais parce que c'était l'un des rares endroits de son corps qui n'était pas couvert de sang.

Piège dans les Everglades

Sa peau était tiède. Cela signifiait que le crime avait eu lieu récemment, et que l'assassin n'était peut-être pas très loin.

Jake ressortit son portable. Toujours pas de réseau... Il le remit dans sa poche, retourna dans le séjour et alla s'agenouiller en face de Faye.

— Tu as vu quelqu'un, quand tu es arrivée ? lui demanda-t-il d'une voix douce en écartant une mèche blonde de son visage blafard.

— Non, personne, répondit-elle. Je t'ai juste vu, toi, et c'était après avoir...

Les mots moururent sur ses lèvres. Elle frissonna et pressa une main contre son estomac, comme pour contenir une nausée.

— Je suis maintenant certain que tu n'as pas assassiné Genovese, dit Jake.

— Tu me crois, tout d'un coup ? Pourquoi ?

— Parce que sinon, tu aurais vomi partout sur la scène de crime. Tu es incapable de tuer quelqu'un.

— Tu choisis vraiment bien ton moment pour m'accorder ta confiance !

— Oui, désolé... On est parfois un peu lents, nous, les citadins... Tu ne le savais pas ?

Un violent haut-le-cœur empêcha Faye de répondre.

— Ça va passer, déclara Jake. Respire à fond, ma chérie !

Faye le regarda d'un air surpris, et il prit alors conscience de l'avoir appelée « ma chérie ». Comment ce terme d'affection avait-il pu lui échapper ? Il s'était pourtant juré de redonner autant que possible un caractère professionnel à leurs relations...

— Tu veux que j'aille te chercher un verre d'eau ? proposa-t-il — au moins autant par sollicitude que pour créer une diversion.

— Oui, merci.

En revenant de la kitchenette, une minute plus tard, Jake inspecta le séjour du regard à la recherche d'un téléphone fixe qui lui aurait permis d'appeler la police, mais il n'y en avait pas.

— Tu m'as suivie depuis Mystic Glades ? demanda Faye après avoir bu le verre d'eau.

À quoi bon nier ? Jake hocha affirmativement la tête.

— J'aurais dû m'y attendre… Mais j'accepte de coopérer, maintenant. J'irai à Naples avec toi, et je dirai tout ce que je sais à la police.

— Pourquoi maintenant ? À cause d'Eddie ?

— Oui. Il n'avait aucun ennemi, il ne possédait aucun objet de valeur susceptible d'attirer un cambrioleur… Il est donc mort par ma faute, parce que j'ai cru pouvoir échapper à mon passé… Mais c'est impossible, visiblement, et je ne veux pas être responsable de la mort d'une autre personne. Je vais me rendre.

Si Faye lui avait annoncé cela quelques jours plus tôt, Jake n'aurait pas songé à protester. Mais là, soudain, c'était lui qui hésitait. Il avait envie de prendre Faye dans ses bras et de l'emmener loin, très loin, dans un endroit où elle n'aurait pas à affronter l'épreuve d'une arrestation et d'un procès. Où il n'aurait pas à se demander sans cesse si Kevin Rossi ne risquait pas de s'en prendre à elle.

Lequel Kevin Rossi était peut-être dehors en ce moment même, à attendre qu'elle ressorte de la maison pour la supprimer…

Jake lui tendit la main pour l'aider à se mettre debout, et ils allèrent s'asseoir sur le canapé. Faye avait repris des couleurs, si bien que Jake estima pouvoir l'interroger sur le propriétaire de la maison :

— Quel était le rôle d'Eddie dans toute cette histoire ? Quel lien entretenait-il avec Gillette et toi ?

— Ce matin, après t'avoir… quitté, j'ai conduit Calvin ici. Je voulais qu'Eddie l'emmène directement à la gare routière de Naples, mais Calvin a insisté pour passer d'abord à son appartement. Des affaires auxquelles il tenait y étaient restées

Piège dans les Everglades

et, après les avoir récupérées, il irait à la gare routière par ses propres moyens, nous a-t-il expliqué. Eddie devait tout de même l'emmener à Naples... Il n'est pas riche, et l'essence coûte cher... Je lui ai dit que je reviendrais le voir ce soir si je le pouvais, pour le rembourser. Il a accepté de me rendre ce service, mais c'est tout ! Nous sommes devenus amis après mon installation à Mystic Glades, et Calvin et lui ne se connaissaient pas avant aujourd'hui.

— Gillette est retourné à son appartement ? Il avait pourtant vu l'un des sbires de Rossi à Naples, non ? C'est même pour cette raison qu'il s'est enfui...

Il devina une lueur d'inquiétude dans les yeux verts de Faye.

— Oui, mais il est parti précipitamment, en laissant presque toutes ses affaires derrière lui. L'idée qu'un rapide passage à son appartement lui ferait courir un danger ne m'est pas venue à l'esprit, je l'avoue... Tu penses, toi, que quelqu'un surveille son domicile ?

— C'est très possible.

Faye sauta sur ses pieds. Jake l'imita et alla ensuite se placer devant elle, au cas où elle aurait voulu se diriger vers la porte.

— Il faut prévenir Calvin ! s'exclama-t-elle. Je sais qu'il a rechargé son portable avant de se mettre en route, et il y a une zone où la réception est bonne à environ cinq kilomètres au sud d'ici. On pourra appeler la police aussi... On n'a qu'à utiliser la voiture d'Eddie, mais les clés sont peut-être sur lui...

— Je m'en occupe ! Attends-moi là !

— Sors de la maison, Faye ! cria soudain une voix, dehors.

— C'est Calvin ! s'exclama cette dernière.

Elle contourna Jake, mais il la retint par le bras.

— Ne bouge pas ! Je veux lui parler, d'abord.

— Pourquoi ?

— Parce que nous sommes dans un endroit isolé, avec un homme mort et trois personnes vivantes. Comme nous n'avons, ni toi ni moi, assassiné Eddie, qui reste-t-il ?

— Ce n'est pas Calvin qui a tué Eddie !

— Admettons, mais je tiens quand même à vérifier que tout va bien avant de te laisser sortir.

— D'accord..., grommela Faye.

Jake s'approcha de la fenêtre, se plaqua contre le mur et jeta un coup d'œil par les fentes des persiennes. Ce qu'il vit alors le rassura pleinement. Pour une fois, un de ses plans avait fonctionné — pas exactement comme il l'avait prévu, mais il allait faire avec.

Malheureusement, quand Faye comprendrait ce qui s'était passé, elle serait furieuse.

— Viens ! lui dit-il en allant ouvrir la porte.

— Je croyais que tu voulais commencer par parler à Calvin ?

— Il m'a suffi de regarder par la fenêtre pour me rendre compte qu'il n'y avait pas de danger.

Faye le rejoignit sur le seuil... et poussa un cri de stupeur. En voyant sa réaction, Jake éprouva une pointe de remords, mais le pire était passé : elle ne risquait plus rien, maintenant, et c'était l'essentiel.

Gillette se tenait à trois mètres environ de la maison, les mains attachées devant lui avec un lien de nylon blanc. Une deuxième corde lui entourait la taille. Et derrière lui, le tenant en laisse et braquant un fusil dans son dos, se tenait... Quinn Fugate.

— Je suis content de vous voir ! lui déclara Jake. Dexter vous a appelé ?

— Oui, en début d'après-midi. Je suis arrivé à Naples il y a une petite heure, et j'allais me rendre directement à Mystic Glades quand j'ai décidé d'aller d'abord à l'appartement de Gillette. Et qui est sorti de l'immeuble au moment où je me garais devant ? Notre ami ici présent ! Je l'ai intercepté, et il m'a guidé jusqu'ici.

Le policier tira sur la corde. Son prisonnier chancela mais se rattrapa — ce qui ne l'empêcha pas de jurer entre ses dents.

Alors que Jake esquissait un pas vers eux, Faye souffla en le retenant pas la manche :

— Oh ! mon Dieu… Non, non…

Il se retourna. Elle tremblait comme une feuille, et son visage était encore plus pâle qu'après sa découverte du cadavre d'Eddie.

Jake ne comprit pas, dans un premier temps, la raison de sa terreur, et puis la lumière se fit dans son esprit — accompagnée d'une nouvelle bouffée de remords.

— Ne t'inquiète pas, tout va bien, indiqua-t-il. Calvin ne court aucun danger : l'homme qui l'a neutralisé n'est pas un tueur, mais l'agent spécial Quinn Fugate.

Faye secoua frénétiquement la tête.

— Non, tu te trompes, murmura-t-elle. C'est Kevin Rossi, l'assassin de Genovese.

13

— Jetez votre pistolet, monsieur Young ! ordonna Quinn Fugate.

La mort dans l'âme, Jake lança son arme dans un bouquet de palmiers nains, à quelques mètres de lui. Faye amorça un mouvement pour le contourner — sans doute dans l'intention d'aller rejoindre Gillette —, mais il la ramena de force derrière lui.

— Ne bouge pas ! souffla-t-il.

— Il faut que je fasse quelque chose…, chuchota-t-elle. Il va tuer Calvin…

— Lui servir de cible ne résoudra pas le problème.

Jake se tourna vers elle et attendit qu'elle acquiesce d'un signe de tête pour se remettre face à Fugate.

— Je ne comprends pas, déclara-t-il. Vous m'avez chargé de retrouver ces deux personnes… Mission accomplie ! Il ne nous reste plus qu'à retourner à Naples pour régler la question de leur transfert entre la police locale et le FBI.

— Vous croyez vraiment que je n'ai pas entendu Mlle Decker vous dire que j'étais Kevin Rossi ? lâcha Fugate avec un petit rire sarcastique. Inutile de jouer la comédie : nous savons tous ici que je suis le meurtrier de Genovese. J'avais avec lui un désaccord d'ordre professionnel qui ne pouvait pas se régler autrement.

— Un désaccord d'ordre professionnel ? répéta Jake pour gagner du temps.

Il devait absolument trouver un moyen de renverser la

Piège dans les Everglades

situation sans que le sang coule… Aucune idée ne lui venait à l'esprit, malheureusement.

— Ne faites pas semblant de ne pas comprendre, monsieur Young ! répliqua l'agent fédéral. J'ai joué double jeu, bien sûr ! J'étais officiellement en mission d'infiltration dans l'organisation criminelle de Genovese et, dans le même temps, j'obligeais ce dernier à verser de l'argent sur un compte spécial en vue de ma retraite.

— Et en échange, vous vous étiez engagé à le protéger, j'imagine ?

— Oui, et ça a très bien marché… Jusqu'à ce que mon chef commence à exiger des résultats. J'ai alors dû mettre fin à cet arrangement, et protéger mes arrières. Je m'en serais tout de même sorti de façon satisfaisante si Mlle Decker ne s'était pas trouvée au mauvais endroit au mauvais moment, et si M. Gillette et elle n'avaient pas fourré leur nez dans des affaires qui ne les regardaient pas. Maintenant, je suis obligé de prendre des mesures… radicales.

Faye et son ami avaient fourré leur nez dans des affaires qui ne les regardaient pas ? Elle ne lui avait donc pas tout dit au sujet de ce qu'ils avaient fait chez Genovese, pensa Jake.

Et cela le mettait en position de faiblesse : difficile de bluffer ou de négocier pour sauver la situation sans connaître l'ensemble des faits.

— Pourquoi teniez-vous tellement à retrouver Faye et Gillette ? demanda-t-il. Leur fuite et leur disparition prouvaient qu'ils ne comptaient pas vous dénoncer, non ? Et ils ignoraient même votre véritable identité !

— Je les aurais peut-être laissés tranquilles, en effet, s'ils n'avaient pas emporté avec eux quelque chose qui a beaucoup d'importance pour moi. C'est une bombe à retardement, et j'ai passé ces treize derniers mois à craindre qu'elle n'explose et ne me détruise.

— Comment avez-vous su que Gillette s'était installé à Naples ?

— Il a eu la bêtise d'y utiliser une de ses vieilles cartes bancaires. J'avais enfin une piste, mais les soupçons que mon chef a déjà sur moi m'ont empêché de la creuser moi-même. Maintenant, grâce à vous, monsieur Young, je vais pouvoir retourner tranquillement au travail dans deux jours. J'en suis parti tout à l'heure en prétextant une intoxication alimentaire. Personne ne se doutera de rien, et j'aurai l'assurance de jouir d'une retraite paisible.

Fugate tira de nouveau sur la corde qui retenait Gillette, et ce dernier, interprétant sans doute ce geste comme un signal, déclara :

— Il veut le carnet, Faye ! Donne-le-lui, sinon il va me tuer !

— De quel carnet s'agit-il ? demanda Jake au policier.

Ce dernier pointa son fusil sur lui.

— Je vous sais gré d'avoir retrouvé ces deux-là pour moi, déclara-t-il, mais vous ne m'êtes plus d'aucune utilité maintenant… Vous croyez vraiment que seul le hasard m'a fait engager un détective privé tout juste installé dans la région et sans attaches familiales ? S'il vous arrive quelque chose, personne ne pleurera, personne n'insistera pour qu'une enquête approfondie soit menée, alors si j'étais vous, je me tairais !

Le fusil revint se braquer sur Gillette, et Fugate poursuivit :

— Où est le carnet, mademoiselle Decker ?

— Il n'est pas ici, répondit Faye, mais je peux aller vous le chercher.

— Où est-il *exactement* ? Dans le trou perdu où vous êtes restée enterrée pendant tout ce temps ?

— Non, je l'ai caché dans les marais, à une douzaine d'heures de marche d'ici.

— Écartez-vous de M. Young, que je puisse vous voir !

— Non ! s'écria Jake.

Fugate le remit en joue, posa l'index sur la détente… Jake plaqua Faye au sol et la recouvrit de son corps. Le coup partit juste après, et la balle atterrit dans un nuage de poussière à

Piège dans les Everglades

quelques centimètres seulement de l'endroit où ils se tenaient l'instant d'avant.

— Ce n'était pas nécessaire ! lança Jake au policier.

— Je pense que si… Aidez Mlle Decker à se relever, maintenant, et éloignez-vous ensuite d'elle, sinon je tire de nouveau, et pas à côté cette fois !

— Prépare-toi à t'enfuir, murmura Jake à Faye. Quand je me redresserai, cours vers les arbres aussi vite que tu le peux. Je mobiliserai son attention, pendant ce temps.

— Non, il te tuera ! Et je ne peux pas abandonner Calvin !

— Tu n'as pas confiance en moi ?

— Si, mais…

— Alors fais ce que je te dis !

Faye se tut et Jake interpréta ce silence comme un accord. Pourtant, dès qu'ils furent tous les deux debout, c'est à l'ordre de Fugate qu'elle obéit : elle s'écarta de Jake en lui adressant un regard contrit… qui ne calma en rien sa frustration.

C'était en pensant les protéger, Gillette et lui, qu'elle avait agi ainsi, il le savait, mais elle n'avait fait qu'aggraver les choses : leur adversaire avait désormais trois cibles faciles au lieu de deux.

— Je constate avec plaisir que vous êtes raisonnable, mademoiselle Decker ! déclara Fugate. À nous, maintenant, monsieur Young… Vous avez un portable, j'imagine ? Je le veux !

Impossible de refuser… Jake sortit donc son téléphone de sa poche et le lança en direction de la poitrine du policier, dans l'espoir que celui-ci lâche son arme pour le rattraper. Mais Fugate ne bougea pas : il laissa l'appareil le heurter, puis tomber sur le sol.

— Bien essayé ! s'exclama-t-il avec un sourire narquois avant d'écraser le portable sous son pied. Et maintenant, à nous deux, mademoiselle Decker… Vous avez dit que le carnet se trouvait à une douzaine d'heures de marche d'ici… C'est bien vrai ?

— Oui. Je l'ai enterré près d'un abri de chasse, au cœur des marais.

— Hum ! Ça ne m'arrange pas… Je ne connais pas cette région, et je n'ai aucune envie de patauger pendant des heures dans la boue pour aller récupérer ce carnet… Heureusement, j'ai un otage !

Un coup sec sur la corde ponctua ces mots. Gillette vacilla, reprit difficilement son équilibre et poussa un juron sonore.

— Je vais me montrer généreux, mademoiselle Decker ! poursuivit Fugate. Je vous donne vingt-quatre heures pour aller chercher ce carnet et me le rapporter. Si vous n'êtes pas de retour ici demain soir à la même heure, votre ami meurt… Si je vois le moindre signe d'une présence policière aux alentours, si j'entends sur la fréquence radio de la police la moindre chose sur moi, le carnet ou le meurtre du propriétaire de cette maison, je tue votre ami… Si je vous soupçonne d'avoir alerté quelqu'un ou tenté d'obtenir de l'aide, il meurt… C'est bien compris ?

— Oui, répondit Faye. Ne faites pas de mal à Calvin, je vous en prie ! On va récupérer le carnet.

— « On » ? Quelqu'un d'autre que vous sait où il se trouve ?

— Non, je l'ai enterré il y a plus d'un an, seule…

— Alors vous n'avez besoin de personne pour le déterrer ! répliqua le policier.

Puis il fit feu. La balle atteignit Jake en pleine poitrine. Une douleur fulgurante le transperça, et le choc lui coupa la respiration. Il s'écroula comme une masse, sa tête heurta violemment le sol, et il eut juste le temps d'entendre Faye crier avant de perdre connaissance.

Allongé torse nu sur le plancher du séjour d'Eddie, Jake se demandait ce qui était le pire : le mal de tête lancinant qui l'avait accueilli à son réveil, la douleur aiguë qu'il éprouvait à chacune des pressions exercées par Faye sur sa tempe avec

Piège dans les Everglades 141

un linge humide, ou le poids de la poche de glace posée sur ses côtes meurtries.

— Ça va aller, finit-il par dire en éloignant sa main de sa tempe. Où est Fugate ?

— Il est parti… Heureusement que tu portais un gilet pare-balles !

— Oui, mais le choc provoqué par l'impact est très violent. C'est pour ça que je suis tombé.

— Tu penses avoir des côtes fêlées, voire cassées ?

— Tout ce que je sais, c'est qu'elles me font un mal de chien !

— Tu as perdu beaucoup de sang… Tu ne te sens pas faible ? Tu n'as pas la tête qui tourne ? Tu n'es pas gêné pour respirer ? Parce que, si tu as une côte cassée et qu'elle a perforé un poumon…

— Arrête de t'inquiéter ! Je respire parfaitement bien, et l'entaille à la tempe que je me suis faite en tombant ne saigne plus. Le contenu du sachet doré que tu gardes autour du cou semble avoir été efficace… Je ne croyais pas trop à ses vertus thérapeutiques, mais il ne s'agit peut-être pas d'un remède de charlatan, finalement !

— D'un remède de… J'aurais dû te laisser te vider de ton sang !

Jake prit la main de Faye et l'effleura d'un baiser.

— Je plaisantais… Merci de m'avoir soigné.

— Ah ! j'aime mieux ça !

— Comment as-tu réussi à me ramener dans la maison ?

— J'ai étalé une couverture par terre, je t'ai fait rouler dessus, et j'ai ensuite tiré le tout à l'intérieur. Il y a juste eu un passage délicat : le pas de la porte. Ta nuque a dû cogner plusieurs fois par terre, à ce moment-là.

— Je doute que ce soit la seule cause de mon mal de tête actuel… Et à présent, je voudrais que tu me racontes par le menu ce qui s'est passé.

142   *Piège dans les Everglades*

— Il faut que tu voies un médecin : tu as des problèmes de mémoire.

— Je ne peux pas me souvenir de tout, puisque j'ai été inconscient une partie du temps !

Jake commença de se redresser. Faye le débarrassa de la poche de glace et l'aida à aller s'adosser au mur le plus proche.

— Merci, déclara-t-il. Tu m'as dit que Fugate était parti… Tu en es bien sûre ?

— Oui. J'ai entendu sa voiture s'éloigner en direction de la nationale. Il a dû te croire mort.

— Avant de me tirer dessus, il a parlé d'un carnet… De quoi s'agit-il ?

— Je préférerais discuter de ça plus tard. On va d'abord se rendre à l'hôpital avec la voiture d'Eddie. Ensuite, on ira signaler son assassinat et dénoncer Fugate.

— Je ne me rappelle peut-être pas tout, mais je suis certain qu'il t'a interdit d'aller à la police. Et cette interdiction s'applique sûrement aux hôpitaux… Contrevenir aux instructions de Fugate mettrait la vie de ton ami en danger.

— Il m'a effectivement dit qu'il tuerait Calvin si j'alertais la police. Et il m'a donné vingt-quatre heures pour récupérer le carnet et le rapporter ici.

— Il faut donc se dépêcher d'aller le chercher, mais avant je veux savoir de quoi il s'agit.

Faye pencha la tête sur le côté et considéra Jake avec attention.

— Je ne comprends pas… Comment un représentant de la loi, même en disponibilité, peut-il se refuser à prévenir la police dans une situation pareille ? Je pensais que ce serait ton premier réflexe !

— Tu aimes Calvin comme un frère, et je ne veux pas que tu connaisses la douleur de le perdre comme, moi, j'ai perdu ma sœur. Et la froide détermination de Fugate me dit qu'il ne bluffe pas en menaçant de le tuer si tu ne suis pas ses ordres… Faye ?

Piège dans les Everglades

— Oui ?

— Alors, ce carnet ?

— Bon, d'accord… Quand nous travaillions pour Genovese, Calvin et moi, nous étions payés avec de l'argent liquide provenant de son coffre-fort, tu te souviens ?

— Oui.

— Eh bien, Calvin faisait apparemment plus attention que moi à la combinaison de ce coffre quand Genovese l'ouvrait devant nous.

— Je crois que j'ai compris : après le meurtre et avant l'arrivée de la police, Calvin a pris quelque chose dans le coffre.

— Un carnet à reliure de cuir.

— Voler un gangster, même mort, est une très mauvaise idée ! Le contenu de ce carnet peut intéresser d'autres malfaiteurs.

— Je sais, je sais… Mais quand j'ai appris qu'il l'avait volé, nous étions déjà en train de fuir. Il était trop tard pour le rendre.

— Qu'y a-t-il dedans ?

— Des initiales, des sommes d'argent, des numéros de compte, les termes de divers contrats et transactions… Il y en a des pages et des pages et à la fin figure une sorte d'index codé. Je suis sûre que c'est la clé pour découvrir le nom complet des gens désignés ailleurs par de simples initiales.

Jake émit un petit sifflement.

— On dirait que Calvin a mis la main sur des renseignements qui intéresseraient beaucoup le FBI !

— Oui, mais comme j'avais peur qu'il utilise ce carnet pour faire chanter certaines des personnes mentionnées dedans, je le lui ai pris et je l'ai caché. Je voulais le brûler, mais j'ai finalement estimé qu'il était trop important pour être détruit. Il pouvait un jour nous arriver quelque chose qui nous amènerait à en avoir besoin. Et j'ai bien fait de ne pas le détruire : ce qui se passe aujourd'hui le prouve.

— Tu aurais mieux fait de le remettre tout de suite à la police. Il contient de toute évidence des informations compromettantes pour Fugate… Des informations qui auraient conduit à son arrestation et t'auraient évité tous ces ennuis.

— C'est facile de raisonner ainsi, après coup, mais sur le moment je n'avais pas tous les éléments en main.

— Tu as raison. Excuse-moi ! On va aller chercher ce carnet, puis réfléchir à la suite des opérations.

— Tu es sûr qu'il ne vaudrait pas mieux prévenir la police ?

— Si on le fait et que Calvin le paie de sa vie, je ne me le pardonnerai jamais. Commençons par suivre les instructions de Fugate. On essaiera d'élaborer une stratégie en chemin, d'accord ?

Faye se pencha vers Jake et lui posa un petit baiser sur les lèvres.

— D'accord.

— Passe-moi mon T-shirt, et mets le gilet pare-balles.

— Non. Il est à toi, c'est donc toi qui dois le porter.

— Fugate est peut-être encore dans les parages, et je ne vais certainement pas garder pour moi le seul moyen de protection efficace à notre disposition ! Ce n'est pas négociable, alors inutile de perdre du temps à discuter.

Bien que visiblement mécontente, Faye lui lança son T-shirt. Elle enfila ensuite le gilet pare-balles, mais elle flottait dedans, et il lui descendait presque jusqu'aux genoux.

— Je ne pourrai pas faire trois pas avec ce truc sur le dos sans tomber ! s'écria-t-elle.

Obligé d'en convenir, Jake l'aida à enlever le gilet. L'idée de le porter quand elle-même n'en avait pas lui déplaisait profondément, mais il n'allait tout de même pas le laisser là… Il le mit donc et enfila son T-shirt par-dessus.

Il se rappela alors avoir jeté son pistolet dans un bouquet de palmiers nains…

— Fugate a récupéré mon arme avant de partir ? demanda-t-il.

— Malheureusement oui. Il a aussi emporté celles que

Piège dans les Everglades

j'avais sur moi, et même le canif qu'il a trouvé dans mon sac à dos.

— Eddie possédait un fusil ?

— Sans doute. Va voir dans sa chambre… Moi, je n'en ai pas le courage.

— Entendu.

Mais la fouille de la pièce ne donna rien. Eddie devait être l'un des seuls habitants des Everglades à ne pas avoir de fusil…

À moins que Fugate n'ait pris le ou les armes à feu présentes dans la maison après l'avoir tué ? Gillette savait que Faye comptait revenir chez Eddie pour lui rembourser son essence, et il l'avait dit à Fugate — sous la contrainte, bien sûr… Pauvre Eddie ! Il n'avait fait que rendre service à l'ami d'une amie, et cela lui avait coûté la vie !

De retour dans le séjour, Jake annonça :

— Je n'ai rien trouvé.

— Moi non plus. J'ai cherché sous les coussins du canapé, dans la cuisine… Sans résultat. Mais il avait peut-être une arme dans sa voiture… Ça vaut le coup d'aller voir, en tout cas.

— J'y vais. Attends-moi là !

— Non, tu tiens à peine debout… Laisse-moi faire !

— D'accord, mais à condition que tu mettes le gilet pare-balles.

Faye n'insista pas. Après avoir jeté un coup d'œil dehors par les fentes des persiennes et constaté que la voie était libre, Jake sortit. Les portières de la Honda Civic n'étaient heureusement pas verrouillées, car il avait oublié de se munir des clés.

N'ayant trouvé aucune arme à l'intérieur, il décida de contourner la maison dans l'espoir de trouver au fond du jardin une cabane à outils avec quelque chose d'utile dedans.

Une heureuse surprise l'attendait à l'arrière du bâtiment…

La chance leur souriait enfin.

14

— Je ne m'attendais vraiment pas à ce que ton ami Eddie possède ce magnifique quad ! s'exclama Jake quelques heures plus tard en mettant pied à terre. Tu m'avais dit qu'il n'était pas riche…

— Je ne savais pas qu'il en avait un, mais ça ne me surprend pas.

Faye descendit du siège arrière du véhicule, sortit une torche de son sac à dos et l'alluma. Dans cette zone reculée des Everglades, il aurait été dangereux de se déplacer à pied à la seule clarté de la lune.

— Pourquoi ça ne te surprend pas ? demanda Jake.

— Beaucoup de gens en ont un, par ici. C'est presque une nécessité, et il m'arrive d'emprunter le sien à Buddy. Il y a dans les profondeurs des marais des endroits pratiquement inaccessibles sans quad. Et celui d'Eddie nous a fait gagner beaucoup de temps.

— Ces endroits ont quelque chose de particulièrement attirant ?

— Oui. Ce sont les plus beaux et les plus sauvages des Everglades, avec des canaux naturels, des mangroves et d'immenses marécages recouverts de hautes herbes, le tout foisonnant de vie… J'y ai vu des aigrettes neigeuses par centaines, des plantes et des fleurs incroyables… C'est… extraordinaire !

S'apercevant soudain que Jake la regardait fixement, Faye rougit.

Piège dans les Everglades   147

— Tu dois me trouver ridicule, à m'enthousiasmer comme ça !

— Non, au contraire ! déclara-t-il en souriant. J'adore t'entendre parler des Everglades. Tu les aimes beaucoup, n'est-ce pas ?

— Comment pourrait-on ne pas les aimer ?

— J'aurais quelques critiques à leur adresser : pas d'électricité, pas de routes, pas de salles de bains...

— On a tout ça, à Mystic Glades !

— Pas moyen d'utiliser un portable dans la majeure partie de cette région, accès à Internet aléatoire..., énuméra Jake. Je continue ?

Faye lui lança un regard noir avant de diriger le faisceau de sa torche vers une étendue de terrain parsemée de rochers et d'arbres abattus, sur leur droite.

— C'est par là qu'on doit aller, indiqua-t-elle.

— Sans le quad ?

— Oui, il y a trop d'obstacles, et ils sont trop rapprochés pour lui permettre de passer.

Jake poussa un soupir, comme si elle le privait de son jouet préféré. Et à en juger par le sourire qu'il arborait au départ de leur expédition, c'était sans doute le cas.

— J'imagine qu'il n'y a près d'ici ni canal ni canoë caché dans un endroit stratégique ? s'enquit-il.

— Je n'ai en effet ni canal ni canoë sous la main, mais tu ne vas pas te remettre à gémir, j'espère ? Je pensais que toutes ces heures passées à chercher Calvin avec moi t'avaient aguerri !

— Apparemment pas, dit Jake en soulevant une branche basse. Après toi...

— Merci.

La dernière partie du trajet commença alors. La plus dure, aussi, mais c'était justement la difficulté d'accès qui avait guidé Faye dans le choix d'une cachette.

Calvin et elle s'étaient promenés dans les Everglades pendant les vacances qu'ils y avaient passées avec Amber, mais ils n'étaient jamais allés là où elle avait enterré le carnet volé à Genovese : elle voulait être sûre que Calvin ne penserait pas à chercher à cet endroit.

Le chemin que Jake et Faye suivaient devint de plus en plus accidenté à mesure que les pins cédaient la place aux cyprès. Les racines protubérantes de ces derniers rayonnaient en effet autour de leur tronc comme autant de pièges tendus pour les faire tomber. Ils durent ralentir et, au bout d'un moment, Jake remarqua sur un ton inquiet :

— Les arbres cachent presque entièrement les étoiles… Tu es sûre que nous marchons dans la bonne direction ?

— Certaine ! Et on approche du but.

— On y sera dans combien de temps ?

— Une heure.

— Tant que ça ? Mais rassure-moi… Cet abri de chasse n'est sans doute pas luxueux, mais il a des murs, au moins ?

— Oui, plus un lit et un système qui recueille les eaux de pluie, les filtre et alimente une petite cuisine en eau. C'est le comble du luxe, par ici !

— À qui appartient cet endroit ?

— À Buddy.

— Lequel ?

— Buddy Johnson. Tu as fini de te plaindre, maintenant ? On peut avancer ?

Une heure plus tard, la cabane apparut — à Faye, tout du moins, qui s'arrêta et s'adossa à un gros cyprès. Jake s'immobilisa et se tourna vers elle.

— Il y a un problème ?

— À toi de me le dire. Les policiers et les détectives privés sont censés être observateurs, non ?

La main de Jake chercha automatiquement — mais en vain — la crosse de son pistolet. Il plissa le front, scruta les alentours, puis murmura :

— Qu'est-ce que tu vois ?

Piège dans les Everglades 149

— L'endroit où nous allons.

Jake haussa les sourcils, l'air perplexe, avant de parcourir de nouveau les bois environnants du regard, mais lentement, cette fois. Lorsqu'il repéra le bâtiment, un sourire désabusé se dessina sur ses lèvres.

— Tu aurais pu me dire que cette maison avait subi une opération de camouflage !

— Non, ça m'aurait gâché mon plaisir !

Faye se remit en marche et descendit le petit chemin qui menait à l'unique porte. Tous les éléments en bois de la cabane étaient peints en marron et vert, et des filets transparents maintenaient des branches séchées contre les murs latéraux. L'ensemble se fondait ainsi complètement dans son environnement.

Alors que Faye s'apprêtait à ouvrir la porte, Jake la tira en arrière.

— La maison n'est pas fermée à clé, murmura-t-il. C'est normal ?

— Oui. Ça s'appelle l'hospitalité, une vertu pratiquée dans tous les endroits isolés du globe. Mais cette cabane sert surtout aux chasseurs, au cas où son nom ne t'aurait pas mis la puce à l'oreille…

Cette taquinerie n'eut pas l'air d'amuser Jake.

— Si Buddy veut faire profiter de sa maison aux inconnus, pourquoi s'est-il ingénié à la rendre invisible ?

— Je n'ai pas dit qu'elle était destinée à accueillir des *inconnus* ! Tous les habitants de Mystic Glades connaissent son existence. Le camouflage est destiné à empêcher les intrus de s'y installer. Les personnes étrangères à la région qui se promènent par ici ne sont pas des gens fréquentables, tu peux me croire !

— Il paraît que les Everglades constituent l'une des portes d'entrée de la drogue aux États-Unis…

— C'est vrai, confirma Faye. J'ai eu la chance, jusqu'ici, de ne jamais tomber sur un trafiquant pendant mes promenades, mais je sais que plus d'un a été tué par un alligator ou un serpent après avoir sauté dans un canal pour échapper à la police.

Jake lui prit la torche des mains et entra le premier dans la maison dans le but évident de la fouiller pour s'assurer qu'aucun malfaiteur ne s'y cachait.

C'était gentil de sa part, mais Faye lui emboîta aussitôt le pas : un coup d'œil du seuil lui avait suffi pour se rendre compte qu'il n'y avait personne à l'intérieur. Le bâtiment ne comptait en effet qu'une pièce, avec pour tout mobilier un lit installé contre un mur, face à la porte.

Visiblement mécontent qu'elle n'ait pas attendu son feu vert pour entrer, Jake la contourna pour aller pousser le verrou.

— Tu veux bien diriger la torche vers la gauche ? déclara-t-elle.

Il obéit, et le faisceau lumineux éclaira le coin cuisine — « cuisine » étant un bien grand mot pour ce qui se résumait à un réchaud à gaz, un évier, une planche pour les produits d'entretien et un placard fixé au mur contenant un peu de vaisselle, des denrées non périssables et des bouteilles d'eau.

Apparemment personne n'avait utilisé la maison depuis la dernière fois qu'elle y était venue, constata Faye en ouvrant le placard. C'était une bonne nouvelle : ils auraient ainsi largement de quoi boire et manger — des biscuits salés tartinés de beurre de cacahuète et même, si Jake avait très faim, du thon à la mayonnaise.

— Où as-tu enterré le carnet ? demanda-t-il.

Cette question rappela brusquement à Faye le but de leur expédition. Elle s'était efforcée de ne pas y penser pendant le trajet, et cela ne lui avait pas été trop difficile, car elle devait faire attention aux prédateurs et veiller à ne pas se fouler une cheville en trébuchant sur une racine.

— Je vais m'équiper d'une autre torche, dit-elle.

Le placard en contenait plusieurs. Elle poussa une boîte

de crackers sur le côté, prit une des lampes et vérifia que les piles étaient encore bonnes avant de refermer le placard.

— Tu n'as pas répondu à ma question ! lui rappela Jake. Où as-tu enterré le carnet ?

— Derrière la maison, indiqua-t-elle. Il y a des outils accrochés au mur extérieur, dont une pelle. Une fois le carnet récupéré, on devrait essayer de dormir un peu. Le quad nous a permis de gagner beaucoup de temps, et je n'ai pas envie de prendre tout de suite le chemin du retour. On a eu de la chance à l'aller, mais la nuit est le moment où les gros prédateurs chassent. Il vaut mieux attendre l'aube pour repartir.

— Je n'y vois pas d'objection ! Prête ?

— Autant que je peux l'être.

Faye tira le verrou et sortit de la maison, Jake à son côté. Il décrocha la pelle, et elle le conduisit dans une petite clairière, à une dizaine de mètres de la cabane. Là, elle retrouva le vieux palmier qu'elle avait choisi comme repère. Deux pas à droite l'amenèrent au pied d'un cyprès, et deux pas en arrière, à un endroit où elle traça une croix sur le sol avec le bout de sa chaussure.

— C'est là ! annonça-t-elle.

— À quelle profondeur as-tu enterré le carnet ?

— Une trentaine de centimètres seulement, pour ne pas risquer que la nappe phréatique inonde le trou.

— Et je dois creuser sur quelle largeur ?

— Une trentaine de centimètres aussi.

Jake se mit au travail, éclairé par Faye. Il n'était arrivé qu'à la moitié de la profondeur requise quand la pelle produisit un bruit de succion. Un spasme d'angoisse étreignit le cœur de Faye, et ses craintes se confirmèrent lorsque Jake déposa près du trou une pelletée de boue.

— J'avais choisi cet endroit parce qu'il est situé un peu en hauteur et à plus de cinquante mètres du marécage le plus proche, déclara-t-elle. Il aurait dû rester au sec.

Ses doigts se crispèrent sur la torche. Jake sortit du trou

plusieurs autres pelletées d'une boue de plus en plus liquide. Sa pelle heurta ensuite quelque chose de dur. Il s'agenouilla et se pencha pour récupérer l'objet.

— J'ai mis le carnet dans un sac en plastique et enfermé le tout dans une boîte en fer, expliqua Faye. Ça aura dû être suffisant pour le protéger, non ?

Jake lui jeta un coup d'œil mais garda le silence. Après avoir encore sorti du trou quelques poignées de boue, il annonça :

— Je vois la boîte !

Une minute plus tard, il l'arrachait — non sans mal — à sa gangue visqueuse. Il la posa sur le sol et la nettoya sommairement.

— À toi l'honneur ! dit-il à Faye.

Elle s'accroupit et ouvrit le couvercle d'une main tremblante.

— Oh ! non…, souffla-t-elle.

La boîte était remplie de boue. Il fallait maintenant espérer que le sac en plastique avait joué son rôle d'isolant… Mais après de vaines recherches, Faye s'écria d'une voix rendue aiguë par la panique :

— Je ne le trouve pas ! Il n'est pas là !

— Donne !

Jake prit la boîte, la retourna et la secoua pour la vider. Il la mit ensuite de côté, fouilla la boue qui en était tombée, et quelque chose de brillant finit par se refléter dans le faisceau de la torche que tenait Faye.

C'était le sac de congélation censé protéger le carnet de la saleté et de l'humidité. Jake le souleva… La boue s'était introduite dedans.

Un cri d'horreur s'échappa des lèvres de Faye. Jake ouvrit le sac. Les bords du carnet apparurent. Il le sortit. Une sorte de pâte brunâtre collait les pages les unes aux autres. Seule la reliure était intacte.

— Je suis désolé…, murmura Jake. Les informations contenues dans ce carnet ne sont plus lisibles.

— Non, ce n'est pas possible !

Faye tenta de séparer deux pages... Elles tombèrent aussitôt en lambeaux. Un sanglot lui noua la gorge, et ses yeux se remplirent de larmes.

— J'ai une idée ! déclara Jake. On va détacher délicatement les pages de la reliure et les faire sécher dans une poêle, à feu très doux. Une fois toute l'humidité partie, on enlèvera la terre, et on trouvera peut-être dessous des passages encore lisibles...

— Oui, tu as raison, ça peut marcher.

Ils regagnèrent la maison, et Faye se mit tout de suite au travail.

— Il faut que j'aille reboucher le trou, annonça Jake, sinon quelqu'un risque de mettre le pied dedans et de se blesser. Je n'en ai pas pour longtemps.

— D'accord, dit-elle distraitement.

Penchée sur le carnet, elle entendit à peine la porte se refermer derrière Jake.

Le rebouchage du trou était juste un prétexte : il y en avait quantité d'autres aux alentours, prêts à piéger les marcheurs distraits. Jake avait surtout besoin de s'isoler pendant quelques minutes. Le désespoir et l'impuissance qui se lisaient dans les yeux de Faye lui étaient insupportables. C'était la femme la plus forte et la plus énergique qu'il ait jamais connue... La voir dans un tel état d'abattement lui brisait le cœur.

Il ne croyait pas trop au sauvetage, même partiel, du carnet. Et sans rien à échanger contre la vie de Gillette, sans armes ni moyen d'obtenir de l'aide, comment protéger Faye ? Il avait un vague plan en cours d'exécution, avant de la suivre de Mystic Glades à la maison d'Eddie, mais ce plan consistait pour l'essentiel à compter sur son associé pour tenir tout le monde informé — y compris le shérif adjoint Holder et, malheureusement, Quinn Fugate.

La veille au soir, dans l'appartement de Faye, Jake avait

fini par admettre qu'il avait besoin de renforts. Dexter était censé s'en occuper, mais Jake ne pouvait plus le joindre, alors à supposer que des renforts soient mobilisés, ils ne sauraient pas où aller… Et si Fugate soupçonnait la moindre présence policière, il tuerait Gillette.

Mais était-ce si sûr, finalement ?

Jake essaya de se mettre à la place de l'agent fédéral. Celui-ci prenait d'énormes risques pour retrouver ce carnet. Il devait y avoir dedans des choses extrêmement compromettantes pour lui, des informations susceptibles de l'envoyer en prison pour le restant de ses jours, ou de lancer des tueurs à sa poursuite. Gillette lui servait de moyen de pression, et il ne pouvait donc pas se permettre de le supprimer avant le rendez-vous qu'il avait donné à Faye.

Et même s'il flairait un piège, même si Faye ne se présentait pas chez Eddie à l'heure convenue, se dit Jake, Fugate aurait les mains liées : il ne se priverait pas de son unique chance de récupérer le carnet en tuant son otage.

La seule façon de sauver Gillette, c'était donc de ne pas aller à ce rendez-vous, en espérant que Holder manifesterait plus d'intérêt pour la situation présente que pour la recherche de ce même Gillette, quelques jours plus tôt. Faye n'accepterait pas facilement d'attendre sans rien faire pendant que son ami était prisonnier d'un homme qui avait déjà commis un meurtre… Jake s'efforcerait de la raisonner et, en cas d'échec, il aurait recours à la ruse.

Une fois le trou rebouché et la pelle remise à sa place, il effectua une rapide inspection des alentours à la recherche d'indices pouvant laisser craindre que Fugate les avait suivis. N'ayant découvert ni branches cassées ni traces de pas, Jake regagna la maison et verrouilla la porte.

Quand il se retourna et vit Faye, son cœur se serra. Elle était assise au milieu du séjour, devant une poêle remplie de ce qui ressemblait à un bloc de pierre : en séchant, la boue avait durci au lieu de se transformer en une substance friable,

Piège dans les Everglades

et les pages étaient maintenant plus que jamais collées les unes aux autres. La tentative de sauvetage du carnet avait lamentablement échoué, et Jake se reprocha d'avoir donné de faux espoirs à Faye.

Les joues couvertes de larmes, elle leva les yeux vers lui et murmura :

— Qu'est-ce que je vais faire ?

La douleur qu'il lut dans son regard et le désespoir contenu dans sa voix le bouleversèrent. Le sentiment de désolation absolue qu'ils exprimaient, il l'avait éprouvé à la mort de sa sœur. Il avait alors eu l'horrible certitude que rien ne serait jamais plus pareil. Il avait même douté de pouvoir survivre à la perte de la personne qu'il aimait le plus au monde.

Un sanglot secoua les épaules de Faye. Elle se couvrit le visage de ses mains et se remit à pleurer.

N'y tenant plus, Jake écarta la poêle, s'agenouilla et l'attira dans ses bras.

15

Faye avait pris soin de Jake, lorsqu'il s'était évanoui...
C'était maintenant à lui de s'occuper d'elle. Il l'assit sur le plan de travail de la cuisine et retira avec un linge humide la boue collée à ses mains, ses joues, ses bras et même ses jambes. Il lui parla en même temps d'une voix douce dans l'espoir d'obtenir une réaction quelconque, mais elle ne semblait même pas avoir conscience de sa présence. Elle avait le regard perdu dans le vague, et ses larmes continuaient de couler.

Une fois sa tâche terminée, Jake alla rincer le linge à l'évier. Il ne savait plus que faire à présent. Faye avait refusé un verre d'eau qui lui aurait pourtant sûrement fait du bien, et détourné la tête quand il lui avait présenté des biscuits salés découverts dans le placard.

— J'aimerais pouvoir te dire que tout va s'arranger, lui déclara-t-il, mais très franchement j'ignore ce qui va se passer demain. Je peux juste m'engager à tout mettre en œuvre pour vous protéger, Calvin et toi. Même sans le carnet. On partira tôt, et on aura le temps de mettre un plan au point avant l'heure du rendez-vous avec Fugate.

Faye cligna des yeux.

— Pourquoi ? murmura-t-elle.

— Pourquoi quoi ?

— Pourquoi risquerais-tu ta vie pour moi ? Rien ne t'y oblige !

Ses doigts trituraient la chaîne en argent suspendue à

son cou — quelque chose qu'elle faisait souvent de façon machinale.

— J'ai toujours rêvé de jouer les preux chevaliers, répondit Jake sur un ton léger.

Sa plaisanterie tomba à plat : Faye ne sourit même pas. Mais qu'était-il censé dire ? Qu'il l'aimait ?

Non, il était impossible de tomber amoureux de quelqu'un en si peu de temps... Sans compter que leur relation avait débuté sous le signe du mensonge.

Quelques heures plus tôt seulement, il la croyait recherchée pour meurtre et s'apprêtait à la livrer à la police... Il la savait maintenant innocente de ce crime, mais elle avait gardé un carnet volé et protégeait obstinément Gillette — qui, lui, n'avait rien d'un enfant de chœur ! Peut-être même cachait-elle d'autres secrets... Peut-être ne fallait-il pas lui faire confiance...

Alors pourquoi l'aidait-il ?

Il l'ignorait, et comme Faye continuait de le regarder fixement, comme si elle attendait une vraie réponse à sa question, il eut recours à une diversion :

— Que contient le sachet violet ? lui demanda-t-il en glissant une main sous son collier.

Elle le retira en silence, l'ouvrit et en sortit une statuette en étain longue d'environ cinq centimètres.

— Je me souviens de ce bibelot, dit Jake. Il était sur la commode de ta chambre.

— En effet.

— C'est un centaure, n'est-ce pas ? Moitié homme, moitié cheval... Et ça a quelque chose à voir avec l'astrologie, si je ne m'abuse ?

— Oui, c'est la représentation du signe zodiacal du Sagittaire. D'habitude il tient un arc — remplacé ici par une balance.

— Le symbole de la justice.

— Ou de l'équilibre entre les éléments, les êtres, les

sentiments... Cette statuette m'a été offerte il y a des années par une chiromancienne.

— Tu as consulté une voyante ?

— Oui.

— Et qu'a-t-elle dit ?

— Que cette statuette représentait mon destin. Le centaure et la balance sont indissociables : l'un ne peut pas exister sans l'autre. Je suis née sous le signe de la Balance.

— Et moi, sous celui du Sagittaire.

— Je sais.

Jake éclata de rire, mais le visage grave de son interlocutrice lui fit vite reprendre son sérieux.

— Attends..., déclara-t-il. Tu crois vraiment à ces sornettes ? Tu penses que... quoi ? Nous étions destinés de tout temps à nous rencontrer, toi et moi ?

— J'en ai assez de t'entendre tourner en ridicule des choses qui ont de l'importance pour moi ! s'exclama Faye avant de remettre la statuette dans le sachet et de le refermer d'un geste rageur.

Puis elle sauta à terre et se dirigea vers le lit, ses pieds nus frappant bruyamment le sol, sa jupe bleue virevoltant autour de ses jambes.

Comment avait-elle pu passer en l'espace de quelques minutes de l'apathie la plus complète à cette violente colère ? Jake n'en revenait pas. Il éteignit l'une des deux torches qui avaient servi à éclairer le coin cuisine, prit l'autre et suivit Faye.

— Je ne me moquais pas de tes croyances, protesta-t-il. C'est juste que tu m'as déconcerté avec cette histoire de destin... Tu penses que... Que nous sommes faits l'un pour l'autre ?

— Pas nécessairement.

Faye se glissa dans le lit — sans se déshabiller, contrairement à la veille. Jake soupira et s'allongea près d'elle. Lorsqu'ils furent tous les deux bien installés sous les couvertures, il éteignit la torche et la posa par terre.

Piège dans les Everglades   159

— Que veux-tu dire par « pas nécessairement » ? se risqua-t-il ensuite à demander.

— Mon destin est lié à celui d'un Sagittaire, et j'ignore si cela me réserve un avenir heureux ou malheureux, mais il y a une chose dont je suis maintenant presque sûre : il s'agit d'un autre Sagittaire que toi… Bonne nuit !

Le fait qu'elle ne le considère plus comme *le* Sagittaire lié à son destin aurait dû laisser Jake indifférent, puisqu'il ne croyait pas plus à l'astrologie qu'à la chiromancie…

Alors pourquoi cela le contrariait-il ? Pourquoi savait-il à l'avance qu'à son retour dans le monde civilisé — à supposer qu'il survive à cette aventure —, la ville étrange de Mystic Glades et ses drôles d'habitants lui manqueraient ? La personne qui lui manquerait le plus étant le petit bout de femme couchée à son côté.

À elle, en revanche, il ne manquerait sûrement pas. Parce qu'il n'avait pas la moindre intention de la laisser s'approcher de Fugate, de près comme de loin. Et quand elle le comprendrait, il deviendrait l'homme qu'elle détesterait le plus au monde après ce même Fugate.

Au terme de l'une des nuits les pires qu'il ait jamais passées, Jake ne fut pas mécontent de voir les premières lueurs du jour entrer par la fenêtre. Entre un matelas inconfortable et une voisine de lit qui le repoussait sans douceur chaque fois qu'il la touchait par inadvertance, il n'aurait pas fermé l'œil si la fatigue ne lui avait permis de dormir au moins quelques heures.

Le temps de prendre un petit déjeuner frugal et de faire un brin de toilette, le soleil était assez haut dans le ciel pour remplacer la lumière des torches. Ils allaient pouvoir partir, et Jake s'en réjouissait, car l'atmosphère qui régnait dans la petite maison lui pesait. Cette tension serait plus supportable dehors.

Faye avait natté ses cheveux, ce qui dégageait son visage aux traits délicats, et l'ensemble vert vif qui avait remplacé la tenue bleu marine de la veille mettait ses yeux en valeur.

S'ils avaient été en bons termes, Jake lui aurait dit qu'elle était ravissante, mais elle ne lui avait pas adressé la parole depuis leur lever, et il refusait d'être le premier à rompre le silence. C'était peut-être puéril, mais il était de mauvaise humeur et n'avait envie ni de revenir sur sa position, ni même de s'excuser.

Au moment où il allait tirer le verrou et ouvrir la porte, Faye l'arrêta en posant une main sur son bras.

— Attends ! On s'est préparés tellement vite qu'on n'a pas eu le temps d'établir un plan… Comment va-t-on faire pour sauver Calvin sans le carnet ?

La rapidité de leurs préparatifs ne les aurait pas empêchés d'étudier ensemble la question s'ils avaient accepté de se parler, mais Jake ne le souligna pas. Et comme il avait conçu de son côté un plan consistant à faire tout son possible pour retarder leur progression, il n'y avait pas grand-chose à discuter.

— On a plusieurs heures de marche devant nous, observa-t-il. On réfléchira à une nouvelle stratégie en chemin.

Cette réponse n'eut pas l'air de satisfaire Faye, pourtant elle n'insista pas. Elle rajusta l'une des bretelles de son sac à dos vert. Jake réprima à grand-peine un sourire : ainsi elle avait transféré ses affaires du sac bleu de la veille à celui-ci pour qu'il s'harmonise avec sa tenue du jour. Serrant les mâchoires, elle redressa le buste comme une condamnée se préparant mentalement à monter sur l'échafaud… Elle avait du cran, il fallait le reconnaître !

Jake entrebâilla la porte. Il voulait s'assurer qu'il n'y avait dehors ni alligator, ni serpent, ni panthère.

Comme aucun de ces animaux ne les attendait à l'extérieur, il sortit, suivi par Faye qui referma la porte derrière elle.

Ils reprirent le même chemin que la veille. Côté météo,

Piège dans les Everglades 161

ils avaient eu de la chance jusqu'ici : il n'avait pas plu, ce qui était inhabituel en été. Mais des nuages couraient aujourd'hui dans le ciel, annonciateurs probables d'un orage à venir.

Au moment où ils contournaient un bouquet d'arbres, un bruit métallique évoquant dangereusement le déclic d'une arme à feu se fit entendre. Jake alla aussitôt se placer devant Faye et s'immobilisa. Le canon d'un fusil surgit de derrière un cyprès, à trois mètres de lui, puis la personne qui tenait l'arme apparut.

C'était Quinn Fugate.

— Bonjour, monsieur Young ! s'écria-t-il. Vous n'êtes donc pas mort ? Vous portiez un gilet pare-balles, j'imagine ? Et vous l'avez encore sur vous ?

La mort dans l'âme, Jake hocha affirmativement la tête.

— J'aurais dû m'en douter ! déclara l'agent fédéral. Enlevez-le !

— Comment nous avez-vous retrouvés ? lui demanda Faye.

— Je ne vous ai jamais perdus, car j'ai mis une balise GPS dans votre sac à dos quand je l'ai fouillé hier. J'ai juste attendu que vous ayez effectué la partie la plus dure du chemin pour vous intercepter.

Jake jura intérieurement. Les appareils électroniques ne marchaient jamais pour lui dans les Everglades, mais ils marchaient pour Fugate, bien sûr ! Il s'en voulait aussi car Faye lui avait dit la veille que Fugate avait fouillé son sac à dos avant de partir. Il aurait dû faire de même pour rechercher d'un éventuel dispositif de géolocalisation. Malheureusement, son choc à la tête était alors encore trop récent pour qu'il ait les idées claires.

— J'ai amené mon otage pour faciliter l'échange, reprit Fugate. Venez, tous les deux !

Il les conduisit à quelques mètres de là, et Faye poussa un cri consterné en voyant son ami ligoté à un arbre, les bras ramenés derrière lui dans une position qui devait être très inconfortable.

Piège dans les Everglades

— Le gilet, monsieur Young !

Jake ôta son T-shirt. Ce mouvement déplaça ses côtes meurtries et lui arracha une grimace de douleur. Il laissa tomber son T-shirt sur le sol, et le gilet pare-balles suivit le même chemin.

— Parfait ! déclara Fugate. On a presque terminé.

Puis il s'approcha de Gillette et pointa le fusil sur sa tête.

— Le carnet, mademoiselle Decker, et tout de suite, ou votre ami meurt !

16

— Non, attendez ! supplia Faye. Il y a eu un problème. Je ne…

— Tais-toi ! lui murmura Jake.

— Quel problème ? demanda Fugate.

Ignorant l'avertissement de Jake, Faye répondit :

— J'avais enterré le carnet dans une boîte en fer, à une trentaine de centimètres de profondeur. Je pensais que ce serait suffisant pour le protéger de l'humidité, mais les grosses pluies de cet hiver ont fait monter le niveau de la nappe phréatique… Le contenu du carnet n'est plus lisible, mais ce n'est pas grave, finalement, parce que vous n'avez plus à vous inquiéter : les informations qu'il contenait sur vous ont été détruites avec les autres.

Jake se rapprocha de Faye. Très lentement, pour ne pas attirer l'attention de Fugate. Il aurait dû prévoir un plan B, au cas où une mauvaise surprise de ce genre se produirait. Maintenant, il était trop tard. Tout ce qu'il pouvait faire, c'était tenter de mettre Faye à l'abri avant une explosion de violence malheureusement prévisible.

Fugate avait pâli. Il lança un rapide coup d'œil à Gillette — qui lui, bizarrement, avait rougi. Intrigué, Jake le regarda plus attentivement…

Était-ce son imagination, ou bien les cordes qui l'attachaient à l'arbre s'étaient-elles desserrées ?

— Aucune page du carnet n'est plus lisible ? questionna Fugate. Même celles où figuraient des numéros de compte ?

Il s'agit de comptes offshore, auxquels seuls ces numéros permettent d'avoir accès…

— Je… Je ne le savais pas, bredouilla Faye. Et non, aucune page n'est plus lisible… Mais c'est ma faute, pas celle de Calvin, alors ne le tuez pas, je vous en prie !

— Tu avais fait une copie du carnet, avant de l'enterrer ? lui demanda Gillette.

C'était les premiers mots qu'il prononçait, et sa voix n'exprimait pas de la peur, mais de la colère, nota Jake. Faye le remarqua elle aussi, car ses sourcils se froncèrent.

— Non, je n'en ai pas fait de copie.

— Je veux l'argent, alors ! intervint Fugate. En plus du carnet, votre ami a pris deux cent mille dollars en liquide dans le coffre de Genovese… Il m'a dit que vous lui aviez subtilisé le tout pendant votre fuite… Où est l'argent, maintenant ?

Jake attendit que Faye nie les faits. Gillette avait dû mentir à Fugate pour diriger son attention sur elle, pour tenter de sauver sa propre peau… Mais la tristesse du regard qu'elle posa sur son ami alarma Jake. Non, ce n'était pas possible… Elle n'avait pas pu voler cet argent ! Il devait y avoir une autre explication…

— Je ne l'ai plus, déclara-t-elle.

« Plus » ? Jake serra les poings. Faye était donc bel et bien une voleuse ? Non, il refusait de le croire !

— Tu n'as pas pu tout dépenser ! s'exclama Gillette. Tu mens !

Fugate lui lança un nouveau coup d'œil. Étrangement, il semblait avoir peur.

— Non, je ne mens pas ! protesta Faye. Je n'ai plus cet argent.

À ce moment, Gillette poussa un hurlement de rage et se jeta en avant. Il se débarrassa des cordes qui l'attachaient à l'arbre et brandit un pistolet devant lui. Celui de Jake.

Ce dernier eut juste le temps de plaquer Faye au sol avant que le coup parte. Il lui passa un bras autour de la taille et,

Piège dans les Everglades

après les avoir fait rouler sur eux-mêmes, il l'emmena se réfugier derrière un arbre.

De là, ils entendirent Gillette crier :

— Je veux ces numéros de compte, Faye ! Et ces deux cent mille dollars !

Jake posa une main sur la bouche de sa compagne pour l'empêcher de répondre, puis il se pencha pour essayer de comprendre ce qui se passait… Il se recula ensuite, juste à temps pour que la deuxième balle tirée par Gillette aille se loger dans un arbre, et non dans sa tête.

Les yeux écarquillés, Faye interrogea Jake du regard, et il lui murmura à l'oreille :

— Calvin a tué Fugate avec mon pistolet. Je pense qu'il avait retourné la situation en sa faveur bien avant notre arrivée… Le fusil ne devait pas être chargé, sinon Fugate aurait tiré, et Calvin n'était pas vraiment pas ligoté à l'arbre : c'était une mise en scène. On doit filer, sinon il va nous tuer tous les deux.

Faye secoua frénétiquement la tête, comme si elle refusait de le croire, et parvint à lui échapper. Il la rattrapa heureusement tout de suite, la ramena derrière l'arbre et lui plaqua de nouveau une main sur la bouche. Un troisième coup de feu éclata ensuite, dirigé vers eux, et elle se serra contre Jake, le visage décomposé.

— Je t'ai protégée pendant des années, Faye ! cria Gillette. Tu as une dette envers moi ! C'est le moment de la rembourser !

Le désespoir qu'exprimait sa voix le rendait particulièrement dangereux, car il signifiait qu'il était prêt à tout. Jake se risqua à se pencher de nouveau pour savoir ce qui se passait… Ce qu'il vit lui glaça le sang, et il se dépêcha de se remettre à l'abri.

Deux hommes armés avaient rejoint Gillette. Était-ce eux qui avaient permis à ce dernier de prendre l'avantage sur Fugate ?

Jake récapitula brièvement les faits. D'après ce que l'agent fédéral avait dit, Gillette était sorti de son immeuble au moment où il se garait devant. Il l'avait intercepté, et son prisonnier l'avait guidé jusqu'à la maison d'Eddie, où il savait que Faye avait l'intention de retourner.

Il était possible que deux des amis de Gillette aient vu Fugate l'obliger à monter dans sa voiture, les aient suivis et aient maîtrisé Fugate après le départ de Faye et Jake. Ils auraient alors imaginé la comédie qui venait de se jouer pour soutirer à Faye le carnet et l'argent volés à Genovese, Gillette leur ayant promis une part du gâteau pour les récompenser de leur aide.

Autre hypothèse : les événements s'étaient déroulés dès le début selon un scénario conçu par le seul Gillette. Jake doutait cependant qu'il soit suffisamment intelligent pour cela.

Ce qu'il en était réellement n'avait d'ailleurs plus d'importance, maintenant.

— Il faut fuir, chuchota Jake à l'oreille de Faye. Tu dois me faire confiance !

Une autre balle percuta le tronc derrière lequel ils se cachaient.

Cette fois, Faye acquiesça de la tête. Jake ôta sa main de sa bouche et commença de calculer la distance entre les arbres, autour d'eux, pour décider du parcours qui leur offrirait la meilleure protection. Il ne parla pas à Faye des deux hommes armés qui avaient rejoint Gillette. Elle avait déjà bien assez peur… Inutile de l'effrayer davantage.

— Bon, dit-il, on va courir. Vite. Tu ne devras ni t'arrêter ni ralentir pour regarder ce qui se passe derrière nous. Reste près de moi, et fais ce que je te dis, d'accord ?

— D'accord.

Jake ramassa un bout de bois qui traînait sur le sol, prit la main de Faye et l'aida à se relever.

— Prépare-toi ! murmura-t-il.

Puis il lança le bout de bois sur sa droite, le plus loin possible. Plusieurs détonations retentirent. Gillette et ses

Piège dans les Everglades

comparses étaient tombés dans le piège. Jake serra plus fort la main de Faye, et ils se mirent à courir.

Faye était accroupie derrière une grosse souche, les bras repliés autour des genoux afin d'occuper le minimum d'espace. Elle ne voyait plus Jake. Il avait beaucoup appris, pendant les quelques jours où ils avaient cherché Calvin ensemble et il était en train de créer une fausse piste à l'intention de Calvin, en cassant des branches, en faisant tomber des feuilles et en les piétinant...

Ils s'étaient un peu disputés, tout à l'heure, parce qu'elle voulait se charger de cette tâche, de peur qu'il ne se perde. Elle le sous-estimait, avait-il déclaré avant de lui interdire de bouger. Il était ensuite parti sans lui laisser le temps de protester, et cela lui était resté sur le cœur.

Ses pensées se tournèrent ensuite vers Calvin. Comment avait-elle pu être assez naïve pour s'imaginer qu'elle le changerait en lui prenant le carnet et l'argent volés à Genovese ? Il les lui avait ensuite réclamés à de nombreuses reprises, en alternant les supplications, les cris et les menaces.

Cette violence verbale, qui n'avait fait qu'augmenter au cours des mois précédents, aurait dû lui faire comprendre qu'il était aux abois. Il avait sans doute contracté une grosse dette auprès d'un bookmaker ou d'un usurier.

Faye avait toujours su qu'ils n'avaient pas les mêmes valeurs, mais de là à le croire capable de tuer quelqu'un et de s'en prendre physiquement à elle... Il devait se trouver dans une situation si critique qu'il avait perdu tout sens de la mesure.

Un petit bruit de branches cassées sur sa gauche lui fit tourner la tête dans cette direction. Jake surgit alors de derrière un arbre et l'invita d'un geste de la main à venir le rejoindre. Elle se leva et franchit en courant les quelques mètres qui les séparaient.

— Ça va ? chuchota-t-il en la serrant contre lui.

— Pas trop mal, compte tenu des circonstances… Tu as réussi à mettre Calvin sur une fausse piste ?

— Oui, au moins momentanément. Il est en train de marcher dans la direction opposée à celle de Mystic Glades… Je ne pouvais évidemment pas semer des petits cailloux derrière moi, à l'aller, et pourtant, comme tu le vois, je ne me suis pas perdu !

Un sourire taquin accompagna ces derniers mots. Sachant que Jake essayait de lui remonter le moral, Faye s'obligea à sourire, elle aussi, mais l'idée que son meilleur ami était prêt à la tuer pour de l'argent la remplissait d'horreur.

— Allons-y ! dit-elle.

Ils se mirent en marche côte à côte. À chaque bifurcation, Jake partait en éclaireur pour s'assurer qu'aucun danger invisible ne les guettait, et Faye se fit la remarque qu'avant de le rencontrer elle ignorait que des hommes comme lui existaient.

Alors qu'ils traversaient une petite clairière, elle pointa l'index vers la droite pour lui indiquer le chemin qu'ils devaient prendre. Il venait de tourner dans cette direction quand Faye perçut un mouvement non loin d'eux. Elle rattrapa Jake, le retint par le bras et, un instant plus tard, un énorme serpent passa à l'endroit où il se serait trouvé si elle ne l'avait pas stoppé.

— C'était un boa ? demanda-t-il.

— Oui, un boa constricteur, comme CeeCee.

— Génial ! Il y en a beaucoup, dans les parages ?

— Probablement.

Jake frissonna, puis il adressa un clin d'œil à Faye pour lui montrer qu'il faisait juste semblant d'avoir peur. Elle sourit. Son citadin commençait à s'habituer à la faune des Everglades.

Il esquissa ensuite un pas en avant, mais elle l'arrêta de nouveau.

Piège dans les Everglades   169

— Tu as vu un autre serpent ? déclara-t-il, l'air malgré tout un peu inquiet.

— Non. C'est par là que j'irais normalement pour regagner Mystic Glades, mais tout bien réfléchi, mieux vaut prendre un autre chemin. Ce sera moins rapide mais plus sûr. Si on continue tout droit, on tombera sur un réseau de canaux. Ce ne serait pas un problème si Calvin n'était pas à notre recherche, mais là, on risque d'être acculés, et sauter dans l'eau pour s'échapper n'est pas une bonne solution, tu peux me croire !

— À cause des alligators ?

— Oui, répondit Faye. En prenant à gauche, on contournera cette partie des marais, et on trouvera ensuite une zone plus sèche… De là, on reprendra la direction de Mystic Glades.

Jake lui lança un regard admiratif.

— Tu m'apprends à me déplacer dans les Everglades comme si j'y étais né, et moi, je t'apprends à raisonner comme une policière… On forme une bonne équipe ! Mais il faut se dépêcher de repartir : je ne sais pas combien de temps mon stratagème va tromper Calvin.

Gillette et ses acolytes n'avaient pas suivi très longtemps la fausse piste sur laquelle il les avait lancés, comprit Jake un peu plus tard en les voyant traverser avec précaution une zone marécageuse parsemée de pins rabougris, à quelques centaines de mètres de lui. C'était le reflet du soleil sur le fusil de Fugate — sûrement chargé, désormais, et tenu par Gillette — qui l'avait alerté. Il poussa Faye derrière un tronc d'arbre mort, s'accroupit près d'elle et lui expliqua ce qui se passait.

— Ils sont trois à nous poursuivre, maintenant ? observat-elle ensuite avec un mélange de surprise et d'angoisse.

— Ils le sont en fait depuis notre départ de l'abri de chasse.

Je ne te l'ai pas dit pour ne pas t'inquiéter. Je ne comptais pas t'en parler avant d'être sûr qu'on les avait semés.

— Pourquoi te sens-tu obligé de me ménager, comme si j'étais une petite chose fragile ? On forme une équipe, tu te rappelles ? Si on veut survivre à ce cauchemar, on doit mieux communiquer !

— Entendu, mais il faut se remettre en route, à présent. Quelle direction prenons-nous ?

— L'itinéraire que j'avais en tête nous ferait marcher droit sur Calvin et ses compagnons.

— On va les contourner, alors.

— Impossible... Cette bande de terre est bordée des deux côtés par des marécages infestés d'alligators.

— On ne peut pas non plus rester ici !

— Non. Il faut regagner la clairière et emprunter le chemin que j'avais choisi à l'origine, malgré le risque de nous retrouver piégés.

Jake prit la main de Faye et, pliés en deux pour ne pas être vus de leurs poursuivants, ils se mirent à courir dans la direction opposée.

Deux heures plus tard, les craintes de Faye se matérialisèrent sous la forme d'un canal qui leur barrait la route.

Gillette et ses comparses étaient toujours à leurs trousses : maintenant que Jake les avait repérés, il arrivait de temps en temps à les apercevoir, et la distance qui les séparait ne cessait de diminuer. L'un de ces hommes devait être un excellent pisteur, car il parvenait à suivre leur trace malgré leurs efforts pour ne laisser aucun indice derrière eux.

D'après les calculs de Jake, leurs poursuivants les auraient rattrapés dans moins d'une heure.

Le canal faisait une quinzaine de mètres de large. Quelques minutes suffiraient pour le traverser à la nage... Jake inspecta l'eau et les deux rives boueuses. Pas un alligator, pas un

Piège dans les Everglades

serpent en vue… Juste des aigrettes et des pélicans qui se chauffaient au soleil, de l'autre côté. Pas de rides sur l'eau non plus, qui auraient indiqué la présence d'un prédateur sous la surface.

— Tu es sûre qu'il y a des alligators dans ce canal ? demanda Jake. On est peut-être à un moment de la journée où ils sont dans leur nid, en train de dormir…

— Non, il y en a là, répondit Faye. Mais c'est incroyable : je suis originaire d'Alabama, et j'en sais plus sur ces animaux que toi, qui as toujours vécu en Floride !

— Oui, mais j'ai grandi au bord de la mer. Je n'ai encore jamais vu d'amphibiens ailleurs qu'au zoo.

Faye éclata de rire.

— Les alligators sont des reptiles, pas des amphibiens ! Et dans leur milieu naturel, ils se cachent si bien dans la boue que, quand tu les vois, il est généralement trop tard. Il n'est donc pas question de traverser ce canal à la nage !

— Je ne suis pas sûr qu'on ait le choix.

— Tu te rappelles l'histoire des *Dents de la mer* ?

— Celle du grand requin blanc mangeur d'homme ? Oui, bien sûr !

— Eh bien, ce monstre, personne ne l'avait vu avant qu'il passe à l'attaque. Imagine ce canal rempli de requins mangeurs d'homme… Tu as encore envie d'aller y faire trempette ?

— Euh… Non, pas vraiment ! Mais qu'est-ce que tu suggères, alors ?

— Je peux essayer de raisonner Calvin. Je doute qu'il ait réellement l'intention de me tuer. Il m'aime. Il est juste déboussolé.

— C'est ça… Il a abattu un agent fédéral « par accident », après nous avoir joué la comédie de l'otage attaché à un arbre « pour s'amuser ». Je suis sûr qu'il regrette beaucoup d'avoir tué Fugate, et qu'il est tout à fait prêt à discuter aimablement avec toi !

— Tu as une meilleure idée ?

Piège dans les Everglades

— Plan B.

— À savoir ?

— Tu te caches, et je neutralise les méchants.

— Comment ? Ils sont armés, et tu ne l'es pas. Tu ne pourras pas les approcher sans qu'ils te tirent dessus. Et moi, comment pourrais-je me rendre invisible dans cette tenue vert vif ?

— C'est vrai, admit Jake. Il y a bien une solution…

— Laquelle ?

— Tu te déshabilles entièrement.

Faye leva les yeux au ciel.

— Oui, je me doutais un peu que tu ne serais pas d'accord, déclara Jake.

Une idée germa alors dans son cerveau, née de leur environnement et de l'allusion de Faye aux *Dents de la mer*.

— Tu as vu le film *Predator*, avec Arnold Schwarzenegger ?

— Oui, pourquoi ?

— Plan C.

17

Ce fut de mauvaise grâce que Faye tendit à Jake les voiles qui composaient sa jupe. Sans eux, ne restait plus sur elle que la doublure — une sorte de jupon noir qui lui arrivait à peine à mi-cuisses.

— Tu me dois deux nouvelles jupes, grommela-t-elle. Et je ne sais toujours pas à quoi ces voiles vont te servir… Ni pourquoi on est tous les deux assis dans la boue…

Avant de répondre, Jake attacha deux des voiles bout à bout et tira fort pour consolider le nœud.

— Ça me servira de corde si jamais je parviens à m'approcher d'un de ces hommes sans qu'il me voie, expliqua-t-il ensuite.

— Et la raison pour laquelle on est en train de prendre un bain de siège ?

Jake mit la corde improvisée dans sa poche droite, le reste des voiles dans la gauche, puis il ramassa deux grosses poignées de boue.

— En parlant d'un film et de la façon dont les alligators se rendent invisibles, tu m'as donné une idée, déclara-t-il. On va s'enduire de boue pour se camoufler, comme Arnold Schwarzenegger dans *Predator* quand il cherche à échapper à la créature.

Sur ces mots, il se pencha vers Faye et commença d'étaler la boue sur ses jambes.

Il ne lui avait pas laissé le temps de donner son avis, ce qu'elle n'apprécia pas, mais à sa première réaction de contrariété succéda très vite un trouble délicieux : les mains de Jake sur sa peau faisaient courir des ondes de volupté dans tout son corps.

Quand ses mollets et ses genoux furent entièrement recouverts, il reprit de la boue et l'appliqua sur ses cuisses. N'ayant pas vraiment besoin de lui pour cette opération, elle aurait dû la poursuivre seule. Mais même s'ils avaient eu toute une armée de tueurs à leurs trousses, elle n'aurait pas pu se résoudre à lui demander d'arrêter : c'était trop bon !

Les doigts de Jake montaient, montaient, le long de ses cuisses... Elle ferma les yeux, palpipante...

Jusqu'où le laisserait-elle aller ?

Elle ne le saurait jamais, car il s'écarta brusquement. Pour se réapprovisionner, comprit-elle en rouvrant les paupières. Mais à sa grande déception, il passa alors directement à ses bras.

Quand sa tête et son cou furent les seules parties de son corps encore à découvert, Jake observa :

— On peut cacher ta natte sous ton débardeur, mais le reste de tes cheveux restera visible.

— Enduis-les entièrement de boue. Je ne suis plus à ça près !

— Ça me désole...

— Moi aussi : je ne crois pas que je m'aimerai en brune, plaisanta Faye.

Jake sourit, puis il alla se placer derrière elle et lui recouvrit de boue les cheveux, puis la nuque, la gorge... En l'entendant respirer de plus en plus bruyamment, elle comprit qu'il partageait son émoi.

— Voilà, j'ai fini ! dit-il en se remettant face à elle. Je te laisse t'occuper de ton visage. Je ne veux pas risquer de te mettre de la terre dans les yeux.

Faye se pencha pour ramasser de la boue. Ce ne fut cependant pas sur ses joues qu'elle la posa, mais sur la poitrine nue de Jake.

Piège dans les Everglades

— Que... Qu'est-ce que tu fais ? balbutia-t-il.

— Tu t'es occupé de mon camouflage... Je te rends la pareille.

Des pensées érotiques ne cessaient de tourbillonner dans l'esprit de Faye tandis qu'elle enduisait de boue les bras, le torse, les épaules, le dos de Jake... Elle ne s'attendait pas à trouver cela aussi excitant, mais sans doute avait-elle tort de s'accorder ce plaisir alors que chaque minute comptait...

D'un autre côté, si elle était en train de vivre ses derniers instants sur terre, existait-il une meilleure façon de les passer qu'en laissant ses mains courir sur le corps d'un bel homme ?

Quand ses doigts se posèrent sur le ventre de son compagnon, il poussa un gémissement étouffé. Elle sourit, mais Jake referma alors les mains sur ses poignets et déclara d'une voix rauque :

— Il faut que tu arrêtes, Faye, sinon je n'aurai plus la force de me contrôler, et nos poursuivants nous trouveront en train de faire l'amour au bord de ce canal.

Il lui mit une poignée de boue dans la main et reprit :

— Dépêche-toi de dissimuler ton visage. Je vais aller finir le travail sur une petite butte que j'ai repérée, un peu plus loin. Comme ça, je pourrai en même temps surveiller nos arrières.

Frustrée mais contrainte d'admettre qu'il avait raison, Faye reporta son attention sur sa paume remplie d'une boue soudain dépourvue de tout attrait. Elle l'écrasa entre ses doigts, puis elle ferma les yeux et s'en barbouilla la figure.

Jake se faufilait entre les arbres et les buissons en veillant à ne pas marcher sur un morceau de bois sec dont le craquement aurait pu signaler sa présence.

Les deux séances de camouflage qui venaient de se dérouler avaient mis tous ses sens en émoi. S'il n'était pas allé terminer la sienne un peu l'écart, il aurait fait l'amour à Faye sur la rive boueuse du canal alors qu'ils avaient trois tueurs à leurs trousses. Sachant qu'il lui suffisait de toucher Faye pour sentir un désir impérieux le gagner, il aurait dû s'arrêter tout de suite, mais sa libido l'avait emporté sur sa raison.

Un craquement en provenance d'un fourré, à cinq ou six mètres de lui, l'arracha à ses pensées. Il se baissa vivement et courut se cacher derrière un arbre. Là, il attendit en fouillant les alentours du regard et en contrôlant sa respiration de façon à faire le moins de bruit possible.

Un deuxième craquement retentit, plus proche, puis des feuilles crissèrent comme si quelqu'un les piétinait. Jake vit une main écarter des branches basses, et l'un des compagnons de Gillette finit par apparaître.

Où étaient les autres ? Les trois hommes avaient-ils décidé de se séparer ? Dans l'affirmative, ce serait une bonne nouvelle pour Jake qui se savait capable, grâce à l'effet de surprise, de neutraliser un homme seul, même armé d'un pistolet.

Si Gillette et le troisième malfaiteur étaient à la recherche de Faye de leur côté, elle courait un grave danger. Jake lui avait trouvé une cachette : le tronc creux d'un arbre, autour duquel il avait entassé des broussailles et des branchages. La végétation qui la protégeait, ajoutée à la boue dont elle était enduite, la rendait complètement invisible. Mais il y avait toujours le risque qu'elle tousse ou éternue...

Jake s'efforça de ne pas y penser. Il devait se concentrer sur la menace la plus immédiate : l'homme qui se dirigeait vers lui.

La distance diminua entre eux, passant de quatre mètres à trois, puis à deux, à un... Jake attendit le moment précis où le tueur arrivait à sa hauteur pour jaillir de sa cachette. Il lui décocha un violent coup de pied dans le genou et le frappa en même temps au niveau de la pomme d'Adam.

Le cri de douleur que l'homme aurait dû pousser se transforma en une sorte de râle. Il s'écroula, la main crispée sur sa gorge. Son pistolet lui échappa et tomba à un mètre à

Piège dans les Everglades

peine de lui, mais il était trop occupé à essayer de reprendre sa respiration pour songer à le récupérer. Jake le ramassa prestement et s'assura qu'il était chargé avant de le glisser dans son holster.

Soulagé d'être de nouveau armé, il sortit de sa poche la corde confectionnée avec deux des voiles provenant de la jupe de Faye et se pencha sur le malfaiteur. Pour ne pas être entendu par les deux autres, au cas où ils seraient dans les parages, il dit à voix basse :

— Ne vous contractez pas ! Inspirez lentement, profondément, et vous finirez par retrouver une respiration normale.

Il le retourna ensuite et lia les mains de l'homme dans son dos. Une fois certain que ces menottes improvisées tenaient bien, il l'attrapa par le bras, le traîna jusqu'à un arbre et l'attacha à une branche basse, avant de s'agenouiller devant lui, un autre morceau de la jupe de Faye roulé en boule dans la main.

— Détendez-vous ! murmura-t-il. Je ne vais pas vous tuer… Et vous respirez déjà mieux…

Jake guetta le moment où son prisonnier cessait de hoqueter. Dès qu'il le vit ouvrir la bouche — pour appeler à l'aide, de toute évidence —, il lui enfonça la boule de tissu entre les dents. Puis il attacha ce bâillon derrière sa tête, le réduisant encore plus efficacement au silence. Et de fait, l'autre eut beau essayer de crier, il ne réussit à produire qu'un faible gémissement.

— Je reviendrai vous chercher quand j'en aurai terminé avec vos comparses, lui chuchota Jake à l'oreille. Et restez vigilant ! Je ne pense pas que des alligators se promènent aussi loin de l'eau, mais on ne sait jamais…

Une expression de panique se peignit sur le visage de l'homme : Jake n'avait pas pu résister au plaisir de lui faire peur. Il se releva en souriant, dégaina son pistolet et partit à la recherche des deux autres malfrats.

Alors qu'il fouillait les bois depuis un moment déjà, un

coup de feu éclata, provoquant les piaillements et l'envol d'une nuée d'oiseaux.

Mon Dieu ! Faye !

La détonation était venue de l'endroit où Jake l'avait laissée.

Il s'élança dans cette direction, mais quand il arriva en vue de la cachette, il tomba sur six policiers du comté de Collier qui le mirent aussitôt en joue. Il s'arrêta net et leva les mains en l'air.

— Ne tirez pas ! cria une voix. C'est Young ! Il est des nôtres !

L'auteur de cette intervention était le shérif adjoint Holder. Ses collègues rengainèrent leur arme, et Jake fit de même avec la sienne avant de courir vers Holder, occupé à superviser l'arrestation du deuxième complice de Gillette. Ainsi Dexter avait réussi à le convaincre d'agir, et il n'avait pas lésiné sur les moyens !

— Où est Calvin Gillette ? lui demanda Jake. Et Mlle Star ? Ils ont déjà été emmenés en ville ?

Holder fronça les sourcils.

— Non, répondit-il. À notre arrivée ici, on n'a trouvé que cet individu. Il n'y avait personne d'autre aux environs.

18

Un cri retentit soudain derrière Jake et Holder, suivi d'un grand « plouf ».

Le cœur de Jake bondit dans sa poitrine.

— Faye ! hurla-t-il en courant vers le canal.

— Attendez ! s'exclama Holder. Il faut évaluer la situation avant d'intervenir.

Jake ne s'arrêta pas. Il savait des choses que le shérif adjoint ignorait : la dangerosité de Gillette, notamment, et la proximité d'une eau infestée d'alligators. Il franchit la lisière des arbres, déboucha sur la rive boueuse du canal…

Le spectacle qui s'offrit alors à ses yeux le glaça d'horreur. D'une main, Gillette était en train de jeter dans l'eau la chaîne en argent de Faye, avec ses trois petits sachets de velours. De l'autre, il maintenait la tête de cette dernière sous l'eau, tandis que, dans leur dos, deux alligators se dirigeaient droit sur eux, sans faire le moindre bruit et en ridant à peine la surface du canal.

— Lâchez-la ! cria Jake, le doigt sur la détente du pistolet qu'il avait dégainé en courant.

Gillette releva Faye sans douceur et la plaça devant lui pour s'en servir comme bouclier. Le visage et les cheveux ruisselants, elle se mit à tousser, mais cela ne l'empêcha pas d'essayer de repousser le bras que Gillette avait replié en travers de sa gorge.

— Lâchez-la, Gillette ! répéta Jake.

Puis il entra dans l'eau, son pistolet toujours à la main, mais il ne pouvait pas tirer sans risquer d'atteindre Faye.

— Sortez de là ! cria soudain Holder depuis la rive. Il y a deux alligators qui nagent vers vous !

Sans cesser de tenir Faye, Gillette tourna la tête.

— Tuez ces monstres ! leur ordonna-t-il. Tuez-les, ou je leur jette Faye en pâture !

— Que personne ne tire ! intervint Jake. Je m'occupe des alligators.

Il fit quelques pas en avant et appuya deux fois sur la détente. L'un des reptiles disparut sous l'eau, et l'autre rebroussa chemin.

— Il y en a un que je ne vois plus, dit-il. Regagnez la rive avec Faye, Calvin, par pitié !

— Je ne veux pas aller en prison ! répliqua Gillette. Dites aux policiers de partir !

Malgré le danger et les efforts déployés par Faye pour se libérer, il ne semblait pas décidé à se rendre. La situation était bloquée…

C'est alors que le museau d'un énorme alligator surgit près de lui. Ses redoutables mâchoires s'ouvrirent et se refermèrent, le manquant de peu. Il recula et plaça Faye entre l'animal et lui.

Le sang de Jake ne fit qu'un tour. Il plongea, remonta à la surface à côté de Faye, puis il saisit le poignet de Gillette et le tordit jusqu'à ce qu'un craquement se fasse entendre. Gillette hurla et lâcha Faye, qui tomba dans l'eau. Jake la rattrapa et la tira en arrière juste à temps pour la soustraire à une nouvelle attaque de l'alligator.

Les yeux écarquillés par la terreur, elle lui passa les bras autour du cou, et il se dirigea avec elle vers la rive. Holder se porta à leur rencontre et aida Faye à sortir de l'eau. Les cris que poussait Gillette, dans son dos, lui disaient que l'alligator le menaçait toujours.

Pendant qu'il nageait vers eux aussi vite qu'il le pouvait,

Piège dans les Everglades

Jake s'aperçut que le reptile semblait maintenant jouer avec Gillette : après lui avoir tourné autour sans le toucher, il disparut sous la surface. Gillette, qui jusque-là semblait pétrifié, entreprit alors de regagner la terre ferme à la nage.

— Jake ! Attention ! hurla soudain Faye de la rive.

Alerté par les cris de Faye, Jake changea de direction et vit la tête de l'alligator émerger à l'endroit précis où il se trouvait l'instant d'avant. Le monstre planta le regard de ses yeux froids dans le sien avant de disparaître de nouveau.

Gillette était maintenant arrivé à la hauteur de Jake. Au moment où il allait le dépasser, il poussa un hurlement et fut comme aspiré sous l'eau.

Devinant ce qui venait de se passer, Jake prit une grande goulée d'air et plongea à son tour.

Debout sur la rive près de Scott Holder, Faye vit avec un frisson d'angoisse l'eau trouble du canal se refermer sur Jake. Elle s'élança vers le bord, mais le policier la saisit par la taille et la tira en arrière.

— Restez là ! lui ordonna-t-il. Young vous a sauvé la vie... Vous n'avez pas le droit de la risquer à nouveau !

— Il faut pourtant bien que quelqu'un aille l'aider ! protesta-t-elle.

Holder garda le silence mais refusa de la lâcher.

Complètement impuissante, Faye dut se contenter de scruter le canal à la recherche de bulles qui lui diraient que Jake et Calvin étaient toujours en vie...

L'alligator refit soudain surface dans un grand jaillissement d'eau. Jake était accroché à son dos, les bras enroulés autour de sa gueule. Levant un bras, il lui assena un violent coup de poing sur un œil, puis sur le museau... Le monstre poussa une sorte de sifflement et replongea, Jake toujours cramponné à lui. Des bulles crevèrent la surface, puis l'eau se tinta de rouge...

Faye tomba à genoux en criant.

— Jake ! Non !

Une tête émergea. C'était Calvin, toussant, crachant et moulinant des deux bras pour ne pas couler. Quelques secondes plus tard, Jake surgit près de lui. Il l'attrapa par les épaules, le força à se retourner et le remorqua jusqu'à la terre ferme.

— Où est l'alligator ? s'écria Faye, médusée.

— Là-bas ! Regardez ! dit Holder en pointant l'index vers l'autre rive.

Un énorme alligator venait de sortir du canal et disparaissait dans les hautes herbes. Comme s'il s'agissait d'un signal, tout le monde se mit brusquement en mouvement. Jake était maintenant arrivé à un endroit où il avait pied. Deux des policiers allèrent à sa rencontre, se saisirent de Calvin, et Faye vit alors que la jambe gauche de ce dernier saignait abondamment. L'alligator avait dû lui infliger une profonde morsure.

— Que l'un de vous appelle un hélicoptère sanitaire ! cria Holder à ses hommes. Et qu'un autre improvise un garrot pour comprimer la blessure de Gillette !

Sans un mot pour Calvin, Faye courut vers Jake et se jeta dans ses bras.

— Tu es vivant..., chuchota-t-elle. Tu es vivant...

Il la serra contre lui et enfouit son visage dans ses cheveux.

Jake et Holder se baissèrent pour passer sous les pales de l'hélicoptère et se dirigèrent vers le véhicule de service de Holder, garé dans la rue principale de Mystic Glades. Faye leur adressa un petit signe de la main tandis que l'appareil redécollait pour emmener Calvin au centre hospitalier de Fort Myers, à une soixantaine de kilomètres de là. Le souffle des hélices secoua la cime des arbres, faisant pleuvoir des feuilles de chêne et des aiguilles de pin.

Arrivé près de son véhicule, Holder dit à Jake :

Piège dans les Everglades 183

— Le trajet jusqu'à l'hôpital va nous prendre un bon moment... Si on le faisait ensemble ? Je serais content d'avoir de la compagnie, et vous avez beaucoup de choses à me raconter. Vous voulez que je demande à un de mes hommes de nous suivre avec votre voiture ?

— C'est une façon polie de me dire que vous comptez profiter de ce trajet pour m'interroger ?

— Oui, répondit le policier en souriant.

— Alors j'accepte votre proposition... À condition que vous m'arrêtiez en chemin dans un endroit où je pourrai m'acheter une chemise.

Holder fronça le nez et s'écria :

— Le premier magasin de vêtements qu'on trouvera en route sera le bon, croyez-moi !

Assise dans la salle d'attente des urgences, Faye croisait et décroisait nerveusement les jambes. Calvin était en salle d'opération depuis presque une heure, et elle n'avait encore aucune nouvelle de lui. Le shérif adjoint du comté de Collier qui l'avait accompagnée dans l'hélicoptère se tenait maintenant à l'autre bout de la pièce, imperturbable.

Qui était-il chargé de surveiller ? Calvin ou elle ? Les deux, probablement...

Chaque fois que les portes automatiques des urgences s'ouvraient, Faye espérait voir Jake les franchir. Et à chaque fois, elle était déçue.

Où était-il ? Pendant qu'on installait Calvin dans l'hélicoptère, il lui avait dit qu'il la rejoindrait à l'hôpital en voiture : il n'y avait pas assez de place pour lui dans l'appareil. Deux heures s'étaient écoulées depuis, et il avait eu largement le temps de faire le trajet de Mystic Glades, alors pourquoi n'était-il pas encore là ?

Les portes automatiques s'ouvrirent de nouveau mais, au lieu de Jake, ce furent deux autres adjoints du comté de

Collier qui entrèrent. Ils allèrent parler à leur collègue, sans cesser de regarder Faye d'un air grave...

Ils étaient venus la chercher, comprit-elle, et pas pour l'emmener boire un café !

Elle se tourna vers sa voisine, une jeune mère visiblement harassée qui s'efforçait d'occuper un garçonnet d'à peine deux ans en attendant sans doute des nouvelles d'un membre de sa famille.

— Excusez-moi, madame... J'ai besoin d'appeler un ami, et je n'ai pas mon portable sur moi. Si vous en avez un, ça vous ennuierait de me le prêter ?

— Mais non, pas du tout ! dit la femme en lui tendant son téléphone.

Faye composa un numéro. Au même moment, les trois policiers cessèrent de parler entre eux et se dirigèrent vers elle.

— Décroche ! Décroche ! marmonna-t-elle.

— Swamp Buggy Outfitters ! déclara dans l'écouteur une voix de stentor.

— Buddy ? Faye, à l'appareil... J'ai besoin de toi. Je crois que je vais être arrêtée.

Le shérif adjoint Holder n'avait jamais eu l'intention de se rendre au centre hospitalier de Fort Myers avant d'avoir soumis Jake à un interrogatoire complet. Il lui avait posé des dizaines de questions pendant le trajet, mais comme il en avait encore beaucoup d'autres et voulait une déposition écrite, il fit un détour par le commissariat.

Là, il s'installa dans un bureau et mit de nouveau Jake sur la sellette.

— Vous ne pouvez donc pas dire avec certitude si c'est l'agent spécial Quinn Fugate ou Calvin Gillette l'assassin d'Eddie Stevens ?

— Non. Il était mort quand nous sommes arrivés chez lui, Mlle Star et moi.

Piège dans les Everglades

— Mais séparément, si j'ai bien compris…

— Oui, mais je vous arrête tout de suite : Mlle Star n'est pour rien dans le meurtre d'Eddie. Je l'ai vue entrer dans la maison, et elle en est ressortie moins de trente secondes plus tard. Elle n'a pas eu le temps nécessaire pour le tuer, et je ne parle même pas de mobile.

— Bien… Revenons-en à l'assassinat de Vincent Genovese, à présent. J'ai eu au téléphone le policier de Tuscaloosa qui a dirigé l'enquête. Il m'a confirmé que ni Gillette ni Mlle Star — ou Decker — n'avaient été considérés comme suspects. La recherche de résidus de poudre sur les mains s'est révélée négative pour eux deux, et des témoins les avaient vus l'un et l'autre à l'extérieur de la maison au moment du meurtre. Mon collègue ignorait tout, en revanche, du carnet dont vous m'avez parlé.

— Genovese tenait sûrement son existence secrète. Fugate a dû en avoir connaissance par hasard.

— Sans doute… Vous m'avez dit que c'était pour récupérer ce carnet que Fugate et Gillette poursuivaient Mlle Star… Était-ce la *seule* raison ?

Jake s'agita nerveusement sur son siège. Il avait jusque-là réussi à répondre à Holder sans impliquer Faye dans le vol du carnet, mais il ne pouvait pas éluder une question directe sans mentir — ce qu'il se refusait à faire.

— Non, admit-il, ce n'était pas la seule raison. D'après Fugate, Gillette a pris deux cent mille dollars, en plus du carnet, dans le coffre de Genovese, et ce même Gillette a accusé Mlle Star de les lui avoir subtilisés.

— C'est vrai, à votre avis ?

— Je ne sais pas trop quoi penser. Gillette n'était pas dans son état normal, quand il a renouvelé cette accusation. Il était en proie à ce qui ressemblait fort à un sentiment de panique.

— Vous m'avez pourtant dit que Mlle Star avait déclaré *ne plus* être en possession de cet argent… Ça signifie qu'elle l'avait été à un moment donné, non ?

Piège dans les Everglades

— Pas forcément. Elle tentait de désamorcer une situation très dangereuse… Peut-être craignait-elle d'aggraver encore les choses en niant avoir jamais eu cet argent entre les mains ?

Holder, qui s'était penché en avant, se cala de nouveau dans son fauteuil.

— Puisque vous vous montrez coopératif, monsieur Young, je vais vous communiquer ce que j'ai appris au sujet de ces deux cent mille dollars. Le vol d'une somme en liquide que son propriétaire cache chez lui — sous son matelas ou ailleurs — est dans la plupart des cas impossible à prouver. Malheureusement pour Gillette et Mlle Star, le conseiller financier de Genovese a dit aux enquêteurs que son client gardait toujours cette somme dans son coffre-fort en guise de fonds de secours. Quand le notaire chargé de liquider la succession en a constaté l'absence, il a donc prévenu la police et déposé une plainte pour vol.

Une boule d'angoisse se forma dans l'estomac de Jake.

— D'accord, mais personne ne peut prouver que Mlle Star ait jamais été en possession de cet argent.

— Inutile de le prouver : un doute fondé suffit à un jury pour condamner un prévenu, et il ne sera pas difficile d'en jeter un sur la probité de Mlle Star.

— Pourquoi ?

— Vous saviez qu'à la fin de ses études supérieures elle devait soixante mille dollars à un organisme spécialisé dans les prêts aux étudiants ? Et qu'elle les a entièrement remboursés deux mois après la mort de Genovese ? Où les a-t-elle trouvés, à votre avis ?

— Aucune idée, marmonna Jake.

— Elle a aussi ouvert cette boutique, The Moon and Star, à peu près au même moment… D'où lui est venu l'argent nécessaire à la constitution de son stock ?

— Je l'ignore.

Un petit coup frappé à la porte ouverte du bureau interrompit la conversation. Holder lança un regard interrogateur au policier qui se tenait dans l'embrasure.

— Ils sont prêts, annonça ce dernier.

— Merci, déclara Holder en repoussant son siège. On va en avoir le cœur net… Vous pouvez venir regarder avec moi, monsieur Young.

— Regarder quoi ?

— L'audition de Mlle Star, sur un moniteur du circuit de vidéo interne du commissariat. Elle a été conduite ici de l'hôpital, et c'est le lieutenant Davey qui va l'interroger.

À la fin de l'interrogatoire, Jake était anéanti. Il avait l'impression que quelqu'un lui avait arraché le cœur et l'avait ensuite piétiné.

Faye semblait si innocente… Elle avait parlé avec tant de conviction… Mais malheureusement, les réponses qu'elle avait fournies étaient tout sauf convaincantes.

« Je ne sais pas qui a remboursé mon prêt étudiant. »

« C'est Freddie Callahan qui a payé le stock de départ de ma boutique. »

« Non, je n'ai pas volé les deux cent mille dollars en liquide qui étaient dans le coffre de M. Genovese. C'est Calvin le coupable. »

« Oui, je lui ai ensuite subtilisé cet argent, parce qu'il n'aurait pas dû le prendre. Mais je ne l'ai plus. »

« Non, je ne l'ai pas dépensé. Je l'ai donné à une œuvre de bienfaisance. J'ai appris par les médias le nom de l'association à laquelle M. Genovese avait décidé de léguer tous ses biens, et c'est à elle que j'ai envoyé les deux cent mille dollars. »

« Non, je n'ai pas de récépissé pour le prouver : c'était évidemment un don anonyme ! »

Jake s'en voulait d'avoir accordé sa confiance à cette femme. D'être tombé amoureux d'elle. Car il n'y avait plus aucun doute possible : seul un idiot aveuglé par la passion avait pu croire les mensonges qu'elle lui avait racontés.

Son expérience de policier aurait dû lui permettre de repérer les signes qui l'accusaient, mais il avait fermé les yeux, il s'était persuadé que seul Gillette était coupable, alors que Faye l'était autant que lui.

La porte de la salle d'interrogatoire s'ouvrit, et le lieutenant Davey sortit, accompagné d'une Faye menottée. Lorsqu'elle vit Jake assis à côté de Holder, elle l'interpella :

— Je vais aller en prison ! Je ne sais pas quoi faire ! Aide-moi, je t'en prie !

Il s'obligea à rester sourd à cette supplication. C'était une menteuse, une voleuse, une criminelle... Et une femme si belle que le seul fait de la regarder enflammait ses sens. Mais il ne se laisserait plus jamais tromper par cette apparence séduisante.

— Jake ? reprit-elle, les sourcils froncés.

La tentation de courir la serrer dans ses bras restait si forte que, de peur d'y céder, il se leva et s'éloigna sans un regard en arrière.

Debout devant le miroir de sa salle de bains, Jake étudiait son reflet. Il venait de se doucher, de se raser et de mettre des vêtements propres. Après plusieurs jours de marche dans des marécages et des sentiers boueux, il aurait dû se sentir renaître... Mais c'était tout le contraire : il se sentait vide. Malheureux.

Et honteux.

La voix de Faye ne cessait de résonner dans sa tête. Pas quand elle lui avait demandé de l'aider, mais quand elle avait crié son nom. Juste un mot de quatre lettres, mais dit avec un terrible mélange d'angoisse, de douleur et d'incompréhension.

Avait-il bien ou mal agi ? Il n'aurait su le dire avec certitude. Dans cette affaire, rien n'était tout blanc ou tout noir

Piège dans les Everglades   189

à ses yeux. Faye avait beau avoir menti et enfreint la loi, il lui trouvait des excuses. Pire encore, il brûlait de sauter dans sa voiture, de retourner au commissariat et de la supplier de lui pardonner.

Le téléphone sonna, dans la cuisine. C'était sa ligne fixe, seul moyen de le joindre maintenant que Fugate avait détruit son portable. Il faudrait penser à s'en racheter un. Demain, peut-être, parce qu'il comptait consacrer le reste de la journée d'aujourd'hui à se soûler.

— Young à l'appareil…, marmonna-t-il après avoir décroché.

— Tu ne crois pas que tu aurais pu appeler ton associé et ami pour lui faire savoir que tu étais toujours en vie ?

— Dexter…, déclara Jake en se laissant tomber sur une chaise. Désolé ! Il s'est passé beaucoup de choses, mais tu as raison : j'aurais dû t'appeler.

— Tu n'as pas l'air d'humeur très joyeuse…

— C'est normal : je ne le suis pas.

— Eh bien, ce que j'ai à t'annoncer devrait te remonter le moral. Sans nouvelles de toi — après tous les efforts que j'ai déployés pour convaincre Holder de se rendre à Mystic Glades pour tenter de te retrouver, soit dit en passant —, je lui ai téléphoné. Après m'avoir raconté vos aventures, il m'a appris que Faye était disculpée.

Jake se redressa vivement.

— Disculpée ? Quand as-tu parlé à Holder ?

— Il y a cinq minutes. Vérification faite auprès de l'association caritative à laquelle Faye a dit avoir versé les deux cent mille dollars, ce don a bien été effectué, de façon anonyme mais à la date indiquée par Faye et au nom de Genovese. Le meurtrier de ce dernier a été identifié, et maintenant qu'il est mort, la police de Tuscaloosa va classer l'affaire.

— Et les soixante mille dollars de prêt étudiant que Faye a remboursés deux mois après l'assassinat de Genovese ?

— Ce n'est pas elle qui les a remboursés, mais Freddie

Callahan. Un dénommé Buddy a emmené cette Freddie au commissariat, et elle a présenté un récépissé la désignant comme l'auteure de ce règlement. Elle considère apparemment Faye comme sa fille, et elle a voulu la libérer de cette dette, mais sans le lui dire, pour que sa protégée ne se sente pas redevable envers elle. Toutes les poursuites contre Faye sont donc abandonnées, et elle est en ce moment même en train de regagner Mystic Glades.

Jake poussa un gémissement et se passa une main tremblante sur le front.

— C'est une bonne nouvelle, non ? reprit Dexter d'une voix inquiète.

— Je ne suis qu'un imbécile ! Je me suis complètement trompé... Je l'ai crue coupable.

— Moi aussi, mais comme la vérité est maintenant rétablie, ce n'est pas si grave... Une seconde ! Ça l'est pour toi ?

Cette fois, Jake garda le silence.

— Bon, j'en déduis que tu ne m'as pas tout dit de ta petite balade dans les Everglades. Et l'opinion que Mlle Star a maintenant de toi ne t'est pas vraiment indifférente, n'est-ce pas ?

Au lieu de répondre, Jake jura entre ses dents.

— Je vais raccrocher, enchaîna Dexter. Rappelle-moi quand tu seras de meilleure humeur.

— J'ai été injuste envers elle, finit par déclarer Jake. Je lui ai fait du mal. Elle ne pourra jamais me pardonner, et je ne le souhaite même pas, parce que je ne le mérite pas. J'aurais dû croire en elle !

— Alors, montre-lui que c'est le cas à présent !

— Il est un peu tard pour ça. Et non seulement je n'ai pas cru en elle, mais je me suis moqué plusieurs fois de choses qui ont beaucoup d'importance pour elle : j'ai taxé ses préparations de poudres de perlimpinpin, par exemple, et qualifié de balivernes les prédictions des astrologues et autres devins...

— Aïe ! Tu es fichu !

Piège dans les Everglades

— J'en ai bien peur… Si seulement je pouvais faire quelque chose pour me rattraper ! Et la réconforter… L'homme qu'elle aimait comme un frère l'a trahie et va être condamné à une lourde peine de prison. Elle n'a aucune famille, et si elle ne trouve pas le… Attends ! Voilà, c'est *ça* que je peux faire pour elle : aller lui chercher ce qui symbolise son destin à ses yeux.

— Euh… Tu n'aurais pas un peu forcé sur la bouteille, par hasard ?

— Non, je n'ai pas bu une seule goutte… Désolé, mais il faut que je te quitte… Je dois effectuer de toute urgence une recherche sur Internet.

19

Jake dépassa la pancarte en forme d'alligator qui annonçait l'entrée de Mystic Glades et s'engagea dans la rue principale...

Boum ! Quelque chose percuta son pare-brise. Il enfonça la pédale de frein.

Boum ! Boum ! Deux autres projectiles avaient suivi le premier, recouvrant la moitié de la vitre d'une substance jaune et visqueuse.

Des œufs... Quelqu'un lançait des œufs sur sa voiture...

Génial !

Après avoir actionné le lave-glace, il redémarra. D'autres œufs vinrent s'écraser contre le pare-brise, le toit, les portières du Dodge Charger... Il devait y avoir plusieurs tireurs, et ils se cachaient si bien que Jake n'arrivait à en voir aucun. Ils voulaient lui faire honte, et ils avaient raison. Il poursuivit donc son chemin sans sourciller, passa devant The Moon and Star et se gara en face du magasin de Buddy Johnson.

Il descendit de voiture avec l'outil trouvé grâce à Internet... Un œuf l'atteignit à la tempe et déversa son contenu gluant sur sa joue. Décidé à rester stoïque, Jake serra les dents et entra dans le magasin.

Buddy Johnson était assis avec ses amis près d'un assortiment de canoës. Ses yeux se posèrent aussitôt sur la figure barbouillée de Jake. Il le regarda s'approcher, s'arrêter devant lui, et resta silencieux lorsqu'il lui demanda s'il pouvait emprunter son buggy.

Sa réponse prit la forme d'un uppercut si violent que Jake

Piège dans les Everglades 193

tomba à la renverse. Une pile de sacs de couchage amortit heureusement sa chute. Il frotta sa mâchoire endolorie, se redressa, mais Buddy et ses amis firent alors cercle autour de lui comme une bande de vautours prêts à le dépecer — sauf qu'ils ne semblaient pas, eux, disposés à attendre qu'il soit mort pour attaquer leur repas.

Buddy brandit de nouveau son poing… Jake leva les deux mains dans un geste de soumission.

— D'accord, je mérite une bonne correction, mais dans l'immédiat, j'ai quelque chose d'important à faire. Et j'ai besoin de votre aide.

— Pourquoi j'aiderais une ordure comme vous ? répliqua Buddy en sautillant comme un champion de boxe.

— Si vous acceptez, ce n'est pas à moi que vous rendrez service mais à Faye.

Le bras du colosse s'abaissa, mais il y avait encore de la suspicion dans sa voix quand il ordonna :

— Expliquez-vous !

Faye se tenait devant sa boutique en compagnie d'Amy et de Freddie. Elles observaient le magasin de Buddy, et Amy finit par demander :

— Mais qu'est-ce qu'il est allé faire là-bas ? Et c'était quoi, l'instrument qu'il avait à la main ? Ça ressemblait à un aiguillon…

— Mystère ! dit Faye. Et il tarde à ressortir… J'espère que tout va bien !

— Arrête de t'inquiéter pour lui ! s'exclama Freddie. Si Buddy et les autres le secouent un peu, il n'a que ce qu'il mérite !

Puis elle prit Faye par le bras et l'entraîna vers l'intérieur de la boutique.

— Attendez ! intervint Amy. Les doubles portes du

magasin sont en train de s'ouvrir, et… Oh ! mon Dieu ! C'est la première fois que je vois ça !

Faye et Freddie retournèrent se poster devant la vitrine. Le buggy flambant neuf de Buddy venait de s'engager dans la rue. Buddy conduisait, tous ses amis avaient pris place sur les bancs de la plate-forme et à côté de lui se tenait Jake, avec à la main l'étrange bâton qu'il avait en descendant de voiture.

L'énorme buggy remonta la rue. Il se dirigeait vers les marais.

— Mais qu'est-ce qu'ils fabriquent ? s'écria Amy.

— On s'en fiche ! décréta Freddie. Je sais que mon amie Estelle t'a commandé de la lotion pour les mains, Faye, alors si tu te mettais au travail, au lieu de perdre ton temps à te faire du souci pour cette crapule de Jake Young ?

Faye s'éloigna de la baie vitrée. Freddie avait raison : pourquoi s'intéresserait-elle au sort de Jake ? Elle devait l'oublier.

En lui tournant le dos, au commissariat, il lui avait clairement fait comprendre que tout était fini entre eux.

Faye tendit le flacon de lotion à Estelle.

— Mettez-en deux fois par jour, et vos mains redeviendront douces en un rien de temps.

— Merci, ma belle !

La vieille dame paya sa commande et embrassa Faye sur la joue avant de partir.

— On va fermer tôt, Amy ! dit Faye en se dirigeant vers le couloir. Je suis exténuée… Je ne sais même pas pourquoi j'ai ouvert la boutique aujourd'hui. On travaillera quelques heures de plus ce week-end pour rattraper le retard.

— D'accord !

Amy finissait de disposer un assortiment de bijoux dans la vitrine lorsqu'elle s'exclama soudain :

— Les voilà ! Ils sont de retour ! Et ils se dirigent vers nous !

Piège dans les Everglades

— Qui est de retour ? demanda Faye sans s'arrêter. De quoi parles-tu ?

— De Buddy, de ses amis et… de Jake.

La porte du magasin s'ouvrit à la volée. Cette fois, Faye s'arrêta, se retourna… Jake se tenait sur le seuil, couvert de boue de la tête aux pieds. Il jeta un coup d'œil à Amy, puis son regard balaya la pièce et finit par se poser sur Faye, immobile à l'entrée du couloir. Il se dirigea vers elle d'un pas décidé, tandis que Buddy et toute sa troupe envahissaient la boutique. Ils avaient tous un fusil à la main et un grand sourire sur le visage.

Tous, sauf Jake.

— Qu'est-ce que vous lui avez fait, toi et tes amis ? demanda Faye à Buddy.

— Rien. Enfin si, je lui ai donné un coup de poing, mais ça, c'était avant.

— Avant quoi ?

— Laisse ton homme t'expliquer.

Son homme ?

Faye allait protester quand Jake s'arrêta devant elle et murmura :

— Tu m'en veux, et tu as raison. Je n'aurais jamais dû douter de ton innocence.

— En effet. Tu peux me dire, maintenant, d'où vous venez, Buddy et…

— J'aurais dû te croire. Je te présente mes excuses.

Pendant qu'ils parlaient, le magasin avait continué de se remplir. Freddie était revenue : adossée au comptoir, elle buvait au goulot d'une bouteille dont le contenu n'avait certainement rien à voir avec la marque prestigieuse inscrite sur l'étiquette. Sammie, son boa autour du cou, se tenait près d'un des présentoirs à vêtements… La moitié de la ville semblait s'être donné rendez-vous au Moon and Star.

— C'est donc pour t'excuser que tu es là ? demanda Faye à Jake.

— Oui, répondit-il, mais pas seulement. Je suis aussi venu t'apporter ça.

Il lui prit la main, la recouvrit de l'une des siennes, et elle sentit quelque chose de froid et de dur contre sa peau.

— Je suis sincèrement désolé, enchaîna Jake. Je me suis mal conduit envers toi. J'aurais dû t'accorder ma confiance et respecter tes croyances. Je te souhaite de trouver un jour le bon Sagittaire.

Après avoir refermé ses doigts sur l'objet niché dans le creux de sa paume, il lâcha la main de Faye, se détourna et se fraya un chemin jusqu'à la porte de la boutique.

Faye déplia les doigts. La statuette du centaure tenant une balance lui apparut. C'était celle que Calvin avait jetée dans le canal. Comment était-ce possible ?

— Il a plongé dans ce cloaque infesté d'alligators pour retrouver ça, lui expliqua alors Buddy. Il s'était procuré un détecteur de métaux ultra-sophistiqué, qui marche même sous l'eau… On s'est tous postés sur la rive, et on a tiré pour faire fuir les alligators pendant qu'il fouillait dans la vase. Mais on a eu beau le couvrir, il y a eu des moments chauds : on a dû aller plusieurs fois le sortir de l'eau — de force, car il était visiblement prêt à mourir plutôt que de renoncer. Je ne sais pas ce que cette babiole représente pour toi, mais il pense visiblement que tu y attaches plus de valeur que lui à sa propre vie, puisqu'il l'a risquée pour te la rapporter… Alors qu'est-ce que tu vas faire, maintenant ?

Les amis de Buddy formaient à présent un cercle autour de lui, et ils avaient ponctué ses paroles de hochements de tête vigoureux. Faye avait soudain l'impression d'être devenue la méchante de l'histoire.

Freddie se faufila jusqu'à elle et lui passa un bras autour des épaules.

— Qu'est-ce que tu attends pour courir derrière lui ?

Faye lui remit la statuette et se précipita vers l'une des

vitrines. Après avoir écarté les gens qui lui bouchaient la vue, elle s'exclama :

— Sa voiture n'est plus là ! Il est déjà parti.

— Faye, attrape ! cria Buddy.

Elle se retourna juste à temps pour saisir au vol les clés qu'il lui lançait.

— Merci, Buddy !

— De rien ! File !

Quelqu'un lui ouvrit la porte, et elle la franchit au pas de course.

Pourquoi n'avait-il pas nettoyé sa voiture avant de quitter Mystic Glades ? se demanda Jake en actionnant de nouveau le lave-glace.

La moitié du produit atterrit sur le toit. Ainsi humidifié, le jaune d'œuf qui avait séché dégoulina sur les vitres. Jake soupira. Ce n'était décidément pas son jour !

Soudain, telle une flèche, une panthère noire traversa la route juste devant lui. Il donna un coup de volant pour l'éviter, la voiture fit alors une embardée et aurait percuté un arbre s'il n'avait pas enfoncé la pédale de frein.

C'était Sampson, bien sûr, qui lui avait causé cette frayeur... La panthère s'arrêta sur le bas-côté et tourna la tête vers lui.

Souriait-elle ? Non, c'était impossible, et pourtant Jake en avait bien l'impression. Elle disparut ensuite dans les bois, et il redémarra, mais ce qui l'attendait à la sortie du virage suivant l'obligea à enfoncer de nouveau la pédale de frein : l'énorme buggy de Buddy Johnson barrait la route, tel un char de la Seconde Guerre mondiale prêt à pulvériser tout ce qui tenterait de forcer le passage.

Et devant le véhicule, le canon d'un fusil pointé — comme d'habitude — sur Jake, se tenait Faye.

Cette journée allait donc se terminer sur une avalanche de reproches... Résigné à se faire invectiver, ou pire, Jake ouvrit sa portière. Juste au moment où il mettait pied à terre, du jaune d'œuf tomba du toit de la voiture sur sa tête, puis sur sa joue.

Formidable !

Quand Jake se fut arrêté devant elle, Faye posa son arme et lui lança :

— Tu es dégoûtant !

— Oui, je sais. Je suis un traître, un misérable, un idiot… Buddy m'a même traité d'ordure ! Et c'est mérité.

— Non, tu m'as mal comprise : j'employais l'adjectif « dégoûtant » au sens littéral, parce que tu as de l'œuf sur la figure… Attends !

Elle leva la main et détacha de la joue de Jake une masse jaunâtre qui tomba à ses pieds.

— Merci, grommela-t-il. Autre chose ?

— Oui. *Ça !*

Faye se jeta à son cou, sauta en l'air et enroula les jambes autour de sa taille. Il partit en arrière et atterrit sur le capot de sa voiture.

— Euh… Tu…, commença-t-il.

Faye s'empara alors de ses lèvres, le réduisant ainsi au silence. Après un long et fougueux baiser, elle s'écarta de lui, et il attendit avec une certaine inquiétude la suite d'un scénario auquel il ne comprenait rien.

— Dis quelque chose ! s'écria-t-elle.

— Je… Je ne sais pas par où commencer… Je croyais que tu allais me tirer dessus, pas m'embrasser ! Je suis complètement perdu !

— Vous êtes vraiment obtus, vous, les citadins ! La dernière phrase que tu as prononcée avant de quitter la boutique est inepte, par exemple !

— Ah bon ?

— Oui ! Tu m'as souhaité de trouver un jour le bon Sagittaire, mais je n'ai plus besoin de le chercher : j'ai devant moi mon âme sœur, mon destin, mon avenir !

Piège dans les Everglades

Convaincu d'avoir mal compris, Jake souligna :

— Mais je t'ai fait souffrir... Je ne t'ai pas crue, je t'ai abandonnée, au commissariat...

— C'est vrai, mais le policier en toi a des principes... Tu m'as prise pour une criminelle, et bien que tu m'aies effectivement fait souffrir en me tournant le dos, c'est quelque chose que je peux te pardonner.

— Tu ne vas donc pas me tirer dessus ?

— Non. Le moment est venu pour moi d'enclencher le plan D.

— À savoir ?

— Je compte t'amener à partager l'amour que j'éprouve pour toi.

Jake considéra avec émerveillement la femme extraordinaire qui avait surgi dans sa vie. Il avait beaucoup plus de chance qu'il n'en méritait : en dépit de tous les torts qu'il avait envers elle, en dépit de tous ses défauts, Faye l'aimait ! Et tout ce qu'elle demandait en retour, c'était qu'il tombe amoureux d'elle...

Il lui entoura le visage de ses mains et chuchota :

— Inutile d'enclencher le plan D. Je t'aime déjà comme un fou.

Et ce fut lui, cette fois, qui prit l'initiative d'unir leurs lèvres. Pour un baiser destiné à être encore plus long et fougueux que le précédent.

RACHEL LEE

Au risque de se souvenir

Traduction française de
CATHY RIQUEUR

Titre original :
CONARD COUNTY MARINE

© 2016, Susan Civil Brown.
© 2017, HarperCollins France pour la traduction française.

Prologue

Une rumeur courait en ville. Il l'avait entendue et elle ne lui plaisait pas du tout : Kylie Brewer était sur le point de revenir, frappée d'amnésie, à Conrad City. Qu'elle soit incapable de l'identifier aurait dû le rassurer, puisqu'il avait tenté de la tuer. Cependant, il ne manquerait pas de garder un œil sur elle pour le cas où elle se mettrait à recouvrer la mémoire. Cette éventualité le terrifiait.

Il y avait aussi le fait qu'elle soit toujours en vie. Cela le dérangeait. Elle était censée mourir, disparaître à jamais de sa vie. Au lieu de cela, elle continuait à respirer, à parler, à marcher.

Et elle risquait de se rappeler.

Ce compte qu'il avait à régler avec elle le taraudait. Il avait pensé en avoir fini quand il l'avait abandonnée dans cette ruelle. Mais, manifestement, son désir de l'éliminer n'avait pas été totalement assouvi. Kylie devrait être morte autant que l'était son souvenir.

Il ressassa ces pensées, s'efforçant d'établir une correspondance entre la réalité et son envie. Kylie avait survécu mais ses projets d'avenir et une partie de sa vie étaient partis en fumée. Elle était désormais une marchandise abîmée. Il pouvait donc s'en tenir là. Toutefois, une part de lui demeurait insatisfaite. Il n'avait pas fini le travail.

Tant qu'elle ne se rappellerait rien, il pourrait peut-être vivre ainsi. Mais, si la mémoire lui revenait, il serait contraint d'agir.

Le faire en toute discrétion dans une aussi petite ville serait difficile. Il allait donc se rapprocher d'elle, trouver le moyen de l'amener à se confier à lui. Pour le cas où elle se souviendrait.

Cette possibilité l'effrayait, mais en même temps l'attirait car, alors, le dilemme serait résolu. La décision s'imposerait d'elle-même et il n'aurait plus à en débattre. Il aurait toutes les raisons d'en finir, quel que soit le danger encouru.

Toutefois, en attendant, une petite diversion aurait son utilité. Une légère frayeur qui inciterait tout le monde à regarder dans une autre direction. Quelque chose qui le distrairait de l'appréhension obsédante que Kylie retrouve la mémoire. Quelque chose qui détournerait également de Kylie l'attention des autres personnes.

Tout en fredonnant, il décida de modifier son apparence à l'aide d'une perruque et de lunettes de soleil. Puis il alla choisir l'une des vieilles voitures non identifiables que son père avait remisées dans la grange. Tout ce qu'il lui restait à trouver était une petite fille rentrant seule de l'école.

1

Lorsque la voiture aborda la périphérie de Conrad City, l'éprouvante tension qui habitait Kylie finit par céder. Depuis que sa sœur, Glenda, et elle avaient quitté l'hôpital de Denver, rien ne lui avait paru familier.

Et pourtant elle avait vécu dans cette ville durant les trois dernières années. Elle avait même été admise dans l'hôpital où elle travaillait à temps partiel. L'agression brutale qui avait failli lui coûter la vie l'avait privée du souvenir de ces trois années et son souhait le plus cher était de voir, de toucher, quelque chose qui lui soit vraiment familier.

Enfin la vue qui s'offrait à elle combla cette attente. Le ranch Olmstead avec sa végétation printanière luxuriante captiva son regard et la remplit d'un sentiment de plénitude. Le bétail et les élans paissaient ensemble dans les riches pâturages. La présence de ces élans dérangeait-elle M. Olmstead ? Elle ne se rappelait pas avoir entendu évoquer le sujet. Un autre trou de mémoire ? Elle espérait que non.

Conrad City, dans le Wyoming, était sa terre natale et elle lui était restée familière. Peut-être même davantage, vu tout ce qu'elle avait oublié. Elle y avait grandi.

Y revenir l'excitait, lui faisant presque oublier l'appréhension et le désespoir qui la hantaient depuis son réveil à l'hôpital.

— Je dois te prévenir…, lui annonça soudain Glenda, brisant le silence qui les avait accompagnées pendant les quinze derniers kilomètres.

— De quoi ?

— J'ai un invité. Tu te rappelles Connie Parish ? À l'époque, elle s'appelait Connie Halloran.

— Bien sûr que je me souviens d'elle !

C'était si bon de pouvoir dire cela : *je me souviens*.

— Eh bien son cousin, qui est marine, est en permission et il restera en ville quelques semaines. Je ne me voyais pas le laisser descendre au motel alors que j'ai une chambre des plus confortables.

En un instant, la tension s'empara à nouveau de Kylie.

— Glenda… Je ne le connais pas.

Sa sœur lui tapota la cuisse.

— Tout va bien. Il ne représente pas une menace. Il était à l'étranger quand tu as été agressée. Il est arrivé il y a deux jours.

Était-ce supposé la réconforter ? Kylie serra les poings. Partager la maison de sa sœur avec un inconnu ? Les étrangers la rendaient nerveuse. Même les membres du personnel de l'hôpital avec qui elle avait travaillé avant l'agression lui avaient paru menaçants depuis qu'ils lui étaient devenus étrangers.

— Mon agresseur n'a pas été appréhendé, souligna-t-elle.

— Je te le répète, il ne pouvait s'agir de Coop. Tu veux voir son passeport ?

Kylie retint un soupir. Le divorce avait rendu sa sœur plus impatiente. Mais sans doute elle-même se montrait-elle déraisonnable.

— Écoute…, reprit Glenda. Je te comprends, le médecin m'a expliqué les craintes qu'entraîne ton amnésie. C'est normal que les inconnus te mettent mal à l'aise. Mais Coop est le cousin de Connie et il ne restera pas longtemps un étranger. D'accord ?

Kylie acquiesça d'un petit signe de tête. Tout ce qu'elle souhaitait, c'était se replonger dans la familiarité rassurante d'une vie dont elle avait le souvenir. Cet inconnu gâchait tout. C'était presque comme si Glenda la trahissait.

Au risque de se souvenir

De nouveau, elle s'abstint de soupirer.

Au moins, le fait de n'avoir jamais rencontré cet homme lui éviterait la gêne de chercher à se le rappeler.

Elle tourna la tête et se concentra sur le paysage. Elles n'étaient plus qu'à quelques kilomètres de la ville. Conrad City avait-elle changé au cours de ces trois dernières années ?

— Des trottoirs en briques ? constata-t-elle, surprise.

— C'est à cause de la station de ski, expliqua Glenda. Ils devaient être peints mais le glissement de terrain a tout stoppé.

Kylie se rappela le projet de construction de la station de ski mais pas le glissement de terrain. Peu importait. Du moins l'allée menant à la maison que leur avaient léguée leurs grands-parents la ramena-t-elle dans son univers familier. Glenda y vivait toute seule, leurs parents ayant disparu lors de l'attaque d'un bus de touristes au cours de vacances au Guatemala.

Cela remontait à longtemps. Quinze ans, peut-être ? Kylie n'aurait su dire.

Glenda coupa le moteur et se tourna vers elle.

— Si c'est vraiment trop dur pour toi, je demanderai à Coop de descendre au motel. Je suis sûre que Connie et lui comprendront. Mais veux-tu au moins essayer ?

Kylie hocha de nouveau la tête.

— Ce doit être horrible pour toi, reconnut Glenda en ouvrant la portière. Je n'imagine même pas ce que tu endures. Alors, sois patiente avec moi, d'accord ?

Une bouffée de tendresse pour sa sœur gagna Kylie.

— Si tu es patiente avec moi.

— La maison n'a pas tellement changé, tu verras.

Soudain, Kylie posa la main sur le bras de Glenda.

— J'ai peut-être oublié d'autres choses. Comment savoir ?

— Nous en discuterons plus tard, lui promit sa sœur avec un sourire. Pour l'instant, entrons. Je vais nous préparer un café. Et tu dois avoir faim.

Kylie avait surtout l'estomac noué par l'anxiété qui ne la quittait plus. Elle se força à descendre de voiture.

Les marches en béton, la porte moustiquaire et sa sempiternelle plainte la confortèrent dans ses souvenirs. Dès l'entrée de la cuisine, une odeur familière l'accueillit. Excepté quelques nouveaux appareils ménagers posés sur le plan de travail, le décor était celui de son enfance. Pour la première fois depuis longtemps, elle se mit à sourire.

— Est-ce une sauce marinara que je sens ?

— Je l'ai préparée hier soir. Comme ça, nous pourrons manger dès que tu voudras. Laisse-moi aller chercher ta valise.

Sa valise. Elle n'y avait entassé que ses quelques souvenirs. Le reste de ses affaires auraient aussi bien pu appartenir à quelqu'un d'autre. Glenda s'était chargée de l'entreposer dans un box de stockage.

De nouveau, un accès de gratitude envers sa sœur envahit Kylie. Elle résolut de s'accommoder au mieux de la présence du dénommé Coop. D'ailleurs, elle le verrait sans doute très peu. Il passait certainement la majeure partie de son temps à rendre visite à Connie, Ethan et leurs enfants.

— Tu occuperas ton ancienne chambre, précisa Glenda en revenant avec la valise.

— Merci.

Glenda lui sourit.

— Tu n'as pas à me remercier. Cette maison nous appartient à toutes les deux. Cette chambre sera toujours la tienne.

Elle s'affaira ensuite dans la cuisine. Pour une femme de trente-quatre ans qui venait de vivre un divorce sordide, elle semblait plutôt en forme. Sans doute son métier d'infirmière l'avait-il aidée à ne pas sombrer. Kylie avait exercé la même profession jusqu'à son agression, mais sa condition physique contrastait allègrement avec celle de sa sœur. Ces derniers temps, elle se déplaçait précautionneusement en raison de ses plaies en cours de cicatrisation.

Elle s'efforça de se rassurer : sous peu, elle ne sentirait

plus les douloureuses lacérations des coups de couteau ni l'élancement aux côtes dû au tabassage. Les choses redeviendraient prochainement presque normales.

Si l'on pouvait être *normale* en ayant perdu le souvenir de trois années… Des années incluant sa formation si convoitée d'infirmière praticienne et que lui avait ravies cette racaille qui l'avait agressée dans la rue.

Assise à la table, tandis que Glenda préparait le café, elle ferma les yeux, attentive aux bruits de la maison. Étonnamment, ils n'avaient pas changé. Tous, jusqu'au ronronnement du réfrigérateur, y résonnaient comme autrefois, la replongeant dans le passé.

Glenda finit par la rejoindre à table.

— Fatiguée ? s'enquit-elle en versant le café.

— Non, pas vraiment. J'écoutais la maison.

Glenda haussa un sourcil.

— Elle est parfaitement silencieuse. Pas comme quand nous nous agitions sans cesse, en faisant du bruit.

— C'était il y a bien longtemps…

— En effet, soupira Glenda. Alors comme ça, tu as oublié ces trois dernières années ?

Jusque-là, Glenda s'était occupée de tout mais elles n'avaient encore jamais évoqué l'amnésie de Kylie. Un peu comme si Glenda aussi avait besoin de temps pour se faire à cette idée. Ou peut-être avait-elle simplement été heureuse de discuter de son divorce avec quelqu'un qui n'en connaissait pas déjà tous les détails.

— Je ne me rappelle ni ma formation, ni mon appartement, ni quoi que ce soit d'autre. C'est comme si je n'avais jamais mis les pieds à Denver. Ou plutôt…

Kylie se mordit la lèvre inférieure.

— Je ne suis pas certaine d'avoir tout oublié. Par contre, je crois bien avoir perdu des souvenirs très anciens.

— Les souvenirs sont une chose étrange, commenta Glenda en piochant dans l'assiette de bagels accompagnant le café. Nous les réécrivons constamment. À mon avis, ne te perds pas dans les détails. Rien ne t'oblige à te rappeler chaque minute de chaque jour précédant ces trois années.

Pour la première fois, Kylie se sentit d'humeur à rire et ne s'en priva pas.

— Encore heureux !

Affichant elle aussi un large sourire, Glenda reprit :

— Ça doit être perturbant mais le médecin estime que tu retrouveras au moins en partie la mémoire. J'espère que ce seront les bons souvenirs.

Kylie le souhaitait aussi. Elle n'avait pas envie de se rappeler l'agression même si elle déplorait de ne pouvoir identifier son assaillant.

— Et tu pourras toujours reprendre ta formation, ajouta Glenda avec entrain.

C'était précisément la chose à ne pas dire. Aussitôt, la peur étreignit Kylie. Cela impliquait de retourner à Denver. Or, elle n'imaginait même pas remettre un jour les pieds dans cette ville.

Glenda dut le comprendre, car elle se pencha vers Kylie.

— Désolée. J'essayais seulement de me montrer positive. Mais il y a d'autres écoles dans le pays.

— C'est bon, ça va.

Non, ça n'allait pas du tout. Glenda avait ramené ce cauchemar au grand jour. D'ordinaire, il ne la hantait que dans son sommeil. Là, c'était comme si un démon regardait par-dessus son épaule, même en plein jour. Seigneur, c'était un sentiment horrible.

Un coup fut alors frappé à la porte. Kylie sursauta.

— Coop.

Glenda se leva de table.

La silhouette d'un homme se dessinait derrière les rideaux blancs. Kylie tenta de réprimer les battements désordonnés de son cœur. Elle était en sécurité, à la maison.

Glenda ouvrit la porte. L'espace d'un instant, Kylie ne

Au risque de se souvenir 211

distingua presque rien en raison de la clarté aveuglante. Puis, un homme musclé aux cheveux foncés, vêtu d'un jean et d'un polo, émergea du halo lumineux.

— Est-ce que je tombe mal ? demanda-t-il immédiatement d'une voix chaude de baryton assortie à son allure.

— Kylie et moi, nous prenons le café. Vous vous joignez à nous ?

Kylie s'était agrippée au bord de la table comme à une bouée. Elle s'en rendit soudainement compte. C'était ridicule, mais elle ne pouvait s'en empêcher. Elle parvint néanmoins à afficher un faible sourire.

Coop s'avança dans la cuisine tandis que Glenda refermait la porte. Toutefois, il resta éloigné de Kylie.

— Bonjour, je suis Evan Cooper. En fait, tout le monde m'appelle Coop. Si vous le voulez, je peux disparaître sur-le-champ, monter à l'étage. J'ai entendu dire que vous veniez de vivre une expérience douloureuse.

Kylie n'avait pas envie d'affronter cela dans l'immédiat, alors qu'elle n'avait pas encore repris ses marques dans la maison. Mais elle ne voulait pas se montrer grossière. Glenda avait invité cet homme, et à juste titre puisque Connie et Ethan Parish avaient trois enfants et manquaient sans doute de place pour l'accueillir.

Fais preuve de courtoisie, s'intima-t-elle. *Tu pourras toujours filer te réfugier à l'étage si tu te sens dépassée.*

— Je vous en prie, lui répondit-elle d'un ton calme. Joignez-vous à nous. Vous venez de rentrer au pays ?

Glenda invita Coop à s'asseoir face à Kylie.

— Je suis arrivé à Baltimore il y a trois jours. Puis j'ai pris l'avion jusqu'ici pour voir Connie et les enfants.

— Où étiez-vous avant cela ?

Dieu merci, elle n'avait pas totalement perdu sa capacité à faire la conversation.

Coop avait les yeux bleus et son regard, posé sur elle, était pétillant.

— Ici et là. Plus récemment en Afghanistan, puis en Allemagne.

Il parlait d'une voix posée. Kylie se détendit un peu.

— Vous devez beaucoup voyager.

— Je reste rarement sans bouger. Écoutez... Si ma présence vous met mal à l'aise, je peux emménager au motel. Glenda m'a dit que vous étiez... convalescente, et je peux comprendre que ma compagnie vous stresse.

Cette déclaration ne sembla pas enchanter Glenda. L'intéressait-il ?

— Non, vous pouvez rester. Jamais je ne vous demanderais une telle chose.

— Vous êtes sûre ? J'ai connu bien pire que le motel du coin.

Kylie acquiesça.

— Oui, Connie est une amie. Je la connais depuis toujours. Il est normal que nous vous accueillions puisque nous avons une chambre de libre.

Prononcer ces mots produisit sur elle un effet bizarre. Peut-être parce que c'était la première fois qu'elle prenait elle-même une décision depuis son réveil à l'hôpital.

Elle sourit intérieurement. C'était bon de retrouver le contrôle, même à petite échelle.

— Bien. Mais si jamais je venais à vous déranger, expulsez-moi.

Il secoua la tête en souriant à son tour.

— Ce ne serait pas la première fois que ça m'arriverait.

— Pourquoi ai-je le sentiment que vous pourriez nous raconter à ce sujet quelques anecdotes croustillantes ? plaisanta Glenda.

— Celles que vous préféreriez entendre sont classées top secret, lui répondit-il en adressant un clin d'œil à Kylie.

Il était vraiment charmant. Elle lui répondit par un franc sourire, soulagée de ne plus avoir à faire semblant comme cela avait été le cas jusque-là.

Au risque de se souvenir

Coop ne fut pas insensible au sourire de Kylie. En homme habitué à jauger ses semblables, il étudia la jeune femme. Elle se remettait progressivement et était encore fragile. Cependant, quand elle souriait, la pièce s'en trouvait illuminée.

Elle ressemblait un peu à Glenda ; elles étaient indéniablement sœurs. Cependant, malgré tout ce qu'elle avait traversé, elle semblait plus douce. Bien sûr, Connie lui avait parlé du divorce de Glenda mais c'était différent. Quoi que Kylie ait enduré, elle l'avait apparemment oublié, ce qui avait sans doute contribué à préserver cette douceur.

Ou peut-être était-ce le fruit de son imagination. En tout cas, il était sûr d'une chose : son attirance subite pour Kylie était à la fois malvenue et dangereuse. Cette femme avait besoin d'être couvée, au moins dans un premier temps, et non qu'un homme tel que lui l'encombre de ses assiduités.

En attendant, il n'y avait aucun mal à admirer ses grands yeux noisette, son petit nez mutin, ses cheveux châtain clair tirant sur le blond ou ce sourire, certainement ravageur quand elle était parfaitement heureuse.

Il fit un effort pour reporter son attention sur Glenda.

— Vous travaillez ce soir, n'est-ce pas ?
— En effet.
— Dans ce cas, laissez-moi faire un saut chez Maude pour rapporter le dîner. Connie est de service ce soir et Ethan m'a supplié de rester à l'écart pour qu'il puisse mettre rapidement les deux petits au lit.

Glenda éclata de rire.

— Seriez-vous un problème ?
— Apparemment, convint Coop en riant, lui aussi. Ma présence est source d'excitation. Pourtant, je jure que je ne fais pas exprès de les énerver.
— Bien sûr ! commenta Glenda avec une pointe de sarcasme.

— Bon, c'est vrai, ils aiment jouer à la bagarre avec moi.
Alors, que voulez-vous pour le dîner ? Je vous invite.

Glenda s'empara d'un menu accroché au frigo.

— Commande quelque chose de consistant, lança-t-elle
à Kylie. Tu ne fais que picorer et le médecin a insisté pour
que tu te nourrisses correctement.

— Je mange ce que je peux, répliqua Kylie, sur la défensive.

— Dans ce cas, prends un plat bourré de calories.

Coop observa, amusé, la dynamique instaurée entre les
deux sœurs. Kylie, la rebelle face à Glenda, l'infirmière
pleine de bon sens.

— Choisissez exactement ce que vous voulez et laissez
Glenda s'en prendre à moi. Je ne vous imposerai rien.

Un léger sourire affleura aux lèvres de Kylie.

— Vous êtes un homme bien.

— Qui, moi ? s'esclaffa-t-il.

— Prends ce qui te fait plaisir, soupira Glenda. Évite
simplement de t'en tenir, une fois de plus, à une salade.

Kylie attira à elle le menu. Ses mains étaient frêles, remarqua
Coop. Elle avait pourtant été infirmière. À l'évidence, elle
n'avait pas recouvré ses forces. Elle devait avoir vécu l'enfer.
En ce sens, son amnésie était sans doute salutaire.

Mais, au fond, qu'en savait-il ?

La question s'imposa à lui, alors qu'il quittait la maison.
À l'approche du soir, l'air devenait plus frais. Toutefois, le
soleil de la fin d'après-midi était encore bien présent.

La clarté pouvait être une bonne chose, songea-t-il. En
plein jour, il était aisé de percevoir les menaces à venir. D'un
autre côté, la pénombre avait ses avantages, notamment en
termes de couverture. Dire qu'il y avait eu une époque où il
ne discernait pas vraiment le passage du jour à la nuit ! Les
années passées dans le corps des marines l'avaient rendu
attentif au phénomène. Tout comme il était devenu réceptif
aux changements de pression atmosphérique, au mouvement
des nuages, à la moindre brise, à la nature des sons.

Au risque de se souvenir

Il lui faudrait attendre un moment avant de marcher à nouveau tranquillement dans les rues sans être en permanence sur ses gardes.

Cependant, alors même qu'il analysait son environnement, ses pensées ne cessèrent de s'égarer en direction de Kylie. Il avait vu ce regard dans d'autres yeux. Cette terreur qui refusait de disparaître, aussi sûre que soit la situation. Il avait vu cette peur finir par briser des hommes.

Serait-ce le cas pour Kylie ? Il espéra que non. Elle ignorait même quelle en était l'origine mais cet effroi s'était gravé dans son esprit avec une telle force que les souvenirs n'étaient même pas nécessaires à son activation.

Sa sœur, Glenda, le comprendrait-elle ? Elle n'avait probablement jamais rien connu de semblable.

Lui, en revanche, le savait.

Un soupir lui échappa tandis qu'il se garait devant le restaurant. Il ne serait là que quelques semaines. Toutefois, il voulait aider Kylie d'une manière ou d'une autre.

Ce genre d'effroi ne disparaissait pas facilement. Parfois, cela prenait des années. Peut-être pourrait-il lui apporter son soutien.

Alors qu'il avait la main sur la portière de son véhicule, il suspendit son geste. Était-il en train de s'assigner une nouvelle mission pour occuper ses congés ? Cela lui ressemblait assez. Il était incorrigible.

Glenda aida Kylie à s'installer dans son ancienne chambre. Elle l'observa tandis que celle-ci évoluait dans la pièce, touchant les objets. Le médecin avait précisé que Kylie aurait besoin de retrouver un environnement familier. Glenda s'était donc assurée de replacer les objets à l'endroit où ils se trouvaient avant son départ. Notamment les peluches, que Kylie caressait en cet instant. Elle semblait plus détendue qu'à leur arrivée dans la maison.

— Je n'arrive pas à croire que tout soit resté comme avant !

— Il n'y a pas de raison, mentit à demi Glenda. Cette maison est aussi la tienne.

Kylie s'assit sur le bord du lit.

— Je ne me rappelle pas, décréta-t-elle finalement. Je me souviens à peine de Brad, en dehors de ce que tu m'en as dit. Et ton divorce...

— Il a été des plus horribles, lui avoua franchement Glenda.

Elle s'assit sur le rocking-chair, face au lit.

— J'aimerais pouvoir l'oublier.

— Horrible à ce point ? Pourquoi ?

Glenda haussa les épaules.

— Apparemment, cela ne suffisait pas à Brad de me quitter. Il voulait aussi me détruire.

— Et il a réussi ?

— Peut-être un peu. Quoi qu'il en soit, il est parti.

Kylie fit glisser ses doigts sur le dessus-de-lit qu'avait confectionné leur grand-mère.

— Est-ce que tu t'intéresses à Coop ?

Glenda ne se mit à rire.

— Seigneur, non. Il est très sympathique mais Brad a tué en moi tout désir d'un bonheur partagé.

— C'est terrible..., soupira Kylie.

— J'y survivrai. En tout cas, je suis heureuse que tu n'aies pas assisté à cela. Ça t'aurait probablement dégoûtée de la gent masculine.

— Tu étais furieuse ?

Glenda déglutit avec peine. Kylie n'avait aucun souvenir de ce chaos, des appels téléphoniques, des SMS injurieux, des jérémiades... Elle n'en avait retenu que ce que Glenda lui en avait dit en l'aidant à déménager.

— Absolument furieuse, lui concéda-t-elle. Je le suis encore parfois, mais c'est sans importance. Bon débarras ! Au moins, il a eu la décence de partir vivre à San Francisco.

Glenda s'efforçait de se montrer enjouée, mais elle s'inquié-

Au risque de se souvenir

tait pour sa sœur. L'amnésie résultait en partie d'une lésion cérébrale et, bien que les neurologues aient prédit que le cerveau rétablirait au fil du temps bon nombre de connexions, il risquait d'y avoir des répercussions encore insoupçonnées. Sans compter l'avenir que devrait affronter Kylie alors qu'elle semblait avoir renoncé à ses rêves perdus. Le chemin ne serait pas aisé. Elle ne pourrait d'ailleurs pas reprendre le travail tant que l'on ne saurait pas ce qu'elle avait oublié au juste ou s'il restait des problèmes non détectés.

Glenda poussa un soupir intérieur. Tout cela pouvait attendre et, dans l'intervalle, elle ferait tout son possible pour aider Kylie à retrouver, dans leur maison, l'équilibre qui lui était nécessaire.

Ensuite seulement, elles se soucieraient du reste.

2

Après le départ de Glenda pour l'hôpital, Kylie, assise au salon, se surprit à regretter la compagnie de Coop, tout étranger qu'il soit. Elle n'était pas restée seule plus d'une minute ou deux depuis son agression, exceptée lorsque sa sœur avait été dans la salle de bains ou qu'elle était sortie acheter à manger.

Elle n'appréciait pas cette solitude. Alors que les ombres du soir s'allongeaient et que la nuit tombait, un mal-être l'envahit. Elle se savait en sécurité, dans sa propre maison, à des lieues de l'agresseur qui avait failli la tuer. Cependant, une part d'elle peinait encore à s'en convaincre.

Le temps, lui avait-on répété. Le temps l'aiderait à surmonter cette peur irraisonnée. Il n'y avait d'ailleurs aucune raison de croire que son assaillant chercherait un jour à la retrouver. Les policiers le lui avaient expliqué. Ce n'était pas comme si elle pouvait identifier l'homme qui s'en était pris à elle. Ils s'étaient assurés que la presse diffuse l'information qu'elle était amnésique. Dans le but de la protéger. Elle devrait en être reconnaissante. Au lieu de cela, elle se sentait publiquement dégradée. *Kylie Brewer, la femme amnésique.* L'horreur.

Un coup fut frappé à la porte et lui causa un choc. La terreur l'envahit. Pendant un long moment, elle fut tétanisée tandis que son cœur s'emballait.

— Ne sois pas ridicule ! se lança-t-elle finalement. Tu es chez toi. Personne à l'extérieur de cette ville ne sait où tu vis. C'est certainement un voisin.

Au risque de se souvenir

On frappa à nouveau. Elle devait répondre. Quelqu'un pouvait chercher Glenda. C'était peut-être important. Ou peut-être Coop avait-il oublié sa clé. Glenda lui en avait-elle même donné une ?

Elle se leva à contrecœur et se dirigea vers la porte avec des pieds de plomb. Elle déverrouilla celle-ci d'une main tremblante et l'ouvrit.

Un visage familier, souriant, lui apparut. Celui de Todd Jamison, un homme qu'elle connaissait de longue date et avec qui elle était sortie au lycée. La surprise succéda au choc.

— Todd ?

Son sourire était chaleureux. Il était toujours séduisant avec ses cheveux châtain clair et ses yeux foncés. Il portait une chemise blanche et un jean.

— Bonjour Kylie. J'ai appris que tu étais de retour et je voulais m'assurer de visu que tu allais bien. Comment te sens-tu ?

Le fait de le connaître apaisa ses craintes. Non qu'elle soit totalement rassurée — elle était même plutôt nerveuse — mais elle ne pouvait lui en imputer la responsabilité. Ni lui claquer la porte au nez alors qu'il avait la gentillesse de venir prendre de ses nouvelles.

— Je suis fatiguée, lui avoua-t-elle franchement. Mais tu peux rester quelques instants.

Elle le laissa donc entrer, en souvenir des années où il avait fait partie de sa vie en tant que camarade d'école puis, brièvement, comme petit ami. Cependant, quand elle referma la porte derrière lui, l'angoisse la saisit de nouveau.

Seigneur, elle allait devoir cesser de se sentir menacée en permanence ! Elle ne pourrait rien faire de sa vie si elle vivait en ermite terrifié par les autres humains.

Elle ne lui offrit ni thé ni café pour qu'il ne reste pas trop longtemps. Mais ne venait-elle pas, après tout, de souhaiter ne pas rester seule ?

— J'ai lu les journaux, dit-il en se perchant sur le bord du canapé. Il est peut-être maladroit d'en faire mention mais je veux seulement te dire combien je suis heureux que tu ailles mieux. Enfin… Tu as perdu la mémoire ? Au fond, c'est une bonne chose, non ?

Elle avait entendu cette remarque trop souvent. Évidemment, l'oubli de l'agression était une bénédiction. Elle s'éclaircit la voix, peu désireuse de s'étendre sur le sujet.

— Oui, je suis contente d'avoir oublié l'agression.

Je t'en prie Todd, laisse-moi, pria-t-elle en silence.

— J'en suis sûr.

Il fronça légèrement les sourcils.

— Je suis désolé. Je ne sais que dire en pareil cas. C'est une première pour moi.

— Pour moi aussi.

Le sourire de Todd réapparut alors, ce sourire qui l'avait autrefois, trop brièvement, attirée.

— Je suppose que nous allons tous te sembler empotés pendant un moment. Alors, tu es heureuse d'être de retour chez toi ? Ou la vie ici te paraît-elle, à présent, ennuyeuse ?

— Comment le saurais-je ?

Elle baissa les yeux, gênée. Elle venait de mettre un terme de façon abrupte à la conversation. Pire encore, elle n'avait même pas envie de s'excuser.

C'était quoi, son problème ?

Avant qu'elle ait trouvé comment se rattraper, la porte arrière de la cuisine s'ouvrit. L'angoisse l'étreignit à nouveau.

Se sentant de trop, Coop avait laissé les deux femmes manger en tête à tête en prétextant avoir besoin d'une balade avant de dîner. Arpenter les rues de Conrad City devenait pour lui un plaisir. Inutile de se demander ce que lui réservait chaque angle mort. Il ne croisait que des gens sympathiques qui le saluaient en souriant. Beaucoup d'entre eux semblaient

Au risque de se souvenir 221

savoir qu'il était le cousin de Connie, ce qui contribuait à le détendre. Du moins ne le regardait-on pas avec suspicion.

Il envisagea une nouvelle fois d'emménager au motel, pour laisser de l'espace à Kylie, avant de rejeter cette idée. Il ne voulait pas vexer Glenda en refusant son offre généreuse.

Quant aux enfants de sa cousine… À la seule pensée de ses neveu et nièces pleins d'énergie, en particulier les deux plus jeunes — la fille, plus âgée, étant le fruit du précédent mariage de Connie —, il ne put se retenir de sourire. Connie et Ethan travaillaient tous deux et, à l'heure de mettre les enfants au lit, ils étaient exténués.

Coop s'efforçait d'aider mais Ethan avait raison ; sa présence ne faisait qu'énerver davantage les plus jeunes. Cela s'arrangerait probablement à mesure qu'ils s'habitueraient à lui. Dans le cas contraire, Connie serait capable de lui demander de ne plus jamais leur rendre visite.

Le soir était presque tombé et il rebroussa chemin en direction de la maison. Glenda serait partie travailler, laissant Kylie seule. Celle-ci n'appréciait pas forcément qu'il soit là. Cela se comprenait aisément. Mais Glenda lui avait expliqué que, pour sa part, elle préférerait que Kylie ne reste pas seule, du moins dans un premier temps. Il écouta donc son instinct. Si sa présence la dérangeait, il monterait dans sa chambre.

À son arrivée, une voiture inconnue était garée devant la maison. Une vieille connaissance ? Il pressa le pas et entra par la porte de la cuisine. Des voix s'élevaient du salon. Un homme discutait avec Kylie. Il approcha. Elle était presque recroquevillée dans un fauteuil tandis qu'un homme séduisant d'une petite trentaine d'années, installé sur le canapé, se penchait vers elle. Son langage corporel était sans équivoque.

— Est-ce que je vous interromps ?

— Non, lui répondit Kylie d'une voix tendue. Entrez.

L'homme se leva aussitôt, un large sourire aux lèvres.

— Todd Jamison. Kylie et moi, nous avons grandi ensemble. Je suis passé voir comment elle allait.

Coop sourit en retour et lui serra la main.

— Evan Cooper, appelez-moi Coop.

Il étudia l'homme tout en le saluant. Celui-ci avait tout du mannequin de mode. Cependant, son regard dégageait quelque chose de particulier. C'était celui, vide, d'un homme qui avait vu trop de choses sur le champ de bataille. Coop avait souvent croisé ce regard.

— Vous êtes militaire ? lui demanda-t-il d'un ton détaché.

— Je n'ai jamais eu cet honneur, répondit Todd. Non, je suis conseiller financier. Je travaille chez moi, ici, mais je voyage beaucoup. Je viens de rentrer d'un déplacement et je voulais prendre des nouvelles de Kylie.

— Je vais bien, assura celle-ci d'une petite voix.

Apparemment, Todd ne comprit pas qu'elle lui demandait de prendre congé. Il était peut-être un vieil ami, mais Kylie ne l'accueillait pas avec un grand enthousiasme, constata Coop. Devait-il mettre un terme à cette situation visiblement inconfortable pour elle ?

Heureusement, on sonna à la porte.

— Voulez-vous que j'aille répondre ? proposa-t-il à Kylie.

— Pourquoi pas.

Elle ne semblait guère emballée. Peut-être aurait-elle souhaité être seule, en fin de compte.

Il ouvrit la porte et une femme blonde entra en trombe. Avant de s'arrêter pour le détailler de la tête aux pieds.

— Ça alors ! Vous devez être Coop. Je me présente, Ashley Granger. Kylie et moi, nous sommes amies depuis toujours.

Ne lui laissant d'autre choix que de refermer la porte derrière elle, elle entra au salon. Kylie la salua, avec un plaisir évident cette fois.

— Ça fait trop longtemps ma belle ! lui répondit Ashley.

Une véritable réunion de vieux amis. Ayant le sentiment d'être un intrus, Coop décida de préparer du café pour les laisser ensemble.

Au risque de se souvenir

Toutefois, alors qu'il tournait les talons, le ton d'Ashley s'adressant à Todd le fit hésiter.

— Je suis surprise de te voir ici, Todd. Tu as longtemps évité Kylie après son refus d'aller avec toi au bal de promo.

Todd émit un rire désinvolte.

— Seigneur, Ashley ! Ça remonte à loin. Il y a longtemps que c'est oublié. Je voulais m'assurer que Kylie allait bien.

— Moi aussi.

Ashley se tourna vers Kylie.

— Je veux tout savoir.

Kylie se laissa retomber dans le fauteuil, les traits crispés.

— Tout ? Je ne me rappelle rien.

Ashley s'agenouilla près d'elle et lui prit la main.

— Je ne parle pas de ça, Kylie. Tu le sais.

Sa voix s'était radoucie.

— Mais du présent. Comment te sens-tu ? Es-tu contente d'être rentrée chez toi ?

Coop dut se retenir de jeter tout le monde dehors. Il ne pouvait en décider, ce n'était pas sa maison. Kylie semblait mal à l'aise et cela lui déplut. Ces gens étaient-ils vraiment ses amis ?

Toutefois, la douceur et la sollicitude d'Ashley amenèrent Kylie à se détendre. Todd parut recevoir un autre message.

— Je vais te laisser, lui annonça-t-il. Prends soin de toi, Kylie, et appelle-moi en cas de besoin. Je repasserai bientôt.

Un problème résolu, songea Coop.

— Je suppose que vous préférez être seules, dit-il aux deux femmes.

Cependant, Kylie fit un signe de dénégation tandis qu'Ashley lui répondait :

— Cela ne m'ennuie pas du tout. C'est à Kylie de décider.

— Restez, dit celle-ci. J'ai seulement été étonnée de voir Todd. Nous ne nous fréquentions plus guère depuis le lycée.

— Curiosité malsaine, décréta Ashley. Il ne sera sans doute pas le seul. Mais ce n'est pas ce qui m'amène, je te le promets, ajouta-t-elle en souriant. Je veux uniquement savoir comment tu te sens à présent. Marisa, Connie et Julie m'ont désignée comme émissaire. Depuis toujours, nous sommes inséparables, expliqua-t-elle à l'adresse de Coop. Allez-vous enfin vous asseoir ?

— Je vous retourne la question, lui répondit-il plaisamment avant d'obtempérer et de prendre place à l'extrémité du canapé.

Dominer les deux amies de toute sa taille n'était une position confortable pour aucun d'eux.

— Que diriez-vous d'un café ?

Il essuya un double refus poli et Ashley s'assit à l'autre bout du canapé.

— Alors, tout le monde veut savoir comment tu vas. Tu reprends des forces ? Julie voulait organiser un Scrabble, mais nous avons décidé de voir d'abord si tu t'y sentais prête.

— Pas encore, mais merci. Je suis toujours terrassée, de temps à autre, par des accès de fatigue.

Ainsi que par des accès de terreur, ajouta Coop *in petto*. Il prit le taureau par les cornes.

— Cela fait beaucoup à gérer : l'amnésie, la convalescence, l'emménagement chez votre sœur. Je pense que ça épuiserait n'importe qui.

Kylie afficha un surprenant sourire en coin.

— Mais n'êtes-vous pas toujours par monts et par vaux ?

— En effet, reconnut-il. Toutefois, j'ai des années d'entraînement. Vous êtes probablement plus sédentaire d'ordinaire.

— Je l'étais. Autrefois. Plus récemment, je ne saurais dire.

Ce franc-parler réduisit au silence à la fois Ashley et Coop. Ils échangèrent un regard furtif puis Coop se leva.

— J'ai très envie de ce café. Je reviens dans quelques instants.

Le moins qu'il pouvait faire était d'accorder à Kylie la possibilité de discuter librement avec Ashley. Si elle le pouvait. Il ne tenait pas à jouer les intrus.

Au risque de se souvenir   225

Tendant l'oreille au murmure des voix qui s'élevaient dans le salon, il se félicita de son choix. Cela ferait sans doute le plus grand bien à Kylie de discuter avec son amie.

— Il est bel homme, commenta Ashley après que Coop se fut éloigné.

— Je suppose, répondit Kylie.

C'était hypocrite. Elle ne pouvait se le cacher. Coop était séduisant. Mais tout ce qui l'intéressait pour le moment était de retrouver la mémoire. Elle se sentait déstabilisée. Incapable d'avoir déjà confiance en elle.

— Qu'est-ce qui est le plus difficile ? Que puis-je faire ? s'enquit Ashley.

Kylie finit par se lever pour déambuler dans le salon, touchant les objets familiers comme s'ils avaient le pouvoir de la reconnecter à son passé.

— Honnêtement, je l'ignore, Ashley. C'est tellement effrayant. Je n'ai même pas reconnu mon propre appartement.

— Ce doit vraiment être une sensation étrange.

— En effet. Les seules choses que j'ai reconnues sont celles que je possédais avant mon emménagement à Denver.

— C'est terrifiant. Je n'arrive pas à l'imaginer.

— N'essaie même pas.

La fatigue assaillit de nouveau Kylie. La journée avait été longue. Elle regagna le fauteuil et s'efforça de sourire.

— La mémoire me reviendra, en partie du moins. Le problème, c'est que j'aurai perdu le bénéfice de ces années de formation. J'ignore même si j'aurai envie de la reprendre.

Ashley compatit.

— Tu n'es pas obligée d'y réfléchir maintenant. Glenda est ravie de ton retour. Je pense qu'elle est enchantée de partager la maison avec quelqu'un qui ne soit pas Brad. Tu te souviens de lui ?

— Plus ou moins.

226   *Au risque de se souvenir*

Un bruit de pas lourds précéda l'arrivée de Coop, muni d'une cafetière et de trois tasses.

— Vous voulez vous joindre à moi ?

Kylie hésita un instant, tandis qu'Ashley se tournait vers elle, le regard interrogateur. Apparemment, la décision lui revenait. Glenda lui avait juré ne pas s'intéresser à Coop. Était-ce le cas d'Ashley ?

— Avec plaisir, répondit-elle donc.

Quoique mal en point, elle ne voulait pas interférer avec les aspirations sentimentales d'Ashley.

Coop distribua les tasses de café.

— Si je suis de trop, dites-le.

Kylie secoua la tête.

— Vous êtes le bienvenu. Nous parlions de mon amnésie. Le sujet est assez incontournable.

Coop reprit place à l'extrémité du canapé.

— Sur quelle période s'étend-elle ?

— Ces trois dernières années, au moins. Toute ma formation à Denver s'est effacée de ma mémoire. J'ai même oublié des personnes avec qui j'étais apparemment amie. Je crains même d'avoir occulté des souvenirs plus anciens et cela me tracasse.

— Je pense que nous avons tous ce genre de trous de mémoire, lui assura-t-il en souriant.

C'était aussi la réponse que lui avait faite Glenda. Kylie en conçut du ressentiment. L'amnésie n'était pas une chose à prendre à la légère. Cependant, récriminer serait injuste envers ces personnes qui ne cherchaient qu'à l'aider à se sentir mieux.

Apparemment, Coop était plus psychologue qu'elle ne s'y serait attendue de la part d'un marine. Il s'exprima posément.

— Kylie, je n'essaie pas de minimiser le problème.

— Non. En fait tout le monde se veut rassurant, reprit-elle d'une voix passablement véhémente. Mais qu'éprouveriez-vous si trois années s'étaient effacées de votre mémoire ?

Au risque de se souvenir   227

Un sentiment de honte la submergea aussitôt.

— Je suis désolée. Vous êtes tous les deux si prévenants.

— Peut-être n'est-ce pas ce dont tu as besoin, reprit Ashley. Préfères-tu que nous restions à l'écart, les filles et moi, le temps que tu reprennes tes marques ? Pour être honnête, je n'ai jamais été confrontée à l'amnésie. C'est donc à toi de dire ce que tu veux et ce que tu ne veux pas.

— Là est le problème, car je l'ignore.

S'adossant au fauteuil, Kylie ferma les yeux.

— J'ai l'impression étrange de me rencontrer pour la première fois. Je connais mon ancien moi mais pas l'actuel.

Coop prit la parole d'un ton mesuré.

— Je conçois que je sois un inconnu et je ferais peut-être mieux de me taire…

Kylie rouvrit les yeux et le dévisagea.

— Je vous écoute.

À ce stade, tout conseil était bon à prendre s'il pouvait la faire aller de l'avant. Elle ne comprenait d'ailleurs pas elle-même son obsession de se souvenir de ces années plutôt que d'accepter de progresser.

— La vie peut nous procurer ce sentiment de bien des façons. Je l'ai moi-même vécu. Et bien que je sache, personnellement, ce qui l'avait suscité, je vous assure que je comprends ce que vous éprouvez. Il disparaîtra, croyez-moi. Que vous retrouviez ou non la mémoire, vous finirez par vous reconnaître telle que vous êtes à présent.

— Ce sont de sages paroles.

— Je ne suis pas un sage. Je tente seulement de vous expliquer que ce que vous ressentez est la réponse naturelle à un grand bouleversement.

Il avait raison. Peut-être chercher à savoir qui elle était était-il un exercice inutile.

— Kylie, tu sembles fatiguée. Je vais te laisser et donner de tes nouvelles aux filles. Ou peut-être Coop informera-t-il Connie ?

— Chargez-vous-en, lui répondit Coop. Ma présence est provisoirement jugée indésirable car elle a pour effet de surexciter les enfants.

Ashley se mit à rire.

— Les plus jeunes démarrent au quart de tour. À combien de temps a été fixée la durée de votre exil ?

— Il prendra fin demain matin.

Jouant les hôtes, Coop raccompagna Ashley à la porte. L'intéressait-elle ? se demanda de nouveau Kylie. Ashley était séduisante. Comparée à elle, Kylie se sentait insignifiante ; jusque-là, elle ne s'en était jamais préoccupée.

Après le départ d'Ashley, Coop remplit leurs tasses de café.

— Voulez-vous que je vous laisse seule ?

— Pour l'instant, j'aimerais surtout vous ressembler, lui confia-t-elle d'un ton envieux.

Il laissa échapper une exclamation de surprise.

— Vous semblez tellement à l'aise, sûr de vous. Tout à l'heure, on aurait pu croire qu'Ashley, vous et moi étions des amis de longue date.

— Je ne suis pas sûr de vous suivre, lui répondit-il d'un ton hésitant tout en se rasseyant.

— J'ai pratiquement grandi dans cette maison et je ne m'y sens même plus chez moi, reconnut-elle d'une voix tourmentée. En plus… Je suis effrayée en permanence.

Elle n'était pas fière de cette confidence.

Elle se sentit soudain faible, stupide, peut-être même un peu dérangée. La seule Kylie dont elle se souvienne était la femme dont la vie ne lui avait pas encore été volée. Cette Kylie n'avait pas vécu dans la peur. Cette Kylie avait été heureuse d'être Kylie et s'était sentie à sa place dans cette maison, dans cette ville.

— Seigneur, murmura-t-elle, que m'a fait cet homme ?

3

Coop ne sut que répondre. Tous les arguments appropriés concernant les traumas et les bouleversements de vie lui vinrent à l'esprit mais Kylie les avait certainement déjà entendus de la bouche des médecins. Il comprenait ce qu'elle voulait dire — il en concevait même une certaine empathie. Toutefois, il n'avait pas de solution prête à l'emploi.

— Je ne suis pas aussi sûr de moi qu'il y paraît, finit-il par lui confier.

Elle releva la tête et le fixa de ses yeux rougis.

— Vous semblez pourtant évoluer en terrain conquis.

— C'est facile avec mon statut de marine. Mais ce n'est qu'une façade.

Elle secoua la tête. De toute évidence, elle ne le croyait pas.

— Écoutez, votre sœur m'a généreusement offert de m'héberger durant ces quelques semaines et je ne voudrais pas l'offenser ni indisposer ma cousine… Mais, franchement, je serais plus à l'aise dans ce motel où personne ne veut que j'aille. Je suis un invité dans la maison d'une inconnue.

L'incrédulité de Kylie commença à se dissiper et ses traits révélèrent un regain d'intérêt.

— Je comprends.

— Je suis désolé que vous ressentiez cela dans la maison où vous avez grandi. C'est injuste. Cet homme vous a volé une chose dont personne ne devrait être dépossédé. Malheureusement, cela arrive à beaucoup de gens. Votre amnésie est un cas exceptionnel mais nombre d'entre nous perdons un jour notre sentiment de sécurité. J'ignore ce qu'il vous a fait physiquement mais j'en constate les dégâts émotionnels et, quoique attendus, ils sont détestables. Vous n'aurez d'autre choix que de les surmonter.

Il aurait voulu lui offrir davantage mais il pouvait seulement se montrer honnête. Kylie serait inéluctablement confrontée à un douloureux processus.

Tout ce qu'il trouva comme solution pour l'empêcher de s'appesantir sur son sort fut de changer de sujet.

— Cet homme qui est venu, Todd, c'est un vieil ami ?

Kylie haussa les épaules.

— Nous fréquentions le même lycée. Nous sommes sortis ensemble à plusieurs reprises mais...

Elle soupira.

— À cet âge, les relations changent rapidement. Je pense qu'il m'en a voulu de ne pas l'accompagner au bal de promo. Nous étions pourtant séparés depuis plusieurs mois ; j'ai même été surprise qu'il me le propose.

— Il vous plaisait ?

— En un sens.

À ces mots, son visage s'anima un peu. Elle émit même un léger rire.

— Nous étions des adolescents. Il est séduisant et cela avait attiré mon attention. Mais au moment de passer aux choses sérieuses... Le courant n'est pas passé. J'ai été soulagée de notre rupture. Je m'amusais bien plus avec mes amies.

Coop hocha la tête.

— C'était gentil de sa part de vous rendre visite.

— Je suppose... Ashley a peut-être vu juste à propos de la curiosité. Je me demande si cela risque de se reproduire. Je devrais peut-être faire payer l'entrée. Venez voir la femme qui a perdu la mémoire !

Elle se mit alors à rire sans retenue et Coop en conçut un léger malaise. L'humeur de Kylie était trop changeante.

Toutefois, elle ajouta plus tranquillement :

Au risque de se souvenir 231

— Je me rappelle le lycée et notre rupture.

Qu'elle s'en souvienne était en soi rassurant.

Pour sa part, il n'avait vraiment commencé à sortir que lorsqu'il avait rejoint le corps des marines. Mais même alors le travail et ses goûts élitistes avaient restreint le nombre de ses relations.

— Toujours est-il que Todd a ensuite fréquenté une autre fille. Ce n'était pas la fin du monde. Il n'a donc rien raté.

— Et vous ?

— J'ai fait l'impasse. Je n'avais tout simplement pas envie d'aller au bal de promo. Que ce soit avec Todd ou avec un autre.

— Là, je suis choqué ! déclara Coop, feignant la surprise. Je pensais que toutes les filles voulaient aller au bal de promo.

— Pas moi. C'est si artificiel, ce rite de passage d'un autre temps. Pour certaines, c'est peut-être un point d'orgue, mais j'étais déjà plutôt concentrée sur mes études d'infirmière et ça me semblait beaucoup plus important. Je ne voulais pas faire ma vie avec l'un des garçons du lycée comme certaines des autres filles.

— Votre mémoire fonctionne bien, commenta-t-il en souriant.

Sa remarque lui arracha un rire bref.

— J'imagine.

Elle changea aussitôt de sujet.

— Alors, que faisiez-vous en Allemagne ?

Qu'elle soit anxieuse au point de détourner la conversation de sa propre situation peina Coop. Il éprouvait une compassion naturelle envers ses semblables. Cependant, Kylie renforçait encore ce sentiment. C'était dangereux. Il était supposé prendre des congés, pas s'assigner une nouvelle mission. Ni leur créer de nouveaux problèmes, à Kylie ou à lui. Aussi, il répondit de façon aussi factuelle que possible :

— J'étais en permission et j'ai choisi de visiter une partie de ce monde où les bombes ne volent pas sans cesse. J'ai profité du premier avion de transport militaire en partance pour l'Allemagne. Je n'y suis pas resté longtemps. Quelques jours… Mais j'ai visité plusieurs châteaux. Je suis tombé amoureux de leur cuisine et de leur fabuleux réseau de transports en commun.

— Vraiment ?

Son intérêt était peut-être feint. Il n'aurait su dire. Il poursuivit donc.

— Des tramways en ville et des trains menant partout où vous voulez aller. Et j'ai ressenti des frissons en touchant des murs romains.

Elle réagit à ses dernières paroles.

— Des frissons ? Vraiment ?

— Songez que j'ai touché des pierres taillées et assemblées par des soldats romains il y a près de deux mille ans ! Traitez-moi de fou si vous le voulez mais j'ai eu la sensation d'entrer en contact avec ces hommes par-delà les millénaires.

Le regard de Kylie se fit presque rêveur.

— Je ne trouve pas que c'est insensé ; ça me plaît. Peut-être que vous auriez dû être archéologue.

Il secoua la tête.

— Je suppose que cela m'émeut parce que mon travail ne m'offre guère l'occasion de bâtir quelque chose.

Elle posait sur lui un regard intéressé. Cette fois, elle semblait vraiment l'écouter. Aussi chercha-t-il d'autres anecdotes susceptibles de l'égayer. Malheureusement, ses missions relevaient davantage de la destruction et leur récit s'adressait plutôt à un public de frères d'armes. D'un autre côté…

— Les soldats romains se devaient d'être aussi des bâtisseurs. Ils construisaient leurs forts, aidaient à ériger des villes. L'armée moderne n'exige plus cela de nous.

— Vous pensez qu'elle devrait ?

Il but une gorgée de son café presque froid.

— Les Romains établissaient les avant-postes d'un empire. Ce n'est pas notre objectif. Quoi qu'il en soit, j'espère

Au risque de se souvenir   233

retourner visiter plus longuement l'Allemagne. Et, par la même occasion, j'adorerais me rendre aussi à Paris.

Kylie laissa échapper un rire.

— J'imagine que vos voyages vous privent des aspects agréables du tourisme. Qu'ils sont dangereux.

Tentait-elle d'amener la conversation sur ses propres angoisses ? Tandis qu'il l'étudiait en s'efforçant de n'en rien laisser paraître, elle aborda la question :

— Comment faites-vous pour vivre en permanence avec la peur ?

Il s'autorisa alors à la dévisager. La vie ne l'avait pas épargnée. Pour autant, elle était vraiment ravissante. Il chercha une réponse qui ne soit pas une platitude. Mais elle le devança :

— Parvient-on un jour à la surmonter ?

Autre bonne question.

— Certains y arrivent, finit-il par lâcher.

D'autres y laissaient leur santé. Mais cela, il le tairait.

— Ce doit être différent pour vous, argua-t-elle. Vous avez dû être confronté à de nombreuses situations terrifiantes.

— Vous croyez que l'on s'y habitue ?

Elle se mordit la lèvre.

— Je me suis mal exprimée. Tout ce que je sais, c'est que je n'ai jamais ressenti cela et que je ne parviens pas à m'en libérer. Ce qui est étrange, car c'est manifestement terminé et que je m'en suis plutôt bien sortie. Comment puis-je être effrayée par un événement dont je n'ai pas le souvenir ?

De nouveau, il hésita à répondre. Décidément, cette femme le déstabilisait. Elle produisait sur lui un curieux effet. Mais il ignorait son degré de fragilité psychologique et, n'étant pas un professionnel, il craignait d'aggraver son problème.

— La mémoire n'est pas seulement l'affaire de notre cerveau, reprit-il finalement. Notre corps entier est impliqué.

Cette remarque parut l'interpeller.

— Je n'avais pas pensé à cela.

— Et la peur est parfois une bonne chose.

— C'est une chose horrible ! protesta-t-elle.

— Néanmoins, si elle a une raison d'être, elle est utile. Nous ne devrions jamais perdre notre capacité à la ressentir. Elle peut être protectrice, maîtrisée. Ou sinon elle peut avoir raison de nous.

— De quelle façon la gérez-vous, personnellement ?

— Elle me sert de système d'alarme.

— Mais je n'ai rien à craindre !

En cet instant, il aurait aimé la serrer dans ses bras comme s'il avait le pouvoir de l'apaiser. Cependant, une étreinte ne saurait débarrasser Kylie des démons invisibles qui la harcelaient. Leur invisibilité même était l'une des clés du problème. Si elle pouvait les voir, les nommer, les affronter... Sa peur s'avérerait certainement salutaire.

— Vous l'ignorez, lui fit-il remarquer.

Elle voulait croire qu'elle n'avait plus rien à craindre mais elle n'en savait rien.

Elle hocha lentement la tête.

— Vous avez raison. Cet homme est toujours en liberté. Je n'ai aucun souvenir de lui. Et si jamais il voulait finir le travail ? S'il venait s'en prendre à moi, maintenant ? Je ne m'en rendrais même pas compte !

C'était le fond du problème ; en partie du moins. Et il n'y avait rien qu'il puisse dire ou faire à ce sujet.

— C'est éprouvant.

Ce fut tout ce qu'il trouva à lui répondre alors qu'elle demeurait silencieuse.

— Et peut-être un peu idiot, ajouta-t-elle après un instant. Je suis à la maison, en lieu sûr. Je parierais même que Glenda vous a demandé de garder un œil sur moi. Vous n'y êtes pas obligé, vous savez.

— Vous préféreriez être seule ?

Son visage se figea ; elle pâlit légèrement.

— Non, murmura-t-elle. Coop, je ne veux pas rester seule.

Cet aveu causa à Kylie une certaine honte. Toutefois, en chacune des rares occasions où Glenda l'avait laissée seule, depuis son retour à la maison, elle se serait presque cachée dans un placard tant la solitude l'oppressait.

Elle était assise dans la maison où elle avait passé en partie son enfance, mais une peur insidieuse la rongeait. Elle craignait de jeter un œil par-dessus son épaule et de découvrir... quoi ? Quelque chose de mauvais.

Seigneur, elle devait perdre la raison !

Coop vint finalement s'asseoir par terre devant le canapé, à ses pieds.

— Je ne vous laisserai pas seule, déclara-t-il, levant vers elle une main, paume tournée vers le haut.

Il semblait offrir sans rien exiger, conscient, apparemment, qu'il lui était étranger et qu'elle pourrait craindre qu'un homme la touche.

Cette invitation prévenante la troubla et elle posa la main dans la sienne. Il la serra doucement et, de ce fait, elle ne se sentit pas prise au piège.

— Vous ne pouvez pas me promettre d'être toujours là, objecta-t-elle.

— Pas à chaque minute de la journée, évidemment. Je dois rendre visite à Connie et aux enfants. Mais je peux le faire lorsque votre sœur est à la maison, ce qui est le cas la majeure partie de la journée. Ce soir, en tout cas, je peux rester.

Elle se sentit contrite.

— Je n'ai pas le droit de vous demander cela. Vous êtes venu ici pour voir votre famille. Pas pour être mon baby-sitter.

— Qui parle de baby-sitter ? Vous êtes une femme intéressante, séduisante. J'en serai ravi.

Son expression était chaleureuse, son regard souriant.

L'espace d'un moment, Kylie ne répondit pas. Elle redevint la jeune fille qu'elle avait presque oubliée et qui avait rêvé de partager la vie d'un homme à la fois fort et tendre. Elle eut subitement envie de se blottir sur ses genoux. De le laisser veiller sur elle…

Elle se rebella sans tarder. Où avait-elle la tête ? La Kylie d'avant l'amnésie était parfaitement capable de prendre soin d'elle. Elle ne pouvait se laisser ainsi affaiblir.

Elle se força à reprendre pied dans la réalité.

— Je ne vois pas ce que vous pouvez me trouver d'intéressant. Je ne fais que geindre.

— Je n'ai pas remarqué. Écoutez, vous êtes confrontée à une dure épreuve. Parlez-en autant que vous voudrez.

— Et vous, est-ce que vous parlez de vos problèmes ?

Il tressaillit nettement.

— De mes problèmes ?

— Vous avez combattu, n'est-ce pas ? Vous en avez sans doute gardé des cicatrices.

Il baissa les yeux mais garda sa main dans la sienne.

— Je n'en parle pas souvent. Pour des raisons évidentes.

— Mais vous avez appris à vivre avec ?

Il lui lança un regard furtif, attristé.

— Je continue à apprendre. Je suis doué pour le cacher.

Elle soupira, appréciant le contact de sa main. Ce n'était pas avisé en l'état actuel des choses. Elle laissait un homme — pire, un inconnu — devenir trop proche d'elle. Était-elle si désespérément en manque de réconfort ? Le plus sûr moyen de combler ce manque serait de faire appel à ses ressources intérieures.

— Peut-être que je ferais bien de le cacher, moi aussi.

— Pourquoi ? Je parle à d'autres personnes de mes expériences. Je trouve simplement plus sage de réserver ces confidences à d'autres vétérans. Nous sommes en phase. Malheureusement, je ne vois pas qui d'autre pourrait être en phase avec vous.

À part lui, songea-t-elle. Il était probablement la personne qui s'en approchait le plus. De toute évidence, il avait essuyé

Au risque de se souvenir

des attaques. Peut-être même avait-il été blessé. Il la comprenait sans doute mieux que personne.

— Je déteste vivre sous l'emprise de la peur, reprit-elle posément. En particulier à cause d'un événement appartenant au passé. Et je n'apprécie pas le fait que tout mon plan de carrière soit anéanti. J'aurais préféré oublier uniquement l'agression. Cependant j'en suis là et j'en ai assez de m'apitoyer sur mon sort. J'ai besoin d'aller de l'avant.

— Bien sûr. Mais vous êtes effrayée. Alors… Ça prendra un peu de temps. Vous retrouverez la sérénité. C'est promis.

Il sourit, puis se pencha pour déposer un baiser furtif sur sa main. Elle en fut stupéfaite. Mais déjà, il était debout et s'étirait.

— J'ai envie d'un café. Et vous ?

Elle n'avait pas touché au sien mais soudain en avait besoin.

— Avec plaisir.

De nouveau, elle se retrouva seule, quoique pas entièrement. Il s'affairait dans la cuisine.

Elle observa chaque objet autour d'elle. Mis à part le fauteuil où elle était assise, le salon de ses grands-parents n'avait pas changé. Elle aurait dû se sentir chez elle. Excepté que quelque chose l'empêchait d'éprouver ce sentiment. Une peur inexpliquée l'habitait. L'homme qui avait tenté de la tuer était toujours dans la nature.

Alors comment pourrait-elle se sentir en sécurité, y compris dans sa propre maison ?

Tout en préparant le café dans la cuisine, Coop compatit à la situation de Kylie. Le combat qu'elle menait était une entreprise solitaire. Chacun tentait de la soutenir mais ce n'était pas suffisant. Elle devait affronter ses démons ou, du moins, en parler à quelqu'un qui la comprenne.

Ne devrait-il pas lui laisser entrevoir ses propres fêlures ? Afin de lui prouver que quelqu'un pouvait vraiment la comprendre. Il n'était pas bon de garder pour soi ce genre de choses. Lui-même avait retiré un bénéfice indéniable des groupes de vétérans où il partageait ses expériences avec ses frères d'armes.

Cependant, Kylie n'avait aucune chance de trouver dans les environs un groupe de soutien destiné aux victimes ayant survécu à l'attaque d'un tueur en série, ni d'ailleurs aux personnes atteintes d'amnésie.

Par conséquent, la tâche lui revenait, à lui, d'expliquer à Kylie comment vivre tenaillé par une peur insidieuse alors même que l'on est en sécurité. Pour sa part, il devenait meilleur à ce petit jeu même s'il n'avait pas totalement résolu le problème.

En revenant au salon avec les deux tasses, il lui dit :

— J'aurais sans doute dû vous demander si vous préfériez un thé. Glenda semble en avoir fait sa drogue de prédilection.

Kylie lui adressa un faible sourire.

— J'aime aussi le café. Merci.

— Je serais incapable de m'en passer, déclara-t-il avant de s'aventurer un peu plus loin afin de voir quelle serait sa réaction. Quand nous sommes en campagne, nous disposons seulement de café instantané. Aussi, dès que je peux boire un vrai café, j'en saisis l'occasion.

— J'imagine.

Il revint s'asseoir sur le canapé, et elle le suivit du regard. Elle était vraiment ravissante. Ce n'était pas seulement cela, réalisa-t-il. Son corps avait choisi le moment le plus inopportun pour réagir à l'attirance qu'elle exerçait sur lui. Elle n'était pas prête pour cela.

Il chercha plutôt le moyen de la faire bénéficier du fruit de son expérience.

— Je pense avoir une idée de ce que vous traversez, Kylie. En zone de conflit, seul l'uniforme permet de distinguer un allié d'un ennemi. Des individus apparemment accueillants

Au risque de se souvenir

peuvent devenir des tueurs en l'espace d'un instant. J'ai fini par ne plus faire confiance à personne.

Elle hocha la tête. Elle semblait boire ses paroles comme si elle s'attendait à ce qu'elles lui apportent un certain réconfort.

— Je sais ce que c'est que d'être sans cesse aux aguets, ajouta-t-il.

— Et comment vous sentez-vous à présent que vous êtes de retour au pays ? s'enquit-elle.

Elle espérait davantage qu'il ne pouvait lui donner.

— Je vais mieux, lui répondit-il en toute sincérité. Ça me rattrape encore parfois mais les choses s'améliorent.

Elle se mordit la lèvre puis lui demanda :

— Vous le ressentez donc même quand vous êtes chez vous ?

— Bien sûr. Ce genre de sensation ne vous lâche pas aussi facilement.

Parfois même jamais. Cependant, il s'abstint de le préciser. Ses expériences récurrentes dans des zones de conflit n'avaient rien en commun avec une agression isolée. Et si quelqu'un avait une chance de surmonter cette épreuve, c'était bien elle. Il ne voulait pas la décourager.

— Ainsi, je ne suis pas folle ?

— Seigneur, non ! D'où vous vient cette idée ?

— De moi, confia-t-elle. Je ne me rappelle rien. Mais je suis assise dans cette maison dont je connais les moindres recoins et c'est comme si… tout sentiment de confort avait disparu.

Il chercha les paroles qui pourraient l'aider sans la mettre mal à l'aise.

— À mon retour, je ne supportais pas les rues étroites. En fait, je redoute encore parfois de conduire.

Elle le regarda intensément.

— Pourquoi ?

— L'expérience. Une voie étroite se prête parfaitement à une embuscade ; elle n'offre aucune issue. Quant à la conduite, eh bien, parfois, je vois les voitures que je croise comme une menace potentielle. C'est comme si je mêlais la réalité à ce dont j'ai coutume de me méfier.

— Mais vous surmontez cela ? lui demanda-t-elle avidement.

— Ça finit par s'apaiser. Même si j'ai encore quelques flashs, je ne suis plus consumé par l'angoisse.

Elle hocha la tête, assimilant manifestement l'information. Il se garda d'ajouter combien atteindre cet équilibre émotionnel était le résultat d'une lutte acharnée. Il lui arrivait encore d'avoir un flash particulièrement déstabilisant.

— Parfois, reconnut-il, j'ai l'impression de vivre dans deux mondes sans trop savoir dans lequel je me trouve. Donc si j'agis bizarrement, vous saurez pourquoi. Je ne suis pas rentré depuis longtemps.

Quoique l'intermède en Allemagne ait facilité la transition.

Elle but une gorgée de café. Elle semblait aussi fatiguée que si elle n'avait pas dormi depuis une semaine.

— Est-ce que vous faites de bonnes nuits ?

Elle secoua lentement la tête.

— L'angoisse m'étreint dès l'instant où je pose la tête sur l'oreiller. Et quand finalement je m'endors, je me réveille toutes les heures, le cœur battant à se rompre. Ça aussi, ça passera, n'est-ce pas ?

— C'est également quelque chose qui m'est familier. Oui, ça passera.

À la longue...

Seigneur, il commençait à avoir l'impression de discuter avec un autre vétéran. Ils ne partageaient peut-être pas la même expérience mais le résultat était le même.

— Est-ce qu'on vous a fait une prescription pour y remédier ?

— Non, j'ai une lésion cérébrale. Mieux vaut que je ne prenne rien pour l'instant.

Il acquiesça. Si l'on exceptait sa famille et ses amis, Kylie était la personne la plus seule dans l'épreuve qu'il ait jamais

Au risque de se souvenir 241

rencontrée. Ni de thérapeute, ni de groupe de soutien, ni même de soutien médical.

Quant à lui, pour un homme qui était venu faire une pause et rendre visite aux enfants de sa cousine, il s'aventurait en terrain miné en voulant aider une femme qu'il connaissait aussi peu. Tout ce qu'il pouvait faire, c'était l'écouter et lui assurer qu'elle n'était pas folle. Loin de là.

Comment provoquer le déclic qui la libérerait de la prison dans laquelle l'agression l'avait enfermée ? Il l'ignorait totalement. S'était-elle confiée à lui parce qu'il était un étranger qui repartirait sous peu ?

Cela aussi, il l'ignorait. Et il n'était pas sûr d'apprécier cette idée. Que lui arrivait-il ?

Tandis qu'elle confiait ses peurs à Coop, comme s'il était une âme sœur, Kylie se surprit elle-même. Elle ne s'en était même pas ouverte à sa propre sœur. Ils avaient pourtant peu en commun.

Pense à autre chose, se conseilla-t-elle. *Parle d'autre chose. Fais semblant d'être une personne normale.*

Le fait que Coop lui explique qu'ils partageaient certaines expériences l'amenait à se reprocher de remuer en lui de mauvais souvenirs. À ce rythme, il finirait probablement par emménager au motel afin d'échapper à ses lamentations.

Elle secoua la tête en soupirant.

— Désolée, je dois vous paraître complètement auto-centrée. Et ne me dites pas que c'est compréhensible. Nous avons tous les deux besoin d'autres sujets de réflexion que celui du trauma, non ?

— Seulement si ça fonctionne.

Il afficha un sourire en coin.

— Ne vous excusez pas. C'est normal. Lorsque le cerveau est submergé, il traite l'information par séquences. Accordez-vous le temps nécessaire.

— Ça risque d'être long.

— Ou pas… Glenda m'a dit que vous étiez infirmière, vous aussi ?

— Je l'étais.

Il se pencha vers l'avant.

— *Étais* ?

— Avec cette perte de mémoire… J'étudiais pour devenir infirmière praticienne. Je n'ai aucun souvenir de ces trois dernières années d'étude. Je doute fort qu'on me laisse prendre soin d'un patient tant que je n'aurai pas comblé ces lacunes.

Il hocha la tête.

— Je vois… En fait, c'était le pire des changements de sujet.

Elle émit un rire mutin.

— Difficile d'en trouver un qui soit sûr. Voyons… Ashley est très séduisante, vous ne trouvez pas ?

C'était perturbant, cette propension qu'elle avait depuis son réveil à l'hôpital de parler sans réfléchir. Cette perte de self-control la contrariait. Il ne faudrait pas qu'elle devienne permanente.

— En effet, lui répondit-il. Mais c'est vous que j'ai remarquée.

Elle fut interloquée et, dans le même temps, une onde de chaleur parcourut son corps, chassant le froid qui la consumait depuis des semaines. À l'évidence, elle était encore capable d'éprouver des sentiments.

— Vous semblez exténuée, reprit-il. Si vous ne voulez pas être seule à l'étage, pourquoi ne pas vous allonger sur le canapé, la tête sur mes genoux ?

— Mais comment dormirez-vous ?

— Soyez rassurée, je peux dormir debout ou accroché à une falaise.

C'était une offre qu'elle ne pouvait refuser. Ce serait miraculeux de ne pas être seule lorsque les cauchemars ne manqueraient pas de la réveiller.

Cinq minutes plus tard, elle était étendue, enveloppée d'une

Au risque de se souvenir 243

couverture, la tête sur la cuisse chaude et musclée de Coop, savourant le contact de sa main sur son épaule.

Jusque-là, elle avait cru ne plus jamais vouloir être touchée. Cependant, avec lui, cela semblait la chose la plus naturelle et agréable au monde.

Détendue, elle se concentra sur sa chaleur, sa force, son attention bienveillante. Et elle s'endormit facilement pour la première fois depuis son coma.

Il s'agitait de plus en plus. Pourquoi Kylie n'était-elle pas restée à Denver ? Il lui serait plus compliqué de l'atteindre dans cette petite ville où tout le monde la connaissait. Et la présence de ce dénommé Coop augmentait la difficulté.

Le fait que sa victime soit encore en vie, même diminuée, le hantait. Il détestait échouer. Il voulait que tout se déroule selon ses attentes, y compris cela.

Il allait devoir trouver le moyen d'y remédier, de finir le travail. Plus il attendrait, plus elle risquerait de retrouver la mémoire.

Fermant les yeux, il se remémora avec délectation les minutes durant lesquelles il avait cru lui prendre la vie, se les rejouant mentalement en boucle. Le pouvoir le galvanisa ; rien n'égalait cette sensation. Rien ne lui était impossible quand il le voulait vraiment.

Tuer la femme dont le rejet le tenaillait et dont les souvenirs menaçaient de ruiner son avenir était un projet qui méritait toute son attention.

Kylie lui avait échappé mais ce n'était que temporaire.

4

Pour Kylie, le moment le plus difficile de la journée était celui où Coop partait voir sa famille peu après le retour de Glenda, tôt le matin. Même en présence de sa sœur, elle se sentait horriblement seule.

Quant à Coop... Il avait veillé sur son sommeil au cours des dernières nuits et elle s'en trouvait régénérée. Cependant, sa perte de mémoire continuait de la hanter et les efforts de Glenda pour se montrer résolument optimiste et l'amener à côtoyer d'autres personnes produisaient l'effet contraire de celui escompté — comme lors de cette désastreuse visite à l'épicerie où leur envahissante sollicitude l'avait poussée à bout.

Elle ne se sentait en sécurité qu'à la maison, en compagnie de Glenda. Et de Coop, qui lui donnait l'impression d'être en mesure, si nécessaire, de garder à distance les hordes de l'enfer.

C'était insensé. Son agresseur était à Denver. Il devait se moquer de savoir où elle se trouvait. Cependant, la peur s'était gravée dans son esprit.

Elle dut fermer les yeux pour se retenir de verser une larme d'auto-apitoiement. Sa vie reprendrait-elle un jour son cours normal ?

Cet après-midi-là, Coop rentra plus tôt que prévu. Aussitôt, Kylie se sentit d'humeur plus légère mais elle s'efforça de réprimer ce sentiment. Coop n'était que de passage. Il ne serait pas bon pour elle de dépendre de lui, ni surtout de lui associer un sentiment de sécurité.

Au risque de se souvenir

Ce sentiment, elle devait le puiser en elle. Elle ne serait rétablie que lorsqu'elle serait de nouveau capable de franchir le seuil de la maison avec une relative sérénité.

— J'ai encore été expulsé ! annonça Coop. J'espère que cela ne vous ennuie pas que je sois de retour si tôt.

Glenda l'invita d'un geste à prendre place à table.

— Installez-vous. Je prépare une poêlée de légumes et il y a assez pour un régiment. Que s'est-il passé ?

Il sourit.

— Je crois que j'ai beaucoup à apprendre. J'ai évoqué l'idée d'emmener les enfants au cinéma un jour prochain. À présent, ils sont surexcités et ne veulent pas attendre.

Kylie laissa échapper un rire.

— Et Connie vous a renvoyé ? Elle aurait dû vous charger de calmer le jeu.

— Connie a l'art et la manière de les faire se calmer, mais elle prétend que ça fonctionne mieux en mon absence. Je les adore, les enfants et elle, ajouta-t-il d'un ton pensif, cependant je ne pensais pas leur compliquer la vie.

— Je ne crois pas que ce soit le cas, le rassura Glenda. Mais Connie travaille dur. Les shérifs adjoints occupent un double poste. Et Ethan travaille lui aussi de longues heures au ranch de son père. Elle a beaucoup à gérer en ce moment.

Elle apporta le café à table.

— Vous vous rappelez le kidnapping de sa fille ?

— Sophie ? Seigneur, oui ! J'étais à l'autre bout du monde. Je ne l'ai appris que lorsque tout a été terminé. Pourquoi ?

— Moi aussi, je m'en souviens, intervint Kylie. J'étais au lycée à l'époque et ça m'avait terrifiée. Il y avait des policiers partout, ils nous avaient recommandé de ne pas nous déplacer seuls. Puis, Sophie a disparu. Dieu merci, Ethan est parvenu à retrouver sa trace.

— Pourquoi vous évoquez le sujet ? demanda de nouveau Coop à Glenda. Il s'est passé quelque chose ?

— Eh bien… Les adjoints au shérif font des heures

supplémentaires parce qu'un inconnu rôde aux abords de l'école et qu'il a adressé la parole à une fillette. Après ce qui est arrivé à Sophie, Connie est forcément à cran. Vous n'êtes pas en cause, Coop.

— Je n'ai pas choisi le meilleur moment pour leur rendre visite, soupira-t-il.

— Personne n'aurait pu prévoir cela, le consola Kylie.

— Ce sera peut-être sans conséquence, renchérit Glenda. Ça remonte à trois jours et il ne s'est pas produit d'autre incident depuis.

— Pas étonnant que Connie ait les nerfs à fleur de peau, conclut Coop. Et ma présence n'arrange rien.

— Passez autant de temps que vous le voudrez ici. Ça ne gêne pas Kylie.

Glenda glissa un regard oblique à sa sœur.

— Au contraire, Coop m'aide à retrouver le sommeil.

Le sourire qu'il lui adressa illumina la pièce.

— J'en suis heureux. Vraiment très heureux.

Il proposa de cuisiner la poêlée sous le regard attentif de Glenda et, une heure plus tard, ils savouraient un plat délicieux aux parfums mêlés de gingembre et de sauce soja.

Après le repas, Coop fit à Kylie une proposition qui la prit au dépourvu.

— Ça vous dirait d'aller marcher un peu ?

La terreur l'envahit. La pièce s'obscurcit et, lorsque sa vision se rétablit, deux visages inquiets étaient tournés vers elle. Coop jura à voix basse.

— C'était idiot, s'excusa-t-il.

Cependant, tandis qu'elle retrouvait son calme, elle contempla la pénombre au-dehors. Elle n'allait tout de même pas vivre en recluse jusqu'à la fin de ses jours.

Coop s'accroupit près d'elle.

— Désolé, dit-il en lui touchant l'avant-bras.

Une onde électrique la parcourut immédiatement.

— C'est trop tôt. Je me demande à quoi je pensais !

Au risque de se souvenir   247

— Vous avez connu ça, dit-elle en levant les yeux vers lui.

Il hocha lentement la tête.

— Il m'arrive encore d'en passer par là.

— Mais vous sortez vous promener.

— C'est le seul moyen que je connaisse pour surmonter mon angoisse. Il n'en est peut-être pas de même pour vous…

Glenda intervint.

— Elle n'est pas prête.

— Si, l'interrompit Kylie. Je veux essayer. Je ne serai pas seule.

Elle se tourna de nouveau vers Coop.

— Si ça devient trop difficile…

— Je vous raccompagnerai aussitôt. Promis.

Après une légère hésitation, elle rassembla son courage.

— Je veux faire un essai.

Todd s'était garé dans la rue, non loin de la maison de Kylie. Assis derrière son volant, il observait. Soudain, Kylie sortit au bras de Coop. Il étouffa un juron. Ce type ne perdait pas de temps !

Il décida de les suivre à distance. Si quelqu'un pouvait légitimement courtiser Kylie, c'était lui, plutôt que cet inconnu de passage.

D'accord, Kylie l'avait quitté des années plus tôt. Et depuis, ils étaient redevenus de simples amis. Sa colère était ridicule, il en avait conscience, mais il ne parvenait pas à se calmer.

Il descendit de sa voiture et entreprit de les filer. C'était comme s'il était relié à Kylie par une corde invisible. Une corde qui ne pouvait être coupée que d'une seule façon…

Coop sourit intérieurement. Kylie était serrée contre lui et avait passé le bras sous le sien. Tous deux se baladaient, tranquillement.

— Je ne m'étais pas rendu compte combien ça me manquait de profiter de l'air du soir, confia-t-elle après quelques mètres.

— Vous n'êtes pas trop nerveuse ?

— Un peu, mais pas autant que je l'aurais craint.

Il resserra son étreinte.

— Parfait.

Au bout d'un moment, elle lui demanda :

— Quel effet ça vous fait ?

— Vous voulez dire, marcher dans l'obscurité ? Eh bien, dans mon travail, le degré de clarté est extrêmement important. La nuit, je suis à couvert, mais mon ennemi aussi. Je reste prudent. Toutefois, j'aime ce moment. C'est pour ça que je fais souvent des balades nocturnes. Je suppose que c'est une sorte de thérapie par l'immersion. Plus j'en fais, moins elles me rendent nerveux.

Le bien-fondé de cette théorie parut séduire Kylie. Cependant, dès le deuxième carrefour, elle se figea sur place, comme tétanisée.

— Nous allons trop loin ? s'enquit aussitôt Coop.

Elle tiqua.

— Avez-vous parfois l'impression que quelqu'un vous surveille ?

— Comment cela ?

— Je ne saurais dire… J'ai cru que c'était dû au stress mais, là, je m'interroge. C'est insensé, non ? Nous sommes en ville. N'importe qui pourrait nous observer.

Elle avait raison sur ce point. Néanmoins, il mit ses sens en alerte.

Elle avait vu juste. On les observait. Comment avait-il pu ne pas le remarquer immédiatement ?

Il tourna lentement la tête : la rue était déserte, personne ne les regardait de l'une des fenêtres éclairées situées dans son champ de vision.

— C'est sans doute le fruit de mon imagination, ajouta Kylie.

Au risque de se souvenir 249

— Je n'ignore jamais ce genre d'impression. Ça peut être fatal au combat.

— Vous le percevez aussi ?

— Faiblement. Continuons à marcher pour voir. Il s'agit probablement d'un autre promeneur.

Kylie acquiesça. Pour autant, elle ne semblait pas convaincue. Lui non plus d'ailleurs. Mais n'étaient-ils pas à Conrad City, une petite ville paisible où la menace ne surgissait pas à chaque coin de rue ?

En fait, réalisa-t-il, Kylie avait réveillé en lui un très fort instinct de conservation, instinct qu'il n'aurait jamais dû étouffer sous prétexte que cette ville était censée être un lieu sûr. Aucun endroit ne l'était. Cela dit, il souhaitait que Kylie y retrouve la sérénité dont, aux dires de Glenda, elle y avait joui autrefois. Il ne pourrait pas toujours veiller sur elle. En un sens, il le regrettait. Kylie l'attirait plus qu'aucune autre femme jusque-là. En partie parce qu'elle comprenait — puisqu'elle le vivait aussi — le stress qui le hantait au quotidien. Mais également parce qu'elle était extrêmement séduisante. Dès qu'il posait les yeux sur elle, un désir ardent le submergeait.

Sans doute n'était-elle pas prête à accueillir ce genre d'attention. Le trauma était trop récent et Coop se refusait à risquer de mettre en péril la confiance qu'elle lui avait aussi spontanément accordée.

Ils continuèrent à marcher.

Mais il restait sur le qui-vive. Oui, il y avait un problème. On les surveillait, il en était certain. Cela signifiait que Kylie était en danger. Il se devait de la protéger.

— Je pense que je vais prolonger ma permission, déclara-t-il alors qu'ils approchaient de la maison.

— Pourquoi cela ?

— Eh bien, j'ai encore pas mal de congés à prendre et par ailleurs…

Il lui adressa un sourire alors qu'ils passaient sous le halo lumineux d'un réverbère.

— J'aimerais prendre le temps de mieux vous connaître.

L'inquiétude le taraudait, mais le sourire que Kylie afficha en retour lui donna des ailes.

Kylie entra dans la maison par la porte de la cuisine, Coop juste derrière elle. Ils tombèrent sur Connie, qui était venue en visite, encore vêtue de son uniforme. Elle discutait avec Glenda.

Coop se baissa pour l'embrasser sur la joue.

— Il y a un problème ? s'enquit-il.

— Tout d'abord, lui répondit-elle, je veux serrer Kylie dans mes bras, si elle n'y voit pas d'inconvénient.

Kylie en fut ravie. Connie et elle faisaient partie du cercle d'amies qu'elle côtoyait avant son départ pour Denver.

Tous quatre s'assirent autour de la table.

— Alors, que se passe-t-il ? répéta Coop. Tu as échappé aux petits monstres ? Désolé de les avoir déchaînés.

— Il ne faut pas grand-chose pour énerver les deux plus jeunes. Non, je reprends mon poste dans vingt minutes. Je voulais seulement passer prendre des nouvelles de Kylie et te demander si tu pouvais emmener les enfants à l'école demain matin. Ethan devra partir tôt au ranch de son père. Certaines brebis doivent encore mettre bas.

Coop hocha la tête.

— Avec plaisir, bien sûr.

— Est-ce que les agissements de cet inconnu sont toujours un sujet de préoccupation pour vous ? demanda Glenda à Connie.

— Il n'y a pas eu de nouvelle tentative d'approche. Mais, après Sophie…

Connie secoua la tête.

— J'ai eu de la chance. C'était mon ex qui l'avait enlevée

Au risque de se souvenir　　　251

et, tout criminel qu'il soit, il ne lui a pas fait de mal. Mais je ne suis jamais parvenue à me défaire de la crainte que cela se reproduise, qu'un autre enfant disparaisse. Il y a quelques années, un jeune garçon a été retrouvé mort, apparemment suite à une chute. Ce drame a réveillé la psychose en ville. Certains ont aussitôt pensé à une tentative de kidnapping qui aurait mal tourné.

Kylie ne se souvenait absolument pas de tout cela. En avait-elle jamais été informée ?

Elle se tourna vers Connie.

— Quand Ethan a-t-il quitté les forces de l'ordre ?

— Il y a deux ans. Mica a commencé à avoir besoin de beaucoup plus d'aide au ranch. Et je crois qu'Ethan s'épanouit davantage en prenant soin des moutons et des chevaux que lorsqu'il était shérif adjoint.

— Et Mica a d'autres enfants ?

— Ils sont tous adultes. Les jumeaux travaillent eux aussi au ranch. Quant aux filles, elles sont à l'université.

Kylie fut reconnaissante à Connie de la renseigner aussi naturellement. Cela l'apaisait. Elle en profita pour lui poser la question qui lui tenait à cœur :

— Connie ? Es-tu encore souvent effrayée ?

Celle-ci pencha la tête, souriant légèrement.

— Ce n'est plus constant. La plupart du temps, je n'y pense même pas. Mais, de temps à autre… J'ai deux jeunes enfants. Alors oui, il m'arrive parfois de m'angoisser. Et cet incident tellement similaire à ce qui s'est passé, au départ, avec Sophie m'a terrifiée. Je ne veux pas laisser les enfants seuls. Ethan et moi, nous avons un programme bien rodé, excepté que demain…

— Tu peux compter sur moi, lui assura Coop. N'hésite pas. Peut-être même que Kylie pourra nous accompagner jusqu'à l'école.

Pensait-il vraiment que cela l'aiderait ? Elle se sentit soudain effrayée. Toutefois, elle avait envie de revoir les enfants de Connie. Après tout, il ferait jour et elle ne serait pas seule.

— Pourquoi pas ? répondit-elle d'une voix plus assurée qu'elle-même ne l'était.

Connie la gratifia d'un large sourire.

— Merci. Je sais que ce n'est pas facile pour toi.

Lorsque Connie prit congé, Coop l'accompagna jusqu'à sa voiture.

— Dis-moi tout, lança-t-elle à son cousin en ouvrant la portière. Qu'est-ce qui te tracasse ?

— Eh bien, j'ai emmené Kylie faire une balade ; Glenda a dû t'en parler.

— Oui, j'ai cru comprendre que Kylie était très angoissée et qu'elle avait peur de rester seule. C'est parfaitement compréhensible.

— Plus encore que tu ne le crois. Quelqu'un nous surveillait.

Connie se mordilla la lèvre inférieure.

— Tu es sûr que ce n'est pas en rapport...

— Avec mon stress post-traumatique ? Certain.

— Tu as repéré l'individu ?

— Non, et ça ajoute à mon inquiétude.

— Bon sang ! Est-ce que son agresseur voudrait finir ce qu'il a commencé ?

— On ne peut se permette de l'ignorer.

— Absolument ! Ne la laisse jamais seule ; je vais prévenir le shérif. Nous avons une surcharge de travail avec l'alerte concernant cet inconnu, mais nous allons y réfléchir.

Elle posa soudain la main sur son bras.

— Tu n'étais pas supposé être en congé ?

Il se mit à rire.

— Appelle-moi si quelque chose te paraît suspect, poursuivit-elle. À demain, 7 heures.

Connie s'éloigna en voiture et Coop fit demi-tour vers la

Au risque de se souvenir 253

maison, mais de nouveau un frisson dans sa nuque le mit en alerte. Cette fois, il ne chercha même pas à apercevoir le harceleur.

— Ne te gêne pas pour observer, espèce d'ordure, marmonna-t-il. Mais si tu tentes quelque chose, tu le regretteras amèrement.

Todd s'interrogeait. Qu'avaient pu se dire Coop et Connie ? Étant cousins, ils avaient probablement parlé des enfants.

Il s'empara du bouquet posé à l'arrière de la voiture et, une fois que Coop eut disparu à l'intérieur de la maison, il se dirigea vers la porte.

Sa première visite à Kylie avait été prématurée. Il était temps de se faire pardonner, de la convaincre qu'il ne représentait pas une menace.

Après quelques pas, il s'arrêta. Mieux vaudrait peut-être se présenter chez elle le lendemain, en plein jour.

Il examina le bouquet. Oui, il survivrait jusqu'au lendemain.

Les circonstances seraient plus propices pour la persuader qu'il était simplement un ami, pas une menace.

Car tel n'était pas le cas. Pas encore.

Quand Coop revint dans la maison, Kylie et Glenda étaient toutes deux au salon. Glenda l'invita à se joindre à elles et il prit place à l'extrémité du canapé.

— La visite de Connie m'a fait plaisir, confia Kylie. Et je suis impatiente de voir les enfants demain. En trois ans, ils ont dû beaucoup changer.

— Les enfants changent vite à cet âge, convint Glenda. Mais tu les reconnaîtras sans peine. Ils seront simplement plus grands et plus bavards.

Kylie sourit. Cependant, remarqua Coop, la tension qu'elle avait accumulée lors de leur promenade n'avait pas disparu.

La sortie du lendemain matin serait sans doute une épreuve pour elle.

Il la comprenait parfaitement. Il vivait la même chose chaque fois qu'il revenait d'une zone de conflit. Et quelle que soit la faculté d'adaptation d'un individu, il était illusoire de penser retrouver l'innocence de l'enfance. La vie demeurait hantée et le sentiment de sécurité, compromis.

Parfois, il souhaitait tout oublier. Cependant, le cas de Kylie lui démontrait que même l'amnésie n'effaçait pas les cicatrices. Elles demeuraient gravées au tréfonds de la conscience. Ne restait alors qu'à espérer de pouvoir les accepter.

Kylie en était encore loin et, tandis que Glenda et elle discutaient de sujets anodins, une question vint à l'esprit de Coop : comment réagirait-elle si elle recouvrait la mémoire ? Serait-elle capable de le gérer, a fortiori si tout lui revenait brutalement ?

Coop n'en avait aucune idée. Pour sa part, ses expériences, aussi horribles que certaines aient pu être, avaient au moins été échelonnées dans le temps. Il avait bénéficié de pauses durant lesquelles il avait retrouvé une sécurité relative. Quant au reste… Eh bien, on finissait par s'adapter à l'état de guerre et à l'accepter quand on le vivait au quotidien.

Kylie n'aurait même pas cela. Son problème avait apparemment surgi de nulle part : une agression, un soir, sans avertissement. Elle n'avait eu le temps ni de s'y préparer, ni de s'y adapter et il ne lui en restait rien d'autre que la terreur.

Mieux vaudrait qu'elle ne se rappelle jamais l'agression, songea Coop.

Qu'elle se sente dépossédée de son avenir, il le comprenait. Mais l'idéal serait qu'elle récupère uniquement les bons souvenirs. Malheureusement, ce n'était pas le plus probable.

Il leva une main pour se frotter le menton. Il avait sacrément besoin de se raser. Le crissement de sa barbe râpeuse contre ses doigts attira l'attention de Kylie et elle lui adressa un sourire hésitant.

Au risque de se souvenir 255

— Coop, était-ce délirant de ma part de me sentir observée durant notre promenade ?

— Non, la rassura-t-il. Je l'ai senti, moi aussi. Il s'agissait probablement de personnes à leur fenêtre.

Il n'en croyait pas un mot.

— Sans doute, convint-elle. Seigneur, je hais cette peur ! Je voudrais tellement qu'elle me quitte. Elle est ridicule. Où serais-je davantage en sécurité qu'ici, avec Glenda et vous ?

— J'ignore si vous vous en débarrasserez un jour totalement, admit-il. Regardez Connie.

— Vous avez raison. Et voilà que ce nouvel incident réactive le cauchemar de l'enlèvement de Sophie. Elle semble quand même réussir à le gérer.

— Elle a eu le temps nécessaire, argua Coop. Les choses s'amélioreront pour vous aussi. Je vous le promets.

Kylie sembla laisser vagabonder ses pensées durant un moment. Puis elle sourit de nouveau, plus franchement cette fois.

— Je dois cesser d'être une poule mouillée. Certaines personnes vivent des choses bien pires et elles y survivent. Je ferai de même.

— Évidemment ! approuva Glenda. Je n'en doute pas un instant. Tu as toujours été forte. Et ça n'a pas changé.

Kylie acquiesça.

— Eh bien, je crois que, cette nuit, je vais essayer de dormir à nouveau dans ma chambre. Ce sera un premier pas !

Coop la félicita, même si intérieurement il en était désolé. Il appréciait ces heures passées à sortir à demi de son sommeil à chaque fois qu'elle bougeait ou murmurait alors qu'elle dormait, la tête posée sur sa cuisse.

Il avait observé assez de personnes dans leur sommeil pour savoir que ce n'était pas forcément un spectacle engageant. Mais, une fois endormie, Kylie était toujours aussi séduisante. Toute tension disparaissait de son visage et elle ressemblait alors à un ange. Un ange à qui il éprouvait de plus en plus le désir de faire l'amour. Cependant, ce désir qu'elle lui inspirait avait quelque chose de différent. D'autres femmes l'avaient attiré, jusqu'à le rendre, parfois, fou de désir. Avec Kylie, ce n'était pas pareil.

La volupté qui le gagnait était plus douce, tendre. Ce n'était pas seulement une tocade, elle se développait progressivement, comme si elle attendait son heure. C'était une expérience entièrement nouvelle et il décida de la savourer.

Il avait envie d'elle mais elle était loin d'être prête pour cela et son corps d'homme paraissait comprendre que c'était cette fois différent, spécial. Cette expectative sensuelle était agréable. En une ou deux occasions, il avait cru lire dans le regard de Kylie la même ardeur sexuelle mais elle avait disparu rapidement. D'autres préoccupations l'accaparaient.

Quand les deux sœurs montèrent se coucher, il sortit scruter la nuit sur la terrasse. Elle était silencieuse. Le vent était tombé. Au loin, un chien aboya. Puis deux chats, plus près, se mirent à miauler. Des bruits normaux.

Plus important, il ne se sentit pas observé. Aiguisant ses sens, il se mit à l'affût du moindre indice suspect. Rien. Il avait rapidement mémorisé la ville, ses sons et ses odeurs, et tout était parfaitement en ordre.

Cela ne l'empêcha pas de contrôler le périmètre. À nouveau, sans rien trouver d'inquiétant.

Les bras croisés, s'appuyant contre la rambarde de la terrasse, il observa la rue.

Quelle raison quelqu'un aurait-il de les traquer, l'un ou l'autre, jusque dans cet endroit ? Il aurait préféré ignorer l'évidence. Cependant, il était trop bien entraîné pour se voiler la face.

Kylie avait survécu. Cela ne faisait pas partie du plan de son agresseur. Quelqu'un estimait avoir une mission à achever.

Coop serra les poings. Il ne permettrait pas que cela arrive !

Cette décision prise, il regagna enfin l'intérieur de la

maison. Mais il choisit de passer la nuit sur le canapé plutôt que dans sa chambre à l'étage.

Quelle que soit la menace qui rôdait à l'extérieur, elle n'atteindrait pas les deux femmes qu'il avait décidé de prendre sous sa protection.

5

Le trajet jusqu'à l'école se fit dans la bonne humeur et Kylie réussit presque à oublier sa peur. En outre, Coop avait pris sa voiture de location pour éviter qu'elle ne soit exposée inutilement. Cela eut un autre avantage : enchanter les enfants.

Sophie, l'aînée issue du premier mariage de Connie, était en terminale et s'efforçait de montrer qu'elle était au-dessus de toute cette excitation. Elle ressemblait beaucoup à Connie.

Les deux plus jeunes tenaient plus de leur père, leurs traits et leurs cheveux foncés trahissant leur héritage amérindien. James avait six ans et Sara, huit. Ils se rappelaient Kylie d'après ses visites durant les années qu'elle avait oubliées et, à l'évidence, personne ne leur avait conseillé d'éviter le sujet. Un peu gênée, elle fit semblant de se rappeler ce dont ils lui parlèrent.

Après avoir déposé les enfants à l'école, Coop lui proposa un petit déjeuner chez Maude. Son premier réflexe fut de refuser mais elle devait prendre sur elle pour progresser. Elle accepta donc.

Cependant, elle n'en menait pas large. Déjà la présence de Coop à ses côtés pendant son sommeil lui manquait. La nuit précédente, les démons étaient revenus la hanter et elle avait mal dormi. Elle se sentait encore très fragile. Toutefois, si elle ne se décidait pas à affronter le monde, ce handicap la poursuivrait jusqu'à la fin de ses jours.

À cette heure matinale, le snack-bar était plutôt fréquenté.

Au risque de se souvenir

Tout le monde lui sourit et la salua mais personne ne la harcela de questions.

Maude l'accueillit à sa façon bourrue et plaqua les menus sur la table.

— Je me demandais si tu allais enfin te montrer !

— Me voilà vraiment de retour, dit en riant Kylie à l'adresse de Coop.

Maude était renommée autant pour son caractère que sa cuisine.

Pour la première fois depuis qu'elle avait quitté l'hôpital, Kylie se sentit en appétit. Elle commanda une omelette et des toasts.

Une fois que Maude se fut éclipsée, Coop se mit à chuchoter :

— C'est un personnage. Heureusement, Connie m'avait prévenu.

Kylie acquiesça avec un sourire, puis voulut aborder un sujet qui la préoccupait.

— J'ai été surprise que James et Sara ne soient pas plus timides avec moi…

Sur ce, elle s'interrompit, ne sachant exactement comment continuer.

— Qu'y a-t-il ? lui demanda Coop.

— Je me rends compte que j'ai dû leur rendre souvent visite durant ces trois années et je n'en ai aucun souvenir.

— Évitez de ressasser, lui conseilla-t-il. Cela ne vous aidera en rien.

Il avait raison. Se tourmenter pour une chose sur laquelle elle n'avait aucun contrôle était inutile.

— Je me demande si je devrais me renseigner et prendre des notes sur le nombre de visites que je leur ai rendues, par exemple. Ou les choses que j'ai faites avec eux.

— Cela vous aiderait ?

Elle réfléchit à la question, le fil de ses pensées interrompu par le bruit des assiettes déposées d'un geste brusque sur la table.

— C'est possible. Au moins, je saurais à quoi mes interlocuteurs feraient référence.

— Posez-leur la question. À l'évidence, je ne peux pas vous aider dans ce domaine.

La façon dont il lui répondit, en lui adressant un clin d'œil, l'aida, une fois encore, à évacuer sa tension.

— Vous êtes un homme tellement prévenant, Evan Cooper.

— Chut, c'est un secret… Rappelez-vous, je suis un marine.

— Je pensais que les marines étaient des gentlemen.

— Parfois seulement.

Il fronça les sourcils d'une manière comique qui fit rire Kylie.

— Vous êtes sublime quand vous riez, Kylie Brewer.

Elle eut le souffle coupé.

— Oh…, murmura-t-elle tandis qu'un nectar semblait se répandre dans ses veines.

Du moins n'était-elle pas devenue insensible au charme masculin.

Il parut s'en apercevoir et de petites rides se dessinèrent autour de ses yeux.

— Vous êtes autant en sécurité que vous pouvez le souhaiter avec moi.

Elle parvint à grand-peine à détacher son regard du visage de Coop. En un éclair, il avait modifié son humeur et toutes les afflictions qui la consumaient depuis si longtemps avaient été balayées par la vague de désir qu'il venait de faire naître en elle.

Ce n'était pas une bonne chose. Non pas les sensations ; elles étaient merveilleuses. Mais cet homme repartirait sous peu, ne revenant qu'épisodiquement pour rendre visite à Connie. Et, étant donné qu'elle n'avait aucun souvenir de lui, ces apparitions ne devaient pas être si fréquentes.

— Qu'est-ce qui vous a décidé à venir voir Connie ? lui demanda-t-elle. Je ne me rappelle pas vous avoir rencontré auparavant.

Au risque de se souvenir   261

— Connie est la seule famille qu'il me reste. Je ne l'ai pas vue durant des années et je me suis dit qu'il était temps de renouer. Vous vous souvenez de Julia, sa mère ?

Kylie hocha la tête. L'omelette était meilleure qu'elle ne s'y attendait.

— Elle était en fauteuil roulant. Connie a vraiment vécu des moments difficiles.

— Elle ne s'est jamais plainte, en tout cas à moi. Mais lorsque la pneumonie a emporté Julia, Connie et moi sommes devenus les derniers survivants de la famille. Nous avons donc commencé à nous téléphoner et me voilà. Vous en avez de la chance, non ?

Il le dit sur le ton de la plaisanterie et elle apprécia cette nouvelle occasion qu'il lui offrait de sourire.

— Absolument, lui répondit-elle en toute sincérité. Qu'est-il arrivé à vos parents ?

— Ma mère est morte lorsque j'étais enfant. Cancer du sein. Quant à mon père… Eh bien, il n'a pas su prendre sa retraite à temps et il a fait la mission de trop en hélicoptère, juste après notre intervention en Afghanistan.

— Oh ! Coop, je suis désolée.

— C'était il y a longtemps.

— Est-ce la raison pour laquelle vous êtes resté dans les marines ?

— Ils sont ma famille à présent, lui répondit-il d'une voix rauque. J'ai même grandi avec certains d'entre eux.

Kylie en eut la gorge serrée.

— Ce doit être quelque chose de spécial.

— Ça l'est. J'ai trente-cinq ans et je songe à arrêter quand j'en aurai fait vingt. Je ne suis pas encore sûr.

— Vous avez le temps…

Il afficha un nouveau sourire, plus triste cette fois.

— Peut-être. Si la vie m'a enseigné une chose, c'est de vivre dans l'instant présent.

Cette remarque interpella Kylie. Elle se concentra sur

l'omelette pour y réfléchir. L'avenir et le passé ne seraient-ils qu'illusion ? L'avenir, sans doute. Mais le passé ? Les souvenirs ? Étaient-ils à leur manière aussi éphémères que l'avenir omniprésent dans les pensées de tous ?

Et où était la place de Coop dans tout cela ? Quand bien même il lui avait laissé entendre qu'il la trouvait séduisante, que cela signifiait-il ? Rien à long terme. Rien qui puisse perdurer.

Elle devait mettre de l'ordre dans sa vie avant de s'occuper de quoi que ce soit d'autre. Néanmoins, c'était agréable. D'ailleurs, elle souriait toujours, réalisa-t-elle.

La voiture de Glenda avait disparu mais le véhicule de location de Cooper était stationné devant la maison. Todd hésita à entrer.

Toutefois, il n'aurait probablement pas l'occasion de voir Kylie en privé avant un moment. Elle était convalescente et Glenda semblait s'être assurée qu'elle ne soit jamais seule.

Il n'avait guère le choix. Il allait sans doute devoir s'absenter quelques jours pour son travail et il lui fallait apprendre si Kylie commençait à se rappeler certaines choses. Cela changerait tout.

Lançant un regard aux fleurs posées sur le siège, il décida de lui rendre une courte visite. Il aviserait ensuite pour le reste.

Il sonna à la porte. Sans surprise, ce fut Cooper qui lui ouvrit.

— Bonjour, Coop ! lui lança-t-il d'un ton enjoué. Je voulais seulement voir Kylie un moment. Je n'ai pas vraiment eu le temps de lui parler le soir de son retour.

— Un instant.

Laissant la porte ouverte, Cooper alla au salon avant de revenir l'inviter d'un geste à entrer.

Kylie l'accueillit avec un faible sourire.

— Bonjour, Todd.

Au risque de se souvenir

— Salut, Kylie, tu as meilleure mine.

Il lui tendit le bouquet.

— Je viens seulement aux nouvelles. Je m'inquiétais pour toi. La dernière fois que nous nous sommes vus, c'était dans ce petit square près de l'hôpital, à Denver.

Kylie se raidit nettement et il en fut satisfait. Elle n'en avait donc aucun souvenir.

— Vraiment ?

Il posa les fleurs dans sa main presque inerte.

— Mais oui. Je sais que tu as beaucoup oublié, mais nous avons pris un café ensemble à plusieurs reprises quand je venais en ville pour affaires. En souvenir du bon vieux temps.

— Oh…

Kylie baissa les yeux.

— Je ne pense pas que cela l'aide, Todd, intervint Coop.

Au lieu de le fusiller du regard comme lui en vint l'envie, Todd afficha son meilleur sourire professionnel, suintant de fiabilité.

— Peut-être pas. Comment suis-je supposé le savoir ?

Sans y être invité, il prit place dans le fauteuil voisin de celui de Kylie.

— Peu importe que tu ne puisses pas t'en souvenir. Je voulais seulement souligner le fait que nous n'avons pas toujours été des étrangers et qu'il est naturel que je m'inquiète pour toi.

— C'est… gentil de me le dire, répondit Kylie d'un ton hésitant. Je suis désolée d'avoir oublié.

— Pas de souci, c'était d'ailleurs occasionnel. Tu étais toujours tellement occupée par ta formation et ton travail. Quoi qu'il en soit, je veux que tu saches que je pense à toi. Je vais être en déplacement à Saint-Louis pendant quelques jours, mais je reviendrai te voir à mon retour, d'accord ?

Elle hocha la tête avec un petit sourire.

— Merci, Todd. Les fleurs sont très jolies.

— Prends soin de toi, Kylie. À bientôt.

Saluant Cooper d'un signe de tête, il s'éclipsa.

Il était ravi de s'être adroitement pavé le chemin pour une prochaine visite. Il remonta dans sa voiture en sifflotant et quitta la ville.

Après le départ de Todd, Kylie sembla perdue dans ses pensées. Coop décida d'aborder franchement le sujet.

— Le fait que Todd ait mentionné vos rencontres vous a-t-il perturbée ?

Elle releva lentement la tête.

— Je l'ignore. Je suis un peu surprise. Todd et moi, nous avons pris nos distances après le lycée. J'imagine que si nous nous sommes rencontrés à Denver, il est normal que nous ayons renoué.

Elle semblait néanmoins contrariée.

— J'ai oublié tant de choses…, soupira-t-elle.

Coop n'était pas tout à fait du même avis mais il le garda pour lui. Todd donnait plutôt l'impression de profiter de l'occasion pour imposer son retour dans la vie de Kylie. Ce qui semblait aberrant étant donné ce qu'elle se rappelait à son sujet.

— Vous n'aimez pas vraiment Todd, n'est-ce pas ? lança-t-il tout de go.

De nouveau, elle afficha un regard hanté. Ils avaient tellement progressé durant la matinée ; il eut envie qu'elle retrouve le sourire.

— Je ne le déteste pas.

— Non, mais…

— Mais… Nous ne sommes sortis ensemble que de rares fois. Je ne me suis jamais vraiment sentie à l'aise avec lui. C'est pour ça que je l'ai quitté. Après que j'ai refusé d'aller au bal avec lui, nos chemins se sont séparés. Nous étions polis mais distants.

— Par conséquent, vous êtes étonnée de l'avoir revu plusieurs fois ?

Au risque de se souvenir　　　265

— Nous sommes plus âgés à présent. Peut-être que j'ai surmonté ce qui me mettait mal à l'aise. J'accepterais probablement de prendre un café avec n'importe quelle connaissance si je la rencontrais par hasard.

Peut-être…, songea Coop. Malgré cela, il demeura troublé. Quelque chose chez ce Todd révulsait Kylie, cela ne faisait aucun doute. Était-ce vraiment parce qu'elle avait oublié les années plus récentes ? Parce qu'elle réagissait en fonction de leur passé commun ?

— Rappelez-moi ce qu'il fait dans la vie.

— Je crois qu'il est conseiller financier.

Il était surtout mielleux. Coop se ressaisit. La jalousie était mauvaise conseillère. Et il n'était d'ailleurs pas en droit d'éprouver un tel sentiment.

— Je vais jeter ces fleurs, je n'en veux pas ! décréta soudain Kylie.

Et elle se dirigea d'un pas déterminé vers la cuisine. Son attitude était sans équivoque, se dit Coop.

Toutefois, ce n'était pas son problème. Une ancienne passion, une rupture, une amitié que Todd voulait ressusciter ; Kylie était le genre de femme capable d'inspirer cela à un homme. Évidemment, Todd tentait de recoller les morceaux. Qui ne le ferait pas ?

La visite de Todd avait produit sur Kylie un effet étrange qu'elle n'aurait su décrire. Elle se sentait déprimée mais pas seulement. Un malaise l'étreignait. Pourquoi ? Parce qu'il se souvenait de choses qu'elle avait oubliées ? Non, les souvenirs évoqués par les enfants de Connie ne l'avaient pas perturbée à ce point.

Elle revint au salon pour y attendre le retour de Glenda de chez son coiffeur.

Coop faisait les cent pas.

— Qu'est-ce qui ne va pas ? s'enquit-elle.

Il se tourna vers elle.

— Moi, je suppose.

— Vous ? Quelque chose vous hante, vous aussi ?

— Non.

Il semblait presque penaud.

— C'est seulement que je n'aime pas votre ami Todd.

— Il n'est pas mon ami.

La réponse lui venait du fond du cœur.

— Vraiment ? Il s'y emploie pourtant avec opiniâtreté.

— Je dirais même avec acharnement, renchérit-elle.

Voilà, c'était dit.

Aussitôt, Coop parut plus détendu.

— C'était aussi mon impression, en particulier après vous avoir vue jeter ses fleurs. Mais j'ai cru que je dramatisais.

Elle secoua la tête.

— Peut-être est-ce moi qui dramatise. Peut-être que nos relations se sont améliorées. Je me rappelle seulement la période où nous étions des connaissances et pas des *amis*.

Elle insista sur ce dernier mot.

— Je me demandais parfois s'il me détestait de l'avoir éconduit. À l'évidence, non. Mais à présent, j'ai la sensation désagréable qu'il cherche à profiter de mon amnésie.

— C'est une grave accusation, lui fit observer Coop.

Elle haussa les épaules.

— Peut-être que je délire. Qui sait, avec cette lésion cérébrale… Mais je le ressens ainsi.

À son tour, elle fit les cent pas.

Coop, lui, se jucha sur l'accoudoir du canapé.

— Que voulez-vous faire à son sujet ?

— Rien. Il vit ici. Je ne pourrai pas toujours l'éviter. Mais je n'aime pas son insistance.

— Peut-être qu'il tente de ranimer la flamme ?

— Ça n'arrivera jamais. Nous avons eu notre chance ; ça n'a pas fonctionné. En tout cas, pas de mon côté. Je suis surprise qu'il ne soit pas en couple. Il est séduisant ; il gagne

Au risque de se souvenir   267

probablement bien sa vie. Je ne comprends pas comment il peut encore s'intéresser à moi après toutes ces années.

— Peut-être qu'il ne parvient pas à tourner la page.

— Là, vous ne me rassurez pas. Ça fait plus de dix ans !

Il avait déjà rencontré ce genre d'homme, plutôt stupide et inoffensif, que les femmes dédaignent sans raison particulière. Trop envahissant, incapable de rester en retrait. Pot de colle.

Kylie se rassit en soupirant.

— J'ai passé un bon moment avec les enfants et vous ce matin. Je ne croyais pas être prête à aller chez Maude. Les clients m'ont accueillie gentiment et personne ne m'a harcelée de questions.

— Politesse élémentaire.

— Qui fait clairement défaut à Todd.

Coop acquiesça. Mais à la décharge de l'importun, lui-même appréciait la présence de Kylie. Cette femme lui mettait la tête à l'envers. Peut-être devrait-il être plus magnanime.

— Je devrais peut-être plutôt le plaindre, reprit Kylie.

— Ça pourrait se révéler dangereux.

Elle se mit à rire.

— En effet, je ne voudrais surtout pas l'encourager.

Elle posa sur lui un regard songeur.

— Savez-vous combien vous attirez les confidences ? Je me sens si bien avec vous.

Il en fut ravi. Il lui suffisait désormais d'aider Kylie à garder cet état d'esprit.

— Ça me fait plaisir de vous l'entendre dire.

— Comptez-vous vraiment prolonger votre congé ?

— Absolument. J'apprécie de côtoyer Connie et sa famille et j'ai vraiment envie d'apprendre à vous connaître. À moins que cela ne me relègue à vos yeux dans la même catégorie que Todd ?

Elle se mit à rire à gorge déployée, ce qui le rasséréna.

— Cela n'arrivera jamais, Coop.

Il aurait aimé en être aussi sûr.

* *
*

Plus tard dans la journée, une fois que Glenda fut rentrée, il alla courir. L'activité physique qu'il pratiquait intensément lui manquait et il commençait à se sentir mal.

Tandis qu'il arpentait le bitume, ses pensées se tournèrent vers Todd ; la réaction qu'il provoquait chez Kylie était troublante. Peut-être ne signifiait-elle rien. Néanmoins, il garderait un œil sur lui. Contrairement à Kylie, qui minimisait l'importance de son aversion envers Todd, Coop se fiait à son instinct. Peut-être devrait-il d'ailleurs en parler à Connie. Cependant, elle avait déjà fort à faire avec l'inconnu qui avait abordé une fillette.

Quand il revint à la maison, détendu par l'effort, sa présence fut accueillie avec un soulagement manifeste par Kylie. Glenda devait se rendre à l'épicerie et, échaudée par sa précédente expérience, Kylie refusait de l'y accompagner.

Il ne demandait pas mieux que de jouer les gardes du corps. Mais il était aussi le genre d'homme à vouloir offrir davantage. Elle avait reconnu apprécier se confier à lui. Il concevait bien ne pouvoir réparer les dommages que la vie lui avait fait endurer. Toutefois, il souhaitait lui apporter plus que sa seule présence.

Ne restait qu'à trouver par quel moyen.

Kylie fit un effort surhumain pour s'extirper du marasme dans lequel l'avait plongée la visite de Todd. Laisser d'anciens sentiments avoir sur elle une telle emprise était ridicule. Elle prépara donc du pop-corn et choisit, parmi les DVD de Glenda, une comédie distrayante.

Coop sembla heureux de se joindre à elle, et ses éclats de rire aidèrent Kylie à se sentir mieux. L'espace d'un moment, ses démons réintégrèrent les ténèbres et elle eut presque l'impression d'être redevenue normale, joyeuse.

Au risque de se souvenir

Seigneur, elle avait tant besoin de goûter à nouveau au bonheur ! Elle se rappelait la femme heureuse qu'elle avait été autrefois, qui déprimait rarement et qui parvenait toujours à rebondir.

Elle n'avait plus été ainsi depuis son réveil à l'hôpital et elle n'appréciait guère cette nouvelle version tourmentée d'elle-même. Ce contraste la perturbait énormément ; elle craignait que cette nouvelle Kylie ne soit le produit de la lésion cérébrale.

Après le film, elle alla déposer le saladier à pop-corn dans la cuisine et revint s'asseoir avec Coop.

— Je dois vous ennuyer, lui dit-elle.

— Pas du tout, protesta-t-il.

— Je me trouve moi-même ennuyeuse. Je vous ai expliqué que j'ai une lésion cérébrale ?

— Oui, mais vous n'en donnez pas l'impression.

— C'est en partie la raison de mon amnésie. Je me demande si j'ai perdu ma personnalité en même temps que la mémoire.

— Je suis mal placé pour répondre à cette question mais je ne vois rien qui n'aille pas chez vous. Vous vous remettez d'un trauma sévère. Toutefois, la Kylie qui aimait la vie reviendra par flashs successifs. Faites-vous confiance.

Elle soupira, posant le menton dans sa main.

— J'imagine que c'est tout ce que je peux faire.

Poussée par cette tendance nouvelle qu'elle avait à voir les choses en noir, elle lui demanda soudain :

— Avez-vous encore peur quand vous marchez dans la rue ?

Il la regarda droit dans les yeux.

— Parfois, oui. Comme je vous l'ai dit, les choses s'améliorent, mais certaines situations me font froid dans le dos.

Elle se mordit la lèvre.

— La nuit me terrifie. Durant notre promenade nocturne, j'étais obsédée par la peur que quelqu'un nous observe. C'était ridicule. Une douzaine de personnes nous ont probablement vus. Vous vous êtes montré tellement compréhensif.

— Parce que ce n'était pas ridicule, lui assura-t-il.

— Mais cela ne signifie pas nécessairement qu'il y a un danger.

— En effet, la plupart du temps, c'est anodin.

Se surprenant elle-même, elle se rapprocha de lui sur le canapé. Il parut tout aussi étonné qu'elle, mais il passa un bras autour de ses épaules.

— Vous surmonterez cette épreuve, Kylie. Je vous le jure. Il faudra du temps, mais vous retrouverez une vie normale.

Elle hocha la tête, sceptique. Pour autant, elle se sentait incroyablement bien, serrée contre lui, oubliant presque ses meurtrissures.

Mais soudain, il bougea un peu, comme embarrassé par leur proximité.

— Est-ce que je vous gêne ? lui demanda-t-elle.

— Au contraire. Vous me rendez fou.

Elle tourna brusquement la tête vers lui.

— Devrais-je en être désolée ?

— Non, je peux le gérer. Vous êtes une femme très séduisante, Kylie. Mais je n'en profiterai pas.

Elle ne put retenir un léger sourire.

— Qui vous dit que je m'en plaindrais ?

— Redites-moi ça dans quelques jours. Pour l'instant…

Kylie fut aussitôt refroidie.

— Vous ne me faites pas confiance ?

— Disons plutôt que je veux éviter de vous blesser. Comment l'un de nous pourrait-il avoir l'assurance que vous êtes prête pour une aventure ?

— Une aventure…

Elle posa la main sur son torse.

— Vous n'avez pas idée de combien cette perspective me semble tentante, là, maintenant.

— Pourquoi ?

Elle ferma les yeux.

— À cause de vous, du sentiment d'évasion. Je ne sais pas…

Au risque de se souvenir

— Ce n'est jamais un bon moyen de s'évader ; ça ne marche pas longtemps. Toutefois, si dans quelque temps… Je resterai ouvert à cette possibilité. J'ai envie de vous. Et je veux que ce soit un moment inoubliable pour nous deux.

— Vous prétendez que je suis fragile.

— Ce n'est pas le cas ?

Si. Elle ne pouvait le nier.

Elle posa la tête sur son épaule.

— Je peux ?

— Bien sûr.

— Parlez-moi de vous.

— Ce sera la version censurée.

— Ça me va.

— Je suis marine depuis l'âge de dix-huit ans. Et, tenez-vous-le pour dit, nous détestons être qualifiés de *soldats*. Les soldats relèvent de l'armée. Nous, nous sommes les *marines*.

— J'en prends note.

— Quoi qu'il en soit, je suis allé en Irak et en Afghanistan. En résumé, l'expérience fut aussi désagréable pour tous les protagonistes, quel que soit leur camp. J'en garde des cauchemars récurrents, parfois même en pleine journée. Mais j'ai aussi vécu de bons moments, comme cette année passée à Okinawa où je me suis lié d'amitié avec les propriétaires d'un restaurant coréen, proche de la base. Une fois rentré au pays, je ne concevais plus de prendre un repas sans riz.

— Et ensuite ?

— En fait, il y a beaucoup de choses dont je ne parlerai jamais et davantage encore que je préférerais oublier. Cependant, tout n'a pas été mauvais. Il m'arrivait fréquemment de jouer au football avec des gamins en Afghanistan. Parfois mes équipiers étaient de la partie et jouaient contre moi, pour la plus grande joie des enfants.

— Je l'imagine sans peine, commenta-t-elle en souriant.

On frappa à la porte et Coop se leva aussitôt.

— Je m'en charge. Il est un peu tard pour une visite à l'improviste.

Elle resta assise sur le canapé, le regard tourné vers la porte d'entrée. Soudain, l'inquiétude s'emparait de nouveau d'elle.

Coop ouvrit la porte. Un petit garçon de cinq ans lui tendit alors une enveloppe. L'enfant était mignon avec ses cheveux bruns ébouriffés et ses grands yeux candides.

— Qu'est-ce que c'est ? demanda Coop.

— C'est pour la dame qui vit ici. Un homme m'a demandé de l'apporter ce soir.

Coop observa l'enveloppe, mais ne l'ouvrit pas.

— Tu peux attendre ici quelques instants. Je vais laisser la porte ouverte.

— Bien sûr, lui répondit le petit. J'habite juste à côté.

Coop sortit son portable.

— Je vais appeler Connie, indiqua-t-il à Kylie.

La communication suivit presque aussitôt.

— Connie, tu pourrais venir tout de suite ? Nous avons un jeune messager très intéressant à la porte.

6

Kylie ne comprenait pas du tout ce qui se passait. Elle se leva et s'approcha de la porte d'entrée. Il ne lui semblait pas connaître le petit garçon. Cela dit, ce n'était pas étonnant ; étant donné son amnésie, elle n'aurait de souvenir de lui qu'à l'âge de deux ans.

Coop reprit sa conversation avec celui-ci :

— Ma cousine va arriver. Tu connais l'adjointe Parish ?

— Oui, elle est gentille. Elle est venue nous parler à l'école le mois dernier.

— Eh bien, c'est ma cousine. Et je suis sûr que ton enveloppe va l'intéresser. Tu es d'accord pour la lui montrer ?

— Bien sûr, répondit l'enfant avec un grand sourire.

Il ne semblait pas perturbé par l'incident. Kylie n'aurait pu en dire autant. Son niveau d'anxiété remontait en flèche. Elle tenta de se raisonner mais le fait était là : presque tout, désormais, l'effrayait, même un petit garçon venu déposer une enveloppe.

Qui avait bien pu envoyer celle-ci ? Et pourquoi ?

Ce devait être quelque chose d'innocent, une note provenant d'un voisin peut-être. Que Coop juge nécessaire d'appeler Connie était donc très étonnant.

Celle-ci arriva enfin, en voiture de patrouille mais sans gyrophare ni sirène. Elle arborait un large sourire.

— Bonjour, Mikey. Que fais-tu dehors aussi tard ?

Elle gravit les marches de la terrasse et s'accroupit devant l'enfant.

— Un homme m'a demandé d'apporter cette enveloppe à la dame qui vit ici, lui répondit Mikey.

— Un homme que tu connais ?

L'enfant secoua la tête.

— Il avait même un drôle d'air.

— Comment cela ?

— Il avait trop de cheveux.

Mikey fronça le nez.

— Et il avait des grandes lunettes de soleil, comme des lunettes de clown.

À ces mots, Connie se crispa nettement. Sa tension se communiqua à Coop et raviva celle de Kylie.

— Je vois…, reprit Connie. Et qu'avons-nous dit concernant le fait de parler aux inconnus ?

— Je ne lui ai pas parlé, se défendit Mikey. Il m'a tendu l'enveloppe de sa voiture en disant qu'il espérait que je l'apporterais ce soir à la dame.

— Il t'a précisé de venir à ce moment-là ?

Mikey plissa le front.

— Il m'a donné un dollar et il a dit que je pourrais le garder si je venais dès qu'il ferait noir.

— D'accord. Et à quelle dame es-tu supposé la remettre ?

— À la dame qui vient de revenir ici.

Kylie tenta de calmer les battements désordonnés de son cœur mais l'angoisse la submergeait.

Les parents de Mikey arrivèrent à leur tour, puis d'autres policiers, des collègues de Connie.

Kylie parvenait de plus en plus difficilement à gérer la situation et cet afflux de personnes chez elle. Elle tenta de s'extraire de la conversation, de ne plus penser à rien.

Connie dut s'en apercevoir car elle vint vers elle et lui effleura le bras, la sortant de sa torpeur.

— L'enveloppe m'est destinée ? parvint à lui demander Kylie.

Connie hocha la tête.

Au risque de se souvenir

— Et un autre enfant de la ville a été abordé par un inconnu.

Ce commentaire causa à Kylie un électrochoc. Comment avait-elle pu omettre ce fait, préoccupée qu'elle était par son propre sort ?

— Tu dois être folle d'inquiétude, reprit-elle.

— J'en prends le chemin. Nous emportons l'enveloppe, c'est une pièce à conviction. Peut-être que nous trouverons des empreintes dessus. Qui sait, elle est peut-être vide.

Cette éventualité parut à Kylie plus menaçante encore.

— Mais le petit garçon va bien ?

— Très bien. Même si ses parents lui ont passé un sacré savon. Ça m'écœure que l'on se serve de la peur pour éduquer les enfants. Mais parfois... Quoi qu'il en soit, nous devons appréhender cet inconnu. Je repasserai demain.

Kylie se replongea dans ses pensées. Si quelqu'un cherchait à l'atteindre, pourquoi impliquer le jeune garçon ? Et si un pervers voulait s'en prendre à un enfant, pourquoi lui envoyer, à elle, cette enveloppe ? Rien de tout cela n'avait de sens.

Coop lui apporta un chocolat chaud et l'invita à s'asseoir dans le fauteuil du salon. Lui-même s'installa sur le canapé.

— Qu'en pensez-vous ? lui demanda-t-elle.

Après tout, ses craintes étaient peut-être fondées.

— C'est bizarre, reconnut-il. Peut-être que Connie trouvera une explication.

— Vous pensez que mon agresseur voudrait de nouveau s'en prendre à moi ?

— Je l'ignore. Mieux vaut n'écarter aucune éventualité.

À cette perspective, Kylie crut s'effondrer.

Depuis son retour au pays, Coop s'en était plutôt bien sorti. Sans trop de cauchemars ni d'absences le replongeant dans les combats. Il avait suffi que ce petit garçon se présente, porteur de l'enveloppe destinée à Kylie, pour rompre cet équilibre.

Il n'était pas le premier enfant à servir de noirs desseins, et Coop était toujours atterré de voir l'innocence corrompue ou abusée. Le petit Mikey aurait désormais une raison supplémentaire de craindre les inconnus ; Connie s'était montrée compréhensive mais pas ses parents. Tout aussi consternant, cet enfant avait servi à instiller de nouveau la peur dans l'esprit de Kylie.

Coop aurait voulu donner libre cours à sa colère et dans le même temps il devait trouver le moyen d'apaiser Kylie.

Il devait absolument agir.

Ce besoin d'action lui était familier, tout comme l'attente. Il s'efforça de se mettre dans l'état d'esprit préliminaire à toute mission, quand le temps défile au ralenti et que, tendu comme un arc, le combattant attend le bon moment.

Pour le moment, il ne savait qu'une chose : la menace planait sur Kylie et peut-être aussi sur les enfants de cette ville. Il ignorait la nature du lien entre ces deux cibles potentielles. La police, elle, se concentrerait assurément sur le fait que le jeune Mikey avait été abordé par un inconnu. Un inconnu déguisé, d'après la description du jeune Mikey. Ils n'avaient aucun moyen de connaître les intentions de cet individu. Quoi qu'il en soit, il avait semé le chaos et bouleversé la population. Quelle était la part de diversion dans cette manœuvre ? Quelle était sa cible réelle, Kylie ou les enfants ?

S'efforçant de garder la tête froide, Coop monta la garde auprès de Kylie. Elle ne semblait pas considérer le dépôt de cette enveloppe comme un incident anodin et, en toute franchise, lui non plus. Cependant, pourquoi impliquer un petit garçon, sinon pour détourner l'attention ?

La première enfant avait été abordée par l'inconnu avant le retour de Kylie, ce qui pourrait écarter l'hypothèse d'un lien, songea Coop. Néanmoins, son instinct lui soufflait de creuser la piste.

— Je refuse qu'il soit fait du mal à un enfant à cause de moi, déclara soudain Kylie.

Manifestement, elle avait suivi le même raisonnement.

Au risque de se souvenir 277

— Vous n'avez pas de raison de croire une telle chose. Cela a débuté avant votre retour.

— Il n'était pas difficile de le prévoir. Glenda a passé deux semaines à procéder à mon déménagement. Pourquoi s'en prendre aux enfants ?

— Pour faire diversion. Mais rien n'est encore certain. Peut-être que nous avons affaire à un détraqué qui prend plaisir à terrifier tout le monde. Peut-être qu'il n'a même pas l'intention de faire de mal à quiconque et qu'il se contente de se repaître du spectacle.

— Dans ce cas, il est aussi malsain que l'homme qui m'a agressée.

Coop ne pouvait le contester.

Il se leva et, sans demander la permission à Kylie, la prit dans ses bras, la souleva de son fauteuil et se rassit sur le canapé, la tenant sur ses genoux, serrée contre lui.

Elle ne protesta pas mais paraissait tout de même un peu tendue. D'une main, il lui caressa les cheveux.

— Rappelez-vous, je suis là. Je ne vous laisserai seule à aucun moment. D'accord ?

— Vous ne pouvez me faire une telle promesse. Vous êtes venu rendre visite à Connie et aux enfants. Je m'en voudrais de vous en priver.

— J'irai les voir quand Glenda sera présente. Je suis sûr que Connie approuvera. Vous êtes depuis longtemps amies. Vous ne pensez pas qu'elle s'inquiète pour vous ?

Kylie laissa échapper un petit rire.

— Elle a déjà assez de soucis. J'aurais dû rester à Denver. J'ai l'impression d'avoir rapporté toute cette horreur jusqu'ici.

— Vous n'allez pas vous en tenir pour responsable, tout de même ! Qu'étiez-vous censée faire, Kylie ? Vous souffrez d'amnésie et de blessures graves. Vous n'êtes pas encore en état de reprendre le travail. Vous vous seriez retrouvée à la rue.

Elle se détendit un peu dans ses bras.

— Vous avez raison. Vous faites toujours preuve d'un esprit aussi logique ?

— Pas toujours, reconnut-il. En cet instant, j'aimerais tordre le cou à quelqu'un. Le problème est que j'ignore qui.

Elle soupira et se blottit contre lui. La réaction de son corps ne se fit pas attendre. S'en rendait-elle compte ? Il ne voulait pas ajouter à ses tracas…

— S'il veut s'en prendre à moi, qu'il laisse en paix les enfants !

Elle ajouta dans la foulée :

— Une autre chose m'inquiète.

— Oui ?

— Ce pourrait être moi, la diversion. Si tout le monde pense qu'il m'en veut et baisse sa garde concernant les enfants…

Coop y avait songé, oui.

— Personne ne baissera sa garde, assura-t-il. Faites-moi confiance. Ils resteront la principale préoccupation de chacun.

— Je l'espère.

— Vous connaissez Connie mieux que moi. Qu'en pensez-vous ?

Elle le gratifia d'un rire enjoué.

— Elle ne permettra jamais qu'une telle chose se produise.

— Exactement. Et, d'après ce qu'elle m'a dit, tout le bureau du shérif est très impliqué et n'aura de cesse d'appréhender cet inconnu.

— Vous avez raison.

— Et si vous cessiez de culpabiliser sans raison ?

Elle se tourna légèrement pour le regarder.

— Je parie que vos hommes se sentent en sécurité avec vous.

— D'où tenez-vous ça ? lui demanda-t-il, surpris.

— C'est simple, vous savez garder la tête froide et vous concentrer sur l'essentiel. Il y a un instant, j'étais totalement désemparée et il vous a suffi de quelques paroles pour que

Au risque de se souvenir

je me sente ragaillardie. Je suis sûre qu'ils apprécient cela autant que moi.

Au lieu d'accepter le compliment, il considéra ses propres mains, songeant à tous les actes horribles qu'elles avaient commis. Si Kylie savait, elle ne voudrait même pas qu'elles la touchent. Bien sûr, c'était l'état de guerre. Toutefois, la guerre avait son prix, qu'il portait, gravé dans son âme, tout comme la terreur qu'elle portait en elle.

— Ne me mettez pas sur un piédestal, lui conseilla-t-il finalement. Je suis un homme ordinaire, qui a de nombreux défauts.

— Certainement. Mais pour ce qui est d'être ordinaire…

— Arrêtez, lui dit-il en riant.

Elle sourit.

Manifestement, elle avait un peu réussi à écarter les ténèbres. Elle était remarquablement résiliente.

— Pourquoi avez-vous appelé Connie ? reprit-elle.

— Parce que ça m'a paru suspect, cet enfant sur le seuil de votre porte, chargé d'un message par un inconnu.

— En effet.

Elle se mordit la lèvre inférieure en triturant l'un des boutons de sa chemise. Des pensées envahirent l'esprit de Coop. Il les refréna aussitôt, s'efforçant de rendre ses sens hermétiques au contact des formes sensuelles du corps de Kylie.

Auraient-ils l'occasion de faire l'amour avant que cette histoire ne soit réglée ? Il l'espérait. Bien sûr, il réintégrerait ensuite le corps des marines. Toutefois, si elle l'acceptait, ce ne serait pas un adieu. Jamais, jusque-là, il n'avait envisagé ce genre d'avenir. Oups, il allait devoir lever le pied.

Cependant, il la garda lovée contre lui. Elle semblait nettement plus détendue, peu en importait le prix. Il avait surmonté des épreuves bien pires que celle consistant à ignorer son ardeur virile.

— Je me demande ce que Glenda en pensera.

— Je l'ignore, je ne connais pas encore très bien votre sœur. Mais elle semble plutôt réfléchie.

— Elle l'est forcément. Elle est infirmière. Moi aussi, je l'ai été autrefois.

— Je suis sûr que vous l'êtes encore.

— Pas alors que j'ai peur de mon ombre.

— Ça passera…

— Je l'espère vraiment. J'étais sur le point de devenir infirmière praticienne. Et j'ai tout oublié. C'est comme si cet homme m'avait volé ma vie, Coop. Même s'il ne m'a pas tuée.

Il resserra son étreinte, regrettant de ne pouvoir la réconforter davantage.

— N'y a-t-il rien que l'on puisse faire à ce sujet ?

— Glenda m'a proposé de venir la seconder quand j'irai mieux. Peut-être que l'hôpital me confiera ensuite de nouveau des patients. Mais cela prendra du temps. Pour l'instant, on attend de savoir quelles seront les conséquences des dommages cérébraux. Quoi qu'il en soit, à moins que je ne retrouve soudain le souvenir de ces trois dernières années, je devrai reprendre ma formation au début. Vous n'imaginez pas à quel point j'appréhende.

Si. Il la comprenait.

— Peut-être que cela vous paraîtra moins insurmontable quand vous serez plus avancée sur la voie de la guérison.

— Peut-être, je l'espère.

Elle marqua une pause.

— Vous comptez vraiment quitter le corps des marines ?

— Je pensais initialement y rester trente ans. Mais, comme je vous l'ai dit, je pense plutôt m'arrêter après vingt. Garder du temps pour faire autre chose. Je n'ai pas encore décidé quoi.

— Vous aurez l'embarras du choix.

— Mon expérience est plutôt spécialisée. Je devrai sans doute reprendre des cours. Mais ça ne me gêne pas. En tout cas, vous concernant, je suis persuadé que Glenda trouvera le

Au risque de se souvenir 281

moyen de vous aider à remettre le pied à l'étrier. Elle semble très déterminée. Comme vous.

Kylie secoua la tête.

— Regardez-moi. Je ne suis guère déterminée ces temps-ci.

— Je vous regarde et j'aime ce que je vois. Vous réussirez à tout reconstruire, d'une manière ou d'une autre. Vous n'êtes pas du genre à baisser les bras. Sinon, vous l'auriez déjà fait.

— On ne peut pas dire que je suis tellement aux commandes.

Après une hésitation, il lui répondit.

— Vous avez décidé de survivre. Et ne me dites pas le contraire… J'ai trop côtoyé la mort. À un moment donné, on est amené à faire un choix. Croyez-moi, vous avez gardé le contrôle sur l'essentiel.

— Vous avez raison.

Elle se blottit un peu plus contre lui. Pour son plus grand plaisir.

— Vous savez, Coop, ça me plaît de savoir que j'ai fait le choix de vivre. Même si je peux douter que ç'ait été avisé étant donné la façon dont les choses évoluent mais j'aime l'idée que ce choix ait été le mien.

Coop en était heureux ; décider de mourir était trop souvent tellement plus facile.

— Vous savez, poursuivit-elle, j'aurais préféré devenir médecin mais je n'étais pas prête à investir le temps et l'argent nécessaires.

— Faites-le maintenant. Saisissez cette occasion de changer vos projets.

— Pourquoi pas ? Et vous, avez-vous songé à ce que vous ferez ensuite ?

Il lui caressa le bras. Entre les missions, l'entraînement, les sorties entre amis et les réunions de vétérans, il ne s'était jamais accordé le temps d'y réfléchir.

— J'imagine que je devrais y songer, soupira-t-il. Jusqu'à présent, rien ne s'est imposé à moi comme une évidence.

La conversation s'épuisa et Kylie se laissa complètement

aller. Il l'aurait volontiers gardée dans ses bras toute la nuit. Malheureusement, le silence faisait la part belle à son désir pour elle ainsi qu'à la perspective intimidante de devoir anticiper sa reconversion s'il survivait.

Il n'y pensait pas souvent et il ne lui en parlerait pour rien au monde mais les missions qu'on lui confiait… Bref, son espérance de vie n'était pas fabuleuse. Lorsqu'il évoquait l'avenir, c'était toujours à court terme. Ce qui n'incitait pas à faire des projets.

Il ne vivait pas dans la peur constante de la mort. En fait, il se préoccupait rarement de sa sécurité personnelle. Il devait veiller sur ses hommes.

Sans doute était-il un peu fataliste. Le moment venu, son heure viendrait. Tout ce qu'il pouvait faire, c'était garder la tête sur les épaules.

Cependant, Kylie l'avait interrogé, et la question de sa retraite l'avait déjà interpellé. Aussi, peut-être devrait-il oublier son fatalisme et sonder les possibilités.

Kylie finit par somnoler et la nuit devint calme et paisible. En dépit de tout ce que la vie vous infligeait, il y avait de bons moments, songea-t-il, presque ému.

Son expérience lui avait appris à savourer ces instants de paix en chaque occasion où ils se présentaient.

Cette sérénité prit fin quand Glenda revint de l'hôpital peu après 7 heures. Elle fit irruption munie de viennoiseries et de bagels encore chauds et elle les interrogea sans attendre.

— Que diable s'est-il passé hier soir ? Tout le monde est en effervescence.

Les yeux encore ensommeillés, Kylie préparait le café.

— Rien d'important, répondit-elle.

— Pas grand-chose, confirma Coop presque au même instant.

— Oh ! Je vous en prie, rétorqua Glenda d'un ton irritable

Au risque de se souvenir 283

tout en claquant les assiettes sur la table. Coop, sortez le
beurre et les couteaux.

— Oui, madame.

Une fois qu'ils furent assis autour de la table, Glenda
entreprit de beurrer un bagel, visiblement agacée.

— J'attends une réponse. Il y avait des policiers hier soir
devant ma maison. Il serait question d'un enfant ?

Kylie échangea un regard avec Coop. La rumeur allait se
répandre comme une traînée de poudre.

— Un petit garçon est venu ici hier, répondit finalement
Coop. Un certain Mikey, âgé de cinq ans environ. Un inconnu
l'avait chargé de déposer une lettre à Kylie.

Glenda reposa brusquement son couteau.

— Comment ? Qu'y avait-il dans l'enveloppe ?

— Nous l'ignorons. Connie l'a emportée. Elle a promis
de nous le faire savoir aujourd'hui.

Glenda se tourna vers sa sœur.

— Tu as dû être morte de peur.

— Coop était là.

Kylie commençait à se lasser qu'on la renvoie sans cesse
à ses angoisses.

Glenda la regarda fixement.

— Une idée ?

— Pas la moindre. Nous en avons discuté avec Coop.
Est-ce que les enfants sont une diversion ? Ou alors, est-ce
que *je* suis la diversion et les enfants, la cible ? Tu en penses
quoi, toi ?

— Que je suis terriblement soulagée que Coop ait été
ici hier soir, grommela Glenda. Quel genre de pervers peut
hanter cette ville ?

Elle se remit à beurrer son bagel.

— Ne me mens pas, tu as dû être terrifiée.

— Je l'ai été durant un moment. Mais je n'étais pas seule.
J'ai dormi. Coop a veillé sur moi et ce matin je vais bien.
D'accord ?

Soudain, Glenda sourit.

— Ça fait plaisir de te voir retrouver ta combativité.

Le petit déjeuner se déroula ensuite dans une ambiance plus détendue.

— Alors Coop, reprit Glenda, quel est votre programme de la journée ? Quand irez-vous voir Connie et les enfants ? Il faut que je planifie mes heures de sommeil.

— Que diriez-vous d'aller dormir maintenant ? Les enfants sont à l'école. Je m'organiserai pour passer du temps avec eux cet après-midi.

Elle lui tapota l'avant-bras par-dessus la table.

— Vous n'imaginez pas à quel point je vous suis reconnaissante.

Après avoir extorqué à Kylie la promesse qu'elle viendrait la réveiller si Connie apportait des nouvelles, Glenda alla se coucher.

Coop insista pour débarrasser la table et Kylie l'observa, appréciant le spectacle. Il était vraiment bel homme, ses mouvements étaient fluides et son corps, parfait. Pour la première fois, elle s'autorisa à s'abîmer dans sa contemplation. Bien sûr, ce n'était pas le moment de s'extasier. Mais comment dédaigner l'exquise sensation qu'il éveillait en elle ? De nouveau, elle se sentait vivante.

Mais presque aussitôt, l'anxiété la reprit, comme si elle refusait de la laisser en paix.

— Bon sang ! maugréa-t-elle.

Coop reporta aussitôt son attention sur elle.

— Que se passe-t-il ?

— L'angoisse. Elle vient de surgir de nulle part. J'aimerais tant en être débarrassée.

— Ça s'arrangera, avec le temps.

Il la rejoignit à table. D'un geste impulsif, elle lui prit la main. Sa peau était chaude, légèrement calleuse, et la pression qu'il exerça sur ses doigts la réconforta.

— Je comprends ce que vous ressentez. À chaque retour

Au risque de se souvenir 285

de mission, je dois me réadapter et la transition devient de plus en plus facile au fil du temps. Même si je réagis encore parfois de manière excessive, en particulier aux mouvements brusques et inattendus. Mais je finis toujours par me détendre. Et il en sera de même pour vous.

— Vous en êtes sûr ? lui demanda-t-elle en s'efforçant de sourire.

— Certain. Je pense que votre problème est en partie dû au fait que vous avez tout oublié. Par conséquent, vous n'avez rien sur quoi travailler et, du fait de cette absence, l'anxiété s'installe.

Sans doute avait-il raison, songea-t-elle en considérant leurs mains enlacées. Aussi horrible qu'ait pu être l'expérience de l'agression, au moins aurait-elle eu une chose à combattre. Tout ce qu'elle avait pour l'instant, c'était un grand vide et une terreur lancinante.

— J'ai encore des cauchemars, ajouta Coop. Parfois même au cours de la journée. Mais je vois ce que j'ai à affronter et je peux y travailler. Quant à vous, vous savez intellectuellement ce qu'il en est. Cependant, il ne vous reste que la peur.

— J'aurais aimé oublier cette partie.

— Pour ce qui est de la peur, vous finirez par la surmonter. Concernant le reste, je l'ignore.

Elle resserra son étreinte sur sa main.

— Parfois, j'enrage de ne pas me souvenir de ces trois années. À d'autres moments, ça m'effraie autant que le reste. Je tente de me convaincre qu'avoir occulté l'agression est une bénédiction.

— Sauf que si vous vous rappeliez son visage, vous ne seriez plus effrayée par quasiment tout le monde.

Elle leva les yeux vers lui.

— Je n'avais pas pensé à ça ! Je n'ai pas peur des personnes que je connais. Je n'ai pas peur de vous mais…

— Mais de toute personne que vous ne reconnaissez pas immédiatement. N'ai-je pas raison ?

Elle hocha lentement la tête.

— Si, absolument. Et je crains la foule. J'ai détesté l'épisode de l'épicerie avec tous ces gens qui voulaient me parler.

— Forcément. Si vous aviez une image mentale de l'agresseur, vous vous sentiriez plus en sécurité.

Elle ferma les yeux et fouilla à nouveau sa mémoire. Aussitôt, elle eut mal à la tête. Elle n'était pas encore prête. La prochaine fois qu'elle verrait le neurologue, elle lui demanderait pourquoi chaque effort de mémoire provoquait ce mal de tête. Comme s'il s'agissait d'une sorte d'avertissement.

Le quotidien lui était devenu invivable. Elle était constamment sur ses gardes, à l'affût d'une menace. Pas étonnant qu'elle ne puisse se détendre totalement.

— Coop ?

— Oui.

— Quand vous rencontrez une personne pour la première fois, êtes-vous aussi tendu ?

— Parfois. C'est inévitable. On ne peut sortir de la vallée de la mort sans en ramener des fantômes. Et même si la transition devient plus fluide...

— Oui ?

— Les cauchemars persistent. À chaque fois que j'y retourne, le contingent des fantômes s'agrandit.

— Seigneur !

Pour la première fois depuis des semaines, elle plaignit sincèrement quelqu'un d'autre qu'elle.

— Je suis vraiment désolée.

— Ça fait partie des blessures de guerre. On se retrouve cerné par une horde de spectres. D'une façon ou d'une autre, il vous faut faire la paix avec eux.

— Mais comment ?

Il secoua la tête.

— En se souvenant d'eux. En leur faisant l'honneur de se rappeler chacun d'eux, individuellement. Après cela, ils

Au risque de se souvenir

battent en retraite d'une certaine manière, sans pour autant disparaître.

— Je suis incapable de faire ça.

— Pas pour l'instant, convint-il. Qui plus est, votre situation est différente. Vous n'avez rien fait pour provoquer cette agression. Vous êtes une victime innocente.

Il soupira.

— Kylie, vous êtes le visage que je ne voudrais jamais avoir à me rappeler.

— Des visages comme le mien vous hantent-ils ?

— C'était la guerre.

À sa mâchoire contractée, il estimait lui en avoir assez révélé. Plus qu'assez.

Il reprit néanmoins la parole.

— L'une des choses qui me tracasse vraiment concernant votre agresseur, c'est qu'il voulait ajouter une innocente à ses spectres. C'était un acte délibéré. Il ne mérite pas de pardon ; son visage devrait sombrer à jamais dans l'oubli.

Elle ne comprenait plus Coop. C'était précisément ce qu'elle avait fait. Mais ne venait-il pas de lui expliquer que c'était ce qui favorisait son anxiété ?

Il soupira de nouveau.

— Je dois vous sembler confus. En fait, cela vous aiderait de vous le rappeler mais pour l'oublier aussitôt. Il ne mérite pas de hanter vos pensées.

Cette solution semblait en effet salutaire. Elle ferma les yeux. Elle aurait aimé pouvoir faire quelque chose pour aider Coop à se libérer de ses spectres. Ce devait être un terrible fardeau.

— Kylie ? Vous vous sentez bien ?

Rouvrant les yeux, elle croisa son regard inquiet.

— Je pensais à votre horde de spectres, Coop.

— Il ne le faut pas. Je suis le seul à devoir les invoquer. Parlons d'autre chose.

S'efforçant de lui être agréable, elle s'apprêtait à changer

288   *Au risque de se souvenir*

de conversation lorsque l'on sonna à la porte. Dans l'instant, l'angoisse la submergea de nouveau.

Coop s'empressa d'aller ouvrir. Il fit signe à Kylie de rester assise à la table mais elle n'écouta pas et il n'en fut pas surpris. Après l'incident de la veille, elle avait un combat à mener et voulait certainement entendre les informations de la bouche de Connie.

Si nouvelles il y avait.

— Bonjour, cousine. Entre.

— Kylie est ici ? s'enquit Connie.

Kylie lui répondit de derrière le dos de Coop.

— Où veux-tu que je sois ? Mauvaise nouvelle ?

— Je l'ignore.

Connie s'avança dans la pièce.

— Vous auriez du café ?

Kylie la guida jusqu'à la cuisine et Coop lui en versa une tasse.

Une fois assise, Connie s'adressa à Kylie.

— Comment te sens-tu ?

— Va droit au but, je t'en prie.

Connie poussa un soupir.

— La description que nous a faite Mikey de l'homme est inexploitable. Tout ce qu'il a pu nous dire de la voiture est qu'elle était vieille. Et il n'y a aucune empreinte, que ce soit à l'extérieur ou à l'intérieur de l'enveloppe. N'importe qui a pu la lui remettre.

— Mais que contenait-elle ? lui demanda Kylie d'un ton impatient.

— Une rose noire séchée.

Coop rattrapa Kylie avant qu'elle ne tombe de sa chaise.

*
* *

Au risque de se souvenir　　　289

Kylie reprit conscience, étendue sur le canapé, deux visages inquiets penchés sur elle.

— Je vais bien, bougonna-t-elle.

— Bien.

Coop s'écarta.

Connie, quant à elle, resta accroupie à ses côtés.

— Tu es infirmière. Je n'ai pas besoin de te dire de te redresser lentement.

Kylie suivit son conseil.

— Je vais mieux à présent. Tu as bien dit une rose noire ? C'est plutôt un sinistre présage, qu'en penses-tu ?

— Je l'ignore. En tout cas, tu es montée en tête de nos priorités au même titre que les enfants.

— Tu crois que ce détraqué se sert des enfants pour faire diversion ? Ou alors, au contraire, de moi ?

— Il y a encore une autre possibilité : que nous ayons deux individus dangereux en ville. Nous ne connaissons pas la réponse. Mais, Coop ?

Il se tourna vers elle. Son visage était fermé et il avait croisé les bras sur sa poitrine.

— Nous avons besoin de toi pour veiller sur Kylie. Tu viens d'être recruté par le bureau du shérif, à moins que tu n'y voies une objection ?

— Au contraire. Mais j'aurai besoin de plus d'informations.

— Nous en sommes au même point. Nous avons trop d'écoles et de terrains de jeu à surveiller en plus de nos tâches habituelles. Et, à présent, il y a Kylie. Il s'agit peut-être d'un seul et même individu mais nous ne voulons courir aucun risque. Tu as besoin d'une arme ?

Coop décroisa les bras et il regarda ses mains, serrant les poings. Kylie fut saisie d'un frisson.

— Elles sont tout ce dont j'ai besoin. Toutefois, vu la situation, je te demanderai un Taser et un Glock 43.

— Tu les auras dès que je retournerai à ma voiture, ainsi qu'un insigne et une radio.

— Que dirais-tu, aussi, d'un couteau ?

— Ça ne fait pas partie de notre équipement mais personne ne te reprochera d'en porter un.

— Coop, je suis désolée, intervint Kylie.

— De quoi ? s'enquit-il, haussant un sourcil.

— Je vous renvoie à la guerre.

Il la rassura d'un sourire, tandis que Connie regagnait sa voiture. Elle en revint deux minutes plus tard avec tout l'équipement demandé par Coop, ainsi qu'un gilet pare-balles.

Elle les salua tous deux puis repartit travailler.

Coop se tourna vers Kylie.

— Vous n'aviez pas promis à Glenda de la réveiller ?

— Laissons-la se reposer. Elle en a besoin et elle travaille à nouveau ce soir. Elle se réveillera assez tôt. Ce n'est pas comme si nous avions appris quelque chose d'utile.

Coop hocha la tête et s'assit près d'elle sur le canapé.

— En effet, même si le message est clair.

— Les questions se bousculent dans ma tête. La rose a-t-elle été envoyée par quelqu'un qui a appris ce qui m'est arrivé mais qui n'a rien à voir avec tout cela ? Ou alors, est-ce seulement un moyen de faire monter la pression, en particulier concernant les enfants ? Est-ce qu'ils sont en danger ?

— Je me préoccupe davantage de votre sort. Comment vous sentez-vous ? Êtes-vous plus angoissée ?

Surprise, elle prit un moment pour réfléchir.

— Bizarrement, non. On dirait que c'est passé. Peut-être qu'il fallait que je m'évanouisse.

Il afficha un drôle de sourire.

— À présent, vous avez quelque chose de concret vers quoi orienter vos pensées, même si c'est désagréable. Souvent, cela aide.

Elle s'adossa au canapé.

— Vous avez raison. Une rose noire, c'est étrange. Était-ce réellement une fleur séchée ou s'est-elle flétrie durant le transport ? Faut-il le prendre comme une menace ?

Au risque de se souvenir

Un soupir lui échappa, puis elle ajouta :

— En effet, c'est plus facile d'y penser que d'avoir un grand vide dans la tête. Vous aviez raison, Coop.

— Connaître le visage de l'agresseur serait encore mieux. Mais, oui, vous disposez maintenant de quelque chose de concret.

Elle lui adressa un sourire triste.

— Coop, à propos de ce que je vous ai dit tout à l'heure, du fait que je vous renvoie à la guerre… Je suis vraiment désolée.

Il l'entoura de son bras et la serra contre lui.

— Pas moi. Je suis entraîné pour ça et vous avez besoin de moi. Vous savez, ça signifie beaucoup pour moi.

Pour elle aussi, cela signifiait beaucoup de l'avoir à ses côtés, prêt à la défendre. Elle posa la tête contre son épaule et remercia Dieu d'avoir créé Evan Cooper. Si l'on exceptait l'angoisse qui l'étreignait, cela faisait longtemps qu'elle ne s'était pas sentie aussi bien qu'en cet instant, lovée entre ses bras puissants.

Elle se sentait même sexy. Elle savoura cette impression. Elle ne persisterait sans doute pas.

7

En début d'après-midi, Kylie proposa à Coop de passer le temps en jouant au Parcheesi, une sorte de jeu des petits chevaux. Il accepta avec enthousiasme, et leur partie était bien entamée lorsque Glenda réapparut, pleinement réveillée.

— Quel charmant spectacle ! lança-t-elle d'un ton joyeux.

— Ça occupe l'esprit, lui répondit Kylie. Je t'en prie, ne m'en veux pas de ne pas t'avoir réveillée. Connie est passée mais nous n'avons rien appris d'intéressant. L'enveloppe n'a fourni aucune information. Tout ce qu'ils y ont trouvé, c'est une rose noire flétrie.

La gaieté de Glenda s'évanouit aussitôt. Elle se laissa tomber sur l'accoudoir du canapé.

— Tu n'as pas jugé utile de m'en informer ?

— Pas à moins que tu ne saches où acheter des roses noires dans les environs. J'ai dit à Coop qu'il ne fallait pas te priver de sommeil pour ça. En fait, il n'y a rien de vraiment nouveau.

— Mais une rose noire…

Glenda semblait vraiment perturbée.

— Quelle chose horrible.

— Horrible mais peut-être dépourvue de sens, hasarda Kylie. Certaines personnes ont un sens de l'humour plutôt malsain. Oh ! Et Coop a été désigné par le bureau du shérif pour être mon garde du corps. Tu peux donc être tranquille.

Glenda se tourna vers lui.

— Vous vous amusez ici ?

Au risque de se souvenir   293

— En compagnie de Kylie, toujours.

— Mais vous êtes venu prendre des congés et vous voilà de nouveau en service.

— Ça ne me gêne pas. Ce qui m'ennuierait, ce serait que l'on m'écarte avec tout ce qui se passe ici. Ce serait contraire à ma nature de ne pas intervenir.

Il fit rouler le dé.

— Kylie est trop douée à ce jeu. J'essaie de la persuader de faire une partie d'échecs.

— Aucune chance, répondit Kylie.

— Elle déteste perdre, renchérit Glenda. Seigneur, une rose noire. Je suis heureuse que vous ne m'ayez pas réveillée car je n'aurais pas cessé de me tourmenter avec cette menace. Comment peux-tu être aussi calme, Kylie ?

— Parce que, à présent, quelque chose a remplacé le vide de l'amnésie.

Glenda posa sur elle un regard résigné.

— Qu'y a-t-il pour le dîner ? Je n'y ai même pas pensé.

— J'ai préparé des macaronis au fromage, annonça Kylie.

— Pourquoi est-ce que je me sens soudain si inutile ?

Kylie la serra dans ses bras.

— Tu n'es pas inutile. Tu m'as sauvée. Tu m'as ramenée à la maison. Tu n'es pas du tout inutile, sœurette. Je t'aime. J'ai besoin de toi. Mais j'ai aussi besoin de faire des choses.

Glenda finit par hocher la tête.

— D'accord. Alors, comme ça, le dîner est au four ? Vous avez de la place pour une joueuse supplémentaire ?

Une fois Glenda partie travailler, la maison redevint terriblement silencieuse. Apparemment, Coop n'avait pas grand-chose à dire, songea Kylie. Il ne cessait d'arpenter la maison comme une sentinelle, s'arrêtant de temps à autre pour écouter.

— Comment allez-vous ? demanda-t-il enfin à Kylie. Je serais surpris que cette attente ne vous angoisse pas.

— En fait, je me sens mieux.

— Mieux ? Comment cela ?

Gênée, elle ne put s'empêcher de rougir.

— Depuis mon réveil à l'hôpital, je n'ai pensé qu'à moi. Aujourd'hui, j'ai enfin recommencé à penser aux autres. À vous. À Glenda. Je suis si heureuse d'avoir retrouvé cette faculté.

— Vous ne l'aviez pas perdue. D'autres choses vous ont seulement accaparée.

— Peut-être. Mais je me sentais vraiment égoïste et ce n'est pas le genre de personne que j'aie jamais voulu être. Je suis désolée de vous avoir entraîné dans tout cela, de causer du tracas à Glenda et j'aimerais faire plus pour vous aider.

— Vous n'avez pas besoin de m'aider, protesta-t-il. Comme je vous l'ai expliqué, je suis entraîné à ça. C'est chez moi une seconde nature. Quant à la situation… Kylie, vous ne l'avez pas provoquée. Vous avez été agressée. Vous n'avez aucune responsabilité sinon celle de guérir et de rester saine et sauve.

Seigneur, elle appréciait vraiment cet homme. Quoi qu'il ait pu faire, il avait un cœur d'or. Sa bienveillance la touchait. Telle une flambée par une journée glaciale, elle l'aidait à se dégeler.

Étant donné le temps qu'il avait passé au combat et l'endurcissement qui en résultait, cela le rendait véritablement spécial.

Todd ne quitta pas la ville en réalité. Il partit en direction de Saint-Louis mais il revint le soir même et dissimula sa voiture dans l'ancienne grange. Puis il se fit discret de façon à ce que tout le monde le croie absent.

Mais ce n'était pas le cas. Il se terra pour suivre les événements. La police semblait toujours assurer la sécurité des

Au risque de se souvenir 295

enfants, mais accordaient-ils une attention supplémentaire à Kylie ? Il ne pouvait le savoir.

Cela ne l'ennuyait pas vraiment. Il avait le temps et il aimait l'idée qu'elle aurait chaque jour un peu plus peur. Sous peu, elle apprendrait qu'il avait laissé une rose noire sur son corps après en avoir terminé avec elle à Denver. Les policiers n'allaient pas tarder à le découvrir.

Cependant, ils étaient tellement occupés à surveiller les enfants qu'ils n'auraient probablement pas de temps à lui accorder. Resterait alors Cooper. Ce type n'aurait pas pu choisir un plus mauvais moment pour venir loger chez Glenda.

Todd connaissait beaucoup de monde et il lui fut facile de contacter un ou deux amis en prétendant appeler de Saint-Louis. Ceux-ci s'empressèrent de lui faire part de l'incident impliquant le jeune Mikey, lui assurant que la police concentrait toute son attention sur cette affaire. Quant à Kylie... Personne n'était au fait de sa situation.

Serait-il déplacé qu'il appelle l'une ou l'autre de ses amies ? Voire qu'il joigne Kylie en personne pour s'enquérir de sa santé ?

Il voulait se repaître de sa terreur et regrettait de ne pouvoir l'observer de près. Mais il était également réaliste. Le moment viendrait où elle se trouverait enfin seule et, alors, il finirait le travail.

Seigneur, il en était venu à haïr cette femme et à se détester de la traquer ! Elle l'avait traité comme un moins que rien au lycée et cela ne s'était pas amélioré au fil des années. Elle était si jolie, si douce, aimée de presque tout le monde.

Lui seul voyait combien elle était laide à l'intérieur. Lui seul savait le peu de cas qu'elle faisait des sentiments d'autrui.

Nul n'était mieux placé que lui pour le savoir.

« J'ai seulement le sentiment que nous ne sommes pas faits l'un pour l'autre, Todd. Je suis désolée. »

Quand il lui avait demandé pourquoi, elle ne lui avait pas répondu. Elle n'avait tout simplement pas envie de sortir avec lui. Ensuite, elle avait refusé de l'accompagner au bal de promo, préférant rester chez elle. La garce !

Oh ! quand il était tombé sur elle à Denver — en une seule occasion, contrairement à ce qu'il avait prétendu pour brouiller les pistes — elle avait accepté de boire un café avec lui, mais il avait perçu sa réticence. Elle avait vraiment un problème ; il en avait assez de son dédain à peine dissimulé. Elle était capable de se montrer affable puis de le poignarder dans le dos.

Ce café qu'ils avaient pris ensemble à Denver avait été la fois de trop. Il lui avait proposé de l'emmener voir un film. Quoi de plus innocent ? Mais elle avait décliné son offre en prétextant avoir trop de travail. Comme si elle ne pouvait pas dégager deux heures ! Il n'avait pas été dupe étant donné qu'il avait commencé à la suivre. Il avait découvert qu'elle prenait le temps, à l'occasion, de sortir avec ses amis.

Non, c'était lui qui lui posait problème, sans aucune raison. Une fois de plus, elle l'avait rejeté. Une fois de trop.

Désormais, elle se trouvait à sa portée. Il lui suffirait de la séparer de ses gardes du corps assez longtemps pour l'enlever. Il ne la tiendrait quitte de ce qu'elle lui avait fait subir que lorsqu'elle aurait cessé de vivre.

C'était le seul moyen d'effacer l'ardoise.

Coop finit par se rasseoir sur le canapé. La nuit était tombée et sa nervosité semblait s'être dissipée. Kylie en fut soulagée. Combien de spectres et de mauvais souvenirs la situation réveillait-elle en lui ? Peut-être valait-il mieux qu'elle n'aborde pas le sujet.

Il la serra contre lui, comme si c'était naturel, et elle ne protesta pas. Tout en lui l'attirait. Son odeur, sa force, son physique mais, surtout, son cœur généreux. Peu d'hommes voudraient d'elle, étant donné son état et encore moins consi-

Au risque de se souvenir 297

dérant les problèmes qui l'accompagnaient. Coop, lui, n'avait cessé de la traiter avec patience et bienveillance.

— Vous êtes quelqu'un de bien, Coop.

— Quelquefois.

Elle voulut argumenter, puis se ravisa. Il était hanté par des souvenirs qu'il ne lui confierait jamais. Mais peut-être croirait-il à nouveau un jour qu'il était un homme bien... Parce que c'était vrai.

Il fit glisser la paume de sa main sur son bras et un frisson de plaisir la parcourut, réveillant en elle des sensations oubliées. De par l'amnésie, elle ne se souvenait pas à quand remontait sa dernière fois. Mais ces sensations lui manquaient, ces sensations normales, agréables, aussi naturelles que le fait de respirer.

Elle se tourna vers lui et lui sourit.

— J'adore ça.

Il posa les yeux sur son visage levé vers lui et un sourire se dessina lentement sur ses lèvres.

— Ce sont des paroles dangereuses, madame. Et le moment pour les prononcer ne l'est pas moins.

Toutefois, en dépit de l'avertissement, il pencha la tête pour effleurer sa bouche d'un baiser. À ce contact léger, fugace, elle crut s'embraser.

— Ce n'est pas le bon moment, murmura-t-il.

— Le bon moment existe-t-il ?

— Oui. Mais, croyez-moi, quand on attend l'ennemi, on n'a pas envie d'être distrait de la façon dont vous allez me distraire.

Elle fut très déçue, même s'il avait bien évidemment raison. Et le plus important, après tout, était de ne pas lui déplaire... Non seulement elle disposait désormais d'un premier sujet de réflexion mais également d'un second, très agréable : Coop. Si elle lui en donnait l'occasion, il emplirait son monde, du moins durant une certaine période.

Il déposa un autre baiser sur ses lèvres, lui caressant

légèrement la joue de son pouce. Puis il la serra plus étroitement contre lui.

— Soyez réglo, n'allez pas vous vanter d'avoir fait perdre la tête à un marine.

Elle ne put retenir un petit rire. Elle avait soudain le cœur plus léger.

— Vous savez ce que j'aimerais ? Que quelqu'un me lise une histoire. Je me fais l'effet d'une enfant qui n'arrive pas à s'endormir sans son rituel du soir.

Il sourit.

— Je connais ce sentiment. Laissez-moi un moment pour réfléchir. Peut-être que je pourrai trouver une histoire à vous raconter.

Elle l'espéra. Elle brûlait de connaître quelque chose de plus le concernant. Il ne se livrait guère, avec raison probablement. Mais il devrait tout de même trouver, parmi les expériences de sa vie de marine, une anecdote qu'il puisse partager.

— Eh bien, il y a eu cette fois où nous étions à l'entraînement avec baïonnette au fusil et où l'idiot qui se trouvait derrière moi m'a sérieusement entaillé le cuir chevelu.

— Oh non ! Que s'est-il passé ?

— J'ai terminé la manœuvre avec le sang dégoulinant sur mon uniforme.

— Ils ne vous ont pas fait quitter les rangs ?

— Pourquoi l'auraient-ils fait ? Si je n'avais pas pu endurer ça, je n'aurais pas été apte à accomplir ce que nous réservait la suite. Une dizaine de points de suture a réglé le problème, et l'idiot en question a écopé d'une punition disciplinaire.

Kylie écarquilla les yeux.

— Si j'avais été présente, j'aurais tout fait arrêter.

— Évidemment. Vous êtes infirmière. C'est là toute la différence.

Effectivement. Elle soupira et reposa la tête sur son épaule accueillante.

Au risque de se souvenir

— Ça me paraît tout simplement incroyable.

— Enfin, toutes les anecdotes n'impliquent pas que du sang ait été versé. C'est simplement le premier souvenir qui m'est venu.

Après une certaine autocensure, présuma-t-elle. Cependant, elle n'en dit rien.

— Il reste toujours l'histoire de fantôme, reprit Coop.

— Une histoire de fantôme. Sans rire ?

Il exerça une légère pression sur son bras.

— Sans rire. Croyez-le ou non, les zones de conflit en regorgent. Même les vétérans expérimentés deviennent parfois nerveux quand ils sont stationnés dans un lieu où des hommes sont morts. Pour être honnête, moi aussi je me sens parfois mal à l'aise. C'est comme si l'air et le sol étaient pollués. Je ne vois pas de meilleure façon de décrire cela.

Elle hocha lentement la tête.

— Je crois que je comprends. Pourquoi une horrible tragédie ne laisserait-elle pas derrière elle une empreinte ? Une empreinte capable de perdurer dans le temps.

— Peut-être. Je n'ai pas l'explication. Quoi qu'il en soit, une escouade composée d'une dizaine d'hommes était stationnée dans cette base avancée. Ils n'étaient pas les premiers à l'occuper. Apparemment, sa réputation remontait à Alexandre le Grand. Le second soir, l'homme de faction au sommet de la colline vient leur demander, terrifié, quelqu'un en renfort. L'un de ses frères d'armes se joint à lui.

Il secoua la tête et elle attendit qu'il poursuive.

— Plusieurs marines ont juré qu'une silhouette noire montait la garde avec eux. Après cela, les sentinelles ont toujours travaillé en binôme. L'un des hommes était tellement ébranlé qu'il a refusé d'y retourner ; on l'a renvoyé à la base principale. Il disait qu'on lui avait murmuré à l'oreille. Certains de ses coéquipiers ont aperçu dans leurs jumelles de vision nocturne des lueurs qu'ils ne voyaient pas à l'œil nu, ils ont entendu des cris. Quoi qu'il en soit, la silhouette noire a eu raison de cet homme.

— Vraiment, une silhouette noire ?

— C'est la description qu'ils en ont donnée. J'ignore dans quelle mesure le récit a été embelli au fil du temps mais j'ai moi aussi éprouvé des sensations étranges, de temps à autre.

Elle frissonna légèrement à cette idée.

— Je suis désolé, je vous ai peut-être effrayée avec ce récit ?

— Non… Non, je pensais à cette silhouette noire. Ça me perturbe de songer qu'un mort peut se sentir encore tenu d'accomplir son devoir.

— Montant la garde pour l'éternité…, murmura Coop. Vous avez raison, c'est triste.

— Y avait-il d'autres histoires ?

— De fantômes ? Oui, j'en ai entendu quelques-unes au cours de mes différentes missions.

— Je ne serais pas surprise que les champs de bataille soient hantés.

— Franchement, moi non plus.

Elle garda le silence, s'efforçant de lui permettre de prendre le recul nécessaire par rapport à ses souvenirs de guerre si c'était ce qu'il souhaitait. Certaines choses méritaient le respect du silence.

— Je ne suis pas sûr que ce soit le genre d'histoire susceptible de vous aider à vous endormir, reprit-il au bout d'un moment.

Kylie rit de bon cœur. Soudain, il se figea.

— Chut !

Marquant une pause, il se pencha vers elle.

— Je pense avoir entendu quelque chose. Restez ici.

Elle déglutit avec peine. Sa poitrine se contracta et son cœur se mit à battre la chamade.

Elle s'efforça de se rassurer : ce n'était probablement rien. Elle était en sécurité avec Coop.

Pourquoi, en ce cas, ne se sentait-elle pas tranquille ?

Todd prit l'une de ses vieilles voitures pour se rendre en ville et se gara à quelques rues de la maison des sœurs Brewer. Puis il s'en approcha en longeant le trottoir. À travers les voilages de la fenêtre en façade se dessinaient les silhouettes de Kylie et Coop. Ces deux-là semblaient beaucoup trop complices, estima Todd. Kylie ne l'avait jamais laissé mettre son bras autour d'elle de cette façon. Jamais.

Mais cet homme qu'elle connaissait à peine ? Ce devait être en rapport avec son statut de marine. Le maudit prestige de l'uniforme !

La cuisante amertume qui ne le quittait plus désormais et le rongeait de l'intérieur s'accrut. Furieux, il attrapa une petite pierre qui traînait au bord d'un jardin.

Alors qu'il se redressait, Kylie éclata bruyamment de rire.

Possédé par la fureur, il lança, sans réfléchir, la pierre contre le mur de la maison. Aussitôt, Cooper se figea.

Tant mieux.

Cependant, il bougea ensuite, sans doute pour vérifier d'où était venu le bruit.

Todd battit aussitôt en retraite dans l'ombre et se cacha derrière un buisson, quelques maisons plus loin.

Peut-être devrait-il ajouter Cooper à la liste des personnes dont il comptait s'occuper. Mais non, d'abord Kylie.

Cela faisait longtemps qu'il voulait lui donner une leçon.

Coop était sérieusement inquiet depuis qu'ils avaient appris que l'enveloppe contenait cette rose. Non que les craintes de Kylie ne l'aient pas déjà préoccupé mais il avait désormais la confirmation que quelqu'un la harcelait.

Et, bien qu'affichant une expression décontractée, il restait en alerte. Quelque chose heurta le mur de la maison. Ce n'était peut-être rien mais il faudrait faire quelque chose à propos de ces voilages.

Avant de contrôler le périmètre extérieur, il décida de s'assurer que les portes et fenêtres étaient bien fermées.

Une fois rassuré sur ce point, il revint au salon. Kylie était blême.

— Tout est parfaitement en ordre. Je vais faire un tour à l'extérieur.

De nouveau, la terreur s'inscrivit sur les traits de Kylie.

— Coop ? murmura-t-elle d'une voix rauque.

Il s'accroupit face à elle.

— Je vais sortir et vous allez fermer à clé derrière moi. Vous pouvez faire ça ?

Elle hocha la tête et se mordilla la lèvre inférieure.

Coop reprit :

— S'il y a un moyen d'occulter la fenêtre en façade, trouvez-le. Ces voilages ne nous donnent pas assez d'intimité.

Elle hocha de nouveau la tête.

Il lui prit les mains et les serra entre les siennes.

— Accompagnez-moi. Fermez la porte à clé derrière moi.

Il était ennuyé de lui faire cela mais il devait absolument aller vérifier. Si quelqu'un rôdait dehors, il trouverait peut-être des traces de sa présence.

— Ce ne sera pas long, promit-il à Kylie avant de franchir le seuil.

Aussitôt, elle tourna la clé dans la serrure.

La nuit était calme, peuplée uniquement du bruit des voitures dans les autres rues et de celui d'une télé s'échappant de la fenêtre ouverte d'une maison voisine. Personne sur les trottoirs.

Cependant, quelqu'un observait, Coop le sentait. Son instinct affûté l'en avertit. Inutile de fouiller toute la rue, l'individu s'éloignerait à son approche. Il se contenterait donc pour l'instant du jardin et des abords immédiats de la maison.

L'homme était dans les parages. Quant au bruit…

Au risque de se souvenir   303

Coop inspecta le sol, légèrement humide. Il n'y avait rien d'autre que les empreintes laissées par les pattes d'un chien.

Alors qu'il revenait vers l'avant de la maison, la sensation d'être observé le titilla de nouveau. Puis disparut. Apparemment, l'intrus s'était éclipsé.

De retour sur la terrasse, il s'arrêta. Était-ce une pierre, là ?

Il sonda rapidement sa mémoire mais ne se rappela pas l'avoir vue auparavant. Glenda balayait régulièrement la terrasse. Il s'en était lui-même chargé quelques jours plus tôt pour évacuer les feuilles mortes.

Cette pierre était donc probablement le projectile qui avait heurté la maison. Ce n'était pas accidentel. Il se tourna vers le trottoir. C'était un poste d'observation plausible.

Il alla se placer sur le trottoir face à la maison. Avec ces voilages, cela revenait à regarder un écran de télévision un peu flou. Tout était beaucoup trop visible.

D'ailleurs, l'herbe avait été aplatie, remarqua-t-il. Mais l'absence de rosée à cet endroit ne permettait pas de disposer d'empreintes indiquant la direction prise par le voyeur. Dommage…

Et il ne pourrait rien faire de plus sans laisser Kylie seule. Aussi, il abandonna la pierre et retourna à la maison, frappant à la porte.

— Kylie, c'est moi.

La porte s'ouvrit et il se faufila à l'intérieur. Seigneur, elle paraissait bouleversée.

Dès qu'elle eut refermé la porte, il l'attira dans ses bras et l'enlaça étroitement, comme s'il pouvait ainsi chasser sa peur.

Il aurait voulu tordre le cou de son harceleur.

Au lieu de cela, il serrait dans ses bras cette femme séduisante et effrayée, animé du souhait de la faire se sentir en sécurité. Celui qui avait envoyé cette rose faisait preuve d'une extrême cruauté en terrifiant ainsi sa victime, en alimentant son cauchemar.

Il aurait volontiers étranglé cet individu à mains nues.

Il caressa les cheveux de Kylie. Elle frissonna nettement.

— Tout va bien, lui assura-t-il.

— Il n'y avait personne ?

— Pas pour l'instant. Mais nous devons nous occuper de cette fenêtre. N'importe qui peut nous voir de la rue. Vous y avez réfléchi ?

Piètre moyen pour qu'elle ne bascule pas dans le précipice de ses peurs, mais que dire d'autre ?

— Oui, fit-elle. Nous avons des tentures pour l'hiver. La tringle est en place. Il suffit de les suspendre.

— Dans ce cas, aussitôt que vous vous sentirez prête, nous le ferons.

Elle le stupéfia alors, se détachant de lui et affichant un air déterminé.

— Je n'étais pas une telle mauviette auparavant. Et je n'ai pas l'intention de le devenir. Je pense savoir où Glenda range les rideaux.

Elle s'attelait au problème immédiat. C'était très bon signe, jugea Coop. Il la suivit dans le couloir jusqu'à l'armoire à linge. Elle lui passa les tentures une par une.

— Je n'ai jamais pensé que l'on pouvait nous observer de la rue, soupira-t-elle.

— Vous n'aviez pas de raison de vous en inquiéter. Ces rues sont en général paisibles.

— Elles l'étaient.

Atterré par ce constat, Coop décida de rendre à nouveau ces rues sûres pour elle.

Tandis qu'ils revenaient au salon, elle lui demanda :

— Devons-nous appeler la police ?

— Ils ne trouveraient pas grand-chose de plus que moi. Quelqu'un a jeté une pierre contre la maison. Je ne l'ai pas retrouvé. Il doit probablement être reparti depuis longtemps.

— Jeter une pierre semble un geste puéril.

Il était d'accord. Cependant, il garderait pour lui l'autre interprétation qu'il en faisait. L'homme avait probablement

Au risque de se souvenir

été furieux de la voir rire et s'en était pris à elle de l'unique façon possible pendant qu'elle n'était pas seule.

Coop aida Kylie à déplier les rideaux et à les suspendre. Un quart d'heure plus tard, le salon était devenu invisible au regard des passants.

— Ça ne va pas faire plaisir à Glenda, fit observer Kylie en reculant pour contempler leur œuvre.

— Pourquoi ?

— Parce qu'elle adore laisser entrer la lumière.

Il glissa alors le bras autour de ses épaules. Aussitôt, elle s'abandonna à son étreinte et il en fut ravi.

— Je pense que Glenda comprendra.

— C'est certain.

Kylie poussa un soupir et revint s'asseoir sur le canapé.

— Je commence à me sentir prisonnière. J'allais déjà assez mal quand j'étais simplement effrayée et que je ne me rappelais pas grand-chose de ma vie mais, là, je me sens franchement prise au piège.

Il ne pouvait nier qu'elle le soit. Quelque part dehors, dans ces rues autrefois tranquilles, rôdait un tueur qui voulait sa mort. C'était manifestement une définition de l'emprisonnement. Occulter les fenêtres, rester avec elle à chaque instant, tel un garde du corps… en était une autre.

Il fit les cent pas durant un moment. Comment pourrait-il la rassurer ? Au moins un peu. À certains égards, elle ressemblait beaucoup aux jeunes recrues qu'il emmenait sur leur première mission vraiment périlleuse. Excepté qu'elle n'avait suivi aucun entraînement la préparant à l'affrontement.

Seigneur, elle devait se sentir complètement désemparée avec cette énorme perte de mémoire et cet inconnu qui la traquait. Il comprendrait qu'elle perde pied.

Jusque-là, elle n'avait pas craqué. D'une manière ou d'une autre, elle avait toujours trouvé la force intérieure d'encaisser chaque nouveau coup dur. Il l'admirait énormément.

Toutefois, ce stress permanent l'épuisait visiblement et

dormir à nouveau sur le canapé, nuit après nuit, ne l'aiderait pas à se reposer.

— Kylie ?

— Oui ?

— Pourquoi vous n'iriez pas vous coucher ? Dans votre vrai lit. Vous avez besoin d'un sommeil réparateur.

L'espace d'un instant, son visage se figea et son regard se mit à danser comme si elle s'attendait à ce que quelqu'un se jette sur elle. Puis elle se ressaisit. Après tout, se souvint Coop, elle avait déjà dormi seule, tentant de retrouver son indépendance. Mais alors, ce n'était pas lui qui avait lancé l'idée, mais elle.

— Vous devez être terriblement lassé de ma présence.

— Absolument pas ! protesta-t-il avec véhémence. D'où tenez-vous cette idée ? Je pense simplement que vous avez besoin d'une bonne nuit de sommeil. Je sais que ce n'est pas facile étant donné la situation. Je monterai la garde, je vous le jure. Et vous n'avez pas à craindre que je m'assoupisse. Je suis entraîné à réagir au moindre bruit, question de survie. Allez vous préparer pour vous mettre au lit. Je viendrai vous border si vous le voulez.

Il la suivit du regard tandis qu'elle montait l'escalier et cette vision l'emplit d'un ardent désir, pour le moment importun. Il ne pouvait se permettre qu'une chose : contempler cette femme et la garder saine et sauve. Quant à la suite… Eh bien, il se pourrait qu'il doive patienter un long moment avant de l'envisager.

Todd ricanait intérieurement. Finalement, il avait trouvé le moyen d'éloigner Cooper de cette garce !

Tandis qu'il retournait à sa voiture, il réfléchit à un stratagème. Cooper avait passé près de dix minutes à l'extérieur de la maison pour découvrir l'origine du bruit causé par la

Au risque de se souvenir

pierre. Cela signifiait que, s'il trouvait une excuse valable, il parviendrait à les séparer.

Il lui suffirait d'échafauder un plan. Il allait s'y employer sans tarder.

8

Kylie prit sa douche, enfila une chemise de nuit en coton et se glissa entre les draps. Coop avait raison. Son lit était bien plus confortable que le canapé. Et aussi longtemps qu'il serait présent, elle dormirait bien. En revanche, dès qu'elle se retrouvait seule, les crises de panique la réveillaient de nouveau.

— Coop ?

Un instant plus tard, il apparut sur le seuil de la chambre.

— C'est un spectacle agréable que de vous voir dans un vrai lit, lui dit-il en souriant.

— Vous restez avec moi ?

Il hésita, regardant le rocking-chair installé dans un coin de la chambre, puis il sembla se ressaisir.

— Bien sûr.

Elle fut soulagée qu'il choisisse plutôt de s'allonger près d'elle, sur les couvertures. Tout habillé, avec ses bottes, mais juste à côté d'elle, fort et rassurant.

— Merci, murmura-t-elle.

— Je compte sur vous pour ne rien tenter.

Elle pouffa.

— Un marine n'est pas censé perdre la tête, c'est bien ça ?

— Jamais.

Il roula sur le côté. Puis il se souleva sur un coude et cala une main sous son menton.

— Ce n'est pas l'envie qui m'en manque. En fait, j'adorerais vous faire l'amour jusqu'à ce que l'épuisement ait raison

Au risque de se souvenir 309

de nous. Mais il est inutile de vous expliquer pourquoi le moment serait mal choisi.

— Après la livraison de cette rose, c'est évident, admit-elle.

Cependant, elle était dégoûtée qu'un pervers soit parvenu à détruire sa vie et qu'il continue à la lui empoisonner.

— Vous savez, Coop, j'ai consacré ma vie à aider autrui, à sauver des vies. Mais en cet instant, je serais capable de commettre un meurtre. Il ne m'a pas assez volé ?

Coop soupira.

— Manifestement, ce n'est pas son opinion.

Il écarta les cheveux de son visage avant de poser la main sur sa joue.

— Nous traverserons cette épreuve, Kylie. Je vous garderai saine et sauve et nous arrêterons cet homme.

— Qui peut faire une telle promesse ?

— Moi, je vous la fais.

À ces mots, elle eut foi en lui. Il était allé à la guerre. Il avait mené des hommes au combat… Elle n'aurait pu espérer meilleur protecteur. Cependant, les marines échouaient parfois. Le cimetière national d'Arlington en était la preuve.

Elle ferma les yeux, savourant le contact de sa peau contre la sienne, souhaitant tellement plus.

— Promettez-moi…

— Oui ?

— Que lorsque tout sera terminé, nous ferons l'amour. Avec fougue, avec passion.

— Madame, je vous en fais la promesse solennelle. Vous me rendez fou. Il me suffit de poser les yeux sur vous pour éprouver un désir ardent. Notre jour viendra. Peut-être même suivi de nombreux autres, c'est d'accord ?

— C'est d'accord, chuchota-t-elle.

Il lui embrassa légèrement le front et ajouta, à voix basse :

— Vous n'imaginez pas à quel point j'en ai envie. Je veux explorer chaque centimètre carré de votre corps. Je veux vous procurer un plaisir tel qu'il vous consumera.

Un frisson d'extase pure la parcourut et, en un instant, ses sens s'embrasèrent.

— Je brûle de connaître ce moment.

— Nous le remettrons néanmoins à plus tard.

— Vous risquez de découvrir que les infirmières, elles aussi, peuvent lancer l'assaut.

Il laissa échapper un rire amusé.

— J'ai hâte d'y être. À présent, je vous en prie, dormez.

Elle ferma les yeux, même si son excitation l'empêcherait probablement de s'endormir.

La caresse douce de la main de Coop sur ses cheveux réussit néanmoins à l'apaiser et le sommeil la gagna. Un merveilleux sommeil réconfortant.

Soudain, une image traversa son esprit et elle se redressa en poussant un cri.

Coop réagit instantanément et bondit hors du lit, les sens en alerte. Rien n'avait changé, il était sûr de ne pas s'être assoupi et aucun son inhabituel n'avait perturbé le silence de la nuit.

Cependant, Kylie était assise très droite, regardant fixement quelque chose qu'elle seule voyait. Une part de lui le poussa à dégainer le couteau qu'il portait à la cheville. Toutefois, son instinct l'en dissuada. Rien ne s'était réellement produit, pourquoi inquiéter Kylie ?

Elle était déjà assez effrayée par une chose appartenant visiblement à son monde intérieur.

Craignant de la déranger alors qu'elle était happée par sa terreur, probablement une forme de ce stress post-traumatique qu'il ne connaissait que trop bien, il resta immobile, debout près du lit.

— Kylie…, appela-t-il doucement.

Comme elle ne répondait pas, il haussa un peu la voix.

— Kylie… Vous m'entendez ?

Au risque de se souvenir 311

Après ce qui sembla une éternité, elle tourna légèrement la tête et lui répondit d'une voix rauque :

— Je me suis rappelé quelque chose.

De toute évidence, ce n'était pas un bon souvenir.

— Quoi donc ?

— Un couteau, murmura-t-elle. Le reflet métallique d'un couteau qui s'abattait sur moi. Je le sens encore s'enfoncer dans ma chair.

Heureusement qu'il n'avait pas sorti le sien ! Dans ces circonstances, cela aurait pu avoir un effet dévastateur.

— Puis-je m'asseoir près de vous ?

— Oui, murmura-t-elle.

Il s'installa à côté d'elle en prenant garde de ne rien faire qui puisse l'effrayer.

— Avez-vous vu autre chose ?

— Seulement le couteau.

Elle se tourna alors vers lui et enfouit la tête dans le creux de son épaule.

Il l'enveloppa de ses bras, l'étreignit.

— Je suis là. C'était seulement un souvenir. Revenez vers moi, Kylie. Je vous en prie.

Et elle revint à la réalité. Mais des sanglots se mirent à secouer son corps entier et des larmes mouillèrent sa chemise.

Il la berça tendrement, tentant de l'apaiser. De toutes les choses qu'elle aurait pu se rappeler, il avait fallu que ce soit celle-là, songea-t-il, amer. Non pas un visage — ce qui aurait pu leur être utile — mais la lame du couteau qui l'avait torturée. Le souvenir de la douleur.

— Je suis désolée, s'excusa-t-elle en hoquetant.

— Il n'y a pas de quoi. Je sais ce que c'est. Pleurez autant qu'il le faudra.

— Il vous arrive de pleurer ?

— Je m'emporte, plutôt.

Elle renifla et une nouvelle vague de sanglots l'assaillit.

— Je préférerais me mettre en colère.

Elle finirait certainement par en arriver là. Le contraire serait inconcevable. Elle n'avait pas exagéré en disant que cet homme lui avait tout volé. Son avenir, son sentiment de sécurité, sa mémoire. Coop préférait ne même pas penser à la souffrance physique qu'il lui avait fait endurer. Il espéra sincèrement que rien de plus ne lui reviendrait à ce sujet. Le visage de l'homme serait la seule chose dont il serait utile qu'elle se souvienne concernant l'agression.

Une colère sourde se mit à couver en lui ; il la réprima afin qu'elle ne la perçoive pas. Cependant se développa en son for intérieur davantage que la nécessité de protéger cette femme. L'envie de la venger.

Ce n'était pas sain. Il avait toujours estimé que la vengeance était la pire des motivations. Toutefois, il ne pouvait nier vouloir venger Kylie.

Les sanglots s'apaisèrent progressivement et elle se laissa aller entre ses bras, épuisée et dévastée par la tempête qui venait de la secouer. La serrant contre lui, il lui caressa le dos. Il aurait aimé faire bien davantage.

— Votre chemise est trempée, remarqua-t-elle d'un ton d'excuse.

— Ce n'est pas la première fois, la rassura-t-il. Je reviens dans un instant.

Il eut presque de la peine à se séparer d'elle.

Il alla dans la salle de bains mouiller d'eau chaude un gant de toilette puis retourna s'asseoir sur le lit pour essuyer les larmes sur le visage de Kylie. Sa chemise de nuit était elle aussi humide.

— Vous avez une chemise de nuit de rechange ?

— Oui, dans le tiroir du haut.

Il regagna la salle de bains pour y déposer le gant de toilette puis revint dans la chambre à l'éclairage tamisé. Kylie s'était levée et déjà elle enlevait sa chemise de nuit.

Il se figea. Sous cet éclairage, sa peau semblait de bronze et sa silhouette était parfaite tandis qu'elle tendait les bras

Au risque de se souvenir

au-dessus de sa tête. Il avait vu beaucoup de femmes nues mais celle-ci était vraiment la perfection incarnée. De petits seins fermes, une taille fine, de longues jambes sveltes.

Et des cicatrices. Même avec cette lumière douce, il put le constater : l'agresseur lui avait lacéré le corps comme s'il voulait anéantir sa beauté. Bizarrement, il avait épargné son visage mais s'était acharné sur tout le reste.

Kylie serait sans doute bouleversée si elle le surprenait à la détailler ainsi, réalisa soudain Coop. Aussi, il recula vivement et alla enfiler un sweat-shirt dans sa propre chambre. La nuit s'était rafraîchie.

Lorsqu'il revint dans la chambre de Kylie, elle portait une chemise de nuit de flanelle et se frictionnait les bras.

— Quand s'est-il mis à faire aussi froid ?

Probablement au moment où elle s'était souvenue du couteau, songea Coop. Mais il s'abstint d'en faire la remarque.

— C'est toujours le printemps, argua-t-il du ton le plus enjoué possible. À présent, glissez-vous sous les couvertures.

Il aurait aimé l'y rejoindre. La vision de son corps sexy hantait son esprit. Mais le moment était malvenu. Et un mauvais timing pouvait se révéler catastrophique, il ne le savait que trop bien.

Elle se glissa sous les couvertures.

— Désolée d'avoir fondu en larmes.

— Je vous l'ai dit, vous n'avez pas à vous excuser.

Il s'assit sur le bord du lit.

— Alors comme ça, vous vous emportez ? reprit-elle.

— Je pense que c'est un réflexe typiquement masculin. Les larmes sont sans doute plus productives.

— Est-ce que vous cassez des choses ?

— J'essaie au maximum de l'éviter. Le plus souvent, j'y parviens.

L'expression de Kylie se fit plus mélancolique.

— Ce sont vos spectres qui vous mettent en colère ?

Sa question le meurtrit. Ce qui était illogique puisqu'il

avait choisi de lui faire cette confidence. Il décida d'y ajouter un élément qu'il confiait rarement mais qu'il devait peut-être communiquer à Kylie avant qu'elle ne se fasse une opinion de lui.

— Mes spectres, ainsi que toutes les personnes qui les pleurent.

Elle se redressa vivement et le serra dans ses bras.

— Oh ! Coop, je suis vraiment désolée.

Après une brève hésitation, il l'enlaça.

— La guerre a un prix, Kylie. Nous le payons tous… Tous ceux qui sont impliqués, civils ou militaires. C'est inévitable.

— Comment le gérez-vous ?

— De la même façon que vous. Un pas à la fois, jour après jour. Nous ne pouvons pas changer le passé. Ce qui importe, c'est ce que nous faisons de l'instant suivant. Je ne suis pas un pacifiste. Je crois en ce que je fais et je tente de faire ce qui est juste. Parfois, je m'interroge mais je dois avancer et faire de mon mieux.

Elle s'appuya doucement contre lui.

— C'est aussi ce que je dois faire. Continuer d'avancer, même si ce pervers est encore en liberté.

— Eh bien, reconnut Coop, c'est très préoccupant, mais tout le monde veille sur vous, en particulier Glenda et moi. Alors peut-être qu'au lieu de vous tracasser sans cesse à son sujet, vous devriez penser à tous les lendemains à venir. Comme à votre rêve de devenir médecin.

Elle soupira et parut se détendre davantage encore. Apparemment, sa terreur était repassée au second plan. Il en fut heureux.

— Faire médecine est une chimère et j'en ai conscience. Tout d'abord, j'ai ce problème d'amnésie. Mais, même sans cela, je ne pourrais certainement pas financer les études. Il faudrait que je travaille en même temps et je ne suis pas sûre d'y arriver seule. J'ai entendu parler d'étudiants qui vivaient

Au risque de se souvenir

aux crochets de leur conjoint et je refuse de me servir de quelqu'un de cette manière. Je trouve cela révoltant.

— Je vois. Pensez-vous, dans ce cas, terminer votre formation ?

— Je l'ignore. À chaque fois que je pense à l'amnésie, ça me rend malade. Je ne suis même pas certaine de pouvoir redevenir infirmière. Je ne suis plus sûre de rien.

— Je pense que ça s'arrangera avec le temps.

Il le souhaitait sincèrement.

— Merci de vous montrer aussi patient avec moi.

— Patient ?

Ce mot le surprit.

— Je ne suis pas patient.

— Bien sûr que si. J'ai ruiné vos congés et vous ne me connaissiez même pas avant que ma sœur ne vous entraîne dans tout cela. Vous auriez pu vous divertir au lieu de jouer les baby-sitters.

Il la prit par les épaules et plongea son regard dans le sien.

— Je n'ai pas l'impression d'être un baby-sitter. Et je ne fais pas preuve de patience. En fait, je devrais plutôt vous remercier de m'offrir l'occasion de vous protéger. Ça me fait du bien.

— Vraiment ?

Elle scruta son visage puis esquissa un doux sourire.

— Vous êtes vraiment un homme bien, Evan Cooper. Merci de veiller sur moi.

Il n'imaginait pas que l'on n'ait pas envie de le faire. Enfin, cela excluait, à l'évidence, un certain psychopathe.

— C'est un plaisir et un honneur, lui confia-t-il. À présent… Pensez-vous que vous allez pouvoir dormir ?

— J'ai peur de fermer les yeux.

Il ne pouvait l'en blâmer en la circonstance.

— Vous voulez essayer plutôt le canapé ?

Elle hésita.

— Peut-être. Je dormais bien, la tête posée sur vos genoux.

C'était une maigre consolation. Il aurait voulu pouvoir l'aider vraiment, la libérer de sa terreur.

Cependant, il avait souhaité de nombreuses choses au cours de sa vie et peu d'entre elles s'étaient réalisées.

Quelques minutes plus tard, Kylie était étendue sur le canapé, la tête posée sur la cuisse de Coop. C'était une cuisse ferme, trop dure pour être qualifiée d'oreiller mais, en un sens, plus confortable et rassurante qu'un véritable oreiller. Cette force, cette puissance sous sa joue lui procurèrent un profond sentiment de sécurité. Même l'odeur virile de Coop l'enveloppait dans une réalité très agréable, augurant de possibilités plus excitantes encore.

Il produisait sur elle un effet indéniable. Elle avait envie de lui. Ce désir latent n'avait été réprimé que lorsqu'elle avait appris que la rose déposée par Mikey était la seconde après celle de Denver.

Elle ne voulait pas fermer de nouveau les yeux. Elle fixa les rideaux qu'ils avaient installés, parcourut du regard la pièce faiblement éclairée, mais elle osa à peine cligner des yeux.

Elle redoutait que cette vision tellement saisissante ne resurgisse. En cet instant, celle-ci se trouvait reléguée dans sa mémoire mais, sur le moment, elle avait été très réelle comme si elle-même avait été projetée dans le passé.

Coop lui caressa tendrement l'épaule. Cet homme était incroyable. Pas une fois il ne lui avait conseillé de se reprendre et de cesser de geindre. C'était elle qui se faisait de temps à autre cette remarque.

Elle s'efforçait d'aller de l'avant. Toutefois, l'idée que son agresseur soit sur ses traces rendait l'avenir terriblement incertain. Alors même que tout le bureau du shérif de la ville de Conrad, ainsi que Coop, étaient sur le pied de guerre, elle ne parvenait pas à se convaincre que cela empêcherait cet être malsain de l'atteindre.

Au risque de se souvenir 317

Parce qu'il l'avait déjà fait !

Elle ne se rendit même pas compte d'avoir soupiré avant que Coop ne déclare :

— Quel profond soupir ! À quoi pensez-vous ?

— À rien en particulier. Je suis à la fois furieuse contre moi-même de laisser cet individu m'empoisonner l'existence et terrorisée. J'en ai assez d'avoir peur.

— Je comprends. Mais votre angoisse finira par s'estomper.

— Il faudrait pour ça qu'il soit appréhendé. Serait-il possible de découvrir où a été achetée la rose et par qui ?

— Je serais surpris que la police ne soit pas déjà sur le dossier. Mais les chances de retrouver l'acheteur sont sans doute minces, en particulier s'il a payé en liquide.

Évidemment, Connie avait dû explorer cette piste. Quoi qu'il en soit, malgré la menace qui rôdait dehors, Kylie flottait dans une bulle protectrice en compagnie de Coop, chez elle.

Elle aurait voulu savoir exprimer ce qu'elle ressentait sans l'embarrasser. Il semblait considérer ce qu'il faisait comme parfaitement normal et les quelques fois où elle y avait fait allusion, il avait éludé la question.

Peut-être à cause de ses spectres. C'était un pesant fardeau qui révélait cependant quel homme bon il était. Il disait croire en sa mission mais il en portait le poids pour le meilleur et pour le pire.

Elle qui se plaignait d'avoir traversé une horrible épreuve ! Elle n'avait probablement aucune idée des tourments que la vie pouvait réserver.

Au moins avait-elle oublié l'agression. Peut-être devrait-elle commencer à considérer l'amnésie comme un bienfait.

— Et si vous envisagiez finalement de faire médecine ?

— Pourquoi ?

— Parce que ce serait le début d'une grande aventure. Et n'invoquez pas l'excuse du financement. Vous pourriez contracter un emprunt et le rembourser plus tard. Posez sur la question un regard neuf.

— Pourquoi pas, après tout ?

Un sentiment d'excitation naissait en elle. Oui, elle voulait vraiment devenir médecin. L'envie était toujours présente. Elle seule se l'interdisait. Bien sûr, elle rencontrerait des obstacles. Mais peut-être la vie lui offrait-elle une seconde chance.

Pour la première fois, quelque chose de positif semblait pouvoir émerger de ce chaos.

— Vous êtes quelqu'un de très spécial, Coop, laissa-t-elle échapper. Et ne dites pas le contraire.

Il cessa un instant de lui caresser l'épaule, puis reprit son mouvement.

— Merci, murmura-t-il comme si cela lui coûtait d'accepter son compliment.

Quelle opinion cet homme avait-il de lui-même ? Croyait-il faire son travail et rien de plus ? Estimait-il que n'importe qui serait capable de le faire aussi bien que lui ?

Elle n'avait jamais rencontré une personne qui soit aussi peu sous l'emprise de son ego. Il était manifestement compétent dans de nombreux domaines. Il le reconnaissait, mais comme si c'était monnaie courante. Peut-être l'était-ce chez les marines. Cependant, elle en doutait. Sans doute mettait-il la barre trop haut.

Quoi qu'il en soit, il ne lui appartenait pas d'évoquer le sujet. Ils n'étaient pas encore assez intimes pour cela.

Penser à Coop la libérait de sa prison intérieure. À tel point qu'elle finit par s'endormir.

Le père de Todd avait gardé toutes ses voitures. L'homme avait abandonné l'agriculture à la mort de son propre père et il était devenu conseiller financier. Métier qu'il avait transmis à son fils.

Il gardait ces voitures dans la grange, une excuse pour travailler sur les moteurs le week-end. De ce fait, Todd disposait de trois vieux véhicules en parfait état de marche,

Au risque de se souvenir

lui garantissant l'anonymat. Il avait même pris la précaution de voler des plaques d'immatriculation d'un autre État.

Au moins avait-il échappé à Cooper. Dieu merci, il s'était garé à l'écart de la maison des Brewer. Il n'avait pas laissé de trace. Il devait garder cela à l'esprit, car il était désormais confronté à un marine. Cooper le pisterait sans problème.

Il n'avait pas laissé d'empreintes, il avait utilisé une voiture non identifiable... différente de celle avec laquelle il avait abordé les enfants et rendu visite à Kylie.

Il s'interdit de lui envoyer d'autres avertissements. Il n'avait pu résister à la rose noire mais cela suffisait. En poursuivant, il risquerait de commettre une erreur et ne pouvait se le permettre.

Toutefois, alors même qu'il se sermonnait, il se mit à rêver à d'autres moyens de la persécuter. Il appréciait de jouer avec sa proie.

Peut-être, une fois qu'il en aurait terminé avec Kylie, chercherait-il quelqu'un d'autre à tourmenter. C'était tout simplement délectable.

Comment avait-il pu ne pas le faire plus tôt ?

Coop s'autorisa à s'assoupir sur le canapé en compagnie de Kylie. Des années passées à côtoyer le danger avaient rendu son sommeil particulièrement léger.

Le halètement soudain de Kylie l'éveilla instantanément. Il braqua les yeux sur elle : son regard était fixe, son corps complètement rigide.

— Kylie ?

Il patienta en espérant qu'elle se rendormirait simplement. Peut-être n'était-elle pas vraiment éveillée ? Mais soudain elle prit la parole.

— Je... me rappelle une autre chose.

Bon sang ! Sans un mot, il la prit sur ses genoux et la serra entre ses bras.

— La mémoire vous revient ?

— Je le crains.

Tout en chuchotant ces mots, elle s'agrippa à son sweat.

— Le visage de votre agresseur ? s'enquit Coop.

— Non, seulement un peu plus concernant... le couteau. C'est presque comme une fixation.

— Ce n'est guère surprenant.

Il le pensait vraiment. L'horreur de ce qui lui était arrivé s'était probablement cristallisée sur l'instrument qui l'avait frappée, plus que sur son agresseur. Ses yeux ainsi que son esprit s'étaient fixés dessus.

— Ça ne sert à rien, marmonna-t-elle.

— Vous retrouvez la mémoire. C'est probablement une bonne chose.

Cette fois, elle ne se répandit pas en un flot de larmes. En fait, sa tension se dissipa avec une rapidité étonnante. Comme si sa mémoire procédait à un ajustement interne. Était-elle en progrès ? Il l'espérait.

— Et si vous tentiez de voir si vous vous souvenez d'autres choses ? Des souvenirs ordinaires, de votre formation ou de votre travail. Peut-être qu'ils vous sont revenus... Même s'ils n'ont pas attiré votre attention.

— C'est possible, admit-elle. Mais comment pourrais-je être sûre que je ne les fabrique pas ?

— Je suppose que c'est là tout le problème avec la mémoire.

Elle relâcha son étreinte sur son sweat et se mit à le lisser distraitement. Ce geste doux fit frémir Coop. Il dut fermer les yeux pour ne plus y penser. Mais à vrai dire, il n'avait pas envie qu'elle arrête de le toucher.

Il reporta son attention sur un sujet plus important.

— Y a-t-il, dans les environs, un professionnel que vous pourriez consulter ?

— Certainement. Mais il ne pourrait pas remplir les blancs. Et je ne serais probablement jamais sûre de l'avoir moi-même fait correctement. Vous ne croyez pas ?

Au risque de se souvenir

Il ignorait totalement que répondre à cela.

— Kylie, je ne suis pas thérapeute. Mon instinct me dit que vous devriez vous faire confiance. Quel autre choix avez-vous ? Nous nous fions tous à notre mémoire et combien de fois entend-on deux personnes être en désaccord sur ce qui est arrivé la veille ?

— Je suppose que vous avez raison. Peut-être que je devrais me replonger dans mes livres et trouver ce qui me semble familier.

— C'est une idée.

Elle soupira, puis se lova contre lui.

— Vous me réconfortez tellement. Mais, sincèrement, Coop, ce couteau... J'aimerais pouvoir arrêter de le voir. Vous devez avoir des souvenirs de ce genre. Comment faites-vous ?

Bonne question ! Il était impossible de les combattre. Il fallait vivre avec eux jusqu'à ce que le temps les prive de leur pouvoir sur vous. Certains d'entre eux perduraient extrêmement longtemps.

— Je m'en accommode, finit-il par lui répondre. Il n'y a pas d'autre moyen. Avec le temps, les choses s'arrangent. Le cerveau les assimile et s'en distancie. Leur impact s'amoindrit. Les vôtres sont récents, gardez courage.

Elle continua de caresser son torse.

— J'aime vous toucher. Désolée si cela vous ennuie.

Lui aussi appréciait ce contact.

— Ça ne m'ennuie pas du tout.

Même si cela lui causait une autre sorte d'émoi.

— N'arrêtez pas, ajouta-t-il en essayant de maîtriser le trouble de sa voix.

— Je n'en ai pas envie.

Quelques instants plus tard, elle rompit le charme en s'exclamant :

— Pourquoi quelqu'un voudrait-il me faire une telle chose ? Comment ai-je pu provoquer à ce point la colère de cet homme ?

Qu'elle se blâme ainsi choqua Coop. Se reprochait-elle vraiment ce que lui avait fait cet individu ? Il y avait de fortes chances qu'elle n'ait jamais vu cet homme avant qu'il ne l'agresse.

— Je veux dire... qu'il devait être furieux, poursuivit-elle.

— Vous ne pensez pas plutôt que cette fureur l'habitait déjà ? Peut-être qu'il n'avait jamais posé les yeux sur vous avant l'agression. Pour l'amour de Dieu, Kylie ne vous reprochez pas ses actes.

— Mais il y a forcément eu une raison... Et pourquoi moi ?

— La seule raison doit être le fruit de son imagination. Elle n'a probablement rien à voir avec vous. Et même si vous l'avez rendu furieux... Kylie, combien de fois, au cours de votre vie, avez-vous été en colère ? Avez-vous jamais voulu, pour autant, tuer quelqu'un ?

— Non, convint-elle.

— Ne vous blâmez surtout pas pour ce que vous a fait cette ordure. C'est un pervers et ses raisons ne justifieront jamais ce qu'il vous a fait subir. Vous ne devez en aucun cas vous en attribuer la responsabilité.

— C'est difficile, reconnut-elle. Nous pensons toujours que toute chose a une raison. Je sais que c'est faux ; mais je ne peux me débarrasser de l'idée que j'ai dû faire quelque chose.

— Si tel est le cas, ça ne justifie pas ce qu'il vous a infligé. Je conçois que vous cherchiez à comprendre. C'est normal. Mais je vous interdis de culpabiliser.

Il l'étreignit avec fougue, soudain très inquiet de la manière dont elle allait gérer le problème. Le fait qu'elle s'accuse d'avoir provoqué l'agression devait être pris en charge.

Peut-être devrait-il en faire mention à Glenda dans la matinée. Elle aurait certainement des idées concernant la façon d'aider Kylie.

Il connaissait des hommes semblables à celui qui l'avait agressée. Il en avait rencontré quelques-uns dans l'armée. Des adeptes de la brutalité. Ils n'étaient pas légion et, pour

Au risque de se souvenir

certains d'entre eux, c'était un mécanisme leur permettant de faire face et qui disparaissait hors du champ de bataille. Cependant, pour d'autres… Cela répondait à un profond besoin et Coop aurait préféré que ces hommes ne se promènent plus jamais librement dans les rues.

Trop souvent, leur cruauté les accompagnait à leur retour de mission. Leurs épouses et leurs enfants en faisaient les frais. L'armée avait mis sur pied des programmes luttant contre les maltraitances familiales. Bien entendu, ces hommes représentaient une minorité ; ils existaient toutefois.

En un sens, ces pratiques passaient quasi inaperçues dans une société où de telles choses n'étaient que trop courantes. Personnes ne paraissait s'en offusquer réellement. Et, en cas de réprobation avérée, les auteurs de ces actes étaient mutés, envoyés en thérapie ; des relations prenaient fin. Cela faisait partie du décor.

Les pires brutes trouvaient là un exutoire qui ne leur vaudrait pas une peine de prison maximale.

Restaient les hommes tels que celui qui avait agressé Kylie. Ceux qui étaient incapables de contrôler leurs pulsions sadiques. Coop ne les comprendrait jamais.

En tout cas, la responsabilité de leurs actes leur incombait pleinement. Et que Kylie culpabilise le faisait souffrir. Il comprenait son besoin de trouver une raison mais c'était la direction à éviter à tout prix.

Il devait trouver le moyen de l'en convaincre car son cauchemar menaçait sinon d'empirer. L'homme la traquait toujours et la mémoire commençait à lui revenir.

Il ne priait pas souvent. Cependant, en cet instant, il pria pour que Kylie commence à se rappeler des souvenirs plus heureux. Ceux qui pourraient la faire sourire et retrouver la joie de vivre.

Parce que ce salaud n'était pas parvenu à la détruire.

9

Le matin venu, alors que Coop préparait les œufs et que Kylie beurrait un toast, Glenda rentra à la maison en réclamant aussitôt du café.

À la grande surprise de Kylie, Connie arriva à sa suite, vêtue de son uniforme.

— Des nouvelles ? s'enquit Kylie.

Connie secoua la tête.

— Non, désolée. Rien depuis la rose et aucune idée de l'endroit où elle a été achetée. Le labo est sur l'affaire. Apparemment les roses noires peuvent être aussi uniques que les empreintes, révélant où elles ont été cultivées et la façon dont elles ont été teintes. Nous devrions pouvoir en remonter la piste et peut-être même localiser l'acheteur. Je l'espère vraiment. Mais, à l'évidence, cela prendra du temps. Ce n'est pas comme si nous disposions d'une base de données nationale.

Elle prit place à table tandis que Kylie leur versait un café à Glenda et elle.

— Et concernant les enfants ? s'enquit Kylie.

— Il ne s'est rien produit de nouveau. Et de ton côté ?

Kylie hésita. Elle jeta un regard à Coop, surprise de sa propre réticence à parler de ses deux flashs de mémoire. La veille au soir, ils l'avaient préoccupée. En cet instant, poussée par une superstition irraisonnée, elle avait presque peur d'en faire mention.

— Kylie commence à retrouver la mémoire, annonça

Au risque de se souvenir

Coop, apparemment décidé à ne pas la laisser les garder pour elle. Deux bribes de souvenir ; elle s'est rappelé le couteau et la douleur mais rien d'autre.

— C'est sinistre, lâcha Glenda en se joignant à Connie à la table. De toutes les choses qui auraient pu te revenir…

— Nous discutions de la façon dont elle pourrait faire resurgir d'autres souvenirs, poursuivit Coop. Elle a suggéré de se replonger dans ses livres.

— J'ai une meilleure idée ! lança Glenda. Viens travailler avec moi ce soir. Quelques heures seulement, pour voir si ça te semble familier, si tu te souviens des soins. Fais le test. Être de nouveau à l'hôpital pourrait t'aider.

— J'y réfléchirai.

Pour une raison étrange, Kylie était réticente à accepter cette offre sympathique. Craignait-elle de découvrir qu'elle avait oublié davantage qu'elle ne le pensait ? Ou alors de ne plus être sous la protection de Coop ? Même dans un hôpital bondé ?

Elle se sentait extrêmement dépendante de lui et ne pouvait se le permettre. Il repartirait prochainement en mission. Que ferait-elle après son départ ? Se cacherait-elle dans un placard ?

Coop servit des œufs à tout le monde, y compris Connie. Puis il en prépara deux de plus pour lui. Kylie fit griller des toasts supplémentaires.

— Vous savez, cette façon de procéder est bizarre, fit observer Connie tout en mangeant. D'abord, un inconnu aborde une enfant et il se contente de lui parler. Bien sûr, ça fait froid dans le dos. Ensuite, Kylie rentre à la maison et un autre enfant est approché, cette fois pour lui apporter un message. Cela ne correspond pas au profil d'un prédateur d'enfants.

— En effet, confirma aussitôt Coop.

— Et pourquoi cela devrait-il avoir un rapport avec Kylie ? continua Connie. Ça a commencé avant son retour à la maison. La rose pourrait très bien ne même pas être en lien avec l'auteur de la première approche. Qui plus est, ce n'est pas comme si son retour à Conrad City avait été relayé par les médias. À Denver, l'affaire a cessé de susciter tout intérêt dès l'annonce de son amnésie.

— Ce n'était pas dans la presse, renchérit Glenda, je le sais parce que j'ai vérifié. Et tu as raison, l'affaire a sombré dans l'oubli à Denver. Mais pas ici, car la plupart des gens la connaissent.

— C'est vraiment étrange, insista Connie. Il peut s'agir d'incidents séparés. J'ignore combien de personnes ici étaient au courant du retour de Kylie.

— Le fait est que ça n'augure rien de bon, asséna Coop.

— Nous nous interrogeons tous au bureau. Soit nous avons deux protagonistes, soit un seul homme est l'auteur de tous ces actes et ça n'a pas de sens. La rose pourrait détourner notre attention des enfants, mais ça ne fonctionne pas dans l'autre sens, bien au contraire.

Un désagréable frisson parcourut Kylie.

— Les enfants… Ne détournez pas votre attention des enfants. S'il arrivait quelque chose à l'un d'eux parce que vous auriez mobilisé trop de moyens pour me protéger, j'en mourrais.

— Rien n'arrivera à cause de toi, lui assura Connie.

— Merci, marmonna Coop.

Kylie baissa les yeux. Elle n'était pas sûre d'avoir envie que l'on aborde le sujet mais comment pouvait-elle faire taire Coop ? Elle se sentit soudain misérable.

— Kylie commence à se demander si elle a fait quelque chose qui aurait incité cet homme à l'agresser.

Glenda parut interloquée.

— Beaucoup de victimes réagissent de cette manière. Arrête ça tout de suite, Kylie ! Rien de ce que tu as pu faire au cours de ta vie ne justifie l'agression que tu as subie.

Kylie hocha la tête. Intellectuellement, elle le savait : ils

Au risque de se souvenir

avaient raison. Émotionnellement, c'était une autre affaire. Bien sûr, cette nécessité de trouver une raison était nocive. Néanmoins, elle ne pouvait s'empêcher de s'interroger.

— Alors, tu m'accompagnes au travail ce soir ? lui lança Glenda d'un ton qui se voulait enjoué.

La réponse de Kylie fut instantanée.

— Non, je ne suis pas prête. Peut-être la semaine prochaine, Glenda. Merci beaucoup, mais c'est encore trop tôt.

— Je comprends. Cela ne fait pas longtemps que tu en es toi-même sortie. Tu n'auras qu'à me prévenir quand tu voudras essayer. Je suis sûre que tout le monde serait heureux de te revoir.

Au grand soulagement de Kylie, sa sœur abandonna le sujet.

Cependant, la conversation la renvoyait à une lourde question : jusqu'à quel point avait-elle été affectée par l'agression ? Pourrait-elle un jour arpenter de nouveau les couloirs d'un hôpital ? Ou craignait-elle de ne plus être sous la protection de Coop ? Quel endroit plus sûr, pourtant, qu'un hôpital où elle serait entourée de si nombreuses personnes veillant sur elle ?

Seigneur, avait-elle perdu l'esprit en même temps que la mémoire ? Parfois, elle en avait l'impression.

En tout cas, elle n'était pas prête à reprendre son rôle d'infirmière, même en tant qu'observatrice. Quelque chose en elle se rebellait. Associait-elle ce métier à son agression ?

Plus tard, après que Connie fut repartie et que Glenda se fut couchée, elle descendit quelques-uns de ses manuels pour les consulter sur la table de la cuisine. Coop avait raison. Elle pourrait se souvenir de certaines choses en parcourant les textes.

— Kylie ?

Elle lança un regard à Coop par-dessus son épaule.

— Je resterai au salon pour ne pas vous déranger mais… Pourquoi avez-vous été si réticente à accepter la proposition de Glenda ?

Elle se mit à rougir. Elle n'allait tout de même pas lui avouer qu'elle désirait rester sous sa protection ! En même temps, il ne s'agissait pas que de cela.

— Je ne saurais dire au juste. J'ai simplement ressenti le besoin impérieux de refuser. J'imagine que je ne suis pas prête pour cela.

— Je me posais simplement la question. Cela dit, je n'en suis pas surpris. Bon… Je serai juste à côté.

— Vous n'êtes pas obligé de rester avec moi à chaque instant, lui dit-elle, tentant de se montrer courageuse.

Elle avait importuné cet homme plus qu'elle ne pouvait le croire. Il ne l'avait pas lâchée d'une semelle depuis son retour de Denver. Ce n'était pas juste.

— Je n'ai aucun désir d'être ailleurs, lui répondit-il comme si cela réglait la question.

Elle baissa les yeux sur ses livres. Peut-être était-ce le cas. Car une chose était certaine : quelqu'un la traquait.

Coop était lui aussi perturbé. En présence de Kylie, il affichait une attitude positive, mais quelqu'un, là, dehors, voulait tuer cette femme. Et, malheureusement, cet individu pourrait y arriver. La guerre le lui avait enseigné : toutes les meilleures mesures de sécurité ne suffisaient pas toujours.

À ce stade, il serait d'ailleurs plus aisé de conclure que les enfants étaient en sécurité, à la différence de Kylie. À moins que ce ne soit le contraire… Quoi qu'il en soit, ils ne pouvaient se permettre d'occulter aucune des deux menaces potentielles.

Malgré toute l'incertitude à laquelle il avait été confronté en tant que marine dans des contrées hostiles, il n'avait jamais appris à l'accepter. Généralement, les réponses arrivaient sous des abords effroyables. Toutefois, elles arrivaient…

Là, il se trouvait dans cette petite ville tranquille, affrontant le même genre d'incertitude et il n'y pouvait pas grand-chose.

Au risque de se souvenir   329

Excepté protéger Kylie. Il avait sa mission. Il regrettait seulement de ne pas savoir d'où pourrait venir la menace. Ni comment les pièces du puzzle s'assemblaient, ce qui lui permettrait de mieux cerner l'ennemi.

Pour l'instant, il avançait à l'aveugle et il n'aimait pas du tout cela.

En fin de matinée, il insista auprès de Kylie pour qu'ils aillent déjeuner chez Maude. Ils avaient tous deux besoin de sortir de cette maison.

— Vous allez devenir agoraphobe à la longue.

Kylie le récompensa d'un sourire.

— Ça me paraît tentant.

Elle referma le livre qu'elle consultait.

— Vous vous en rappelez quelque chose ?

— À ma grande surprise, oui.

Le sourire aux lèvres, elle partit se rafraîchir. Avait-il jamais vu une femme aussi séduisante en jean et T-shirt ? Sans artifices ni maquillage, une véritable beauté naturelle.

Et elle se souvenait de ses cours. Où cela la mènerait-elle ? se demanda-t-il. Il était peu probable qu'elle termine sa formation à Denver. Dans une autre ville, peut-être.

Il refréna son enthousiasme. Ce ne serait pas avant un long moment et certainement pas avant qu'ils n'aient arrêté son agresseur.

Au moins avait-elle retrouvé le sourire.

En sécurité dans sa vieille Oldsmobile, Todd gardait un œil sur Kylie et Cooper. Il portait une perruque et une barbe rousses ainsi qu'une casquette de base-ball pour dissimuler son identité. Il n'avait pas lésiné sur la qualité des postiches et son apparence était naturelle… Pour autant que l'on ne s'approche pas de lui, ce qu'il comptait bien éviter.

Kylie et Cooper sortirent déjeuner. Le moment était donc venu d'en profiter pour terroriser la famille d'une autre fillette. Il ne s'inquiétait pas du choc causé aux enfants ; à cet âge, ils s'en remettaient facilement. Mais il voulait que les parents paniquent et qu'ils exigent une présence policière renforcée.

Il voulait détourner l'attention de Kylie.

Restait le véritable problème : le dénommé Cooper. Apparemment, il ne quittait pas Kylie d'une semelle.

Il devait trouver le moyen de l'éloigner. Pas longtemps. Un simple quart d'heure lui suffirait pour enlever Kylie.

Il consulta sa montre. Les cours en primaire allaient prendre fin. Il provoquerait alors une nouvelle commotion… Et tout le monde oublierait Kylie.

— Avez-vous eu l'impression d'être observé ? demanda Kylie à Coop alors qu'ils s'installaient dans un box du snack-bar.

Il s'asseyait de façon à voir l'entrée, nota-t-elle. Précaution ou habitude ?

— Oui, répondit-il au bout d'un moment. Mais regardez le nombre de personnes qui nous entourent.

Probablement tentait-il de la rassurer. Mais il l'avait donc senti, lui aussi, et il estimait que ce n'était pas le fait d'un simple badaud.

Elle regretta soudain de ne pas être assise dos à la porte et tendit le cou vers la rue.

Maude la ramena à la réalité en déposant deux tasses sur la table.

— Qu'est-ce que ce sera ?

Kylie ne répondit pas aussitôt, étrangement fascinée par le café que Maude versait dans les tasses.

— Kylie ?

Coop l'arracha à sa contemplation.

— Une salade du chef, répondit-elle.

Le café ayant cessé de se déverser, elle fut délivrée de

Au risque de se souvenir 331

justesse du cauchemar dans lequel elle était sur le point de sombrer. Pourquoi ? Que tentait-elle de se rappeler ?

— Avec un supplément de dinde, Maude, si c'est possible.

— D'accord, grommela la femme avant de prendre la commande de Coop.

Le silence s'abattit sur leur table alors que persistait autour d'eux le brouhaha des conversations.

— Kylie ?

Elle tourna le regard vers Coop.

— Oui ?

— Vous avez été effrayée ?

— L'espace d'un moment seulement.

Il fronça légèrement les sourcils.

— Que s'est-il passé ? Vous sembliez faire une fixation.

— Je l'ignore. Je regardais le café et c'était comme si... Comme si j'étais sur le point de me souvenir de quelque chose. Mais je n'ai aucune idée de ce que ça pouvait être. Une autre occasion où du café était versé dans des tasses, peut-être ?

— Possible.

Il garda néanmoins une expression troublée tandis qu'il surveillait les environs.

Du café que l'on versait dans une tasse... C'était une chose étrange devant laquelle tomber en arrêt. Elle ne pouvait néanmoins cesser d'y penser.

Cette image lui occupa l'esprit tandis qu'elle mangeait et, lorsque Maude vint remplir leurs tasses, elle l'observa de nouveau. Cependant, sa réaction fut loin d'être aussi vive. Elle persista mais sans cette menace latente. Intéressant...

Ils se mirent à discuter de Connie, Ethan et leurs enfants ainsi que de ce qu'elle se rappelait de ses cours.

— Ça m'a fait du bien, reconnut-elle. Je n'ai vraiment pas eu l'impression de les lire pour la première fois. Finalement, je n'ai pas tout oublié.

Il sourit.

— C'est une merveilleuse nouvelle.

— Je devrais peut-être continuer à les étudier. Le neurologue m'a expliqué que j'allais rétablir des connexions, au fil du temps. Cela pourrait m'aider.

Il hocha la tête.

— Je vote pour.

Elle soupira.

— Ça ne me redonnera pas mon assurance pour autant.

— Vous savez ce que j'en pense… Premièrement, nous nous fions trop à nos souvenirs. Nous pouvons emmagasiner un tas d'informations factuelles et, si l'on perçoit le bon stimulus, je suppose que nous pouvons réactiver nombre d'entre elles. En tant qu'infirmière, vous fonctionnez ainsi, non ?

— J'imagine.

— Moi aussi. Mais il y a également ce que l'on appelle la mémoire musculaire. Vous seriez sans doute incapable de les décomposer mais, dans votre activité d'infirmière, je suis sûr que vous procédez à beaucoup d'actes que votre corps exécute sans faire appel à la mémoire.

Cela lui donna matière à réflexion. Bien sûr, elle devait faire beaucoup de choses automatiquement. Elle n'avait pas besoin de réfléchir à chaque fois qu'elle procédait à une injection ou posait un pansement. Ce serait très chronophage. Aussi, la question se posait : dans quelle proportion ce type de mémoire lui était-il encore disponible ?

— Merci Coop. Je n'avais encore jamais pensé à ça.

Il haussa une épaule.

— Le pilotage automatique est souvent très pratique.

Ils finissaient de manger et Coop se pencha vers elle.

— Vous avez envie d'un dessert ?

Maude arriva au même instant, leur resservant du café.

L'esprit de Kylie s'échauffa de nouveau. Du café versé dans des tasses… Une table en plastique blanc. Quelqu'un assis en face d'elle. En un autre lieu.

À un autre moment…

Le visage de Kylie se ferma et Coop s'alarma aussitôt. Comme si elle était en train de quitter son propre corps... Il reconnut les signes. Il devait la sortir de là sans attendre. Il appela Maude, qui approcha, et il lui donna quelques billets.

— Kylie doit partir.

Pour une fois, la patronne ne ronchonna pas.

— Allez-y, dit-elle en prenant l'argent.

Coop entraîna Kylie vers la sortie. Les clients les regardèrent mais il s'en moquait. Il devait l'emmener en un lieu où elle se sentirait en sécurité.

Le bras autour de sa taille, il la traîna pratiquement jusqu'à la voiture et l'y installa.

— Kylie ?

Elle ne répondit pas.

Jurant entre ses dents, il reprit la route en direction de la maison de Glenda. Avec un peu de chance, l'aspect familier de son foyer aiderait Kylie à s'extraire de l'enfer où elle s'était replongée.

Au moins n'avait-il plus cette sensation qu'on les observait. La surveillance avait manifestement cessé. C'était une bonne chose. Il aurait assez à faire pour tenter de ramener Kylie à la réalité.

Que s'était-elle rappelée ?

Estimerait-elle, en reprenant ses esprits, qu'elle était trop handicapée pour relancer sa carrière ? Il fallait espérer que non. Elle avait déjà suffisamment perdu.

À la maison, Glenda dormait toujours profondément. Coop conduisit donc Kylie au salon et l'invita doucement à s'asseoir. Elle n'opposa pas de résistance. Elle revenait lentement à elle. Pourrait-elle lui dire où elle s'était éclipsée ?

Il s'assit à côté d'elle, la serrant contre lui, regrettant de ne pouvoir l'emmener au lit et lui faire un rempart de son corps. Cela aurait été une grossière erreur, vu l'ignorance où il se trouvait du souvenir qui la hantait.

En la circonstance, il suffirait probablement de peu de chose pour qu'elle perde pied.

Les enfants sortaient de l'école et l'endroit grouillait de policiers. De nombreux parents étaient venus chercher leurs rejetons.

Ainsi, toutes les forces de police s'étaient déployées autour des écoles. Quel dommage que Kylie ne soit pas seule ! songea Todd, installé au volant de sa voiture.

Cependant, il avait pour le moment un autre objectif en tête. Kylie pouvait attendre. Il devait d'abord ranimer la peur qui risquait sinon de s'estomper.

Et il savait exactement comment procéder.

Malgré tous ces policiers qui se croyaient malins et tous ces parents aimants qui craignaient de laisser rentrer seuls leurs enfants, il y aurait toujours des laissés-pour-compte.

Certains parents étaient trop pris par leur travail et s'en remettaient à la police. D'autres étaient indifférents. Et certains enfants, pour des raisons qui leur étaient personnelles, préféraient éviter d'être chaperonnés par les policiers, généralement lorsque leur père ou leur mère avaient eu des démêlés avec la justice.

Si Todd s'éloignait suffisamment de la zone de menace immédiate, il pourrait donc trouver sa cible.

Cela lui prit presque une demi-heure. Le dispositif de sécurité commençait à se relâcher tandis que les enfants quittaient la rue sans que l'alerte ait été donnée.

Soudain, elle apparut dans son champ de vision, juste devant lui. Elle marchait seule, une gosse qui ne payait pas de mine, avec un sac à dos usé. Elle s'arrêtait de temps à autre pour donner un coup de pied dans une pierre sur un

Au risque de se souvenir

trottoir défoncé. Chaque ville avait des quartiers de ce genre où les plus démunis vivaient du mieux qu'ils pouvaient. Une colonie de victimes potentielles… Le problème était qu'aucune d'elles n'avait quoi que ce soit valant la peine d'être volé. Ce qui n'excluait pas que l'on puisse les terroriser !

Les rues étaient désertes. L'enfant regagnait sans doute une maison vide.

Todd s'interrogea : jusqu'où voulait-il aller ? Il n'accordait pas d'intérêt particulier aux enfants ; ils n'étaient que des outils. La petite rouquine en serait un parfait.

Il fit demi-tour avec sa voiture et revint s'arrêter à sa hauteur. Visiblement, elle avait reçu les avertissements à l'école. Aussitôt qu'il freina, elle traversa la rue et commença à marcher plus vite.

— Attends, fillette ! lança-t-il.

Elle hésita.

— Je veux seulement te poser une question.

Il profita de ce qu'elle reste immobile pour faire à nouveau demi-tour et se rapprocher, le côté conducteur de la voiture près du trottoir.

Elle battit en retraite, manifestement méfiante et prête à s'enfuir.

— Je veux seulement savoir de quel côté se trouve l'épicerie.

Il sourit.

— Je suis nouveau ici.

Il se pencha et lui tendit une barre chocolatée.

— Tu pourras l'avoir si tu me dis…

La barre chocolatée eut l'effet escompté. *Ne jamais accepter de friandises d'un inconnu.* La petite fille oublia toute hésitation et s'enfuit dans la rue en hurlant.

Todd appuya sur l'accélérateur et quitta la rue avant que des portes ne commencent à s'ouvrir et des habitants à sortir de chez eux.

Mission de diversion accomplie.

Il n'y avait plus qu'à trouver le moyen de séparer Kylie

de ce maudit marine. Ou d'éliminer ce dernier pour qu'elle soit à sa portée. L'un ou l'autre ferait l'affaire.

Tout en sifflotant, il quitta la ville, passant devant sa maison avec l'intention de revenir à la nuit tombée afin que personne ne le voie se garer dans la grange.

Il n'était plus qu'à un pas du succès. Seule lui manquait l'étape finale du plan.

Peu à peu, Kylie reprit ses esprits. Au grand soulagement de Coop. Elle se détendit nettement, puis un long tremblement l'ébranla.

— Désolée, chuchota-t-elle.

— Quel a été le déclencheur ?

— Le café en train d'être versé.

Le café ? Cela paraissait certes étrange mais pas plus que les autres souvenirs qu'il avait vus happer ses camarades.

— Quel est le rapport ?

— Je l'ignore. Ce n'est pas comme si je n'avais jamais vu cela.

Il lui déposa un baiser sur le sommet de la tête. Avait-elle bien réintégré l'instant présent ? Sinon, le moindre faux pas risquait de la renvoyer à son état précédent.

— Comment vous sentez-vous ?

— Je ne sais pas trop... Je me sens bizarre mais plus prise au piège.

— Un seul souvenir ou davantage ?

— Au début, c'était seulement le café. Cela semblait tellement étrange que j'ai réussi à le mettre de côté. Mais ensuite, je me suis rappelé davantage. Une table. Quelqu'un assis en face de moi. Le café que l'on versait.

— Vous avez pu voir qui était là ? Où vous vous trouviez ?

— Pas vraiment. Un restaurant bon marché à côté de l'hôpital, je pense. Je me souviens d'une table blanche en

Au risque de se souvenir 337

plastique. Et d'une autre personne mais qui ne faisait pas partie du personnel médical.

— Comment pouvez-vous l'affirmer ?

— Parce qu'elle ne portait pas de tenue d'hôpital.

— Une amie, peut-être, suggéra-t-il.

— Je ne sais pas !

Kylie s'arracha brusquement à son étreinte et se mit à faire les cent pas.

— Du café et une table ordinaire. Il n'y a aucune raison de réagir de cette façon ! J'ai senti mon sang se figer dans mes veines. Pas quand j'ai vu Maude verser le café pour la première fois même si ça m'a interpellée. Mais la seconde fois, Coop, c'était réel !

— Je vous crois.

Il aurait aimé la serrer dans ses bras pour la rassurer. Mais elle pourrait peut-être ne pas le supporter. Seigneur, il détestait se sentir aussi impuissant ! Cela le rongeait d'autant plus qu'il s'agissait cette fois de Kylie, une victime parfaitement innocente. Peut-être aussi parce qu'elle était devenue importante pour lui.

Cette idée le tétanisa. Depuis des années, il hésitait à s'engager. S'impliquer affectivement était dangereux. À ses débuts dans les marines, il avait perdu trop de frères d'armes auxquels il avait pris le risque de s'attacher. Ce genre de situation l'avait incité à s'endurcir. C'était le seul choix raisonnable dans ce métier.

Reprendre contact avec Connie après tout ce temps avait été une démarche risquée. Jusque-là, les quelques lettres et coups de fil qu'ils avaient échangés ne les avaient pas amenés à créer des liens émotionnels forts. Toutefois, l'envie de mieux la connaître avait commencé à le titiller et il avait fini par franchir le pas.

Il s'était donc retrouvé à Conrad City où une femme meurtrie se frayait un chemin au-delà de ses défenses. Une menace pesait sur Kylie. C'était une évidence depuis la livraison de la rose. Mais cela l'avait poussé à prendre le plus grand des risques : celui de l'attachement.

Rien de tout cela n'était sage. Kylie se reposait sur lui parce qu'elle était effrayée. Et il commençait à tenir à elle en dépit de ses résolutions. Une mauvaise situation pour chacun d'eux.

Il ne voulait pas la faire souffrir. Mais que se passerait-il si sa carapace autoprotectrice se remettait en place ? Kylie serait meurtrie. Quelle idée d'ailleurs de s'attacher à une femme qui n'aurait plus du tout besoin de lui une fois que son agresseur aurait été appréhendé !

La catastrophe était imminente. Toutefois, il ne pourrait l'éviter. Il ne pouvait se permettre d'abandonner Kylie. Il devait veiller sur elle. Mais, ce faisant, ce serait lui qui manquerait de protection.

Cessant de réfléchir à son dilemme intérieur, il observa la femme agitée qui faisait les cent pas au salon. Elle était tout ce qui comptait à ses yeux. Il la garderait saine et sauve quel qu'en soit le prix.

Tout en arpentant la pièce, Kylie fouilla sa mémoire pour retrouver d'autres détails. En vain. Elle parvint seulement à se donner un sérieux mal de tête.

Sa frustration s'accrut. Un couteau. Le café. Pourquoi ne pouvait-elle se rappeler quelque chose d'utile ?

Au lieu de cela, elle avait eu une réaction disproportionnée à la vision du café versé dans les tasses.

— Vous devez penser que je suis folle.

— Qui, moi ? Pas un instant.

— Vraiment ? Une femme qui panique parce qu'elle voit verser du café ?

— Ce n'est pas le café qui est la raison de votre crise de panique mais le souvenir qui lui est associé.

Elle cessa brusquement de faire les cent pas et le dévisagea.

Au risque de se souvenir 339

— Comment pouvez-vous être toujours aussi calme ? Vous n'avez pas de souvenirs de ce genre ?

— Si, bien sûr. Beaucoup, même.

— Comment les gérez-vous ?

— Je vous l'ai dit. Et, avec le temps…

Il parut hésiter avant de poursuivre.

— On finit par en arriver à un stade où l'on s'interdit purement et simplement de s'attacher. Mais c'est mon expérience, ma situation. La vôtre est très différente.

Kylie tiqua.

— Qu'entendez-vous par *ne plus s'attacher* ?

— Eh bien… Ce n'est pas exactement ce que je voulais dire. En fait, j'évite de tisser des liens forts avec des personnes que je risque de perdre. C'est tout. Mais ça ne fonctionne pas toujours.

— Vos spectres ?

— Exactement, répondit-il.

Elle acquiesça à son tour, mais son mal de tête se fit soudain plus prégnant. Elle se dirigea vers la cuisine.

Aussitôt, Coop la suivit.

— J'ai seulement mal à la tête, expliqua-t-elle en ouvrant l'un des placards. À chaque fois que je sollicite ma mémoire, la migraine me reprend.

Il y avait là davantage qu'un problème de transmissions neuronales, songea-t-elle. Plutôt un véritable blocage.

Elle prit deux comprimés puis se retourna et s'appuya contre le plan de travail, croisant les bras. Coop se trouvait à quelques pas d'elle. Il était toujours présent. Heureusement !

Cependant, une chose la tracassait.

— Coop, comment pouvez-vous passer autant de temps avec moi ? Je suis une épave. Je perds pied sans la moindre raison… Vous ne seriez pas mieux en compagnie de vos neveu et nièces ?

Il la considéra d'un air grave.

— J'aime beaucoup les enfants de Connie. Ils sont adorables. Mais je les connais à peine et, qui plus est, ils n'ont pas besoin de moi.

— Mais moi, oui ?

— Pour le moment.

Elle secoua la tête. Elle n'aimait pas du tout cette réponse. En fait, plus la situation se prolongeait, moins elle appréciait d'avoir besoin d'un garde du corps vingt-quatre heures sur vingt-quatre. Pourquoi Coop se dévouait-il ainsi ? Elle n'était plus quelqu'un de drôle. Ni même d'intéressant avec cette obsession qui accaparait ses pensées.

— Détendez-vous, ajouta-t-il. Je vous l'ai dit : je me trouve exactement là où j'ai envie d'être. Peut-être qu'il serait temps pour vous d'essayer de penser à autre chose, plutôt que de vous donner mal à la tête. Comme, par exemple, à vos années d'enfance passées ici.

Cet homme cherchait-il à être canonisé ? Ou alors s'efforçait-il de rembourser une dette karmique ? Franchement, à sa place, elle prendrait ses jambes à son cou pour échapper à la situation. Alors que lui choisissait de rester.

— Seigneur, vous êtes incroyable ! lâcha-t-elle. Si j'étais vous, il y a longtemps que je me serais lassée de ma compagnie.

Il émit un rire léger.

— Par chance, ce n'est pas vous qui prenez la décision. Alors, nous parlons de votre enfance ?

— Non, je ne le souhaite pas. Mis à part le fait que nous avons été élevées par nos grands-parents, Glenda et moi, nous avons vécu une enfance très ordinaire. Nous avons eu la vie belle.

— Cessez au moins de focaliser sur le café, lui suggéra-t-il. Vous infliger une migraine ne vous aidera pas.

— En fait si, ça le pourrait.

— Comment ça ?

Elle se mordilla un moment la lèvre inférieure avant de poursuivre :

Au risque de se souvenir 341

— Je commence à me demander dans quelle mesure cette amnésie ne serait pas davantage psychologique que physique.

Il se rapprocha d'elle, gardant les mains dans les poches.

— Ce qui signifie ?

— S'il ne s'agissait que d'un problème neurologique…

Elle se reprit aussitôt, cherchant les mots justes :

— Le fait que j'aie mal à la tête quand j'essaie de sonder ma mémoire m'intrigue. Je me demande si je ne m'empêche pas moi-même de me souvenir.

Il haussa légèrement les sourcils.

— Je le comprendrais tout à fait.

— Moi aussi. Je ne suis pas sûre de ce qui m'arrive. Je pourrais me mettre à transpirer. Mais ces maux de tête… m'évoquent plutôt un blocage psychologique.

— Eh bien…, murmura-t-il.

L'espace d'un instant, il détourna les yeux et son regard se perdit dans le vide.

— Je sais que ça peut arriver, reprit-il. Je l'ai déjà vu. Le cerveau est habile à se protéger. J'ai rencontré des cas où il avait érigé des défenses impossibles à franchir.

Il reporta les yeux sur elle.

— Donc, ces maux de tête vous interpellent ?

— Ainsi que le fait qu'une partie aussi importante de mes cours me soit familière.

Elle soupira, serrant ses bras autour d'elle.

— Mais ça n'a pas de sens. Pourquoi occulterais-je trois années entières en raison d'un incident isolé ?

— Je l'ignore, reconnut-il.

— Le neurologue m'a expliqué que mon cerveau se mettrait à créer de nouvelles connexions et que je retrouverais sans doute en grande partie la mémoire. Je suppose que c'est possible. Je veux dire, pourquoi aurais-je perdu ces trois années ? Ça semble tellement bizarre…

— Combien de temps a duré votre formation à Denver ?

La question la fit tressaillir et elle dut se retenir pour ne pas chanceler.

— Trois ans, murmura-t-elle. Oh ! mon Dieu ! Vous pensez que j'ai effacé de ma mémoire tout ce qui a trait à Denver pour refouler un seul souvenir ?

— Je ne suis pas qualifié pour vous répondre, mais ça me semble une possibilité, oui. En oubliant Denver, vous n'avez plus de raison d'y rester, ni d'y retourner. Ou peut-être que vous faites passer l'occultation d'un moment éminemment important pour une simple composante de votre amnésie. Il faut que vous en discutiez avec un professionnel plutôt qu'avec moi.

— J'imagine… Toutefois, vous venez de me donner une piste de réflexion intéressante.

Elle se sentit ragaillardie et, s'écartant du plan de travail, désigna la pile de manuels posée sur la table.

— Je me rappelle une grande partie de ce que contiennent ces livres.

Puis elle leva vers Coop un regard inquiet.

— Vous croyez que j'ai pu provoquer ça moi-même ?

10

— Provoqué quoi ? s'enquit Glenda.

Elle entra dans la cuisine vêtue d'un pyjama de coton. Tout en bâillant, elle se dirigea droit vers la cafetière.

— L'amnésie, lui répondit Kylie d'une voix plus tendue qu'elle n'aurait voulu. Et si mon amnésie n'était pas le résultat de la lésion cérébrale ?

— La plupart des amnésies sont purement traumatiques et c'est sans doute le meilleur cas de figure. Voyons Kylie, je suis sûre que tu te rappelles au moins ça. Si elle est traumatique, il y a des chances que tu te souviennes quasiment de tout ce que tu as oublié. C'est ce que tu veux, non ?

Elle se laissa tomber sur une chaise et but la moitié de sa tasse de café avant de les observer tous deux.

— Vous n'avez pas l'air joyeux ! Que s'est-il passé pendant que je dormais ?

Kylie hésita et, cette fois, Coop ne prit pas la parole. Il estimait sans doute que c'était à elle d'en parler. Malheureusement, cela ne lui épargnerait ni l'aspect désagréable de l'aveu ni les questions de Glenda. Seigneur, elle devenait une vraie poule mouillée !

— Un souvenir m'est revenu, finit-elle par annoncer à Glenda en s'asseyant à côté d'elle, craignant soudain que ses jambes ne se dérobent. Ça semble tellement insignifiant… Du café que l'on verse dans des tasses et une table en plastique. Quelqu'un d'autre se trouvait là mais je n'ai pas pu voir qui.

Glenda leva les yeux vers Coop qui remplissait les tasses et elle sourit.

— D'accord, un souvenir t'est revenu. Je crois comprendre que ça ne t'a pas précisément paru insignifiant.

— Elle a eu une absence, ajouta Coop.

Glenda ferma les yeux pendant un long moment et inspira profondément.

— Je vois… C'était en rapport avec l'agression. Mis à part l'effet que ce souvenir a produit sur toi, je dirais que c'est une bonne chose. Tu commences à retrouver la mémoire. Pourquoi ai-je le sentiment que tu n'y tiens pas ?

— Pourquoi le voudrais-je, Glenda ? Toute cette horreur avec le couteau et la douleur que j'ai ressentie… Pourquoi voudrais-je en savoir davantage ?

L'expression de Glenda se fit farouche.

— Pour que nous puissions faire arrêter le salaud qui t'a agressée !

Elle se leva brusquement.

— Je vais me préparer pour partir plus tôt au travail. Je veux parler de ça à quelques personnes. Au neurologue. À la psychiatre. Peut-être qu'ils auront une idée.

Et elle partit en coup de vent.

Kylie déglutit avec peine. Jamais elle n'avait vu sa sœur dans un tel état. Et c'était sa faute !

— Je n'aurais pas dû lui en parler…

— Vous avez fait exactement ce qu'il fallait, la rassura Coop. Et si vous aviez évité le sujet, je me serais chargé de le lui dire. C'est trop important, Kylie.

Il posa une main sur son épaule.

— Je ne voulais pas la faire se sentir plus mal, Coop.

— Je pense que c'est assez impossible depuis l'arrivée de la rose. Elle le cache bien, voilà tout.

Peut-être, songea Kylie. Qui que soit le démon qui la poursuivait, il affectait désormais tout le monde autour d'elle.

Au risque de se souvenir 345

Elle regretta amèrement de ne pas avoir le moyen de mettre un terme à cela. Afin de tous les épargner.

La voix de Coop la sortit de ses sombres pensées.

— Que diriez-vous d'une partie de cartes ?

Elle ne put masquer son manque d'enthousiasme.

— Kylie…, soupira Coop. Vous devez vous accorder une pause. Vous ne pouvez pas rester concentrée sur le problème en permanence.

— C'est facile à dire quand on n'est pas traqué par un pervers. Quand on n'a pas à s'inquiéter pour la sécurité de son entourage !

Dès que ces paroles eurent franchi ses lèvres, elle les regretta. Coop se rembrunit puis se leva et quitta la pièce.

Seigneur, elle avait mis les pieds dans le plat !

Même s'il n'en parlait pas beaucoup, l'homme était allé au combat. Il avait dû se sentir traqué à de nombreuses reprises et s'inquiéter pour ses frères d'armes. Lui reprocher de ne pouvoir comprendre… Elle aurait voulu rentrer sous terre.

Cependant, quelques minutes plus tard, il réapparut, le visage de nouveau calme.

— Je sais que c'est difficile, dit-il. Je me souviens combien je l'ai mal vécu, surtout au début. Tout ce que nous pouvions faire, c'était nous distraire autant que possible. Nous jouions aux cartes ainsi qu'à d'autres jeux quand nous n'étions pas de faction. Nous écrivions des lettres. N'importe quoi pour relâcher la tension. Vous devez trouver un moyen d'y parvenir avant de vous effondrer.

— Je suis désolée pour ce que je vous ai dit. Je pense que je perds pied…

— Non, ce n'est pas le cas. Quelques souvenirs vous sont revenus et vous les gérez bien. Si les cartes ne vous distraient pas, nous trouverons autre chose. Quoi que ce soit, pourvu que ça fonctionne et que ça ne vous mette pas plus en danger.

— J'ignore comment faire.

— Aucun de nous ne le sait au début. Mais plus vous

vous acharnerez, plus vous vous épuiserez, au risque de faire obstacle aux souvenirs susceptibles de mettre un terme à tout cela. Laissez travailler votre subconscient et trouvez un moyen de vous relaxer.

Plus facile à dire qu'à faire ! Depuis son réveil à l'hôpital, l'agression et l'amnésie lui accaparaient l'esprit.

Ainsi que la perte de son avenir.

Cependant, tandis que ces pensées familières se bouscu-laient dans sa tête, une émotion s'y glissa : la colère. Une colère noire. Allait-elle laisser cette ordure lui voler chaque instant de sa vie ? Allait-elle s'allonger docilement dans la tombe qu'il avait creusée pour elle ?

Ou alors, allait-elle se reprendre ? Se réapproprier le contrôle d'au moins une petite partie d'elle-même ? Glenda lui avait offert la possibilité de l'accompagner à l'hôpital et elle l'avait déclinée parce qu'elle était effrayée. Et si jamais elle saisissait l'occasion et qu'elle se rendait compte qu'elle n'avait pas oublié son métier d'infirmière ?

Craignait-elle aussi cela ?

— Vous avez raison, reprit-elle d'une voix étonnamment ferme. Je me terrifie davantage encore que n'a pu le faire cet individu. Et je le laisse polluer chaque instant de mes journées. Ça suffit ! Quoi que me réserve l'avenir, il n'aura pas grand intérêt si je me laisse intimider comme ça. C'est terminé à partir de cet instant.

— Et comment voulez-vous y mettre fin ?

Elle posa les yeux sur cet homme qui se tenait près d'elle — sans doute le plus séduisant qu'elle ait jamais vu, ou du moins remarqué — et elle décida de prendre un énorme risque. Elle ne pouvait continuer d'ignorer ces épaules larges, cette démarche féline, l'attirance qu'elles exerçaient sur elle.

Se levant de table, elle traversa la cuisine et lui prit la main.

Il ne dit rien et se laissa mener jusqu'au canapé du salon. D'une légère bourrade, elle l'enjoignit à s'asseoir puis elle vint se blottir contre lui.

Au risque de se souvenir   347

— Je pense, confia-t-elle d'une voix qui tremblait légèrement, qu'il est parfois salutaire pour un marine de perdre la tête.

Il parut surpris puis il se mit à rire. Toutefois, il ne protesta pas. Se tournant vers elle, il lui leva doucement le menton et il s'empara de sa bouche.

Ce baiser consuma toutes les défenses de Kylie pour venir allumer en elle un brasier ardent. Aucun baiser ne l'avait jamais fait fondre à ce point.

Elle se colla plus encore à Coop et noua les bras autour de son cou, comme si elle cherchait à faire fusionner leurs corps enlacés. Le monde autour d'eux s'évanouit et ils se retrouvèrent seuls, emportés par un désir à l'intensité exponentielle.

La langue audacieuse de Coop dessina le contour de ses lèvres et chacun de ses mouvements augmenta le désir avide de Kylie. Le souffle court, elle eut peine à contenir son impatience.

Il fit ensuite glisser lentement sa main le long de son épaule. Trop lentement. Elle aurait voulu lui demander d'accélérer le mouvement mais elle craignit de rompre le charme. Enfin, la paume de sa main trouva son sein. Il l'étreignit. Elle se cambra et sa tête se renversa, arrachant ses lèvres à celles de Coop.

— C'est trop ? lui chuchota-t-il.

— Pas assez, parvint-elle à articuler.

Ce ne serait jamais assez... Pas tant qu'ils ne seraient pas étendus, comblés sur des draps défaits.

De sa main, il s'aventura alors plus bas, se glissant sous son T-shirt. Il caressa du bout des doigts sa taille dénudée, lui soutirant des soupirs extasiés. Elle entreprit alors de déboutonner sa chemise ; elle mourait d'envie de découvrir son torse nu. Mais alors la main de Coop se faufila sous son soutien-gorge. Il titilla son mamelon et elle laissa échapper un petit cri de plaisir.

— Oui !

On sonna alors à la porte.

— Bon sang !

Le juron proféré par Coop ponctua le silence soudain. Ils se séparèrent.

— Nous pourrions l'ignorer, plaida Kylie.

Le bruit de la sonnette fut remplacé par un martèlement sonore.

Coop lui adressa un regard repentant.

— Une visite officielle, semble-t-il.

Il avait raison. Kylie rajusta en vitesse ses vêtements.

— Dommage, ajouta-t-il, je n'ai même pas eu le temps de vous brûler la peau avec ma barbe.

Cette remarque inattendue la fit glousser. Le désir pulsait dans chaque cellule de son corps. Cependant, il céda progressivement face à l'urgence de la situation.

— Je m'en charge, annonça Coop. Vous êtes très bien.

Elle n'en était pas aussi sûre. Son expression ne trahissait-elle pas son embarras ?

Coop ouvrit la porte à une Connie au visage grave. Elle accepta volontiers le café offert par son cousin.

— Ce n'est pas de refus.

Ajustant son ceinturon, elle s'assit dans le fauteuil et étudia Kylie.

— J'ai entendu dire que tu avais eu un problème chez Maude.

— Ça a fait le tour de la ville ?

— Comme d'habitude.

Kylie en fut mortifiée. Elle avait grandi avec les commérages locaux et elle y était habituée. Néanmoins, elle aurait préféré que cela ne circule pas.

— Que disent les gens ?

— Seulement que tu semblais souffrante et que Coop t'a aidée à monter dans la voiture. C'est vrai ou il y avait autre chose ?

S'il était une personne en ce monde qui méritait une réponse honnête à cette question, c'était Connie.

— Un souvenir m'est revenu. Inutile mais terrifiant. J'ai eu l'impression d'être projetée dans le passé.

Coop apporta le café et Connie le remercia d'un hochement de tête.

— Je suis désolée, reprit-elle à l'adresse de Kylie. Ce ne sera probablement pas le dernier.

— Venais-tu seulement prendre de mes nouvelles ?

— En fait, j'aimerais beaucoup que nous puissions nous retrouver un jour prochain, les filles, toi et moi. Ashley t'envoie ses amitiés mais elle ne passera pas aujourd'hui.

Kylie se crispa aussitôt. Quelque chose n'allait pas.

— Il y a un problème ?

— En dépit de tous nos efforts, l'individu a approché la petite Halburn. Tu te souviens d'elle ? Une petite rousse aux cheveux bouclés.

— Je me rappelle ses parents. Leur fille... Katie ?

— C'est elle. Elle était presque rentrée chez elle quand l'homme l'a abordée. Il lui a dit qu'il cherchait son chemin et il lui a offert une barre chocolatée. Elle s'est enfuie en hurlant.

— Tant mieux !

Le cœur de Kylie s'était mis à battre la chamade. Se pouvait-il qu'il s'agisse du même individu que celui qui la traquait ? Non, cela n'avait rien à voir.

— Je crains que la description ne nous soit guère utile, continua Connie. Cheveux roux et barbe rousse. Vieille voiture couverte de touches de peinture antirouille orange ; ce qui correspond à un quart des voitures du comté.

— Je vois.

Le découragement gagna Kylie. Qu'espérait-elle ? Un miracle ?

— Seigneur, j'espère que vous allez l'arrêter.

— Malheureusement, il semble plutôt rusé.

Connie poussa un soupir, puis elle but une gorgée de café.

— Toute la ville est en alerte maximale, tu peux donc

te détendre un peu. Les gens commencent à regarder leurs voisins avec suspicion. Je n'aime pas ça.

— Ce pourrait être dangereux, renchérit Coop, intervenant pour la première fois.

— En effet, surtout pour les nouveaux venus en ville. Nous diffusons l'information que tu assistes le bureau du shérif mais surveille tout de même tes arrières, Coop.

— Je ne quitte pas Kylie d'une semelle. Si nous sortons, c'est ensemble.

— Tu es habilité. Mais parfois l'habilitation arrive un peu tard. Quoi qu'il en soit, tout le monde sait que tu es mon cousin. Ce qui ne t'empêche pas de rester sur tes gardes.

— Je le suis toujours.

Kylie était atterrée. Coop risquait désormais de susciter la vindicte d'un habitant soupçonneux ? C'était trop.

— Vous devriez quitter la ville, lui conseilla-t-elle.

— Et vous m'accompagnerez ?

Elle le dévisagea, interloquée.

— C'est ce que je pensais. Je resterai donc ici à vos côtés.

Dans son regard bleu brilla quelque chose qui la troubla.

— Laissez-moi deviner... L'éthique des marines face au danger ?

— Non.

Elle décida de reporter cette discussion à plus tard, d'autant que Connie semblait particulièrement amusée. Mieux valait revenir au sujet de départ.

— Comment va Katie Halburn ?

— Elle a eu peur mais elle va bien. Elle a fait le bon choix en s'enfuyant. Ce n'est pas allé assez loin pour qu'elle en conserve une trace permanente. Du moins, je l'espère.

Connie leva à nouveau sa tasse.

— Katie est le symptôme d'un comportement qui m'inquiète davantage.

— Lequel ? s'enquit Coop.

— À l'évidence, certains enfants, pour des raisons qui

Au risque de se souvenir 351

leur sont personnelles, tentent d'échapper à la surveillance de la police. Ils savent ce qui se passe, ils savent que nous veillons sur eux, mais Katie est la première à nous échapper. Ils peuvent se faufiler derrière les maisons et, si personne ne les voit, ils se retrouvent hors du périmètre de sécurité.

— Mais pourquoi ? lança Kylie.

Connie dépeignait un tableau effrayant. L'un de ses enfants pourrait subir le même sort qu'elle. La terreur s'insinua jusque dans la moelle de ses os.

— Certains de ces enfants ont dans leur famille des personnes ayant eu des démêlés avec la loi. Peut-être qu'ils ne nous font pas confiance. Et puis, il y a ceux qui sont trop malins pour leur propre bien. Et qui considèrent tout cela comme un jeu.

Connie sortit un autocollant de sa poche de poitrine.

— J'aimerais que vous colliez ceci sur votre fenêtre en façade. Nous demandons ce service aux personnes dignes de confiance. Ça indique aux enfants que cette maison est sûre.

— Et nous sommes présents la plupart du temps, renchérit Kylie en prenant l'autocollant.

— Bien… Je vais me mettre en quête d'une vieille voiture rouillée et d'un homme barbu, conclut Connie en se levant. Un déguisement, manifestement.

Sa cousine partie, Coop poussa un lourd soupir.

— C'est ce qui s'appelle casser l'ambiance… Enfin, c'est probablement pour le mieux. Donnez-moi ça, je vais le coller.

— Merci.

Kylie lui donna l'autocollant. Alors qu'une part d'elle était vraiment désolée de l'interruption de leurs ébats, une autre n'en était pas mécontente. Elle ne voulait pas se servir de Coop pour se distraire. Seigneur, il serait tellement agréable que tout s'arrange et qu'ils puissent simplement faire l'amour !

Une fois de plus, elle se remettait en question.

Mais la vision d'une fillette terrifiée fuyant un inconnu

dans une voiture remplaça bien vite ces pensées. Dieu merci l'enfant s'était échappée !

Kylie avait une vague idée de ce qu'on lui avait fait subir ; les cicatrices sur son corps le lui rappelaient. La pensée qu'une petite fille puisse endurer cela ne l'horrifiait pas seulement ; cela la rendait furieuse.

Coop sortit mettre en place l'autocollant.

— Voilà qui est fait ! Il est bien visible, annonça-t-il en rentrant.

— Mon Dieu, quel genre d'homme est capable de terrifier ainsi des enfants ? Il faut vraiment être malsain.

Exactement comme celui qui s'en était pris à elle.

— Ce monde est-il devenu fou ?

— Je me pose parfois la question.

Il s'assit près d'elle et lui prit la main.

Le téléphone se mit à sonner. Coop se tourna pour voir qui appelait.

— C'est Glenda, indiqua-t-il en passant le téléphone à Kylie.

Elle saisit l'appareil.

— Salut sœurette.

— Kylie, demande à Coop de t'emmener à l'hôpital. Le neurologue et la psychiatre veulent te voir.

Durant tout le trajet jusqu'à l'hôpital, Kylie fut sur des charbons ardents.

— Pourquoi dois-je venir aussi rapidement ? demanda-t-elle à Coop, même s'il n'était évidemment pas plus renseigné qu'elle. Que se passe-t-il ?

— Probablement rien. Peut-être simplement une question d'agenda.

Elle tâcha de s'en convaincre. Excepté que Glenda s'était montrée vraiment pressante. Elle les attendait devant l'hôpital tout en bavardant avec une collègue. En les voyant arriver, elle s'avança vers eux.

Au risque de se souvenir   353

— J'espère ne pas t'avoir effrayée mais les deux médecins ne sont pas tous les jours présents en même temps. Ça n'arrivera plus avant une semaine et j'ai eu de la chance qu'ils acceptent de te recevoir avant de partir.

Kylie fut profondément soulagée. Et en entrant dans l'hôpital, un réconfortant sentiment de familiarité la gagna. Elle avait ressenti exactement le même en revenant dans la maison qu'elle partageait avec Glenda.

— Je me sens chez moi, ici, lança-t-elle spontanément.

Glenda fit une pause et lui sourit.

— C'est vrai, Kylie. C'est la raison pour laquelle je veux que tu reviennes travailler avec moi dès que tu t'en sentiras capable. C'est comme revenir à la maison, non ?

Exactement, songea Kylie. Un sentiment d'appartenance qu'elle avait presque oublié l'envahit. C'était *son* territoire, le centre d'une grande partie de sa vie.

Elle fut néanmoins heureuse qu'ils n'approchent pas des urgences. Elle n'était probablement pas prête à supporter les plaintes de patients en souffrance.

Heureusement que Coop était à ses côtés ! Lorsqu'ils arrivèrent devant le service du médecin et qu'il fit mine de s'asseoir dans la salle d'attente, elle protesta.

— Non, je veux que vous soyez présent. Vous avez affronté le problème presque autant que moi.

Glenda la dévisagea.

— Nous en sommes donc là, murmura-t-elle.

— Que veux-tu dire ?

— Rien.

Elle se tourna vers la réceptionniste qui leur indiqua une porte entrouverte.

— Êtes-vous sûre de vouloir que j'entende ça ? demanda Coop.

— Absolument. Vous avez dû m'emmener en dehors du snack-bar. Je considère que vous avez le droit de savoir à quoi vous avez affaire.

De cela, au moins, elle était certaine. Tout le reste était nébuleux. Toutefois, s'il y avait une raison pour que Coop cesse de s'intéresser à elle, elle préférait que cela se produise avant qu'ils n'aillent plus loin dans leur relation. Il méritait cette marque de respect.

Le neurologue, le Dr Nugent, était un homme grand et mince aux épaules légèrement voûtées et au sourire spontané. Le Dr Weathers, la psychiatre, une femme à la peau foncée, rayonnait littéralement. Si elle n'avait pas été aussi nerveuse, Kylie aurait eu envie de rire ; ils incarnaient à la perfection les stéréotypes attachés à leurs spécialités.

— Par où commençons-nous ? demanda Nugent.

— Par vous, lui répondit Weathers. Mieux vaut d'abord évoquer les faits médicaux.

— Très bien.

Il avança une chaise à roulettes et s'assit face à Kylie.

— Vous êtes la patiente, Kylie Brewer.

Étant donné qu'ils venaient d'être présentés, Kylie fut légèrement surprise.

— Oui, docteur.

Il hocha brièvement la tête, un peu comme un oiseau.

— J'ai étudié le dossier que m'a envoyé votre médecin de Denver. Ce n'est pas du tout mauvais.

Kylie sursauta presque, puis elle tendit les mains. Glenda prit l'une d'elles et Coop l'autre.

— J'ai pourtant une lésion cérébrale ?

— En effet. Mais la dernière IRM montre déjà une amélioration notable. Si vous le souhaitez, je peux vous montrer les images. Vous êtes infirmière, n'est-ce pas ? Ça devrait vous parler.

Il se tourna et alluma un grand écran fixé au mur.

— Images numériques en haute définition. Elles proviennent de l'IRM fonctionnelle qui permet d'observer votre activité cérébrale. Vous remarquerez cette petite zone sombre, ici.

Il désigna une tache foncée.

Au risque de se souvenir 355

— C'est la lésion. En la comparant aux clichés précédents, vous constaterez qu'elle guérit plutôt bien.

Devait-elle en être soulagée ? Elle ne savait pas trop.

Le Dr Nugent se pencha en avant, hochant de nouveau la tête.

— Le fait est, mademoiselle Brewer, qu'une lésion de ce type ne risque pas de faire disparaître trois années de votre mémoire avec une précision quasi chirurgicale. En fait, je dirais qu'elle risque plutôt d'affecter votre mémoire à court terme durant un moment et de vous rendre un peu impulsive. Toutefois, cet effet s'estompera. Votre cerveau se rétablira parfaitement. Sur ce, je vous confie aux bons soins du Dr Weathers.

Il se leva et quitta la pièce avec un signe de tête.

Kylie était sidérée. Totalement sidérée.

— L'autre médecin…

Glenda intervint.

— L'autre médecin a fait son diagnostic au début de ta convalescence. Tu as entendu Nugent. Des problèmes de mémoire à court terme. Peux-tu vraiment être certaine de qui a dit quoi ?

— Mais tu t'es renseignée toi aussi, n'est-ce pas ?

Glenda hocha la tête.

— Ils ont estimé que tu te remettrais de la lésion cérébrale. Je te l'ai dit. Personne ne pouvait tout expliquer de l'amnésie. Tu te souviens ?

Non, Kylie ne se souvenait pas. Elle crispa tellement fort les mains qu'il fut étonnant que ni Glenda ni Coop ne protestent.

— Alors, qu'est-ce qui ne va pas chez moi ?

— Absolument rien que le temps ne peut arranger, lui répondit le Dr Weathers d'une voix chaude et ferme. Votre amnésie est traumatique, Kylie. Mais elle ne résulte pas de la lésion. Pour une certaine raison, probablement une très bonne raison, votre esprit a occulté ces trois dernières années. Que s'est-il passé il y a trois ans ? Un important changement de vie ?

Kylie avait la bouche sèche. Elle s'humecta les lèvres, et le médecin lui tendit une bouteille d'eau. Elle en but quelques gorgées avant de lui répondre :

— J'ai emménagé à Denver.

— Nous commencerons donc par là. Je vais programmer un rendez-vous hebdomadaire et nous y travaillerons jusqu'à ce que nous éliminions le blocage. Mademoiselle Brewer, je pense que vous avez oublié plus que nécessaire mais vous aviez sans doute une bonne raison pour cela. Une fois que nous l'aurons cernée, les pièces du puzzle devraient commencer à s'assembler.

D'instinct, Kylie apprécia cette femme. Elle lui redonnait espoir.

— Ainsi, je pourrai être de nouveau moi-même ?

— Très probablement. La question est de savoir quand vous serez prête. Mais c'est plutôt une bonne nouvelle, non ?

Alors qu'ils prenaient congé, le Dr Weathers fixa un premier rendez-vous à Kylie.

— Même jour la semaine prochaine à 15 heures. Et si vous avez des difficultés à vous rappeler ce dont nous avons discuté ici, votre sœur ainsi que M. Cooper pourront vous y aider.

En rentrant à la maison en compagnie de Coop, Kylie était sur un petit nuage. Elle allait redevenir normale ! Elle finirait par recouvrer la mémoire. La lésion n'était pas en cause.

Cependant, aussitôt qu'ils entrèrent dans la maison, des idées noires l'assaillirent. Qu'elle ait oublié l'agression et ce qui l'avait précédée, elle pouvait le comprendre. Mais les trois années entières ? Depuis son arrivée à Denver ?

— Vous devriez sauter de joie, lui fit remarquer Coop comme s'il avait senti son changement d'humeur.

— Je me demande ce qui ne va pas chez moi. Pourquoi n'ai-je pas uniquement oublié l'agression ?

— À l'évidence, c'est ce qui motive la thérapie. Mon avis

est que vous avez associé Denver à cette expérience traumatisante. Mais vous seule pourrez le déterminer.

Elle était sur le point de s'aventurer à la découverte d'elle-même. Dans ce voyage, tout ne lui plairait probablement pas. Mais retrouver la mémoire, du moins en grande partie ? Être capable de redevenir infirmière ? Peut-être même d'entamer des études de médecine ?

Coop avait raison ; elle devrait sauter de joie.

Elle finit par lui adresser un sourire radieux.

— Je pense être heureuse. Il y a de l'espoir. Un grand espoir que je n'avais pas jusque-là.

Pour la plus grande joie de Coop, Kylie tourna sur elle-même dans un accès d'allégresse qu'il n'aurait pas osé l'espérer voir exprimer. Il sourit.

Cependant, une part de lui demeurait toujours circonspecte : Kylie n'allait-elle pas ensuite s'effondrer ? Une allégresse aussi subite n'augurait généralement rien de bon.

Et, en effet, l'instant d'après, elle se figea et son expression changea.

Il attendit la suite.

— C'est en lien avec Denver ! lança-t-elle soudain. Pourquoi, sinon, aurais-je oublié toute cette période ? Il doit s'agir de quelqu'un que j'ai connu là-bas. Et que j'ai effacé de ma mémoire.

— Possible…, fit-il prudemment.

— Quelle autre raison pourrait-il y avoir ? Désolée, se reprit-elle aussitôt, vous ne pouvez pas répondre à ces questions et j'imagine qu'il me faudra une longue thérapie pour le faire.

— Mais vous y arriverez.

Elle hocha la tête et lui décocha un petit sourire.

— Quand ce sera fait, je serai soulagée. Même si je pense que ce ne sera pas amusant.

— Sans doute pas.

— Mais ça me rassure que ce ne soit pas un problème de transmission neuronale. Je suis sidérée d'avoir oublié qu'on me l'avait dit.

Au moins, avait-elle retrouvé l'espoir et c'était une excellente chose, songea Coop. Il aurait tellement aimé la serrer dans ses bras pour partager sa joie. Cependant, elle ne l'y avait pas invité ; il se contenta par conséquent de la contempler tandis qu'elle se réjouissait de la bonne nouvelle.

Puisqu'elle espérait de nouveau, il devait seulement s'assurer que l'on ne vienne pas la priver de ce regain d'optimisme.

Todd fut rapidement informé. Il aidait l'hôpital dans la gestion de ses finances. Ses connaissances s'empressèrent de lui faire part de la bonne nouvelle concernant sa vieille amie Kylie Brewer.

Il apprit également tout de la frayeur qu'il avait causée à la fillette rousse et se félicita du fait que presque toutes les forces de police se concentraient sur la protection des enfants.

Cependant, il recueillit ensuite d'autres informations. Quelque chose était arrivé à Kylie au snack-bar. Cooper avait presque dû la transporter dehors. Un souvenir ? Il le soupçonna encore plus en apprenant qu'elle avait consulté la psychiatre de l'hôpital.

Même si la question était de savoir ce qu'elle s'était rappelé, ce simple fait représentait en soi un danger. D'autant qu'un aide-soignant lui apprit qu'elle recouvrerait à coup sûr la mémoire.

Une bonne nouvelle ? Pas pour lui. Au fil des années, il avait soigné ses relations avec quelques informateurs bavards car cela lui était utile dans son travail. Désormais, cela pourrait lui sauver la vie.

Kylie risquait de se souvenir de son visage à un moment donné. Ainsi que du nombre de fois où il avait insisté pour

Au risque de se souvenir 359

prendre un café jusqu'à ce qu'il devienne clair qu'elle ne voulait rien avoir à faire avec lui. Leur dernière rencontre avait été le déclencheur. Elle était visiblement pressée de le quitter et s'était montrée tout juste polie.

Quelle façon de traiter un vieil ami ! Il ne pouvait comprendre pourquoi elle réagissait ainsi. Cela ne venait pas de lui. Il était bel homme, avait plutôt du succès. Il présentait bien. Sinon, il n'aurait pas réussi dans son métier. Pourquoi Kylie persistait-elle à l'éviter ?

Le ressentiment s'était progressivement installé, associé à un sentiment d'humiliation. Qui Kylie Brewer croyait-elle être ? Elle ne valait pas mieux que lui-même si elle voulait le faire croire. Quoi qu'il en soit, elle continuait d'agir comme si elle le méprisait.

Oh ! Pas ouvertement. Elle était polie. Mais elle avait longtemps décliné ses invitations et quand elle avait consenti à le rencontrer, cela avait seulement été pour prendre un café. Un café dans un endroit bondé à proximité de l'hôpital, voilà tout ce qu'elle lui avait accordé.

Le temps passant, ses intentions à l'égard de Kylie étaient devenues plus agressives. Une femme devait rester à sa place. Il avait entendu son père le dire tandis qu'il frappait son épouse.

Il devait donc donner une leçon à Kylie. Cette idée en était venue à monopoliser ses pensées. Elle était la source de son humiliation et il n'existait qu'un moyen d'y mettre un terme.

Combien d'autres hommes avait-elle traités ainsi ? Se débarrasser d'elle pour de bon ne serait pas seulement un bienfait pour lui.

Durant un bref moment, il s'était interrogé sur lui-même, sur ses intentions malveillantes. Mais cela n'avait pas duré. La seule solution était d'éliminer Kylie Brewer. Elle n'humilierait plus jamais personne.

Il était l'homme qui rendrait un énorme service à l'humanité. D'ailleurs, Cooper finirait par se rendre compte de la personne qu'était vraiment Kylie. Une femme qui détestait les hommes. Une allumeuse qui se plaisait à tourmenter les mâles qu'elle avait pris dans ses filets.

Une telle femme méritait de disparaître à jamais ! se répéta Todd.

Cependant, le temps pourrait commencer à lui manquer. Il avait caressé l'espoir qu'il pourrait attendre que Cooper reparte en mission. Toutefois, si Kylie commençait à retrouver la mémoire… Non, il devait trouver le moyen de l'atteindre. Les liquider tous les deux si nécessaire, et éliminer Kylie dans tous les cas.

Il fallait en finir !

Il était fatigué de se demander quand elle retrouverait la mémoire, de la tension qui pesait sur lui. Le plus tôt serait le mieux.

Restait à définir comment réaliser son projet.

Il commençait justement à avoir quelques bonnes idées.

11

En entrant dans la cuisine le lendemain matin, Kylie tomba sur Glenda, épuisée par une longue nuit de travail, et Coop, occupé à préparer le petit déjeuner. L'odeur du bacon emplissait la pièce.

— Ne me dis pas combien c'est mauvais pour ma santé, la prévint Glenda. Une autre nuit comme celle-là et il se peut que je cherche un nouvel emploi. Bon… Comment te sens-tu depuis ton rendez-vous avec les médecins ?

— Beaucoup mieux, lui répondit Kylie. Coop, je peux vous aider ?

— Oui, servez-vous un café et asseyez-vous. Il n'y a de place dans cette cuisine que pour un chef. Vous avez faim ?

— Je suis affamée.

Il lui décocha un sourire et se remit aux fourneaux.

— Ça a été une bonne nouvelle, hier, reprit Glenda. Mais j'ai été surprise que tu te souviennes aussi peu de ce que t'avaient dit les médecins. Je n'ai jamais imaginé que tu croyais la lésion cérébrale responsable de ton amnésie.

Kylie hocha la tête.

— Je suis ravie que mes souvenirs n'aient pas définitivement disparu. Et qu'en travaillant un peu je puisse les retrouver.

— Et reprendre ton métier d'infirmière, ajouta Glenda.

— Bien sûr ! Mais, en même temps, ça me terrifie.

Sa sœur lui adressa un regard compatissant.

— Quoi qu'il en soit, intervint Coop, j'ai une suggestion à vous soumettre pour le programme de la journée ! Glenda a besoin de repos. Mais vous, Kylie, vous devez prendre l'air. Que diriez-vous d'une longue balade en voiture dans les montagnes ? Cette journée quasi printanière est parfaite pour cela.

Le premier réflexe de Kylie fut de refuser. Elle se sentait en sécurité entre ces murs en sa compagnie. Cependant, elle prit aussitôt conscience de son égoïsme. Elle n'était pas la seule à se sentir emprisonnée dans cette maison. Coop lui sacrifiait ses congés au lieu de profiter de sa famille. Il devait mourir d'envie de s'aérer.

— C'est une merveilleuse idée ! lui répondit-elle en souriant.

Il avait raison. Elle avait besoin de quitter sa bulle de temps à autre. Et elle ne serait pas seule.

L'homme qui avait envoyé la rose ne s'en prendrait probablement pas à elle en présence de Coop et certainement pas pendant qu'ils rouleraient sur les routes de montagne.

Peu après que Glenda fut partie se coucher, ils préparèrent donc une glacière et quelques sandwichs.

— Je ne voyage jamais sans nourriture, précisa Coop. Nous ne serons sans doute partis qu'une heure mais on ne sait jamais.

Glenda pensa à emporter une veste. L'air fraîchissait avec l'altitude.

Puis ils se mirent en route.

— J'ai entendu dire qu'il y avait là-haut une ville fantôme, lança Coop tandis qu'ils roulaient à l'ombre des arbres.

— À dix kilomètres en suivant cette route, oui. Elle est clôturée car il est trop dangereux d'y entrer. C'était une exploitation aurifère et les galeries ont commencé à s'effondrer il y a des années.

Elle se tourna sur son siège.

— Vous avez appris cela de Connie ?

— Oui. C'est l'endroit où son ex avait emmené Sophie après l'avoir enlevée.

Au risque de se souvenir   363

Il était donc normal que Coop ait envie de la voir, comprit Kylie. Elle ajouta :

— Quand nous étions plus jeunes, nous aimions y monter la nuit pour nous faire peur. Un rien suffisait à nous effrayer.

— Qui ça, nous ?

— Julie, Ashley, Connie, Glenda et certains des garçons. Ils en raffolaient parce qu'il était facile de nous faire hurler.

— Dans le noir, je n'en doute pas.

— Et je parie que les ados d'aujourd'hui le font aussi. Le problème, c'est que personne ne sait jusqu'où s'étendent les galeries ; le terrain alentour peut être très dangereux.

— Dans ce cas, nous serons prudents. Mais je suis étonné que personne n'ait pris en charge le problème.

— Question de juridiction, expliqua Kylie. Qui en est propriétaire ? C'était autrefois une ville. Je suppose que l'État en est désormais responsable mais il réserve son budget à d'autres usages.

— Pourquoi ai-je le sentiment qu'un certain nombre de jeunes gens considèrent ce danger comme un défi ?

Elle se mit à rire.

— Vous avez probablement raison. Mais, jusqu'à présent, personne n'a été tué dans un effondrement.

— Pour autant que vous sachiez, rectifia-t-il d'un ton lugubre évoquant un film d'horreur.

Cette fois, elle s'esclaffa franchement.

C'était vraiment une belle journée et elle avait fini par surmonter sa crainte d'être à l'extérieur. Pour la première fois depuis l'agression, elle se sentait de nouveau heureuse de vivre.

Une fois à l'entrée de la ville fantôme, Coop se gara sur le bas-côté creusé d'ornières.

— Prête pour une exploration ?

— Du moment que nous restons prudents.

— La prudence est inscrite dans mes gènes. C'est la raison pour laquelle je suis toujours en vie.

Il regarda autour de lui, scrutant à travers les arbres les ruines de l'ancienne ville.

— Approchons. Ensuite, nous nous assiérons un moment, histoire de nous imprégner du lieu. Ce genre d'endroit m'a toujours fasciné. Je pourrais passer des heures à imaginer ce qui a pu s'y passer.

— J'aimerais entendre ces histoires, confia-t-elle, désireuse de se plonger dans l'atmosphère.

La réalité les rattraperait bien assez tôt. Ou peut-être, songea-t-elle tandis qu'ils s'avançaient vers les ruines, était-ce là la réalité.

Todd les observa tandis qu'ils quittaient Conrad City. Il aurait aimé les suivre. Toutefois, à cette période de l'année, la circulation était encore trop rare là-haut, il ferait tache dans le paysage s'il tombait sur eux.

Et puis, il y avait la maison. Il y retourna et l'étudia brièvement avant d'y entrer. Il y était venu plusieurs fois à l'époque du lycée avec des camarades. Il faisait partie de *la bande*, qui se réunissait le week-end. Kylie avait alors été la seule du groupe qui ait eu un problème avec lui et ce, après leur relation… Ce qui prouvait bien que quelque chose ne tournait pas rond chez elle.

Peut-être allait-elle montrer à Cooper la ville fantôme. Ils avaient passé de bons moments là-haut à se faire peur les uns aux autres, aux filles surtout. Une fois, Jim Reasoner et lui avaient franchi la clôture au grand dam des filles. Elles les avaient mis en garde d'un ton surexcité tandis que Jim et lui exploraient les lieux, armés de torches.

Il ne l'aurait jamais avoué mais, à chaque pas sur le sol instable, il avait craint que celui-ci ne cède. Hors de question, toutefois, de se montrer poltron devant Jim et les filles. Ils s'étaient donc aventurés dans la ville, le faisceau de leurs lampes rendant tout plus inquiétant jusqu'au moment où

Au risque de se souvenir 365

Jim et lui virent un homme se tenant dans l'embrasure de la porte de l'une des maisons. Pas vraiment un humain mais un spectre sombre et terrifiant.

Jim trouva alors l'excuse parfaite pour s'esquiver.

« Je pense que nous avons causé assez d'inquiétude aux filles pour la nuit. »

Ils n'avaient jamais reparlé de ce qu'ils avaient vu. Ils avaient même agi comme si de rien n'était. Todd s'en était félicité. Il n'imaginait que trop ce que les autres auraient pensé d'eux s'ils avaient avoué avoir vu un fantôme.

Par la suite, Jim et lui avaient été plus que réticents à y retourner à la nuit tombée et plus jamais ils n'avaient franchi la clôture.

Todd poussa un soupir. Il avait fait partie de la bande… La bande incluant Kylie, qui l'avait méprisé. Il l'avait fait hurler à Denver. Il trouverait le moyen de la séparer de Cooper et il la ferait hurler à nouveau.

Même s'il devait pour cela tuer Cooper, idée qui commençait à le séduire.

Coop longea la clôture. Il marchait d'un pas léger, remarqua Kylie, et faisait un minimum de bruit. Elle l'imita, se tenant derrière lui.

— C'est vraiment intéressant, dit-il lorsqu'ils furent à mi-chemin. Imaginez ces gens venus jusqu'ici en quête de fortune et qui vivaient dans ces masures.

— Et d'après ce que j'ai entendu dire, ils n'ont pas trouvé beaucoup d'or. Quelques pépites extraites du fleuve, de la poussière… Mais jamais de filon, comme ils l'espéraient.

— Quelle tristesse ! Qui plus est, je suppose que beaucoup de ces chercheurs d'or avaient amené leur famille.

— Qu'est-ce qui vous fait penser ça ?

Il lui désigna une fenêtre à laquelle flottait, porté par le vent, un rideau déchiré.

— Seule une femme mettrait des rideaux aux fenêtres.

Un nouveau rire échappa à Kylie.

— Que pouvez-vous me dire d'autre ?

— La vie était rude. Est-ce que Conrad City existait à l'époque ?

— Oui, elle venait d'être fondée pour aider les propriétaires de ranchs.

— Je parie donc qu'ils allaient acheter leur alcool en ville et qu'ils le ramenaient ici. Ce n'est pas une promenade de santé que de faire l'aller-retour à pied ou à cheval chaque jour.

Qu'il ait pensé à l'alcool la surprit, mais il avait probablement raison.

— J'ai entendu dire qu'il y avait eu quelques fusillades mais rien de grave. En général, des hommes qui se querellaient.

— L'alcool ne devait pas arranger les choses.

— Vous croyez qu'ils avaient également amené leurs enfants ici ?

Coop hocha la tête.

— Certainement. La plupart d'entre eux étaient célibataires mais à cette époque, s'ils avaient femme et enfants, ils ne pouvaient les laisser derrière eux. Comment leur famille aurait-elle pu survivre sans un homme pour faire bouillir la marmite ? En plus, les enfants étaient utiles à la mine, de la même manière qu'à la ferme.

Le travail des enfants, bien sûr.

— Je n'avais jamais pensé à ces choses.

— La vie était alors différente, ici du moins. Et il en est toujours ainsi dans de nombreux endroits au monde.

Il avait souvent dû le constater par lui-même, réalisa-t-elle.

Il lui sourit.

— Et je parie que cette pratique est encore en usage dans les ranchs familiaux.

Il regarda autour d'eux.

— Je suggère que nous nous asseyons sous un arbre solide. S'il n'est pas penché, le sol est suffisamment stable.

Au risque de se souvenir　367

Elle n'aurait jamais songé à cela non plus. Ils étendirent la couverture sur le sol.

Toutefois, à l'ombre, l'air devint rapidement plus frais et Coop la lui mit autour des épaules.

— J'avais oublié qu'il pouvait faire aussi froid ici, dit-elle.

— J'aurais dû y penser. C'est quand même un merveilleux endroit.

— Il est fascinant. Mais vous voyez ces mottes de terre où rien ne pousse ?

— Oui.

— L'exploitation remonte à plus de cent ans et le sol est encore pollué par les métaux lourds. Il a été question, à l'occasion, de le dépolluer mais le problème n'a jamais été considéré comme suffisamment préoccupant.

— Je n'y avais pas pensé.

— Personne ne s'en inquiète vraiment. C'est tellement loin de tout. Ce qui me stupéfie, c'est la masse de travail que ces hommes ont fournie. Un miracle qu'ils ne se soient pas tués à la tâche !

— Ou qu'ils n'aient pas été empoisonnés. Imaginez-les, inhalant ces particules, ou les avalant…

Les oiseaux, qui s'étaient tus à leur arrivée, se mirent à pépier de nouveau. Le printemps ne faisait que commencer et les espèces migratrices n'étaient pas toutes revenues. Cependant, leur chant, même discret, était relaxant.

Kylie soupira intérieurement. Elle évacuait en ce lieu une énorme tension dont elle n'avait pas complètement mesuré l'ampleur jusque-là. Il était si simple de se reposer sur Coop et de se détendre totalement. D'ailleurs, il lui enveloppa la taille de son bras.

Elle n'avait pas éprouvé une telle sérénité depuis son réveil à l'hôpital. Et cela lui ôtait toute envie de rentrer à la maison. Elle aurait voulu rester là pour toujours, dans l'étreinte puissante et chaleureuse de cet homme, laissant le vent qui secouait la cime des arbres emporter tout le reste.

La vie pouvait encore être heureuse, quasi parfaite. Elle laissa cette constatation inonder son cœur et son âme meurtris tandis qu'une onde de bonheur se substituait à la douleur.

Coop se tourna alors vers elle. Plongeant son regard dans le sien, il lui sourit puis il posa la main sur sa joue glacée et il la caressa doucement de son pouce.

— Vous êtes une femme magnifique, Kylie Brewer. Vous me rendez fou de désir.

Elle posa sur lui un regard stupéfait. Elle avait perçu son désir, y avait même goûté… Mais de là à le rendre fou ? Cette déclaration lui insuffla une force nouvelle.

— Vous savez que je vais devoir repartir, reprit-il, lui caressant toujours la joue. L'Oncle Sam me rappellera et je devrai partir.

Le bonheur du moment s'étiola, menaçant de s'effondrer.

— Je ne fais pas de promesses que je ne pourrai tenir. Il faut que vous le compreniez. Je vais devoir partir et, même si vous souhaitiez m'accompagner, vous ne le pourriez pas. J'ai envie de vous faire l'amour mais j'ai besoin que vous sachiez quelles sont mes limites. Je me suis déjà engagé vis-à-vis du gouvernement et du corps des marines.

— Je comprends…

Mais pourquoi lui adressait-il ces mises en garde en cet instant précis ? Elle avait compris depuis le début qu'il ne resterait que le temps de sa permission. Qu'un jour prochain il devrait repartir. Cette seule pensée l'attristait mais elle l'avait acceptée.

Il lui replaça une mèche de cheveux derrière l'oreille.

— Je ne me lasse pas de vous regarder. Et si nous n'étions pas en pleine montagne, je serais tenté de vous faire l'amour. Dieu merci, il fait beaucoup trop froid.

— Vous êtes heureux qu'il fasse trop froid ? Qu'entendez-vous par là ?

Il déposa un baiser glacé sur ses lèvres.

— Seulement que, à présent que vous connaissez mes

intentions, vous aurez le temps d'y réfléchir. Je refuse de vous prendre ce que vous ne seriez pas disposée à donner.

Ainsi, il craignait de prendre et de ne rien donner en retour ? Elle ne voyait pas du tout les choses de cette façon. À ce stade de sa vie, une relation à long terme était la dernière chose susceptible de la tenter. Mais une aventure avec cet homme sublime ? Cela lui procurerait certainement le genre de souvenirs qu'elle se rappellerait avec délice dans ses vieux jours pour réchauffer ses nuits glacées.

En supposant, bien sûr, qu'elle n'oublie pas leurs ébats !

Cette pensée l'amusa. Faire l'amour avec Coop impliquerait certainement davantage que sa mémoire à court terme. À coup sûr, il laisserait en elle une empreinte si profonde qu'elle se souviendrait de chacune de ses caresses.

Et Dieu savait combien elle se languissait de ses caresses ! Elles la ramèneraient à la vie, l'écartant du précipice au bord duquel elle évoluait depuis l'agression. Lui rappelant toutes les bonnes choses auxquelles elle devait aspirer plutôt que les mauvaises qu'elle avait oubliées.

Ce serait un voyage de découverte, une porte ouverte alors que, depuis des semaines, toutes les portes lui paraissaient justement fermées.

Si une brève liaison était tout ce qu'il pouvait lui donner, quel mal y aurait-il à le prendre ? Depuis qu'elle savait que son amnésie n'était pas d'origine physique, que la thérapie et le temps pourraient en venir à bout, l'envie de vivre montait en elle. Et son désir pour Coop aussi.

Seigneur, elle voulait seulement être à nouveau une femme et mettre de côté, l'espace d'un moment, tous ses soucis. Incluant le pervers qui semblait toujours la traquer. Si elle n'y prenait garde, ce dernier continuerait à saper chaque moment de joie de sa vie.

Était-elle effrayée ? Bien sûr. Mais elle était surtout fatiguée d'être devenue esclave de la peur à cause d'un homme qu'elle ne pouvait même pas se rappeler. C'était comme s'il contrôlait sa vie à distance, lui infligeant cette peur jusqu'à ce qu'elle lui sacrifie tout pour ne garder que la terreur qu'il lui inspirait.

À cette idée, une transformation s'opéra en elle, comme si la porte d'un donjon s'ouvrait pour laisser entrer la lumière. S'il lui restait encore un jour ou deux, autant que ce soient de belles journées.

Elle se blottit contre Coop et il resserra son bras autour de sa taille. Elle en fut plus qu'heureuse.

— Puis-je être franche ?

— Je vous en prie. Je préfère.

— Alors… J'ai envie de vous, moi aussi. Quoi que vous puissiez me donner. Je sais que ça peut se résumer à quelques jours seulement. Mais c'est peut-être tout ce dont je dispose.

Il se crispa nettement et demeura un long moment silencieux.

— Kylie ?

— Oui ?

— Je suis meilleur que ça.

— Meilleur que quoi ?

— Si ce type s'approche de vous, je le tuerai. Mais, cela mis à part, je ne veux pas profiter de vous parce que vous pensez qu'il vous reste peu de temps.

Elle fut choquée.

— Ce n'est pas du tout ce que j'ai voulu dire.

Il se tourna vers elle.

— Alors qu'entendiez-vous par là ?

— Seulement que je sais que vous devrez repartir ! Le temps m'est compté de toute façon. J'en ai assez d'avoir peur, de ne plus trouver d'intérêt à la vie. J'ai envie d'y mordre à pleines dents. J'ai envie de *vous*.

Il l'enlaça plus étroitement encore.

— Je vis tellement, la plupart du temps, sur le fil du rasoir que je vois tout à fait ce que vous voulez dire. La seule que je souhaite, c'est que vous soyez sûre de vous. Je ne veux pas laisser de regrets derrière moi.

Au risque de se souvenir 371

Eh bien, ça paraissait plutôt catégorique, dépouillé de tout sous-entendu suggérant qu'il pourrait revenir ensuite et attendre autre chose d'elle.

Elle hocha la tête mais se promit d'y réfléchir plus tard. Peut-être avait-elle entretenu l'espoir fugace qu'il lui promettrait de revenir. Il venait de clarifier ce point ; ce n'était pas dans ses projets.

Dès lors, avait-elle ou pas envie de cette aventure sans lendemain ? Cette question l'assaillit soudain avec la même force que la menace qui pesait sur elle.

Todd commençait à enrager. Kylie était à la fois à sa portée et inatteignable. Ce maudit Cooper était toujours présent et, lors des rares occasions où il s'absentait, Glenda restait à la maison.

Comment parviendrait-il à disperser le troupeau ? Le désir d'achever Kylie instillait en lui une pression croissante, telle une maladie se développant dans son organisme. Il ne remettait plus en question sa décision de l'éliminer. Cette incertitude s'était perdue dans les limbes.

Kylie l'avait trop souvent méprisé et elle avait ensuite échappé à la mort. La garce !

Il devait finir de lui donner la leçon qui n'avait pas trouvé son épilogue à Denver.

Il devait en finir avec cette femme qui l'avait séduit au lycée et n'avait cessé, depuis, de lui empoisonner l'existence, faisant de lui un écorché vif. Il lui avait donné plusieurs fois sa chance au cours de ces années, incluant celles où elle avait habité Denver.

Cependant, elle lui avait toujours bien fait sentir qu'elle ne voulait aucun lien avec lui. Elle n'avait rien dit en particulier mais c'était sa façon de s'éloigner, s'écartant de lui comme pour éviter le plus léger contact.

Soudain, alors qu'il ruminait sa soif de vengeance, lui vint une idée.

Comment disperser le troupeau ?

Connie Parish avait trois enfants. L'aînée avait déjà été enlevée. Cependant, il l'écarta car elle était assez âgée pour lui poser problème.

Restait les deux plus jeunes. Le petit garçon de six ans représentait le meilleur choix. Le plus difficile serait de l'approcher. Il était sous haute surveillance. Mais Todd y parviendrait. Il se contenterait de le faire disparaître momentanément. Tout le monde se lancerait à sa recherche, en particulier son oncle Coop. Oh oui, si le fils de sa cousine disparaissait, Coop se concentrerait sur les recherches, et Kylie passerait au second plan ! Il la laisserait en un lieu où il la considérerait en sécurité, comme la maison, et il partirait à la recherche du gamin.

Todd ricana intérieurement.

Tout ce qu'il lui suffisait de faire, c'était d'enlever l'enfant et de le cacher quelque part, provoquant une panique générale. Il se pourrait même que Kylie participe aux recherches.

Mais, dans un premier temps, il devrait observer les enfants Parish et déterminer l'occasion propice à l'enlèvement. Il la saisirait alors sans tarder.

Puis, lorsque tout le monde serait en effervescence, il s'emparerait de Kylie.

Ce n'était pas le plan le plus prudent du monde. Mais s'il ne tentait pas sa chance à la première occasion, il n'atteindrait jamais Kylie.

Et si elle le devançait en se rappelant qui il était… Eh bien, il ne pouvait simplement pas prendre ce risque.

À leur retour des montagnes, Kylie et Coop firent une halte à l'épicerie. Glenda allait se réveiller avant de partir

Au risque de se souvenir 373

pour une nouvelle nuit de travail et ils voulaient lui préparer un dîner avant son départ.

Cette fois, l'expérience ne déplut pas à Kylie. Soit les clients la dévisageaient moins, soit elle le supportait mieux.

Ils la dévisageaient moins, décréta-t-elle finalement. Elle n'incarnait plus le dernier événement en date et ils devaient s'être habitués à la savoir de retour.

Lorsque Coop et elle arrivèrent à la maison, Glenda était attablée dans la cuisine avec le journal local et sa première tasse de café.

— La nouvelle concernant la fillette fait la une, lança-t-elle aussitôt qu'ils entrèrent, portant les sacs de courses. Seigneur j'espère qu'ils attraperont bientôt ce sale type.

Kylie posa les yeux sur le journal. Les gros titres occupaient la moitié de la page.

— C'est horrible. Tout simplement horrible. Je suis malade à l'idée que les enfants aient peur.

— Sans parler de leurs parents, fit observer Glenda.

Elle repoussa le journal.

— Qu'avez-vous fait ?

— Oh ! une agréable balade dans les montagnes ! Puis nous sommes passés à l'épicerie. Coop a acheté de quoi faire un somptueux dîner.

Glenda haussa un sourcil, tandis que Coop déposait les sacs sur le plan de travail. Il sortit la barquette contenant les trois steaks.

— Ça vous tente ?

— Je suis aux anges, lui répondit Glenda en souriant.

— Repose-toi…, proposa Kylie à sa sœur. Je me charge des pommes de terre et de la salade. Coop fera griller les steaks.

— Excellent ! Vous n'imaginez pas comme il est rare que je fasse griller un steak pour moi toute seule.

Kylie entreprit de préparer la salade et les pommes de terre au four. Rien ne pressait vraiment. Seulement, elle voulait passer du temps en compagnie de sa sœur.

Coop fit mine de quitter la pièce, probablement pour leur laisser un peu d'intimité, mais Glenda lui fit signe de rester.

— Vous appartenez à la famille désormais, Coop. Donc, à moins que vous n'ayez autre chose à faire, restez avec nous.

Il sourit et s'assit près de Kylie. Autour de lui flottait encore l'odeur des bois, une odeur attirante. Kylie eut de nouveau envie de lui. Une aventure ? Oh oui, elle voulait cette aventure ! Quel qu'en soit le prix, elle était partante.

Un instant plus tard, il lui effleura le bras par inadvertance et un délicieux émoi la gagna. D'un moment à l'autre, sa respiration s'accélérerait et Glenda saurait exactement ce qui se passait entre eux. Elle inspira profondément et s'écarta à contrecœur de Coop. Un peu, seulement.

Il lui lança un regard complice : de toute évidence, il avait compris le but de la manœuvre.

Seigneur, avait-elle déjà les joues en feu ?

Il lui prit la main sous la table. Étonnamment, au lieu de s'en trouver plus excitée encore, elle se sentit soudain apaisée. Elle parvint à se détendre.

Glenda s'adossa à sa chaise, relaxant ses épaules.

— Ça me bouleverse vraiment que cet individu harcèle les enfants. Mais je m'inquiète encore plus à ton sujet, Kylie.

— Pourquoi ? s'enquit celle-ci.

— Parce que, jusque-là, le harceleur n'a fait de mal à aucun des enfants. Il n'a même rien tenté. Mais cette rose noire ? Ça me fait froid dans le dos.

Kylie déglutit avec peine alors que la peur s'emparait de nouveau d'elle. Elle était parvenue à éviter d'y penser durant toute la journée, se concentrant plutôt sur le fait d'être en compagnie de Coop. Mais la remarque de Glenda la ramenait brusquement à la sinistre réalité : elle était toujours terrorisée par l'homme qui avait tenté de la tuer et qui, apparemment, n'y avait pas renoncé.

Coop exerça une pression sur sa main, comme pour la rassurer. Mais cette fois ce fut sans effet. À moins qu'elle

Au risque de se souvenir

ne se rappelle qui l'avait agressée… C'était le seul moyen pour elle de se libérer de la peur en se débarrassant de son agresseur. Pour le moment, elle s'en accommoderait.

Elle serra la main de Coop, se raccrochant à lui.

— Mon Dieu, Kylie, je suis désolée, s'excusa Glenda. C'était vraiment la chose à ne pas dire.

— Tu n'as rien fait de mal, la rassura Kylie, s'efforçant de mobiliser un courage qui ne cessait de lui échapper. C'est vrai. Cet homme est toujours en liberté. Je ne peux pas me permettre de l'oublier très longtemps.

C'était la stricte vérité. Un bref répit, voilà tout ce qu'elle pouvait espérer à ce stade.

La sonnette retentit et Glenda alla ouvrir. Elle parla à quelqu'un, et Kylie reconnut immédiatement la voix de son interlocuteur.

— Todd…, souffla-t-elle à Coop avec un soupir.

— Quel est le problème avec lui ?

— Je ne saurais vous le dire. Pour une raison que j'ignore, ça n'a pas fonctionné entre nous il y a des années. C'est seulement un ami. Je suppose que je ne suis simplement pas d'humeur à voir qui que ce soit pour l'instant.

C'était cependant ridicule. Elle allait devoir reprendre les rênes de sa vie, d'une façon ou d'une autre.

Elle retira sa main de celle de Coop et se leva de table. Cela ne la tuerait pas de se montrer un peu affable.

Todd se tenait dans le vestibule. Il afficha un sourire chaleureux en la voyant arriver.

— Tu as bien meilleure mine. Je suis rentré de Saint-Louis aujourd'hui et je voulais voir comment tu allais.

— Beaucoup mieux, lui répondit-elle en souriant à son tour. Excepté pour ma mémoire… Je ne l'ai toujours pas retrouvée.

Elle n'avait pas envie de parler des flashs à quiconque.

Le sourire de Todd s'effaça.

— Ce doit être horrible, Kylie.

— C'est peut-être un bien. Je suis sûre qu'il y a des choses que je préférerais ne jamais me rappeler. Nous allions dîner mais veux-tu prendre un café avec nous ?

La proposition parut le prendre au dépourvu et Kylie en fut surprise. C'était une réaction étrange à une offre qu'elle aurait faite à n'importe quelle connaissance.

— Euh… Je ne peux vraiment pas rester. Je voulais seulement avoir de tes nouvelles et te donner quelque chose. J'ignore si tu aimes toujours ce genre d'objet mais je t'ai rapporté une petite reproduction de l'arche.

Sur ce, il sortit de sa poche une représentation en métal de l'arche de Saint-Louis.

Kylie l'accepta avec un sourire.

— Quelle délicate attention.

— Tu l'as peut-être arrêtée mais je me rappelle que tu en faisais la collection.

— C'est vrai, confirma Glenda. Nous l'avons rangée au grenier à ton départ pour Denver mais nous la ressortirons. Tu es sûr de ne pas vouloir un café, Todd ?

— Peut-être une autre fois. Le trajet a été long et je veux rentrer chez moi.

Il leur sourit à toutes deux et promit de revenir quelques jours plus tard. Enfin, il s'éclipsa.

— Pourquoi est-ce que je n'aime pas cet homme ? lança Coop depuis l'entrée de la cuisine.

— Je l'ignore, lui répondit Glenda. Il est sympathique. Pas passionnant, voilà tout.

Kylie, quant à elle, considérait l'arche dans sa main. Il l'aurait achetée pour elle ? Un malaise l'étreignit. Elle ne pouvait être neuve. Elle était ternie.

12

— Ainsi, elle est ternie ? répéta Coop après le départ de Glenda.

Kylie n'en avait pas fait mention auparavant et elle se sentit gênée d'en avoir parlé.

— Je sais, je me montre ingrate. Il ne l'a peut-être pas remarqué.

— Montrez-la-moi, dit-il en tendant la main.

Elle lui donna l'arche et le scruta tandis qu'il allait l'examiner sous l'éclairage plus vif du vestibule.

— Elle n'est certainement pas neuve, conclut-il. Peut-être qu'il l'a achetée dans un magasin d'antiquités.

— Peut-être. C'était un geste prévenant. J'ignore pourquoi ça me chiffonne.

— Eh bien, vous ne l'aimiez pas beaucoup au lycée. Il n'est pas étonnant que vous ne vouliez pas recevoir de cadeaux de sa part.

Coop posa l'arche sur la table près de la lampe.

— Je vous accorde que c'est bizarre mais ce n'est pas bien grave. Peut-être qu'il s'est souvenu de votre collection en la voyant.

— Peut-être…

C'était pertinent. L'étau qui lui enserrait la poitrine commença à se desserrer.

Coop regarda à nouveau l'arche.

— Et peut-être qu'il n'a pas voulu en faire trop.

— Comment cela ?

— Eh bien, à peine étiez-vous rentrée qu'il s'est présenté ici avec des fleurs. Et votre accueil n'a pas été exactement…

Elle se mit à rire.

— D'accord, j'ai été un peu froide avec lui. Ce n'était pas très gentil de ma part, n'est-ce pas ?

— Parfois, nous n'avons simplement pas d'affinités avec certaines personnes, déclara Coop. On n'y peut rien. Et c'était un peu précipité en la circonstance. Pourquoi ai-je l'impression qu'à l'école déjà il était celui qui allait toujours un peu trop loin ?

Kylie s'assit sur le canapé.

— En fait, il faisait partie de la bande mais tout en étant un peu en marge. Ce n'est pas que personne ne l'appréciait ; c'est difficile à expliquer. Durant un moment, j'ai été assez intéressée par lui pour accepter deux rendez-vous mais ensuite quelque chose m'a gênée, que je ne saurais définir. Quoi qu'il en soit, je suis sortie avec lui. Il ne pouvait donc pas être complètement bizarre.

Coop se mit à rire, apparemment de bon cœur.

— Ça va sans dire. En tout cas, lui, il éprouve toujours des sentiments pour vous.

Il vint s'asseoir près d'elle et l'attira contre lui. Elle posa la joue sur son épaule en souriant. Il lui devenait si facile de tout oublier en présence de Coop. Et, à la différence de Glenda, il ne lui remettait pas en mémoire la menace qui planait au-dessus d'elle.

Bien sûr, Glenda ne faisait qu'exprimer la sollicitude d'une sœur. Elle avait fait preuve d'un sang-froid infaillible et l'avait épaulée durant toute cette épreuve. Elle était en droit de faire savoir combien elle était inquiète.

Se sentant étrangement heureuse et sereine, chose rare pour elle depuis l'agression, Kylie ne voulut pas en perdre une miette. En fait, elle en voulait plus.

Les mots fusèrent avec une audace qui la surprit. L'une des conséquences de la lésion cérébrale, apparemment.

Au risque de se souvenir 379

— Coop, faites-moi l'amour !

Il parut légèrement embarrassé.

— Vous vous rappelez ma mise en garde ?

— Oui, vous avez été tout à fait honnête. Vous partirez bientôt, pour une destination où une femme n'a pas sa place.

Il se tourna soudain et la prit par les épaules.

— Vous avez traversé de nombreuses épreuves, Kylie. Je ne veux pas vous occasionner une nouvelle souffrance à laquelle il vous faudra survivre.

Ses propos la blessèrent presque. Combien d'excuses obligeantes allait-il lui donner ? À l'évidence, il ne voulait pas d'elle. Elle avait mal interprété les regards, le baiser, les petits gestes.

— C'est bon. Je ne vous obligerai pas à faire une chose que vous ne souhaitez pas.

Elle tenta de se dégager mais Coop resserra son étreinte.

Soudain, avant qu'elle ne s'en rende compte, elle se retrouva étendue sur le canapé, Coop à moitié sur elle, sa bouche s'emparant de ses lèvres dans un baiser torride. Il prit son visage entre ses mains, ne lui laissant plus l'occasion de s'échapper, la faisant se sentir aussitôt possédée par lui.

La flamme qui couvait en elle se ranima instantanément. Son désir languissant revint à la vie, le monde autour d'eux disparut et elle ne se soucia plus que de la bouche de Coop se repaissant de la sienne, du poids de cet homme sur sa poitrine. Elle s'agrippa à ses épaules, souhaitant s'assurer qu'il ne lui échappe pas.

Alors même que la passion la gagnait, un curieux sentiment de sérénité l'envahit, comme s'il était l'homme qu'elle attendait depuis toujours.

Il changea de position et ses hanches s'insinuèrent entre ses jambes dans un doux mouvement de balancier qui la souleva un peu. Ses propres hanches s'adaptèrent instinctivement au rythme de la langue de Coop dans sa bouche. Il avait pris l'entière possession de son être, des pieds à la tête.

Une douloureuse impatience s'épanouit entre ses jambes et elle se cambra pour le presser d'assouvir son désir. Le poids de son corps, la pression... Tout était parfait.

Il libéra sa bouche et elle haleta, enfonçant les ongles dans ses épaules alors que leurs corps s'abandonnaient au rythme intemporel qui les propulsait vers l'extase.

Elle laissa échapper un cri tandis que, la débarrassant de son T-shirt, il se mit à titiller l'un de ses mamelons à travers la dentelle de son soutien-gorge. Un plaisir insensé se mit à la consumer. À chaque fois qu'il aspirait son téton entre ses lèvres, une nouvelle ivresse la submergeait, la laissant totalement hébétée, esclave du plaisir et de ses sensations.

Elle resserra les cuisses autour de ses hanches minces, se délectant des mouvements de son corps contre le sien. En voulant toujours plus. En particulier son sexe qui devenait de plus en plus lourd contre elle.

Le sang lui battait aux tempes ; un délicieux tourment pulsait en elle. Obsédant, lancinant, impérieux, il l'entraîna dans les affres de l'anticipation, prélude à l'assouvissement du désir. Elle frissonna, chaque cellule de son corps en proie à l'ardente expectative.

— Oh Coop..., laissa-t-elle échapper dans un souffle comme si ce soupir pouvait l'inciter à se hâter.

Coop savait ce qu'elle voulait. La même chose que lui. Cependant, il appréciait la lente progression vers l'orgasme autant que son aboutissement et il n'était pas pressé d'en finir. Les doux effluves de Kylie lui emplissaient la tête et l'incitaient à se précipiter. Son corps, qui se tortillait sous le sien, le rendait fou. Son être entier semblait centré entre ses jambes, excepté pour la part d'attention concentrée sur les soins attentifs portés, à tour de rôle, à chacun de ses seins ravissants.

Mais pour autant qu'il ait envie de s'attarder sur chacun

Au risque de se souvenir 381

de ces exquis moments, il savait ne pouvoir se le permettre. Trop repousser l'instant risquerait de mener Kylie jusqu'à un point où elle commencerait à redescendre sans avoir obtenu satisfaction.

Intensifiant ses assauts répétés, il les emporta tous deux jusqu'au bord de l'abîme.

Kylie se cambra de nouveau et se mit à crier : elle avait atteint l'orgasme.

Quelques instants plus tard, il la rejoignit, savourant le même divin plaisir.

Il s'effondra sur elle, et elle s'accrocha à lui comme si elle ne cesserait jamais de retomber. Le rictus de satisfaction se mua en un doux sourire tandis qu'il enfouissait le visage dans sa chevelure. Il était vidé jusqu'au tréfonds de l'âme.

Kylie aurait voulu ne plus jamais bouger. Elle se sentait épuisée et comblée, dérivant telle une plume portée par une brise de plénitude.

Cependant, la réalité finit par la rattraper. Coop s'arracha à elle et se laissa retomber près du canapé avec un grognement. Elle tourna la tête autant que possible sans gâcher cet instant de pure relaxation.

— Tu vas bien ? lui chuchota-t-elle.

— Mieux que jamais, lui répondit-il d'une voix rauque. C'était… waouh.

Si elle en avait eu la force, elle aurait ri. Elle ressentait la même chose, que les mots seuls ne pouvaient exprimer. Lorsqu'elle laissa glisser sa main dans le vide, il la serra tendrement.

Les minutes s'écoulèrent dans un silence béat.

Enfin, Coop se redressa.

— J'ai besoin d'une douche. Peut-être qu'ensuite nous reprendrons.

— Je suis pour !

— Tu peux y compter.

Il déposa un baiser sur ses lèvres et elle le suivit du regard, en souriant, tandis qu'il quittait le salon.

Quelques minutes plus tard, puisqu'il utilisait la salle de bains de l'étage, elle se rendit dans celle du rez-de-chaussée.

Croisant son reflet dans le miroir, elle sourit. Cette fois, sa barbe lui avait brûlé la peau. Elle la tamponna avec un gant de toilette mouillé.

Comme son pas résonnait déjà dans l'escalier, elle se dépêcha de le rejoindre. Il avait enfilé un T-shirt bleu arborant le logo des marines et un pantalon de jogging gris. Surtout, il avait aux pieds ses chaussures lacées.

L'humeur de Kylie s'en trouva altérée.

— Des chaussures militaires ?

Peut-être l'habitude. Mais cela suggérait plutôt qu'il se préparait à sortir.

Un peu triste, elle le suivit dans la cuisine. Bien sûr, ils ne pouvaient se permettre d'oublier qu'un détraqué cherchait à s'en prendre à elle mais tout de même... La magie de cette soirée ne devait pas être ternie.

Après avoir disposé sur la table charcuterie, mayonnaise, pain et couverts, il s'accroupit soudain près d'elle. De son index, il lui leva le menton et l'obligea à le regarder.

— Qu'est-il arrivé ?

— La réalité, lâcha-t-elle. Les chaussures. Je n'ai tout simplement pas envie de l'affronter.

Restant accroupi, il l'enveloppa de ses bras et l'attira contre son torse.

— Nous ne pouvons l'oublier totalement. Mais je comprends vraiment ce que tu ressens. Veux-tu que j'enlève mes chaussures ?

Elle secoua légèrement la tête.

— Ça t'ennuierait, c'est normal. Tu es supposé me protéger.

Au risque de se souvenir 383

Nous nous sommes offert un intermède mais au cas où il arriverait quelque chose...

Il la força de nouveau à le regarder.

— Ce n'était pas un intermède. Je t'interdis de le penser.

Il lui donna alors un baiser tellement langoureux qu'elle en perdit le souffle. Elle était quasiment sonnée quand il s'interrompit et qu'il retourna tranquillement préparer les sandwichs.

Alors qu'il lui tendait une assiette, elle surprit son sourire.

— Nous devons être prudents, Kylie, mais ça n'implique pas de tout arrêter. Tu vas voir.

Le désir la submergea de nouveau, écartant ses démons. Elle ne serait sortie d'affaire que lorsque cet individu aurait été appréhendé mais cela ne signifiait pas qu'elle devait lui sacrifier sa vie.

Le brillantissime Todd, comme il se plaisait parfois à se qualifier lui-même, avait résolu le problème de l'enlèvement du jeune Parish. Cela semblait toujours le meilleur moyen de séparer Cooper de Kylie. Il ne l'imaginait pas négliger de se lancer à la recherche du fils de sa cousine. Et il laisserait alors probablement Kylie enfermée dans la maison où il l'estimerait en sécurité.

Il devrait donc s'assurer que son assaut ait lieu peu de temps après le départ de Glenda pour l'hôpital, à la tombée de la nuit, alors que toute l'attention serait concentrée sur l'enfant disparu.

Si toutefois Cooper ne laissait pas Kylie seule, il trouverait un autre moyen, plus sûr. Quant à l'enfant, il ne l'emmènerait pas très loin, là où il serait certain qu'on le retrouverait en quelques heures au plus. Sain et sauf. Il n'avait rien contre lui. Peut-être même s'attribuerait-il le rôle du héros en le délivrant.

Il avait remarqué que Sophie, l'aînée des enfants de Connie

Parish, était plus occupée à papoter au téléphone avec ses amis qu'à surveiller ses frère et sœur. Ethan, leur père, rentrait tard du ranch. La jeune fille était responsable des plus jeunes et ceux-ci allaient souvent jouer dans le jardin derrière la maison. La petite retournait toujours à l'intérieur au bout de quelques minutes mais son frère passait de longs moments à jouer avec ses voitures miniatures dans le bac à sable.

Il lui serait facile de s'introduire dans le jardin en passant par la ruelle. Les claustras en bois constituaient une maigre barrière. Le portillon était juste à côté du bac à sable. Les panneaux de bois le long de l'allée lui seraient donc plus utiles qu'à l'enfant. Il pourrait s'en emparer, le couvrir d'une couverture épaisse pour étouffer ses cris et l'emmener rapidement.

Il suffirait ensuite de le laisser, ligoté et bâillonné, dans l'une des maisons abandonnées restées inhabitées depuis la fermeture de l'usine de semi-conducteurs. Elles étaient nombreuses ; il passa donc un moment à choisir celle qui ne serait pas trop évidente mais permettrait finalement de retrouver le jeune garçon.

Après tout, il ne lui faudrait pas longtemps pour enlever Kylie et, lorsque ce serait chose faite, personne ne songerait à venir voir chez lui. Non, ils chercheraient une personne venue d'ailleurs. Il ne lui faudrait pas longtemps pour s'occuper de Kylie. Il pourrait ensuite se joindre aux recherches.

Il devait encore peaufiner son plan mais il disposait de toute la nuit et de la plus grande partie du lendemain. Il ne pouvait plus attendre. Il craignait de plus en plus que Kylie le reconnaisse.

Il alla déplacer l'une des voitures dans la grange et se mit à creuser une tombe. Sous peu, Kylie l'occuperait. À cette pensée, il se mit à fredonner en creusant.

*
* *

Au risque de se souvenir 385

Après les sandwichs, Coop entraîna Kylie dans la chambre, sans perdre de temps. Elle en frissonna de plaisir. Une fois près du lit, il lui enleva son T-shirt. L'air paraissait simultanément froid, étant donné l'heure, et chaud grâce au regard de Coop glissant sur son corps.

— Tu es si belle ! lui dit-il, comme si les quatre cicatrices sur sa poitrine n'existaient pas.

Il dégrafa son soutien-gorge et elle rougit presque. L'une des lacérations les plus inesthétiques se trouvait sur son sein gauche. Coop se pencha pour l'embrasser.

— Si courageuse…, murmura-t-il.

Faisant glisser ses lèvres vers le bas, il s'agenouilla et lui déboutonna son jean. Elle ferma les yeux, tandis qu'il ouvrait la fermeture Éclair. Grisée par le désir, elle posa les mains sur ses épaules pour garder l'équilibre.

Sa bouche poursuivit sa progression tandis qu'il faisait descendre son jean et son slip, la laissant exposée, presque complètement nue, à son regard.

Elle n'aurait pu rouvrir les yeux même si sa vie en dépendait. Seule en elle subsistait la passion qui la rendait esclave d'un ardent désir.

Coop la prit par la taille et l'étendit sur le lit. Elle avait très envie de le contempler mais il se mit alors à la caresser de la tête aux pieds. Tout à coup, ses baskets et ses chaussettes eurent, elles aussi, disparu. Elle se savait totalement nue cette fois. Les mains caressantes de Coop l'envoûtaient et son impatience était à son comble ; elle avait peine à la contenir.

Il y eut un léger bruit et elle réussit à entrouvrir les yeux. Il enlevait son T-shirt. Rassurée, elle ouvrit grand les bras pour l'accueillir.

Cependant, il avait apparemment d'autres projets. Il lui caressa l'intérieur des cuisses de ses mains magiques, intensifiant l'ardeur qui brûlait en elle jusqu'à ce qu'elle halète comme un coureur en fin de parcours.

— Coop…

— Chut.

Elle écarta les jambes, ses hanches se soulevant vers lui. Enfin, il s'installa entre ses cuisses. Son sexe dur pulsa contre sa moiteur consentante. Il glissa un bras sous sa taille et, l'instant d'après, elle se retrouva au-dessus de lui. Surprise, elle ouvrit les yeux.

— Chevauche-moi, chérie ! intima-t-il d'une voix rauque.

Elle leva le regard vers son sourire extatique. Seigneur, il était sublime, étendu là, son torse invitant à la caresse.

S'arquant, tout en gardant son sexe couvert du préservatif blotti entre ses cuisses, elle posa sur lui un sourire nonchalant et promena ses mains sur son torse. Ces petits tétons pointus se révélèrent aussi sensibles que les siens.

Mais alors il riposta. Il couvrit ses seins de ses larges mains, lui caressant les tétons avec ses pouces. Puis il lui infligea un pincement qui la fit se cambrer en poussant un petit cri.

— Chevauche-moi, répéta-t-il.

Il lui agrippa la taille et la souleva un peu pour ensuite la pénétrer, s'enfonçant en elle jusqu'à ce moment exquis où il combla enfin l'attente qui la taraudait.

Il guida ensuite lentement ses mouvements pour qu'elle s'ajuste à son rythme. S'appuyant sur ses épaules, elle se mit à tanguer avec une ardeur de plus en plus effrénée.

De ses mains, il la retint mais, à sa respiration syncopée, elle sut qu'il en était manifestement au même stade qu'elle.

Toute pensée, alors, s'évapora. Elle n'était plus qu'un corps, précipitant les choses, cherchant à atteindre l'orgasme comme jamais auparavant.

— Maintenant, grommela-t-il. Maintenant !

Comme si elle avait pu se retenir !

Quelques assauts plus tard, le cataclysme arriva. Le désir devenait insupportable. Elle se figea, puis surfa sur ce tsunami et bascula de l'autre côté. Il tressaillit alors en elle, lui procurant une nouvelle vague de satisfaction.

Au risque de se souvenir

Un million d'étoiles explosèrent dans sa tête. Il lui fallut un long moment avant de pouvoir bouger.

Après ce qui parut une éternité, elle se laissa rouler de côté. Coop suivit le mouvement, la serrant contre lui.

— J'ai une petite chose à régler.

Elle comprit ce à quoi il faisait allusion. Elle avait remarqué le préservatif. Elle soupira, consciente qu'elle devait se séparer de lui quelques instants.

— Je reviens, lui promit-il.

Elle ouvrit alors les yeux et fut interloquée. Le pantalon de jogging sur les chevilles, il portait toujours ses chaussures.

— Tes chaussures ! s'exclama-t-elle. Coop, vraiment…

Elle ne trouva que dire de plus mais cela semblait vraiment déplacé.

Il prit son visage entre ses mains.

— Si tu étais allée dans certains endroits que j'ai connus… On y garde ses chaussures tant que la menace n'a pas disparu.

C'était sans doute logique mais il était presque cocasse de le voir remonter à demi son pantalon et clopiner jusqu'à la salle de bains. Ses chaussures !

Malgré l'aspect comique de la situation, tout en lui la séduisait toujours autant, de ses épaules larges à ses hanches minces, des muscles de ses bras à ceux de ses cuisses trahissant une forme physique parfaite. Un mâle absolument sculptural.

Poussant un soupir de contentement, elle ramena la couverture sur elle et tenta de se remémorer chaque seconde de leurs ébats, s'en repassant mentalement le film comme si cela pouvait lui éviter d'en oublier le moindre moment. Les gravant dans son souvenir.

Étant donné ses problèmes apparents de mémoire à court terme, elle devait conserver chaque instant dont elle se souvenait encore.

Néanmoins, en dépit de ses efforts pour revivre chaque

seconde de l'heure précédente, la réalité persista à s'imposer. Elle ne parvenait pas à repousser les assauts de la vision, aussi fugace soit-elle, de ce couteau s'abattant sur elle ou de cette rose noire flétrie, livrée par un enfant innocent.

La vision du café versé dans une tasse. Ses pensées restaient cristallisées sur cette dernière. Si elle pouvait voir les moments ayant précédé ou suivi cette scène, elle répondrait probablement à l'une des questions les plus importantes de sa vie : qui l'avait agressée ?

Même le bruit des pas de Coop revenant dans la chambre ne l'arracha pas à ces angoissantes réminiscences.

— Kylie ?

— Ça me reprend, murmura-t-elle.

Soudain, sa respiration devint laborieuse. L'angoisse s'insinua en elle tel un poison se répandant dans ses veines. Que Coop s'allonge près d'elle et la prenne dans ses bras ne l'aida même pas.

Son esprit se rebellait. Tout cela ne la laisserait-il donc jamais en paix ?

Coop la garda serrée contre lui tandis qu'elle frissonnait et haletait. Au moins le laissait-elle la tenir dans ses bras, mais il savait ce qu'elle traversait. Lui-même l'avait vécu à plusieurs reprises. À de trop nombreuses reprises. Il avait simplement eu plus souvent l'occasion d'apprendre à le gérer.

Fallait-il espérer qu'elle se rappelle quelque chose d'autre, ou pas ? Bien qu'il se soit efforcé de ne pas l'inquiéter, il n'avait pas oublié la rose noire, ni la menace qu'elle induisait. Ce qu'il ne comprenait pas, c'était la raison qu'aurait l'agresseur de s'annoncer. Pour ne pas frapper à l'improviste, alors qu'on ne l'attendait pas ?

Ou peut-être s'agissait-il d'un autre type de détraqué qui aurait eu connaissance de la présence d'une rose à Denver et qui savourait la terreur qu'il avait dû infliger à Kylie.

À ce stade, tout était possible. Quelqu'un semait la panique dans la ville en abordant les enfants. Cependant, aucun d'eux n'avait été menacé autrement qu'en étant approché par un inconnu. Pourquoi ne s'agirait-il donc pas d'un détraqué qui adorait répandre la terreur et qui se serait servi de la rose pour reproduire le même genre de schéma qu'il appliquait aux enfants ?

Du point de vue psychologique, cela se tenait, songea Coop. Mais qu'en savait-il ? Tout ce dont il était certain, c'était qu'il devait protéger Kylie si quelqu'un la menaçait. Ce qui n'excluait pas de s'inquiéter pour les enfants de la ville. Ce sale type se déciderait-il à les attaquer ? Et si oui, où ? Coop avait une compassion toute particulière pour sa cousine Connie. Dix ans plus tôt, quand son ex-mari avait enlevé leur fille, elle avait vécu l'enfer, et le fait de s'interroger sur ce qui pouvait se passer incessamment devait l'y replonger. Au moins pouvait-elle compter sur Ethan pour la soutenir émotionnellement.

En un sens, Coop se reprochait de ne pas s'occuper des enfants de Connie. Toutefois, c'était elle qui l'avait missionné pour veiller sur Kylie.

Il n'avait pourtant pas l'impression de s'en sortir au mieux. Il ne pouvait chasser la peur qui la minait. Il ne pouvait l'aider à recouvrer la mémoire. Il ne pouvait rien faire d'autre que la tenir enlacée jusqu'à ce qu'elle émerge de ce cauchemar qui resurgirait probablement sans crier gare.

Il s'y employa donc, lui caressant le dos et attendant que cessent les tremblements et qu'elle revienne vers lui. Cela prendrait un moment, il le savait. Seule une personne qui avait subi un trauma pouvait comprendre quelle était l'emprise émotionnelle du contrecoup, même en l'absence du moindre souvenir de ce qui s'était passé.

Certains devenaient furieux et dangereux. D'autres vivaient en reclus, refusant qu'on les voie, qu'on les touche ou qu'on leur adresse la parole. Certains se perdaient en des contrées qu'ils étaient même incapables de décrire quand ils en émergeaient, des heures ou des jours plus tard. C'était une cruelle emprise, un étau qui se resserrait autour de vos pensées, de vos sentiments et qui refusait de relâcher son étreinte. La réalité n'y avait que rarement ses entrées, parfois pas du tout.

Coop ignorait où était Kylie mais du moins n'avait-elle pas tenté de le rejeter ni d'échapper à son contact. Elle ne faisait que trembler, emprisonnée dans les griffes de la peur, voire de quelque chose de pire. Il ne pouvait imaginer toutes les émotions qu'avait gravées en elle cette agression et il ne le lui avait pas demandé.

Elle lui en parlerait uniquement si elle le souhaitait. Son indiscrétion ne parviendrait qu'à la mettre mal à l'aise. Il se prépara à être aussi patient que nécessaire.

Cela parut long ; cependant, une demi-heure seulement avait dû s'écouler. Les tremblements s'estompèrent et Kylie parut se détendre. Il continua à lui caresser le dos dans un geste apaisant, attendant qu'elle revienne.

— Je suis désolée, murmura-t-elle.

— Ne t'excuse pas. Tu n'y peux rien. Tu t'es rappelé autre chose ?

— Non… Non. C'étaient les mêmes souvenirs ; j'ai simplement eu l'impression d'être tout à coup repartie là-bas. J'ignore pourquoi.

— Il n'y a pas besoin d'un élément déclencheur.

Il s'exprimait à voix basse, pour éviter de la perturber.

Elle ne semblait pas avoir totalement réintégré le moment présent.

— Du café et un couteau, reprit-elle au bout d'un moment. Des réminiscences parfaitement inutiles.

Comme si l'on avait le choix…

— Tu penses pouvoir t'endormir à présent ?

— Je l'ignore. Je me sens exténuée.

Il n'en fut pas surpris. Il la lâcha à contrecœur et remonta sur elle les couvertures. Puis il enfila son sweat-shirt.

Elle le regarda ; elle avait les traits tirés.

— Quelle façon de te remercier de m'avoir fait l'amour.

Il lui adressa un sourire qu'il voulait réconfortant.

— Pas besoin de remerciements. J'y étais moi aussi.

Le visage de Kylie resta de marbre. Il comprenait.

Il s'assit près d'elle sur le lit et la souleva avec les couvertures pour la garder au chaud.

— Je ne serai pas loin. Je ne vais nulle part. Dors, si tu peux. Parle-moi si tu veux. Je suis là pour toi.

Ces paroles sonnaient comme une promesse. Il réfléchit à cela tout en attendant qu'elle finisse de se détendre et qu'elle s'assoupisse. Il n'était pas en position de faire ce genre de promesses.

Néanmoins, elles sonnaient bien. Il serait présent pour elle.

La pression qui habitait Todd s'intensifiait. Tout en buvant un café, assis dans sa cuisine, il contemplait le crépuscule et réfléchissait aux changements qui s'opéraient en lui. Jusqu'à ce qu'il craque et agresse Kylie, la vengeance avait été un rêve éveillé mais il ne s'était jamais senti physiquement poussé à passer à l'action.

Ses nouvelles dispositions l'étonnèrent et le réjouirent à la fois. Il était devenu acteur de sa vie, un acteur principal, lui qui n'avait jamais eu que le sentiment d'être un figurant.

Pour la première fois depuis longtemps, peut-être même la toute première fois, il prit le temps d'une introspection constructive. Il avait quasiment vécu toute sa vie par procuration, se bornant à faire ce que l'on attendait de lui — d'abord son père, puis ses employeurs. Il avait mené son existence guidé par la conviction qu'il en sortirait quelque chose de bon s'il respectait les règles.

En fait, il avait laissé la vie et les autres lui imposer sa conduite. Kylie, la seule chose qu'il ait voulu rien que pour lui, l'avait dédaigné plus d'une fois. Même après qu'il fut devenu adulte et qu'il eut passablement réussi financièrement, il ne l'avait toujours pas intéressée lors de leur rendez-vous à Denver. En fait, elle était tout sauf intéressée. Il ne comprenait absolument pas pourquoi.

Elle était désormais amnésique, mais le rejetait toujours. Elle avait accepté son cadeau symbolique assez aimablement, sans pour autant lui donner d'autre signe d'encouragement qu'une proposition à boire un café.

Non que cela ait de l'importance. Si elle recouvrait la mémoire, son manque d'intérêt se transformerait en quelque chose de bien pire.

Todd soupira intérieurement. Rien de tout cela ne comptait plus. Seul importait désormais son projet d'en finir avec elle avant qu'elle ne se souvienne. Puisqu'il détenait cet immense pouvoir... Pouvoir auquel il avait goûté quand il avait pensé l'avoir tuée : le pouvoir de vie et de mort.

C'était tellement plus enivrant que l'argent. Cette expérience avait été la plus réelle et intense de toute sa vie.

Plus question de se fondre dans la masse et de disparaître à nouveau. Oh ! Il ne laisserait personne apprendre quel était son pouvoir. Il le garderait pour lui. L'essentiel n'était-il pas que lui-même en ait connaissance ?

Il avait fini par découvrir le véritable Todd. Celui qui pouvait tenir une vie entre ses mains et y mettre un terme.

Grisé par le pouvoir qui pulsait dans ses veines, il décida que le lendemain serait le jour J, pour autant que Connie et Ethan travaillent ce jour-là. La jeune fille serait aussi inattentive que d'ordinaire et le petit garçon se retrouverait vite seul dans le bac à sable. L'affaire pourrait être réglée en quelques minutes.

Coop se joindrait aux recherches. S'il laissait Kylie seule dans la maison, ce serait d'une facilité déconcertante. Dans le cas contraire, Todd délivrerait le jeune Parish et tenterait une autre approche.

Mais le temps était compté. À chaque jour qui s'écoulait, son inquiétude que Kylie retrouve la mémoire et le reconnaisse grandissait. Chaque jour, le risque augmentait.

Tout autant que son désir ardent de terminer le travail.

13

James Parish avait disparu ! Kylie n'osait y croire, tandis que Glenda la mettait au courant par téléphone. Elle venait de prendre son poste à l'hôpital et la nouvelle s'était répandue en ville comme une traînée de poudre. Glenda avait aussitôt voulu en informer Kylie et Coop : le petit James Parish avait disparu dans son propre jardin. Sa sœur l'avait vu pour la dernière fois dans le bac à sable peu après le dîner.

Après l'avoir appelé pendant une dizaine de minutes, Sophie avait contacté sa mère. Les policiers du bureau du shérif étaient arrivés en nombre, qu'ils soient ou non en service, pour contrôler un périmètre de plus en plus étendu.

D'autres policiers avaient établi des barrages à distance de la ville sur les routes menant hors du comté.

Glenda jura à l'autre bout du fil.

— Seigneur, peut-on imaginer une telle chose ? Comme si une fois ne suffisait pas. Il faut que ça arrive de nouveau à Connie.

Kylie pensait exactement la même chose.

Quelques minutes plus tard, son amie Ashley se présenta à la porte. Coop et Kylie l'invitèrent à entrer et lui proposèrent un café. Elle refusa poliment.

— Je ne reste pas longtemps, je voulais juste faire une pause pour décompresser un peu pendant les recherches. Je ne peux pas croire que ça arrive de nouveau à Connie !

Décidément, tout le monde avait la même réaction, songea Kylie. Et de toute évidence, Coop aussi. Il serrait et desserrait

Au risque de se souvenir 395

les poings, clairement incapable de tenir en place. Kylie en était malade. Elle n'avait pas besoin qu'il lui dise qu'il préférerait être dehors, occupé à rechercher le fils de sa cousine. Alors qu'il se retrouvait coincé avec elle parce qu'il avait fait une promesse et qu'il avait été missionné pour la protéger.

La voix d'Ashley la sortit de ses pensées.

— Il faut que je retourne participer aux recherches.

Kylie acquiesça. L'histoire semblait bel et bien se répéter... À l'époque, elle était au lycée et pas encore vraiment amie avec Connie. Mais elle se rappelait parfaitement que toute la ville avait été en alerte parce qu'un inconnu avait abordé la fille de Connie. Ensuite, Sophie avait disparu. Et le fait que le père de la fillette ait été l'auteur de l'enlèvement n'avait fait se dissiper ni le sentiment de panique ni le souvenir de ce que Connie avait enduré.

— C'est incroyable ! ajouta-t-elle, impuissante à trouver d'autres mots. Que cela arrive à la même femme ? Quelles étaient les probabilités ? C'est inconcevable.

Elle lança un regard à Coop. Le visage fermé, les bras croisés, il se trouvait à des lieues de là. Pensant à James, sans aucun doute... À ce jeune garçon qu'il commençait seulement à connaître. Le petit dernier de sa famille, des enfants de Connie. Famille pour laquelle il avait fait tout ce chemin jusqu'à Conrad City.

Elle avait cerné cet homme et le savait déchiré entre le désir d'aider à retrouver James et sa promesse de la garder saine et sauve. Il se trouvait en proie à un terrible dilemme.

Il n'y avait qu'une chose qu'elle puisse faire.

— Coop, joins-toi aux recherches. Je serai parfaitement en sécurité ici, dans une maison aux portes et fenêtres fermées.

Il secoua légèrement la tête.

— Je faillirais à ma promesse...

— Oh ! Au diable ces règles d'honneur militaire ! répliqua-t-elle sèchement alors même que la peur commençait à faire s'accélérer les battements de son cœur.

Elle n'avait pas envie d'être seule. Mais elle souhaitait encore moins être responsable de ce qui risquait d'arriver à James si Coop restait coincé là avec elle. Elle pouvait vivre la peur au ventre ; elle avait de l'entraînement. En revanche, elle ne se pardonnerait jamais que Coop se sente responsable s'il arrivait quelque chose à James.

— Tu dois participer aux recherches. Tu le dois à Connie et à James. Tout ira bien pour moi. Avec tous ces policiers patrouillant en ville, on n'oserait même pas traverser en dehors des clous et encore moins commettre un crime.

Coop esquissa un sourire. Elle avait fait mouche. Cependant, il demeura inflexible.

— J'ai fait une promesse.

— Oh ! Pour l'amour de Dieu, renchérit Ashley, c'est ridicule, Coop. Vous leur serez plus utile que moi. Partez à la recherche de James et je resterai ici avec Kylie. Ça vous convient, ainsi ?

Coop hésitait encore. Kylie continua d'argumenter.

— Je t'en prie. Je ne pourrai plus me regarder dans le miroir. Va aider Connie et James.

— Seulement si tu me promets de t'assurer que tout est bien fermé. C'est le meilleur moyen de donner l'impression qu'il n'y a personne dans la maison. Si je ne craignais pas que cela t'expose à un danger plus grand encore, je t'emmènerais.

Il plissa le front, à l'évidence toujours tourmenté par ce choix déchirant.

— Mais ce ne serait pas prudent. Il commence à faire nuit et nous pourrions être séparés. Si quelqu'un cherchait à tirer profit du fait que tu sois dehors au milieu de toute cette confusion…

Il laissa sa phrase en suspens.

— Personne ne tentera quoi que ce soit, reprit Kylie avec plus d'assurance qu'elle n'en éprouvait. Au moindre cri, une cinquantaine de policiers accourrait. Et je peux appeler les

Au risque de se souvenir 397

secours en un éclair. Je vérifierai que tout soit bien fermé, c'est juré.

Coop hocha finalement la tête. Il sortit de son sac à dos posé sur la console du vestibule un fourreau contenant un couteau, puis le glissa dans sa chaussure. Et, pour la première fois, il s'équipa de l'étui et du Glock que Connie lui avait donnés quand elle l'avait missionné pour veiller sur Kylie. Il s'empara également de la radio et du Taser.

Il s'attendait à des problèmes. Évidemment, les gens ne kidnappaient pas de jeunes enfants pour se distraire.

Sans se soucier de la présence d'Ashley, il attira Kylie entre ses bras et lui donna un baiser intense.

— N'ouvre pas la porte, même si tu connais la personne.

Le baiser la grisa et l'instruction la troubla un peu.

— Entendu.

L'instant d'après, il avait disparu.

La devançant, Ashley referma la porte à clé.

— Eh bien, c'était un baiser plutôt torride. Aurais-tu un faible pour Coop ?

— Un petit, reconnut Kylie sans parvenir à cesser de sourire.

Cependant, son humeur changea rapidement. Des pensées anxieuses liées à Connie et à James vinrent s'associer à la peur qui ne la quittait jamais tout à fait.

— Tu peux te joindre, toi aussi, aux recherches, proposa-t-elle à Ashley. Cette surveillance permanente… Qui voudrait s'introduire ici, ce soir précisément ?

— Cette rose était tout de même inquiétante. Quelqu'un pourrait t'observer.

— Peut-être. Mais dans ce cas, nous devrions être à l'extérieur, au même titre que toutes les personnes valides de ce comté.

Ashley fronça les sourcils. Puis son expression devint plus détendue.

— Je veux apporter mon aide.

— Moi aussi. James doit être mort de peur. Allons-y ! Si nous restons ensemble, je serai en sécurité. Pour l'instant, je pense à cet enfant. En comparaison de cela, je me moque de ce qui m'arrive.

Ashley hocha la tête.

— D'accord. Allons-y.

Kylie était animée d'une colère noire qui annihilait toutes ses craintes. Elle en avait assez. Sa vie entière était contrôlée par un homme qu'elle était incapable de se rappeler. Un homme qui l'avait agressée sans raison, un homme qui hantait sa mémoire tel un démon mais qui était un spectre dans la vie réelle.

La peur que lui inspirait le sort de James Parish la rendait folle. Elle connaissait à peine l'enfant mais Connie était, depuis son retour de l'université, l'une de ses meilleures amies. La fureur qui la submergeait consumait ses craintes. Elle se moquait que ce soit stupide ; elle se moquait de mourir. Tout ce qui comptait était que l'on ne touche pas à un seul cheveu de l'enfant et que Connie n'ait pas à affronter l'avenir en était privée de son fils.

Portée par le sentiment qu'elle reprenait enfin sa vie à l'homme qui avait tenté de la lui voler, Kylie vérifia que son téléphone était chargé, puis le rangea dans sa poche. Sans doute ferait-elle bien aussi de prendre une veste légère.

— Je n'ai pas d'arme, fit-elle observer à Ashley.

— Moi non plus. D'ailleurs, je ne saurais pas m'en servir. Et toi ?

— Pas davantage.

— Nous allons seulement chercher James, d'accord ? Je n'ai aucune intention de m'éloigner du reste des bénévoles. Nous allons aider à fouiller de fond en comble la ville.

Kylie approuva d'un signe de tête.

— Tout ce qui m'importe, c'est Connie et son fils. Et je

Au risque de se souvenir

suis fatiguée de prendre chacune de mes décisions en fonction du sale type qui a tenté de me tuer.

Ashley afficha un léger sourire.

— C'est toi qui décides. Mais ensuite, tu te chargeras de l'expliquer à Coop.

Enlever le petit James avait été chose facile. La phobie des inconnus qui agitait toute la ville ne semblait pas l'avoir atteint. Todd en était pourtant certain : sa mère avait dû le mettre en garde à plus d'une reprise. Après tout, sa fille aînée avait déjà été kidnappée. Néanmoins, il se trouvait là, dans le bac à sable, seul et occupé à jouer avec ses petites voitures et ses camions, tandis que ses deux sœurs se trouvaient à l'intérieur.

Todd avait surveillé la maison durant un moment : la jeune fille qui était supposée garder un œil sur son petit frère ne regardait par la fenêtre donnant sur le jardin que toutes les demi-heures environ. Sans doute estimait-elle qu'il était en lieu sûr.

Ce n'était pas vraiment le cas. Todd entra dans le jardin, portant de grosses lunettes de soleil, une perruque blonde et un T-shirt à l'effigie d'un célèbre personnage de dessin animé.

— Bonjour, James. Moi aussi, j'aime ces voitures.

James leva les yeux sans rien soupçonner.

— Vous voulez jouer ?

— Pas ici. J'en ai une grosse collection et plus de place pour jouer. C'est à une minute d'ici. Tu veux les voir ?

Le jeune garçon n'hésita pas un instant. Il ramassa deux des voitures et se leva.

— C'est où ?

— Juste à deux pas, dans la ruelle.

Ce fut aussi simple que cela. Le seul problème fut de faire monter James dans la voiture. Todd le régla aisément.

— Écoute, je connais ta maman. Allons la voir pour qu'elle te donne la permission de jouer avec moi.

Problème résolu.

Vingt minutes plus tard, il enferma le petit James dans le placard d'une maison vide. Il s'agissait d'une partie de cache-cache, lui assura-t-il, en lui intimant de ne pas faire de bruit. Il laissa à l'enfant une bouteille d'eau et des friandises, mais calfeutra les interstices autour de la porte à l'aide d'adhésif au cas où le petit James se mettrait à crier.

Pour autant, il n'avait rien contre l'enfant ni contre sa mère. Il en voulait seulement à Kylie. Aussitôt qu'elle serait chez lui, il passerait un appel anonyme au bureau du shérif. James aurait retrouvé son lit avant minuit.

Enfin, si tout se déroulait conformément à son plan…

Il retourna devant sa maison pour l'épier. Il était catégorique ; Cooper voudrait forcément se lancer à la recherche du fils de sa cousine. Et il commettrait l'erreur de croire Kylie en sécurité dans une maison fermée.

Ce fut exactement ce qui se produisit. Sauf qu'Ashley était là !

La fureur gagna Todd. Il dut se ressaisir, se rassurer. Il pouvait encore reprendre le rôle de l'ami de longue date.

Il se débarrassa de la perruque et des lunettes et enfila une chemise dans la ruelle déserte à l'arrière de la maison de Kylie.

Puis il se dirigea vers la porte d'entrée. Il leur dirait qu'il faisait partie d'une équipe de bénévoles. Peut-être pourrait-il entrer. D'une manière ou d'une autre, il enlèverait Kylie, dût-il, pour y parvenir, tuer Ashley.

Quelques pensées vinrent alors le perturber : il n'avait pas les idées claires, il n'avait pas suffisamment peaufiné son plan. Cependant, il avait dépassé ce stade. Il trouverait un moyen parce qu'il ne supportait plus de se demander quand Kylie se rappellerait qui il était.

Il devait seulement la tuer, la jeter dans cette tombe

creusée dans sa grange. Et, si quelqu'un le soupçonnait, il quitterait la ville.

Mû par des pulsions qu'il ne pouvait contrôler, des besoins qui le gouvernaient, il ne se préoccupa plus que de mettre un terme à la menace que Kylie représentait pour lui.

Sa seule existence était devenue la plus grande menace qu'il ait à affronter. Rien d'autre ne comptait plus.

Kylie sortait de la maison avec Ashley quand Todd apparut. Il gravit les marches en souriant.

— Bonsoir mesdames ! lança-t-il d'un ton agréable. Vous allez participer aux recherches ?

Ashley sourit.

— Absolument. Toi aussi ?

— C'est ce pour quoi je suis venu en ville. Ça vous ennuie si je vous accompagne ?

Kylie se figea. La terreur l'envahit et l'angoisse l'affaiblit.

Seigneur, serait-elle un jour de nouveau capable de sortir avec des amis ? Quel était son problème ? Elle avait décidé que James était plus important que ses propres craintes, que sa vie même. Elle avait résolu de ne pas laisser cet agresseur sans nom ni visage diriger son existence une minute de plus, et certainement pas alors que la vie d'un enfant était en jeu.

Or, voilà qu'elle était tétanisée, incapable de faire un seul mouvement. Jamais auparavant cela ne lui était arrivé et cette réaction était à sa manière aussi terrifiante que tout le reste.

Debout sur le seuil de la maison, elle mobilisa toute sa volonté pour faire un pas, pour rejoindre Ashley et Todd sur la terrasse. Mais son corps regimba.

— Kylie ? s'inquiéta Ashley.

Kylie essaya de nouveau mais ne put même pas lever un pied. Comme si elle était soudain paralysée.

Elle articula avec peine :

— Allez-y sans moi. Je... ne me sens pas bien.

— Veux-tu que je reste ici avec toi ? lui proposa aussitôt Ashley. C'est ce que j'ai promis de faire, après tout.

— Non… Non.

De cela, au moins elle était sûre. Toutes les personnes en état de le faire devaient chercher cet enfant. Si elle était paralysée par la terreur, cela ne lui donnait pas le droit d'en empêcher les autres. Ils avaient besoin de toutes les bonnes volontés possibles.

Comment pouvait-elle réfléchir aussi clairement alors que son corps faisait à ce point acte de rébellion ? C'était exactement comme dans un cauchemar, quand on est incapable de bouger à l'approche du danger.

— Non, vas-y ! reprit-elle. C'est important.

— Je reviendrai te voir dans un petit moment ? lui proposa Ashley d'un ton hésitant.

— D'accord. Mais tout ce qui compte, c'est James. Allez-y !

Elle resta donc figée sur place tandis qu'Ashley et Todd filaient en direction du point de ralliement. Quand ils eurent disparu au loin, elle put à nouveau bouger.

Troublée par cette expérience, elle retourna à l'intérieur de la maison et referma la porte. Quelle pouvait bien être l'origine du problème ?

Elle décida de prendre le temps de se calmer puis d'essayer à nouveau. Nombreux étaient les bénévoles à qui elle pourrait se joindre. Ou alors elle pourrait se contenter de suivre les ordres de Coop et rester tranquillement à l'intérieur.

Pour l'instant, elle doutait sérieusement de sa santé mentale. Comment avait-elle pu se figer ainsi ? Ce n'aurait pas été la première fois qu'elle franchirait cette porte.

Les images resurgirent alors. Le couteau qui s'abattait sur elle. Le café que l'on versait…

Machinalement, elle se roula en boule sur le canapé, perdue dans une série de flashs répétitifs présentant les mêmes choses, encore et encore.

*
* *

Todd se débarrassa sans difficulté d'Ashley une fois qu'ils eurent atteint le point de ralliement. Elle se joignit immédiatement à son amie Julie qu'accompagnait son époux, Trace Archer.

Todd ne connaissait pas très bien Julie ; quant à son époux, il le mettait carrément mal à l'aise. Il lui fut assez facile de s'esquiver discrètement. Il avait fait cela toute sa vie et personne n'était jamais venu le chercher. Pratique, peut-être. Mais cela lui avait souvent donné l'impression d'être invisible.

Alors que tout le monde se dispersait, il s'éclipsa et retourna voir Kylie. Elle était sienne désormais. Toutefois, il devait agir rapidement. Non loin, Coop discutait avec les shérifs adjoints. On lui avait certainement attribué un rôle de meneur. Tant mieux. Cela le garderait éloigné, songea Todd.

Il retourna en courant jusqu'à la maison de Kylie, craignant que quelqu'un ne le voie. Cependant, les équipes de bénévoles commençaient seulement à se déployer et la plupart des rues étaient encore désertes.

Il ignorait comment s'organisaient les recherches et s'en moquait. Sa voiture était garée dans la ruelle derrière la maison de Kylie, hors de vue. Tout ce qu'il avait à faire, c'était la persuader de l'accompagner. Il avait son couteau mais, si nécessaire, il la frapperait à la tempe. Cela avait plutôt bien fonctionné la première fois. Les coups-de-poing américains avaient leur utilité.

Kylie émergea lentement du cauchemar. Alors qu'elle réintégrait le présent, les horribles souvenirs battant en retraite, elle s'assit et jeta un coup d'œil à l'horloge. Entre quinze et vingt minutes s'étaient écoulées. Ce n'était pas si mal.

Mais qu'est-ce qui avait pu déclencher cette crise ?

Le fait d'avoir été incapable de franchir le seuil de la

maison l'inquiétait au moins autant que sa perte de mémoire. Quelle en avait été la cause ? Se trouvait-elle confrontée à un nouveau problème ? Comment pourrait-elle reprendre le travail ou aller vraiment de l'avant si elle se trouvait soudain ainsi accablée et incapable de bouger ? Et si cela lui arrivait alors qu'elle s'occupait d'un patient en grande difficulté ?

Elle eut envie de pleurer. Sa vie entière avait été ruinée par un fou furieux qu'ils ne parvenaient même pas à retrouver. À chaque fois qu'elle entrevoyait une issue, quelque chose la tirait à nouveau vers le bas.

On frappa à la porte.

Elle sursauta, puis se leva et s'approcha du judas. C'était Todd. Que faisait-il là ? Était-il arrivé quelque chose à Ashley ?

Elle ouvrit la porte sans réfléchir.

Et aussitôt cet insidieux sentiment d'horreur la gagna de nouveau. Quel était son problème ? Son corps semblait avoir développé une volonté propre qui lui inspirait une réelle aversion envers Todd.

— Où est Ashley ? s'enquit-elle d'une voix rauque, son cœur battant la chamade.

— Elle poursuit les recherches. Mais elle s'inquiétait pour toi ; elle m'a donc envoyé m'assurer que tu allais bien.

— Tout va bien. Tu peux rejoindre les autres.

Frôlant la console du vestibule, elle baissa les yeux et son regard se posa sur l'arche ternie que Todd lui avait offerte. Machinalement, elle la prit. Dans l'instant, sa respiration s'accéléra et son esprit menaça de sombrer à nouveau dans le néant.

Rien de tout cela n'avait de sens. Elle ne devrait pas réagir de cette manière.

Dans un effort désespéré pour paraître normale, elle brandit l'arche.

— Elle me plaît, Todd.

On aurait dit qu'elle venait de courir un marathon.

Il sourit.

— J'en suis heureux.

Puis il referma la porte derrière lui.

— Tu peux… rejoindre les autres, répéta-t-elle.

Tout à coup, la vision du couteau s'abattant sur elle se présenta de nouveau à son esprit. Sans même comprendre pourquoi, elle jeta l'arche au visage de Todd. Une trace ensanglantée apparut aussitôt.

Mais Todd ne parut pas surpris. Au contraire, il se mit à ricaner.

— Je suppose que la mémoire t'est revenue.

Il lui asséna alors un violent coup de poing et elle sombra dans l'inconscience.

Une demi-heure plus tard, Coop croisa Ashley en compagnie de Julie, qu'il n'avait rencontrée qu'une fois. Que faisait-elle là ? Il s'avança en direction des deux femmes, soudain inquiet pour Kylie, et plus seulement pour le fils de Connie.

— Ashley ?

Elle marque une pause et le regarda.

— Oh ! Coop.

Puis elle sembla gênée avant même qu'il ne l'interroge.

— Je vous jure que Kylie m'a dit qu'elle allait bien et que c'est elle qui a insisté pour que j'accompagne Todd. Elle est en sécurité dans la maison fermée, n'est-ce pas ?

Bien sûr, elle l'était. Mais tout semblait aller de travers…, ne put s'empêcher de penser Coop. Cette mobilisation pour un enfant disparu, Kylie livrée à elle-même…

— Où est Todd ? Comment en êtes-vous venue à faire équipe avec lui ?

Un sentiment de plus en plus pressant d'alarme lui envahit l'esprit.

— Oh ! Il est simplement passé à la maison. Kylie avait décidé qu'elle voulait participer aux recherches et elle avait insisté en assurant que tout irait bien si nous restions ensemble. Mais ensuite Todd est venu dire qu'il s'y joignait lui aussi et elle a renoncé à la dernière minute. Elle m'a dit d'y aller avec lui.

Ashley secoua la tête.

— J'ignore, par contre, où il se trouve. Je suppose qu'il a dû se joindre à un autre groupe.

Cependant, Coop n'avait vu Todd nulle part et il avait arpenté les rues aussi rapidement que possible, gardant un œil sur les bénévoles, les aidant à se diriger vers les endroits où les hommes du shérif voulaient qu'ils patrouillent en priorité.

Et il n'avait pas vu Todd.

Tout à coup, les pièces du puzzle s'assemblèrent... La réticence de Kylie à le côtoyer, cette tendance qu'elle avait à chercher à l'éviter. Ainsi Todd était passé dire à Kylie qu'il participait aux recherches ? Comme il aurait été pratique pour lui de la persuader de se joindre à lui, mais Ashley était présente. Dès que cette affreuse idée se fit jour, Coop eut envie de la chasser. Il n'était tout de même pas possible...

De nouveau, il fut partagé entre deux devoirs contradictoires... Celui de retrouver James et celui de protéger Kylie. La situation ne présageait rien de bon. Fallait-il en déduire que deux individus malsains hantaient cette petite ville au même moment ?

Se détournant d'Ashley et de Julie, il prit la radio à son ceinturon et appela le shérif.

— Ici Coop. Je dois retourner à la maison m'assurer que Kylie va bien. Elle est seule.

— Allez-y, lui répondit la voix râpeuse de Gage Dalton. Voulez-vous de l'aide ?

— Vous avez besoin de tout le monde sur cette affaire. Je vais seulement vérifier.

— Entendu. Appelez-nous en cas de besoin.

Il se mit à courir.

Ce n'est pas bon, pas bon du tout...

Ces mots résonnaient dans sa tête au rythme de ses pieds

martelant le sol. Pourquoi Ashley s'était-elle éloignée de Kylie après avoir promis de rester avec elle ? Parce qu'elle la croyait en sécurité dans une maison aux portes et fenêtres fermées et que Kylie lui avait apparemment assuré qu'elle le serait. C'était probablement la réalité. Cependant, Coop n'était pas disposé à s'y fier, même écartelé par le dilemme qu'il vivait. Sa cousine avait besoin de lui mais Kylie aussi. Bon sang, il aurait dû l'emmener ! Mais il avait craint qu'ils ne soient séparés, qu'elle se retrouve seule et sans protection. Une maison fermée et une amie présente lui avaient paru un meilleur choix.

Jusqu'à ce moment. Et l'annonce de la visite de Todd.

Il passa en revue tous les visages des hommes qu'il croisait, espérant le reconnaître. Selon Ashley, il s'était joint aux recherches. Cependant, il n'apparaissait nulle part.

Coop pouvait courir vite et s'y employa. Il fila comme le vent. Il ne pouvait détacher ses pensées du doux visage de Kylie, de sa terreur, de ce que cette brute lui avait fait. Elle hantait son esprit.

Toutefois, le sort du petit James le préoccupait presque autant. Deux vies en danger et un seul homme. Avec un peu de chance, il découvrirait en arrivant à la maison que Kylie allait bien et il pourrait reprendre les recherches.

Il s'était plus d'une fois trouvé aux prises avec des intérêts conflictuels. Dans le cas présent, les centaines de personnes qui s'efforçaient de retrouver James se passeraient aisément de lui durant les quelques minutes qu'il lui faudrait pour vérifier que Kylie allait bien.

Alors que si elle était en difficulté, elle n'aurait dans l'immédiat personne d'autre que lui sur qui reporter ses espoirs. Ce constat faisait pencher la balance en sa faveur, conclut Coop, même s'il était mal à l'aise en pensant au jeune garçon.

Il s'en remit à sa capacité à évaluer la situation, compétence qui s'était affûtée au fil des années passées en de nombreux lieux hostiles. Il se passait vraiment quelque chose de grave.

Une chose qui dépassait même le cadre de la disparition de James.

Il réussit à accélérer encore, regrettant de se trouver tout à fait de l'autre côté de la ville.

Il ne pouvait s'en prendre qu'à lui. Quel idiot il avait été de croire qu'Ashley le prendrait au sérieux et qu'elle ne laisserait pas Kylie seule ! Ou que Kylie l'écouterait. Elle se sentait probablement en sécurité derrière une porte fermée à clé. Et peut-être l'était-elle.

Dans ce cas, il retournerait prêter main-forte aux équipes de recherche.

Il gravit les marches d'un bond, cherchant la clé dans sa poche.

Mais la porte était entrebâillée !

Todd adorait ces menottes en plastique. Il avait attaché les poignets et les chevilles de Kylie afin qu'elle ne lui cause pas de problème quand elle reviendrait à elle. Il voulait qu'elle soit consciente afin de pouvoir savourer sa terreur et sa souffrance. Ensuite, il s'assurerait qu'elle sombrerait dans un profond gouffre dont elle n'émergerait plus jamais.

Il jeta un coup d'œil à sa montre puis à la femme inconsciente près de lui. Peut-être le moment était-il venu d'informer le shérif de l'endroit où était caché l'enfant. Il avait ce qu'il voulait et il savait par expérience combien il pouvait être effrayant pour un petit garçon d'être laissé seul dans un placard, même avec de la nourriture et la lumière allumée. Ses propres parents avaient eu recours à cet expédient moins onéreux qu'une baby-sitter quand ils sortaient boire et danser. Ils n'avaient sans doute pas conscience de toutes les horreurs dont l'imagination du petit garçon peuplait le silence de la maison déserte.

Une fois arrivé chez lui, il appellerait à l'aide de ce téléphone prépayé qu'il avait acheté un peu plus tôt à Denver. Ainsi, il serait impossible de remonter jusqu'à lui.

Quant au reste… Une pensée perfide lui traversa à nouveau l'esprit. Peut-être n'avait-il pas assez peaufiné son plan.

Excepté que le temps lui avait donné raison. Il détenait Kylie et personne ne saurait où la chercher.

Parce que tout le monde savait qu'il était son ami.

Que faire ? se demanda Coop. La maison était vide ; il ignorait totalement par où commencer à chercher. Toutes les personnes susceptibles d'avoir vu quelque chose arpentaient les rues de la ville en appelant un petit garçon et en le cherchant dans les maisons inhabitées.

Bien sûr, si quelqu'un avait surpris quelque chose d'inhabituel aux abords de chez Kylie, il l'aurait rapporté. Peu de gens étaient assez irresponsables pour ignorer quelque chose de suspect, même en étant absorbé par les recherches. La situation de Kylie était notoire.

Tout le monde savait aussi qu'elle connaissait Todd depuis toujours. Cependant, ce dernier était bizarrement absent de la foule de bénévoles à laquelle il avait prétendu se joindre. Quoique Coop ne puisse en être certain… Sans doute y avait-il de nombreuses personnes occupées à patrouiller qu'il n'avait pas vues. Todd pouvait être n'importe où.

Il jura et observa de nouveau les lieux, espérant trouver un indice, aussi maigre soit-il.

Son regard s'arrêta alors sur cette arche ternie que Todd avait offerte à Kylie. Elle gisait dans l'entrée, trop loin de la console où elle avait été posée. Quelqu'un l'y avait jetée.

Il se pencha pour la ramasser. Il y avait dessus des traces de sang et de légers débris de peau.

Seigneur !

Fermant les yeux durant un moment, il calma son esprit du mieux qu'il put, mettant de côté ses émotions tumultueuses, regroupant les éléments en un tableau encore incomplet. Todd, dont Kylie avait précisé qu'il était toujours en marge du groupe. Ce qui signifiait que quelque chose chez lui mettait les autres personnes mal à l'aise, y compris celles qui étaient supposées être ses amies.

Deux rendez-vous puis elle avait rompu. Sans qu'elle puisse expliquer pour quelle raison. Son refus d'aller au bal de promo avec lui. L'apparition de Todd chez elle dès son retour, puis plus tard avec des fleurs. Les subtiles manœuvres d'évitement de Kylie, son aversion, soigneusement dissimulée, envers Todd. Oh ! Elle était bien parvenue à la masquer. Néanmoins, Coop l'avait perçue. Todd revenant à la charge avec ce cadeau minable après son séjour à Saint-Louis. Presque comme s'il venait vérifier quelque chose.

Vérifier si elle s'était souvenue de quelque chose ? Coop se creusa les méninges. Todd avait demandé à Kylie si elle commençait à retrouver la mémoire. Loin de se confier à lui, elle lui avait répondu par la négative. Bien que ce fût le cas.

Elle n'avait pas confiance en lui.

Cela acheva de convaincre Coop.

Il saisit la radio et appela le shérif.

— Avez-vous vu Todd Jamison ce soir ?

— Accordez-moi une minute.

Le shérif changea de fréquence, probablement pour joindre ses adjoints, puis il revint vers lui quelques instants plus tard.

— Non. Il se peut qu'il soit dans les parages mais personne ne se rappelle l'avoir vu.

— Alors, expliquez-moi comment me rendre chez lui.

— Pourquoi ? lui demanda Gage Dalton d'une voix intriguée.

— Kylie n'est pas chez elle et… J'ai un mauvais pressentiment.

— Voulez-vous que j'envoie quelqu'un ?

— Je veux que vous retrouviez le fils de Connie. Je

pourrais faire fausse route. Laissez-moi seulement vérifier. Et contactez-moi si quelqu'un aperçoit Kylie.

Le shérif lui indiqua l'itinéraire et lui fit jurer d'appeler s'il avait besoin d'aide.

Comme s'il n'y avait personne d'autre à aider ! songea Coop.

Plus résolu qu'il ne l'avait été depuis son retour d'Afghanistan, il se mit en quête de Todd Jamison. Peut-être, par la même occasion, retrouverait-il Kylie.

Alors qu'il approchait de la propriété de Todd, une sinistre certitude lui comprima la poitrine. S'il arrivait malheur à Kylie, il ne se le pardonnerait jamais.

Kylie revint à elle et remua légèrement. Elle se trouvait dans une voiture, ligotée. Elle se rappela alors la présence de Todd juste avant qu'elle ne perde connaissance.

Todd ? Vraiment ?

Son sang se glaça tandis que la réalité se faisait jour dans son esprit. Qu'elle en ait ou non le souvenir, son vieil ami avait probablement été à l'origine de tout ce qu'elle avait subi. Elle n'avait pas besoin de retrouver la mémoire ; l'évidence de ce triste constat l'atterra.

En fait, elle préférait ne rien se rappeler ; de peur que les souvenirs ne la paralysent de nouveau. Elle ne pouvait se le permettre en cet instant. Elle avait besoin de toutes ses capacités pour tâcher de se sortir de ce pétrin.

Quelle idiote elle avait été de ne pas avoir davantage tenu compte des mises en garde de Coop ! En sécurité dans une maison fermée ? Pas lorsque vous ouvrez la porte à un ami. Pas lorsque vous agissez impulsivement parce que vous voyez l'homme de l'autre côté de la porte et que vous vous demandez pourquoi votre meilleure amie n'est pas avec lui.

Son inquiétude pour Ashley l'avait poussée à ouvrir la porte alors qu'elle aurait dû aller décrocher le téléphone pour joindre quelqu'un. Coop serait venu aussitôt. Ashley aurait répondu sur son portable. Il existait une dizaine de choses plus intelligentes qu'elle aurait pu faire.

Au lieu de cela, elle avait ouvert à ce visage familier, ignorant précisément l'instinct qui l'avait inexplicablement fait se figer sur le seuil.

Et voilà comment elle se retrouvait dans de sérieux ennuis. Personne ne saurait qu'elle avait disparu ni où elle se trouvait. Si les souvenirs l'assaillaient, elle serait plus qu'impuissante, une pauvre idiote tremblante et sans défense, sur le point d'être exécutée.

Elle se maudit intérieurement.

Peut-être, au moins, que sa respiration plus rapide ne l'avait pas trahie, que le bruit du moteur la couvrait. Le parfum de l'après-rasage de Todd emplissait l'espace confiné et lui donnait la nausée. Pourquoi n'avait-elle pas remarqué plus tôt combien elle détestait cet après-rasage ?

Cette réflexion fit affleurer à sa mémoire le souvenir d'un autre moment où elle l'avait senti. À Denver. Durant l'agression.

Non ! Pas de souvenirs !

Elle devait trouver le moyen de gérer la situation. Tout au moins, elle devait essayer. Personne n'allait venir lui porter secours, personne ne pourrait la retrouver. Elle ne pouvait compter que sur elle.

Peut-être parviendrait-elle à dissuader Todd. Peut-être pourrait-elle même mentir et prétendre qu'elle avait retrouvé la mémoire et qu'elle avait tout consigné par écrit afin que tout le monde sache qui serait le responsable si elle venait à disparaître. Ou qu'elle avait envoyé un mail à la police et qu'il ne tarderait pas à être lu.

Ces idées semblaient peu convaincantes mais c'était tout ce qui lui venait à l'esprit.

Seigneur, Todd lui avait également entravé les chevilles ! Sinon, elle aurait eu une chance de s'échapper. Quoi qu'il en soit, elle devait trouver le moyen de lui compliquer la tâche autant que possible parce que, plus il mettrait de temps à la tuer, plus elle aurait de chances de trouver le moyen de l'en empêcher.

Réfléchis, Kylie. Réfléchis.

Le temps que Coop arrive à la propriété de Todd Jamison, des envies de meurtre lui étaient venues. Une part de lui espérait vaguement qu'il se trompait, qu'il trouverait Kylie et Todd occupés à boire un café. Mais il n'y croyait pas vraiment.

À ce stade, il était prêt à parier que Todd avait aussi quelque chose à voir avec la disparition de James. L'idée lui avait déjà traversé l'esprit qu'effrayer les enfants pouvait être une tactique de diversion ou que le fait d'envoyer cette rose noire à Kylie avait sans doute servi le même dessein. Un seul individu ayant pour but de diviser les ressources et de détourner l'attention.

Il n'avait pas tout à fait atteint son objectif. Avant de tuer Todd, Coop s'assurerait qu'il lui révèle où il avait emmené James. Et si jamais il avait fait du mal à l'enfant ou à Kylie, que Dieu lui vienne en aide. En cet instant, Coop n'éprouvait pas la moindre pitié.

Sa conscience avait basculé en mode combat. Les règles du monde civilisé ne prévalaient plus. Il avait deux personnes à protéger, une mission à accomplir et absolument aucune réserve quant à la manière de remplir ses objectifs.

Il se gara à une centaine de mètres des bâtiments et il coupa la radio que lui avait donnée le shérif. La dernière chose dont il avait besoin était qu'elle trahisse sa présence.

Puis il s'élança en terrain découvert avec pour seule tenue de camouflage un jean et un sweat-shirt foncé. Il avait un couteau dans sa chaussure, un pistolet à la hanche ; c'était plus d'armes qu'il n'en avait parfois porté.

Il atteignit la maison. La lumière était allumée, une voiture était garée en façade.

Il fit le tour. Personne.

Ce constat l'amena à concentrer son attention sur une grange située à une cinquantaine de mètres. Une lueur filtrait entre certaines des planches vermoulues.

C'était là !

Avançant à pas de loup, il s'élança à travers les tendres pousses d'herbe printanière et les étendues de terre brune asséchée par les années.

Lorsqu'il eut rejoint la grange, il colla son oreille à la paroi.

Il y avait des voix. Todd. Kylie !

Il se faufila jusqu'à une fenêtre sale et, du bout des doigts, nettoya une petite portion de la vitre. Ils étaient tous les deux à l'intérieur et Kylie avait les poignets entravés. Pire, il y avait un trou creusé dans le sol de la grange juste derrière elle.

La fureur envahit Coop, cette fureur même qui lui avait été si souvent utile dans son travail. Elle ne l'empêchait pas de garder les idées claires. Toutefois, c'était un puissant catalyseur.

Il allait tuer cet homme.

Dès l'instant où Todd coupa les liens de ses chevilles et l'entraîna de la voiture vers la grange, Kylie retrouva la mémoire. Et cette fois, la terreur et la paralysie qui l'avaient auparavant affectée n'accompagnèrent pas ses souvenirs. Tout ce qu'ils lui inspirèrent fut une colère qu'elle put à peine maîtriser.

Todd était l'homme qui avait tenté de la tuer, qui avait presque détruit sa vie et elle pouvait désormais évoquer mentalement la vision d'horreur, se rappeler ces terribles moments. Elle avait cessé de s'interroger, elle savait.

Elle avait été agrippée par-derrière et sonnée suite à un violent coup à la tête. Elle avait perdu connaissance et était lentement revenue à elle, étendue sur le dos.

Le gravier lui écorchait la peau, la puanteur des bennes à

Au risque de se souvenir 415

ordures toutes proches masquait presque le parfum familier de l'après-rasage.

Elle était en partie dénudée. Une lame s'était posée sur sa gorge. Un visage qu'elle ne connaissait que trop bien s'était positionné au-dessus d'elle, ajoutant un choc à sa confusion. Une voix rauque lui avait conseillé de ne pas se débattre. Mais que…

Il avait tenté de la violer, n'y était pas parvenu ; elle était restée parfaitement immobile à cause du couteau sur sa gorge, se demandant si elle s'en sortirait vivante. Puis il avait abattu le couteau sur elle, encore et encore, lui infligeant au torse de douloureuses entailles.

Et voilà qu'elle affrontait de nouveau Todd dans cette grange !

De toute évidence, il avait l'intention d'en finir. Elle lui faisait peur. Il craignait qu'elle ne l'identifie.

Eh bien, c'était chose faite et, au lieu d'en être tétanisée, elle était furieuse. Mais d'abord, l'essentiel.

— Pourquoi enlever le petit garçon ? lui demanda-t-elle. Il n'a rien à voir avec tout cela.

— Je savais qu'il éloignerait Cooper de toi.

Todd ne souriait cependant pas. Il s'humectait les lèvres, l'air nerveux, troublé.

— Laisse-le partir.

— Comme c'est touchant ! Je suis sur le point de te tuer et tu t'inquiètes du sort d'un enfant. Il va bien, même si ce n'est pas ton problème. Et, aussitôt que j'en aurai terminé avec toi, j'appellerai les flics pour leur indiquer où le trouver.

Il s'immobilisa alors, ses yeux foncés semblables à deux lames d'obsidienne. Un regard sans âme.

— Tu te rappelles.

— Oui, je me rappelle tout. Et peu importe que tu me tues maintenant parce que j'ai tout mis par écrit. D'ici à demain, quelqu'un l'aura lu. Tu seras arrêté, Todd.

— Mais tu ne seras plus là pour témoigner et j'aurai depuis longtemps disparu.

Il s'humecta à nouveau les lèvres. Il semblait perdre son self-control. Était-ce une bonne ou une mauvaise chose ? se demanda Kylie.

— Dis-moi seulement pourquoi. Pourquoi tu m'as agressée à Denver ? À quoi bon me tuer si j'ignore pour quelle raison ?

Sans jamais détacher son regard de lui, elle s'écarta imperceptiblement de l'excavation, se servant de sa vision périphérique pour trouver quelque chose, n'importe quoi, qu'elle puisse jeter sur lui. Elle avait cru apercevoir des outils suspendus à un poteau non loin de là. Si elle lui faisait perdre l'équilibre, peut-être pourrait-elle s'enfuir.

Elle n'avait pas grand espoir d'arriver aussi loin mais elle devait essayer. Tout en elle se rebellait à l'idée de lui faciliter la tâche.

— Parce que tu m'as toujours traité comme un moins que rien. Rester chez toi te paraissait plus intéressant que m'accompagner au bal de promo. Ensuite, quand je t'ai rencontrée par hasard à Denver, tu as invoqué une excuse après l'autre. Pas le temps. Trop de révisions. Le travail. Mais je t'ai vue sortir avec tes autres amis !

Kylie fut ulcérée.

— Tout ça parce que je ne suis pas sortie avec toi ? Tu m'en veux depuis tout ce temps ?

Au moins ne sembla-t-il pas remarquer qu'elle s'éloignait de la tombe qu'il lui destinait. Il paraissait à nouveau certain d'avoir le contrôle de la situation. Elle n'était plus très loin des outils agricoles et, puisqu'il lui avait lié les mains devant elle plutôt que dans le dos, elle devrait pouvoir en attraper un et s'en servir.

De combien de temps disposait-elle toutefois ? Il paraissait plus instable et revanchard à chaque seconde. Elle devait agir vite.

— Tu n'as jamais vraiment été sympa avec moi, continua-

Au risque de se souvenir 417

t-il. Aucun de vous ne l'était mais tu étais la pire. Tu es sortie deux fois avec moi et ensuite tu m'as envoyé paître.

— En quoi était-ce pire ?

— Je sais que tu t'es moquée de moi avec toutes tes amies. Je me rappelle comment elles me regardaient après ça.

Elle n'avait jamais fait une telle chose et les regards qu'il pensait avoir suscités avaient probablement été les mêmes qu'il recevait d'ordinaire. Cependant, elle ne pourrait l'en convaincre. Elle se tritura l'esprit pour trouver le moyen de gagner plus de temps.

— Je ne t'ai pas envoyé paître. Seigneur, Todd, nous étions au lycée. Presque aucun couple ne durait très longtemps.

— Qu'est-ce qui te déplaisait chez moi ?

— Rien.

Elle fit un pas de côté en direction des outils accrochés au poteau.

— J'ai seulement eu le sentiment que nous n'étions pas faits l'un pour l'autre. As-tu oublié que j'étais sortie avec d'autres garçons ? Une seule fois, même, pour certains d'entre eux. Ça n'avait rien à voir avec toi.

— Et pour ce qui est de Denver ?

— Eh bien quoi, Denver ? Un emploi et une formation universitaire, je ne plaisantais pas à propos du manque de temps. Tu as cru que ces groupes d'étude étaient des rencontres entre amis ?

Mais il ne la croirait probablement pas. Apparemment, il l'avait parfois épiée. Cette pensée aurait pu lui donner la nausée si elle n'avait été envahie par une colère froide. Ce type avait terrifié Connie et son fils parce qu'il faisait une fixation sur elle ?

Il avança encore un peu. Elle devait absolument atteindre ces outils.

À cet instant, une vitre se brisa sur le mur latéral. Todd se retourna brusquement, Kylie bondit pour s'emparer d'un

418   *Au risque de se souvenir*

outil pourvu de dents qui paraissait susceptible de causer de gros dégâts.

Puis surgirent les marines. L'un d'eux, en tout cas. Il entra au pas de charge par la porte de la grange comme la vengeance personnifiée, et il se jeta sur Todd avant que celui-ci ait fini de se retourner.

Coop eut envie de passer Todd à tabac, de lui tordre le cou. Il aurait voulu le tuer pour tout ce qu'il avait fait à Kylie et, selon toute évidence, à James.

Toutefois, la raison tempéra sa colère. Il lui asséna quelques bons coups de poing avant que cette racaille ne se couvre le visage de ses mains, se mettant à pleurer. Bon sang, quel lâche !

— Coop ! Il sait où est James.

— J'ai entendu. Est-ce que tu vois une corde ?

Alors que Todd se mettait à se tortiller sous lui, il donna un coup d'épaule en plein dans son plexus solaire. L'homme fut paralysé par la douleur.

Un instant plus tard, Kylie apportait un morceau de corde sale. S'installant à califourchon sur son prisonnier, Coop lui lia rapidement les poignets puis il le retourna et lui ligota les jambes.

Son regard se posant sur le couteau de Todd, il écarta l'arme d'un coup de pied, l'envoyant à distance respectable.

Alors seulement, il s'employa à faire la chose qui lui importait le plus. Dégainant son propre couteau, il libéra les poignets de Kylie de leurs menottes. Et une fois qu'il eut remis le couteau en place dans sa chaussure, il enveloppa la jeune femme de ses bras et la serra si fort qu'elle en émit un petit cri de protestation.

Dieu soit loué ! Qu'aurait-il fait s'il ne l'avait pas retrouvée à temps ?

Cependant, pour autant qu'il eût envie de savourer ce

Au risque de se souvenir

moment, une autre tâche l'attendait. Il relâcha son étreinte et s'avança vers Todd. Il le bouscula de son pied.

— Où est James ? Tu as dix secondes pour parler ou je commence à cogner.

14

L'éclat du soleil matinal aveugla Kylie lorsqu'ils émergèrent du bureau du shérif au terme d'une longue nuit. Connie était depuis longtemps rentrée chez elle pour être avec James, qui ne paraissait pas particulièrement traumatisé par l'expérience. Du moins, pas encore.

Son grand-père, l'adjoint Mica Parish, demeura, quant à lui, au poste le temps qu'ils passent en revue tous les faits que Kylie put leur communiquer. Le Cherokee semblait avoir subitement vieilli.

Tandis qu'une équipe ratissait la propriété de Todd en quête d'indices, l'essentiel se déroulait dans une salle de conférence où Kylie rapporta au shérif, Gage Dalton, à Mica et peu après à un policier de Denver tout ce qu'elle savait et se rappelait. Ce fut une longue nuit mais elle comprenait qu'ils ne veuillent pas la laisser repartir.

Et, honnêtement, elle voulait leur dire tout ce qu'elle pouvait. Non seulement Todd avait tenté de la tuer mais, si quelque chose avait mal tourné dans son plan bancal, ils pourraient être encore occupés à chercher James. L'idée la révulsait.

Todd était sous bonne garde à l'hôpital. L'inspecteur de Denver évoquait déjà l'extradition afin qu'il réponde des chefs d'inculpation relatifs à l'agression de Kylie. Dalton et le procureur du comté estimaient qu'il devrait également faire face à de graves accusations dans le comté de Conrad. Deux kidnappings. Un record en une soirée.

Enfin, elle fut libre de partir. D'aller se reposer. Mais

pourrait-elle encore dormir un jour ? Tendue, les nerfs à fleur de peau, elle n'était pas près de se calmer alors que les événements de la soirée ainsi que ceux qui s'étaient déroulés à Denver ne cessaient de se rejouer dans son esprit. Elle fut heureuse de laisser Coop la ramener à la maison. Heureuse que sa main puissante se referme sur la sienne. Heureuse qu'il ne se soucie apparemment pas de ce que pourrait penser Glenda tandis qu'il l'emmenait à l'étage pour qu'ils se mettent tous deux au lit. Ensemble.

Le simple fait d'être blottie nue contre lui dissipa l'excitation nerveuse qui l'avait fait avancer jusque-là. Presque aussitôt qu'il l'eut enveloppée de son corps, l'incitant à poser la tête sur son épaule, elle tomba endormie. Profondément endormie.

Lorsqu'elle s'éveilla, l'après-midi tirait à sa fin. Elle plongea les yeux dans le regard souriant de Coop.

— Bon retour parmi nous, lui dit-il.

Elle lui adressa un sourire ensommeillé. Il repartirait sous peu, elle le savait, mais cette ombre au tableau ne pénétra pas dans la chambre. Pas encore. Elle ne le permettrait pas.

Puis il lui déclara tout à trac :

— Je t'aime. Je t'aime plus que ma vie. J'ai conscience que la tienne est sens dessus dessous, je ne te demande donc pas de me dire quoi que ce soit en retour. Je veux seulement que tu le saches. Je t'aime. Et lorsque tu seras prête à y réfléchir, si tu l'es un jour, je serai là, à t'attendre. En fait, j'accourrai.

Kylie en eut le souffle coupé et la joie l'envahit, chassant les démons qui avaient hanté ses journées.

— Je sais que c'est beaucoup demander, reprit Coop. Il te faudrait supporter que je passe quelques années encore chez les marines. Tu te demanderais sans doute parfois pourquoi tu vis avec un homme qui te laisse aussi souvent seule. Peut-être que tu ne pourrais pas t'en accommoder. Mais il faut que je te le dise, même si c'est égoïste de ma part. Je t'aime.

— Coop…

Elle trouva à peine la force de parler. Un bonheur indescriptible supplanta toute autre pensée ou sentiment.

— Tu pourrais mener à bien tes propres projets, poursuivit-il. Terminer ta formation ou faire médecine. Je serais fier de t'y aider. Tu ne dois pas renoncer à ta vie si tu décides d'être avec moi. Je veux être sûr que ce soit clair entre nous. Comme je te l'ai dit, tu devrais composer avec mon travail. Pourquoi ne composerais-je pas avec le tien ? Ce sont tes rêves, ce qui me les rend aussi importants qu'à toi.

Alors qu'elle tardait à lui répondre, il ajouta avec un sourire compréhensif :

— Prends ton temps, Kylie. Tout le temps que tu voudras pour t'assurer que je suis l'homme qu'il te faut.

Elle en avait déjà la conviction. L'intime conviction. Cet homme s'était institué son protecteur avant même de la connaître, il l'avait réconfortée durant ses flash-back, il s'était dévoué pour veiller sur elle à plein temps. Il avait partagé avec elle le lourd secret de ses spectres, une preuve de confiance qu'elle appréciait à sa juste valeur.

Mais, par-dessus tout, elle aimait tout en lui, de sa force tranquille à sa volonté de se montrer doux. Un ange exterminateur doté d'un cœur d'or.

Et elle le voulait présent dans sa vie durant chacune des journées à venir.

— Je t'aime, Coop, lui murmura-t-elle avant de le répéter d'une voix plus forte. Je t'aime.

Il se mit aussitôt à rire et se retourna, lui couvrant à moitié le corps du sien.

— Je t'aime, Kylie Brewer. Et je vais sans attendre te montrer à quel point.

Se penchant vers elle, il lui donna un langoureux baiser qui éveilla en elle un désir ardent.

Jamais son cœur n'avait été empli d'une telle félicité. Coop l'aimait !

Retrouvez en octobre,
dans votre collection

Un protecteur dans l'ombre, de Carol Ericson - N°447
SÉRIE LES DISPARUS DE TIMBERLINE - TOME 3/4

Pour quelle raison Jim Kennedy est-il de retour à Timberline ? En découvrant que son voisin est revenu en ville après des années d'absence, Scarlett est partagée entre inquiétude et fascination. Inquiétude, car le retour de Jim coïncide avec une série de meurtres sans doute liés à l'enlèvement de trois enfants, vingt-cinq ans plus tôt. Fascination, car celui qui n'a rien perdu de ses allures de bad boy se conduit avec elle comme le plus parfait des gentlemen et semble vouloir la protéger des dangers qu'elle sent planer autour d'elle…

Les faux mariés, de Elle James

Dubitatif, Benjamin dévisage la femme aux cheveux blonds et au regard gris qui, un sourire troublant aux lèvres, lui tend la main. Se peut-il réellement que cette envoûtante sirène soit sa nouvelle coéquipière ? Pourtant, se ressaisissant rapidement, il la salue à son tour et, d'un ton professionnel, évoque l'opération d'infiltration qu'ils vont mener ensemble. Une mission pour laquelle ils vont devoir jouer au couple parfait et que leur attirance mutuelle — aussi immédiate qu'évidente — risque de compromettre dangereusement…

Au secours d'un enfant, de Jennifer Morey - n°448

Jamais il n'aurait cru remettre un jour les pieds en Alaska… En arrivant à Anchorage, Brycen Cage maudit intérieurement l'agence de détectives qui l'a envoyé enquêter dans cette ville du bout du monde à laquelle tant de mauvais souvenirs le rattachent. Pourtant, lorsqu'il fait la connaissance de Drury Decoteau, dont le mari a été assassiné un an plus tôt, sa colère tombe d'elle-même. Séduit par la beauté et l'attitude courageuse de la jeune femme, il révise son jugement : il va faire la lumière sur cette mystérieuse affaire. Et, surtout, il va les protéger, elle et son fils, ce petit garçon dont le regard triste l'a profondément ému…

Un justicier improvisé, de Barb Han

La jeune femme gît non loin du ranch de Tyler, près d'un quad accidenté. Elle a une vilaine blessure à la tête et dit s'appeler Jennifer… Fasciné par sa magnifique chevelure rousse, troublé par la détresse qu'il lit dans ses yeux verts, Tyler n'a de cesse d'en apprendre plus sur elle. Mais, à l'hôpital où il lui a rendu visite, il découvre un homme à son chevet. Possessif, brutal, celui qui prétend être le fiancé de Jennifer le chasse de sa chambre. Devinant alors que la jeune femme a besoin d'aide, Tyler glisse son numéro de téléphone sous son oreiller avant de s'éloigner…

Retrouvez en octobre,
dans votre collection

Le chalet du mystère, de Carla Cassidy - N°449

En atterrissant dans le Missouri balayé par la neige et le vent d'hiver, l'agent du FBI Jordon James n'a qu'une image en tête : la plage de Floride où elle ira se reposer après sa mission. Très vite, pourtant, la réalité la rattrape. Accueillie à son arrivée par Gabriel Walters, le très séduisant chef de la police locale, elle décide, contre l'avis de ce dernier, de loger seule dans le B&B où plusieurs touristes ont été assassinés. Comme si, dans ce chalet perdu en pleine forêt, elle avait décidé de donner rendez-vous à l'assassin fantôme qui terrorise la région...

Double révélation, de Rita Herron

Joe McCullen a été assassiné... Abasourdi, Roan dévisage Megan Lail qui vient de lui faire cette révélation. Pendant quelques secondes, il s'imagine dénouant le chignon serré qui donne un air beaucoup trop sérieux à la jeune médecin légiste, puis la phrase le percute à nouveau. Ainsi, le patriarche du clan n'est pas décédé de mort naturelle... Mais qui l'a supprimé ? Quel terrible secret a-t-on voulu taire par ce crime ? Autant de questions auxquelles Roan va tenter de répondre. D'abord en tant que shérif de la ville. Ensuite — et surtout — parce qu'il porte lui aussi un lourd secret : il fait partie du clan McCullen car il est le fils naturel, et caché, de Joe...

·*★ 10 ANS BLACK 🌹 ROSE ★*·

Pour fêter les 10 ans de

BLACK 🌹 ROSE

Découvrez tout au long de l'année 2017
la sélection des 12 meilleurs romans Black
Rose que vous avez choisis !

En octobre, ne manquez pas
le dixième titre de la collection :

Dangereux hiver
de
Paula Graves

www.harlequin.fr

Retrouvez en octobre,
dans votre collection

Dangereux hiver, de Paula Graves

Janelle est-elle encore en vie ? Rongée par la peur, Laney Hanvey ne tient plus en place depuis qu'elle a appris la terrible nouvelle : sa sœur a disparu alors qu'elle randonnait en montagne avec deux amies... dont l'une vient d'être retrouvée morte, tuée de deux balles dans le dos. Qui est le fou qui, tel un prédateur, a pris en chasse les trois jeunes filles ? Envahie par un irrépressible sentiment d'urgence, Laney décide de partir à la recherche de sa sœur, malgré l'avis de tempête qui vient d'être diffusé. Et, surtout, malgré la résistance que lui oppose Doyle Massey, le chef de la police locale. Doyle qui, bien qu'il semble la prendre pour une folle, accepte pourtant de l'escorter, afin de remporter avec elle l'angoissante course contre la montre dans laquelle ils se sont lancés...

OFFRE DE BIENVENUE

Vous êtes fan de la collection Black Rose ?
Pour prolonger le plaisir, recevez gratuitement

◆ **1 livre Black Rose gratuit** ◆
et 2 cadeaux surprise !

Une fois votre colis de bienvenue reçu, si vous souhaitez continuer à recevoir nos romans Black Rose, cela se fera automatiquement. Vous recevrez alors chaque mois 3 volumes doubles inédits de cette collection au tarif unitaire de 7,50€ (Frais de port France : 1,99€ - Frais de port Belgique : 3,99€).

➡ **ET AUSSI DES AVANTAGES EXCLUSIFS :**

➡ **LES BONNES RAISONS DE S'ABONNER :**

Des cadeaux tout au long de l'année.

◆

Des réductions sur vos romans par le biais de nombreuses promotions.

◆

Des romans exclusivement réédités notamment des sagas à succès.

◆

L'abonnement systématique et gratuit à notre magazine d'actu ROMANCE.

◆

Des points fidélité échangeables contre des livres ou des cadeaux.

<u>Aucun engagement de durée ni de minimum d'achat.</u>

◆

Aucune adhésion à un club.

◆

Vos romans en avant-première.

◆

La livraison à domicile.

➡ **REJOIGNEZ-NOUS VITE EN COMPLÉTANT ET EN NOUS RENVOYANT LE BULLETIN !**

✂

N° d'abonnée (si vous en avez un) ⎍⎍⎍⎍⎍⎍⎍⎍⎍⎍

IZ7F09
IZ7FB1

Mme ☐ Mlle ☐ Nom : .... Prénom : ....

Adresse : ....

CP : ⎍⎍⎍⎍⎍ Ville : ....

Pays : .... Téléphone : ⎍⎍⎍⎍⎍⎍⎍⎍⎍⎍

E-mail : ....

Date de naissance : ⎍⎍ ⎍⎍ ⎍⎍⎍⎍

☐ Oui, je souhaite être tenue informée par e-mail de l'actualité d'Harlequin.

☐ Oui, je souhaite bénéficier par e-mail des offres promotionnelles des partenaires d'Harlequin.

<u>Renvoyez cette page à</u> : Service Lectrices Harlequin – CS 20008 – 59718 Lille Cedex 9 - France

Date limite : **31 décembre 2017**. Vous recevrez votre colis environ 20 jours après réception de ce bon. Offre soumise à acceptation et réservée aux personnes majeures, résidant en France métropolitaine et Belgique. Prix susceptibles de modification en cours d'année. Conformément à la loi Informatique et libertés du 6 janvier 1978, vous disposez d'un droit d'accès et de rectification aux données personnelles vous concernant. Il vous suffit de nous écrire en nous indiquant vos nom, prénom et adresse à : Service Lectrices Harlequin · CS 20008 · 59718 LILLE Cedex 9. Harlequin® est une marque déposée du groupe HarperCollins France – 83/85, Bd Vincent Auriol – 75646 Paris cedex 13. Tél : 01 45 82 47 47. SA au capital de 1 120 000€ - R.C. Paris. Siret 31867159100069/APE5811Z.

Rendez-vous sur notre nouveau site
www.harlequin.fr

Et vivez chaque jour,
une nouvelle expérience de lectrice connectée.

- ♥ **Découvrez** toutes nos actualités, exclusivités, promotions, parutions à venir...
- ♥ **Partagez** vos avis sur vos dernières lectures...
- ♥ **Lisez** gratuitement en ligne, **regardez** des vidéos...
- ♥ **Échangez** avec d'autres lectrices sur le forum...
- ♥ **Retrouvez** vos abonnements, vos romans dédicacés, vos livres et vos ebooks en pré-commande...

L'application Harlequin
Achetez, synchronisez, lisez... Et emportez vos ebooks Harlequin partout avec vous.

Suivez-nous !   facebook.com/HarlequinFrance
twitter.com/harlequinfrance

OFFRE DÉCOUVERTE !

Vous souhaitez découvrir nos collections ? Recevez **votre 1er colis gratuit*** avec **2 cadeaux surprise !** Une fois votre colis de bienvenue reçu, si vous souhaitez continuer à recevoir nos livres, cela se fera automatiquement. Vous recevrez alors vos livres inédits en avant première.

Vous n'avez aucune obligation d'achat et cette offre est sans engagement de durée !

*1 livre offert + 2 cadeaux / 2 livres offerts pour la collection Azur + 2 cadeaux.

☛ **COCHEZ la collection choisie et renvoyez cette page au**
Service Lectrices Harlequin – CS 20008 – 59718 Lille Cedex 9 – France

Collections	Références	Prix colis France* / Belgique*
❑ **AZUR**	ZZ7F56/ZZ7FB2	6 livres par mois 28,19€ / 30,19€
❑ **BLANCHE**	BZ7F53/BZ7FB2	3 livres par mois 23,20€ / 25,20€
❑ **LES HISTORIQUES**	HZ7F52/HZ7FB2	2 livres par mois 16,29€ / 18,29€
❑ **HORS-SÉRIE**	CZ7F54/CZ7FB2	4 livres tous les deux mois 33,15€ / 35,15€
❑ **PASSIONS**	RZ7F53/RZ7FB2	3 livres par mois 24,49€ / 26,49€
❑ **NOCTURNE**	TZ7F52/TZ7FB2	2 livres tous les deux mois 16,79€ / 18,79€
❑ **BLACK ROSE**	IZ7F53/IZ7FB2	3 livres par mois 24,49€ / 26,49€
❑ **VICTORIA**	VZ7F53/VZ7FB2	3 livres tous les deux mois 25,49€ / 27,49€

*Frais d'envoi inclus

N° d'abonnée Harlequin (si vous en avez un) ⎵⎵⎵⎵⎵⎵⎵⎵⎵⎵⎵

Mme ❑ Mlle ❑ Nom : _____

Prénom : _____ Adresse : _____

_____

Code Postal : ⎵⎵⎵⎵⎵ Ville : _____

Pays : _____ Tél. : ⎵⎵⎵⎵⎵⎵⎵⎵⎵⎵

E-mail : _____

Date de naissance : _____

❑ Oui, je souhaite recevoir par e-mail les offres promotionnelles des éditions Harlequin.
❑ Oui, je souhaite recevoir par e-mail les offres promotionnelles des partenaires des éditions Harlequin.

Date limite : 31 décembre 2017. Vous recevrez votre colis environ 20 jours après réception de ce bon. Offre soumise à acceptation et réservée aux personnes majeures, résidant en France métropolitaine et Belgique, dans la limite des stocks disponibles. Prix susceptibles de modification en cours d'année. Conformément à la loi Informatique et libertés du 6 janvier 1978, vous disposez d'un droit d'accès et de rectification aux données personnelles vous concernant. Par notre intermédiaire, vous pouvez être amenée à recevoir des propositions d'autres entreprises. Si vous ne le souhaitez pas, il vous suffit de nous écrire en nous indiquant vos nom, prénom et adresse à : Service Lectrices Harlequin CS 20008 59718 LILLE Cedex 9.
Service Lectrices disponible du lundi au vendredi de 8h à 17h : 01 45 82 47 47 ou +33 1 45 82 47 47 pour la Belgique.

Composé et édité par HarperCollins France.

Achevé d'imprimer en août 2017.

Barcelone

Dépôt légal : septembre 2017.

Pour limiter l'empreinte environnementale de ses livres, HarperCollins France s'engage à n'utiliser que du papier fabriqué à partir de bois provenant de forêts gérées durablement et de manière responsable.

Imprimé en Espagne.